Jessica Bernett

ELAYNE

BAND 2: RABENHERZ

Historische Fantasy

STERNENSAND

www.sternensand-verlag.ch | info@sternensand-verlag.ch

1. Auflage, März 2019

Umschlaggestaltung: Juliane Schneeweiss | julianeschneeweiss.de
Lektorat: Sternensand Verlag GmbH | Martina König
Korrektorat: Jennifer Papendick
Satz: Sternensand Verlag GmbH
Druck und Bindung: Smilkov Print Ltd.

ISBN-13: 978-3-03896-031-7
ISBN-10: 3-03896-031-7

Das Herz eines Raben

bindet sich sein ganzes Leben.

Für meinen Helden, immerdar.

INHALT

1

DISCESSUS

Abschied

Der Saum ihrer Röcke war schwer, getränkt von der Feuchtigkeit des Grases. Ihren Sohn trug sie seitwärts auf der Hüfte, während der Westwind ihnen salzige Luft in die Gesichter blies. Sie zog Galahad seine kleine Kapuze tiefer ins Gesicht und er schmiegte sich fest an sie. Sie selbst störte es nicht, dass ihr Haar bereits in nassen Strähnen an ihrem Kopf klebte und einzelne Tropfen ihre Schläfen hinabliefen.

Mit kräftigen Schritten erklomm sie den nächsten Hügel. Warmer Schweiß vermischte sich mit kalten Regentropfen. Ihr Hemd klebte an ihr, als wäre sie damit in eine warme Quelle gesprungen.

Endlich hatte sie den höchsten Punkt der Anhöhe erreicht. Vor ihr breitete sich das graue Meer gen Westen aus. Am Horizont konnte sie bei gutem Wetter die Küste Monapias ausmachen. Heute war sie von grauem Dunst verdeckt. Die Wolken, die von dort heranzogen, waren finsterer als das Meer selbst.

Unter dem Hügel erstreckte sich die Bucht mit den Hütten der Fischer, die seit Jahrhunderten den Anstürmen des Meeres und der skotischen Piraten standhielten.

In den vergangenen Monaten war Elayne oft hier hochgestiegen. Hier fühlte sie sich frei. Hier konnte sie atmen und wurde nicht von ihren Erinnerungen erstickt.

Sie hatte sich vorgestellt, eines der kleinen Fischerboote zu nehmen und mit Galahad gen Westen zu fahren. Hätte sie auf Monapia ein neues Leben anfangen können, oder gar noch weiter westlich in Hibernia? Sie hätte ein einfaches Leben führen müssen. Ein beschwerliches. Womöglich nicht frei, sondern als Sklavin eines skotischen Herrn.

Was wäre dann aus ihrem kleinen Sohn geworden? War das Leben eines Sklaven dem vorzuziehen, was Corbenic ihm bot? Ein Königreich. Ein Volk. Beide klein, nicht besonders reich, doch immerhin sein und ihm treu ergeben.

Immer wieder hatte sie sich diese Fragen gestellt. Wo sollte sie hingehen? Wo konnte sie ihrem Sohn das Leben geben, das sie sich für ihn wünschte? Ein freies Leben, es so zu gestalten, wie er es sich selbst wünschte. Ihm alle Möglichkeiten mit auf den Weg zu geben. Die Schriften der Römer und Griechen, die Lieder der Stämme, der Umgang mit Waffen, damit er sich und seine Liebsten verteidigen konnte. Die Liebe zu den Geschöpfen, die sie umgaben, zu ihren Wäldern und Hainen, zu Quellen und dem tosenden Meer.

Corbenic bot all das. Und doch konnte sie nicht hierbleiben. Denn hier schweiften Elaynes Gedanken immer wieder in die

Vergangenheit ab. Hier wurde sie immer wieder gepackt von dem Zorn auf Pelles und von den Erinnerungen an Galahads Vater. Sein Schatten verbarg sich hinter jedem Baumstamm, seine Stimme in jeder Melodie, seine Berührung in jeder Nacht.

Wie konnte sie ihrem Sohn eine gute Mutter sein, ihn in die Zukunft führen, wenn sie stets in die Vergangenheit abschweifte? Es war Zeit, Abschied zu nehmen von den Erinnerungen, von der Wildheit des Meeres, der Lichtung des Einhorns, der Quelle im Wald und den Schriften ihres Großvaters.

Die Fischerboote kehrten zurück, denn der Sturm nahm zu. Elayne schob ihren Sohn auf die andere Hüfte und betrachtete sein rundes Gesichtchen. Wie groß er schon geworden war. Die Zeit verging viel zu schnell. Er sah sie mit seinen großen hellblauen Augen an und lächelte. Sie drückte ihm einen festen Kuss auf die Wange und atmete tief seinen Duft ein.

»Zeit, zu gehen, mein kleiner Schatz.«

Er gluckste zur Antwort.

Elayne raffte ihre Röcke und eilte den Hügel hinunter. Das gefiel ihm. Er lachte und blubberte, bis sie unten angekommen waren. Sie konnte kaum noch atmen, doch sie lachte ebenfalls.

»Eines Tages wirst du auf einem Pferd über diese Hügel reiten. Das verspreche ich dir. Aber bis dahin müssen wir einen Ort finden, an dem du zu dem Mann werden kannst, der du sein willst.«

Ein Abschied fehlte noch. Ein Stich traf ihr Herz.

Nicht ganz so eilig ging sie den schmalen Pfad entlang, der zum Fluss führte.

Großvater saß unter der Trauerweide im Trockenen. »Welch herrliches Wetter für einen Spaziergang«, bemerkte er, als er sie erblickte, und zwinkerte in Anbetracht ihrer durchnässten Erscheinung.

»Ja, die Tage werden wärmer«, bestätigte Elayne. »Bald können die Bauern mit der Aussaat beginnen.«

»Komm, setz dich zu mir«, forderte Großvater sie auf und klopfte neben sich aufs Gras. »Wie geht es dem kleinen Galahad? Ich sehe ihn viel zu selten. Ist es dir nicht einsam in der kleinen Hütte? Mir jedenfalls kommt die Festung ohne euch beide sehr einsam vor.«

Der Schmerz in ihrer Brust wurde größer. »Großvater, ich … ich möchte mich verabschieden.«

Sein Gesicht war von tiefen Sorgenfalten gezeichnet. Er wirkte viel älter als noch vor ein paar Wochen. Die kalten Monate hatten ihm nicht gutgetan. »Ich wusste, dass du uns verlassen wirst. Die Zeit ist gekommen, nicht wahr?«

Sie nickte traurig. »Wenn ich jetzt nicht gehe, bleibe ich doch für immer.«

»Ich hätte nichts dagegen. Ich würde dich jeden Tag in deinem kleinen bescheidenen Haus besuchen kommen.«

Sie hatte sich neben ihn auf den Umhang gesetzt und nun schob sie Galahad auf Großvaters Schoß. »Du wirst immer in meinen Gedanken bleiben, Großvater. Ich werde deine Geschichten vermissen, dein Lachen und deine Großherzigkeit.«

»Mir geht es genauso.«

Ihr Herz zog sich zusammen. »Ohne dich wären wir nicht mehr am Leben, der kleine Galahad und ich.«

»Nein, das war Gottes Wille«, winkte er ab. »Oh, sieh doch, ein Lachs. Sie beginnen mit dem Aufstieg. Das wäre ein leckerer Happen für das Abendessen.«

Seine Aufmerksamkeit schien ganz dem Fluss zu gelten. Diesmal würde sie jedoch nicht von dem Thema ablassen. Sie hatte immer wieder versucht, mit ihm darüber zu sprechen. Stets hatte er abgelenkt und ihr zu verstehen gegeben, dass er nicht darüber reden wollte.

»Großvater, es ist die letzte Möglichkeit für mich, die Wahrheit zu erfahren. Bitte sag es mir.« Sie legte sanft eine Hand auf die seine. »Was war das für ein Ritual, das du durchgeführt hast, als Galahad und ich im Sterben lagen? Welche Sprache hast du gesprochen?«

»Das war kein Ritual, mein Kind.« Sein Blick war auf das unruhige graue Wasser des Flusses gerichtet. »Es war nur ein Gebet, um Gottes Aufmerksamkeit zur rechten Zeit an den rechten Ort zu lenken.«

»Du hast ein ähnliches Gebet am Sterbebett meiner Mutter gesprochen. Und doch ist sie von uns gegangen.«

Er schüttelte den Kopf und sah sie an. »Ich sagte doch: Es ist allein Gottes Wille, wer lebt und wer stirbt.«

Sie drückte seine Hand fester. »War die Flüssigkeit in dem Becher … war das Blut?«

Etwas blitzte in seinen braunen Augen auf. »Ist es das, was du geschmeckt hast? Blut?«

»Bitte, Großvater.« Flehentlich sah sie ihn an, sie musste es wissen.

Gutmütig lächelte er. »Für dich mag es Blut gewesen sein. Für mich schmeckt es eher nach … Saft. Saft des Granatapfels.«

»Was ist das für eine Frucht? Habe ich schon einmal von ihr gekostet?«

Großvater seufzte tief. »Sie wächst weit im Süden, meine liebe Elayne. Dort, wo die langen Tage sehr heiß sind und der Boden eher sandig. Ich erinnere mich nicht daran, sie jemals hier in Corbenic gesehen zu haben.«

»Und doch erinnerst du dich an den Geschmack ihres Saftes?« Elayne beugte sich in seine Richtung, um ihn besser verstehen zu können.

Er zögerte, ließ den Blick über den Weg des Flusses wandern. »Ja«, sagte er schließlich leise. »Ich erinnere mich. Und die Sprache, die du gehört hast, stammt ebenfalls aus jenen Tagen. Doch ich möchte dich nicht mit meiner Jugend langweilen.«

»Du langweilst mich nie, Großvater.« Sie legte ihm einen Arm um die knochigen Schultern. »Es stecken noch immer so viele Geheimnisse in dir.«

»Nun, dann stelle so viele Fragen, wie du möchtest. Vielleicht kann ich sie dir beantworten.«

»Wie alt bist du genau? Das hast du mir nie verraten.«

Er lachte leise. »Weil ich die Anzahl der Sommer, die ich erlebte, vergessen habe.«

»Welche Sprache war es, in der du am Totenbett gebetet hast?«

Sein altes Gesicht wurde ernster. »Es ist die Sprache jenes Ortes, an dem ich geboren worden und aufgewachsen bin. Ich glaube nicht, dass viele Menschen diese Sprache noch sprechen.«

»Und wo wurdest du geboren? Du hast mir von deiner Mutter erzählt und von deinem Vater, von deinen Freunden in der Kindheit. Aber du hast mir nie erzählt, wo das war.«

»An einem entfernten Ort im Süden.« Seine Stimme klang beinahe sehnsüchtig.

»Warum weichst du mir aus?«, flüsterte sie, doch er konnte sie noch sehr gut verstehen.

»Ich weiche dir nicht aus. Ich versuche nur, die Antworten so zu gestalten, dass du sie verstehen kannst.«

Sie seufzte und blickte nun ihrerseits auf den Fluss. Der Wind frischte weiterhin auf. Doch unter der Trauerweide waren sie so sicher, als hätten sie ein Dach aus Schilf über den Köpfen.

»Also gut, eine letzte Frage muss ich dir noch stellen: Der Becher, aus dem du mir zu trinken gabst, ist das der Heilige Gral?«

»Wie gelangst du zu dieser Annahme?« Seine Augen waren nun wach und aufmerksam.

»Ein alter, fleckiger Becher aus Holz, eigentlich ist nichts Besonderes an ihm. Doch als ich davon trank … fühlte ich mich geborgen. War es gar der Becher und nicht dessen Inhalt, der mich heilte?«

Er lächelte geheimnisvoll. »Nun, ein Becher ohne Inhalt wäre doch recht trockene Kost. Und eine Flüssigkeit ohne Becher … fließt davon.«

Gal erhob sich etwas unbeholfen aus Großvaters Schoß. Er hatte einen Käfer entdeckt, der in der Nähe vorüberkroch. Ihr Sohn hatte sich vorgenommen, das Tier näher zu untersuchen. Elayne ließ ihn gewähren, ließ ihn aber auch nicht aus den Augen. Seit er laufen konnte, musste sie noch achtsamer sein als zuvor. Trotz seiner kleinen Beine konnte er unglaublich schnell an sein Ziel gelangen.

Großvater atmete tief ein, bevor er verkündete: »Elayne, ich möchte dir etwas versprechen.«

Gal hatte nun eine Hummel entdeckt. Begeistert stürmte er auf sie zu.

Elayne schnappte ihn sich und zog ihn auf ihren Schoß. »Nicht die Hummel, kleiner Schatz. Hör zu, was Großvater zu sagen hat.«

Der alte Mann griff nach der kleinen, dicken Hand ihres Sohnes und lächelte. »Wenn Galahad zum Mann geworden ist und ihr beide wieder zu mir zurückkehrt, werde ich euch jedes Geheimnis verraten. Das verspreche ich.«

Würde er überhaupt noch leben, wenn Galahad ein Mann war? Der Gedanke bereitete ihr Kummer. Wie viele Jahre blieben ihm noch? Sie legte ihren Arm erneut um seine Schultern. »Wir kommen zurück. Eines Tages kommen wir wieder.«

»Ich weiß«, sagte er geheimnisvoll. Dann räusperte er sich, erhob sich etwas umständlich und klopfte die feuchte Erde von seinen Gewändern. »So, nun begleite mich zurück zur Festung. Der Sturm bricht alsbald los. Ich spüre ihn bereits in meinen alten Knochen und ich sehne mich nach Brisens Kanincheneintopf.«

Sie erhob sich ebenfalls und zupfte ihre Röcke zurecht. »Schmecken dir die Eintöpfe meiner Amme denn mittlerweile?«

Er schmunzelte vor sich hin. »Man gewöhnt sich an vieles, wenn man muss.«

Sie nahmen den Kleinen in ihre Mitte, eine Hand hielt Elayne, die andere der Großvater. Bis sie den Schutzwall der Festung erreichten, waren sie alle drei durchnässt.

»Komm doch herein, damit ihr euch am Feuer wärmen könnt.«

»Nein, Großvater. Wir müssen jetzt Lebewohl sagen.« Sie nahm Galahad auf den Arm und schlang den freien Arm ein letztes Mal um den alten Mann, dem sie so viel zu verdanken hatte. »Lass dich von Brisen verwöhnen.«

Er tätschelte ihr liebevoll den Rücken. »Ich könnte dir nun sämtliche Gefahren aufzählen, die in der Welt auf dich warten. Doch vermutlich wird dich das nicht abhalten, abzureisen.«

Sie schüttelte den Kopf und löste sich von ihm. »Leider nicht.«

»Bringe mir diesen jungen Mann bald wieder, ja?« Er streichelte dem Kleinen ein letztes Mal über die goldenen Locken und zog ihm rasch zum Schutz vor dem Wind die Kapuze ins Gesicht.

Sie schluckte, da ein fester Kloß in ihrem Hals saß. »Ja, Großvater.«

»Das Wetter bereitet mir Sorge, Herrin.« Liam betrachtete die Wolken, als kündeten sie den nahenden Weltuntergang an.

Elayne tat seinen Einwand mit einem Kopfschütteln ab. »Wenn es nach dem Wetter ginge, würden wir nie das Haus verlassen.«

Sie reichte ihm weitere Vorräte, die er in sein Bündel packen sollte. Ihres war voll mit Tüchern und Kleidung für den kleinen Galahad. Liam schnürte die Bündel aneinander und warf sie über den Widerrist von Centenarius, wobei der Hengst protestierend wieherte. Beruhigend klopfte Liam ihm auf die Seite.

»Bleibt doch noch eine Nacht«, bat Veneva.

»Uns bleibt noch genug Tageslicht, wir können einen großen Teil des Weges heute noch schaffen«, widersprach Elayne.

Das Bündel in Venevas Armen wimmerte. »Siehst du, die kleine Elayne möchte auch nicht, dass ihr geht.«

Elayne nahm ihre Namensschwester auf den Arm und küsste sie sacht auf die feinen rötlichen Locken. Sie war der Grund, weshalb Elayne Corbenic nicht schon viel früher verlassen hatte. Als Veneva ihr vor einem Jahr gesagt hatte, dass sie ein Kind erwartete, hatte sie es nicht übers Herz gebracht, zu gehen. Nicht, nachdem Veneva bereits ein Kind verloren hatte. Nun aber hatte ihre Freundin zwei gesunde Kinder. Dewi hielt Galahad an der Hand, ganz der große Bruder.

»Du erinnerst dich an die Hütte, von der ich dir erzählt habe?«, vergewisserte sich Ned.

Liam nickte. »Wenn wir uns beeilen, erreichen wir sie vor Einbruch der Nacht.«

Elayne band sich ihr Tragetuch um und setzte den protestierenden Galahad hinein. »Wir gehen jetzt auf eine große Reise, mein Schatz.«

»Dewi!« Es war eines der wenigen Worte, die er schon sprechen konnte.

»Nein, Dewi kann leider nicht mitkommen.« Ihr Herz fühlte sich so schwer an.

Veneva liefen stille Tränen über die Wangen. »Kommt bald zu uns zurück.«

Sogar Ned musste schlucken und ihm brach die Stimme. »Gute Reise.«

Sie schloss alle noch einmal in eine feste Umarmung, dann sah sie auf zu Liam. »Es geht los.«

Er selbst verabschiedete sich mit Händedrücken. Umarmungen waren nicht seine Art.

Der Sturm hatte sich etwas gelegt. Die Luft roch nur noch nach Regen, nicht mehr nach dem Salz des Meeres.

Elayne wickelte sich und Galahad in ihren Umhang und schulterte ihr Bündel. Die Schwere in ihrem Herzen wich einer schwebenden Aufregung. Dies war der erste Schritt in ihr neues Leben. Mochte der erste Schritt im Matsch und regenbehangen sein, endlich war er getan.

Sie hatte geahnt, dass ihr Vater sie nicht einfach gehen lassen würde.

Sie hatten den Weg westlich eingeschlagen, wollten entlang des Küstenpfades nach Norden gehen und abwechselnd auf Centenarius reiten.

Aus dem Schatten der Bäume lösten sich Pelles und sein getreuer alter Liam.

»Was denkst du, wohin du gehst?«, verlangte ihr Vater zu wissen und stellte sich, schwer gestützt auf seinen Eichenstab, mitten in den Weg.

»Eine wunderbare Art, eine Konversation zu beginnen«, entgegnete sie und zügelte den Hengst.

Seit jenem Tag, als sie erkannt hatte, welches Spiel er mit ihr und Lancelot gespielt hatte, hatte es kaum friedliche Worte zwischen ihnen gegeben.

Der alte Liam stand an seiner Seite, die knochigen Hände auf seinen Schwertknauf gelegt.

»Ich verlasse Corbenic, so wie ich es vor langer Zeit beschlossen habe. Wohin ich gehe, darf dich nicht interessieren«, beharrte Elayne.

Ihr Vater verzog kaum das Gesicht. »Denkst du, die Welt dort draußen wartet auf dich? Auf eine gefallene Frau mit einem unehelichen Kind?«

Sie presste fest die Lippen aufeinander. Die Wut trieb ihr die Tränen in die Augen. Sie wollte nicht weinen. »Wessen Schuld ist das, Vater? Du bist so besessen von der Weissagung meiner Mutter, dass du bereit dazu warst, meine Liebe zu riskieren. Du hast mich ins Unglück gestoßen und nun hindere mich nicht daran, aus den Tiefen heraufzusteigen.«

»Die Prophezeiung deiner Mutter wurde erfüllt.« Pelles nickte selbstgefällig. »An jenem Tag, als ich erkannte, wer der Barde ist, wusste ich, dass er hier war, um die Prophezeiung zu erfüllen. Es war von Gott vorherbestimmt.«

»Von Gott gewiss nicht«, entgegnete Elayne bitter.

Gal gefiel der Streit nicht. Er brach in haltloses Schluchzen aus, sodass Elayne ihn fest an sich drückte.

»Hat meine Mutter dir gesagt, dass Lancelot der Vater meines Kindes werden sollte?«, wollte sie aufgebracht wissen.

»Nein«, gab Pelles zerknirscht zu.

Ihre Stimme überschlug sich vor Wut. »Und hat sie dir gesagt, dass du mich unverheiratet in das Bett eines Fremden stecken sollst?!«

»Ich gab euch Zeit, euch aneinander zu gewöhnen«, rechtfertigte sich ihr Vater. »Warum glaubst du, hätte ich sonst erlaubt, dass du so viel Zeit mit einem Fremden verbringst?«

Sie schüttelte ungläubig den Kopf. »Dann hattest du Angst, der Held könnte Corbenic verlassen, bevor er deine Tochter geschwängert hat, und hast mit Brisens Kräutern nachgeholfen.«

Ihr Vater reckte hochmütig das Kinn. »Es war keine große Menge des Zaubers nötig, wenn es dich beruhigt. Nur ein Schubs, um das zu verstärken, was ohnehin schon zwischen euch war.«

»Noch nicht einmal jetzt bist du in der Lage, deinen Fehler einzugestehen.« Sie starrte ihren Vater böse an und bemühte sich darum, nicht noch einmal die Fassung zu verlieren.

»Es war kein Fehler«, knurrte der alte König und stützte sich noch schwerer auf seinen Stab. »Dein Sohn wird der beeindruckendste aller Männer werden. Er ist zu Großem bestimmt.«

Sie schaffte es, die nächsten Worte in ruhigem, aber doch sehr deutlichem Ton zu sprechen. »Dann wiederhole ich, was ich dir bereits einmal sagte: DU wirst meinen Sohn nicht aufwachsen sehen.«

Der junge Liam ergriff wacker das Wort. »Du hast sie dorthin getrieben. Es ist deine Schuld, dass sie hier keine Zukunft mehr sieht.«

»Achte auf deine Worte, Sohn!«, ermahnte ihn der alte Liam streng.

»Das tue ich. Ich respektiere meine Herrin«, erwiderte der Junge mit stolzem Blick. »Ihr gehören meine Treue und meine Dienste.«

»Ach, teilst du jetzt ihr Bett? Ist es so weit gekommen?«

Pelles' Vorwürfe trafen Elayne wie ein Schlag ins Gesicht.

Der junge Liam indes blieb ruhig. Seine Anspannung erkannte Elayne allein an der Art, wie er nun seine Hände auf seinen eigenen Schwertknauf legte. »Elayne ist der ehrenvollste Mensch, den ich kenne. Es sind *deine* Gedanken und *deine* Worte, die unehrenhaft sind.«

»Liam! Er ist unser König!«, erhob sein Vater die Stimme.

»Vater, du hast mich dazu erzogen, respektvoll und treu zu dienen.« Sein Brustkorb hob sich, als er tief einatmete. »Der König hat meine Treue in jenem Moment verwirkt, als er seine Tochter verriet.«

Pelles gab seinem Diener ein Zeichen und der alte Liam zog das Schwert. In den sonst so gütigen Augen stand der Entschluss, die beiden jungen Menschen aufzuhalten.

»Ihr geht nirgendwohin«, machte Pelles deutlich. »Oder willst du deine Klinge gegen deinen eigenen Vater erheben, Bursche?«

Der junge Liam überhörte den Einwand und richtete sich weiter an seinen Vater. »Ich werde heiraten. Du erinnerst dich an Teagan, Vater? Aber ich kann mein Weib nicht in ein Haus bringen, das vergiftet ist vom Verrat am eigenen Blut. Ich werde uns ein neues Zuhause finden.«

»Lass uns gehen«, bat Elayne und sah dabei in die Augen des alten Liam. »Bitte.«

Der alte Mann richtete den Blick auf die feuchte Erde vor seinen Füßen. Dann nickte er, ließ sein Schwert sinken und trat zur Seite.

»Liam!«, widersprach der König.

»Herr, wir müssen sie gehen lassen«, bat er inniglich. »Nur dann kommen sie vielleicht eines Tages zu uns zurück. Wenn wir ihnen aber den Weg versperren, wird die Kluft zwischen uns und unseren Kindern noch größer.«

»Nein!«

Pelles wollte in Elaynes Richtung stürmen, doch sein getreuer Diener legte ihm die Hand auf die Schulter.

»Bitte, Herr.« Seine Stimme klang beschwichtigend. Und als Elayne und Liam langsam an ihnen vorbeigingen, nickte der alte Liam seinem Sohn zu.

Der Abschied zwischen ihnen war still, doch die Zuneigung und die Anerkennung in den Augen des alten Liam schmerzten mehr, als es alle Worte aus Pelles' verbitterter Seele getan hätten.

»Und Pferdediebe seid ihr auch noch!«, brüllte der alte König ihnen nach.

Doch was war ein Schlachtross ohne Aufgabe? Elayne hatte kein schlechtes Gewissen, weil sie den Hengst mitnahm. Vater hatte sich nie um ihn gekümmert.

2

CAER LUEL

Rhegeds Festung

Die Festung lag auf einer weiten Ebene, sodass Elayne sie bereits aus der Ferne groß und düster aufragen sehen konnte.

Welch eigentümliche Lage für eine Verteidigung, dachte sie sich. Da die Feste nicht auf einem Hügel lag, wäre der Ansturm für Angreifer einfach. Andererseits wäre jeder Angreifer über Meilen schon sichtbar, da die Ebene um die Mauern herum aus Feldern und Wiesen bestand.

Sie und Liam hatten eine Route entlang des Meeres gewählt, statt durch die Berge und Schluchten gen Osten zur alten Römerstraße zu wandern, die auf direktem Weg von Süden nach Caer Luel führte. Sie hatten die Berge umgangen und stießen erst jetzt auf die Römerstraße. Es war der zweite Tag ihrer Reise und es dämmerte bereits.

Elayne sah Liam an, dass er aufgeregter wurde, je näher sie der Festung kamen. Er redete auch sonst nicht viel, doch wenn er nervös war, wurde er noch stiller.

Sie musterte ihn schmunzelnd, als er auf dem Pferd neben ihr her ritt, Gal vor sich im Sattel haltend. Liam war im letzten Jahr ganz zum Mann geworden. Seine Muskeln hatten sich von der harten Arbeit geformt. Er musste sich jeden Tag rasieren. Schon wurden Kinn und Wangen von Bartstoppeln bedeckt.

»Hast du den Ring?«, fragte sie sicherheitshalber.

Er legte seine Hand an die Stelle des kleinen Beutels, den er an einem Lederband unter seiner Tunika trug. »Natürlich, Herrin. Es war das Erste, was ich einpackte.«

Sie klopfte ihm gegen den Unterschenkel. »Ich sagte dir doch, du kannst mich Elayne nennen.«

»Und ich sagte dir, dass dies nicht angebracht ist.« Er warf ihr einen ernsten Blick zu, bevor er seine Aufmerksamkeit wieder auf den Weg vor ihnen richtete.

Dabei war die Römerstraße weit bequemer als jeder matschige Pfad, den sie bisher hinter sich gebracht hatten. Die Säume ihrer Umhänge waren verdreckt und steif von Matsch. Elaynes Stiefel fühlten sich an, als würden sie nie wieder trocknen.

»Liam, es ist unlogisch. Wir sind gemeinsam aufgewachsen. Du kennst fast so viele meiner Geheimnisse wie Veneva. Du bist wie ein Bruder für mich.« Sie versuchte, einen klumpen Matsch am Wegesrand von ihrem Stiefel zu streifen.

Er bemerkte nicht, dass sie stehen geblieben war. »Nein, es ist nicht angebracht«, sprach er voller Ehrgefühl. »Du bist von hohem Blute, ich nur ein Stallbursche.«

Sie hatte es geschafft, sich des Matschklumpens zu entledigen, und eilte ihm hinterher. »Du bist weit mehr als das, das weißt du auch«, rief sie ihm zu und erst jetzt zügelte er Centenarius.

Sie hatten so viel Zeit gemeinsam auf der Jagd und bei den Pferden verbracht, dass sie jede seiner Körperbewegungen und jedes Zucken seiner Miene deuten konnte.

»Es ist mir gleichgültig, von welchem Blut ich bin. Wir sind gleich. Kein Mensch steht höher als der andere. Kein Mensch ist wertvoller als der andere.«

Liam stieg ab und hob den kleinen Gal vom Pferd. »Das sehe ich anders. Du magst recht haben, dass kein Mensch wertvoller ist als der andere. Dennoch hat jeder Mensch in seinem Leben eine Aufgabe. Deine ist es, anzuführen und zu herrschen. Meine ist es, dir zu dienen. Und wenn nicht ich dich mit Respekt behandle, warum sollten es dann die anderen tun? Nein, Herrin, ich werde dich stets mit Respekt behandeln, bis zum Tage meines Todes.«

Sie seufzte. Sie glaubte nicht, dass irgendein Mensch auf dieser Welt so viel Ehrgefühl besaß wie der junge Liam. Andererseits hatte sie noch nicht allzu viele Menschen kennengelernt. Nun, das mochte sich in wenigen Momenten ändern.

»Trotzdem sollst du wissen, dass ich dich genauso respektiere«, beharrte sie. »Du bist für mich ein Teil meiner Familie. Genauso wie Ned und Veneva.«

Er sah sie nicht an, doch sie erkannte an seinem Profil, dass er lächelte.

»Und wenn die Eltern deiner Angebeteten nicht erkennen, dass es für ihre Tochter keinen besseren Ehemann geben könnte, werde ich es ihnen auf geeignete Weise mitteilen.«

Nun sah er sie doch an, beunruhigt von ihren Worten. »Denkst du, sie könnten wirklich ablehnen?«

Sie hatte ihm nicht den Mut nehmen wollen. »Nein, das werden sie gewiss nicht.«

Weitere Menschen befanden sich auf dem Weg zur königlichen Festung. Sie hatten kaum Waren bei sich, jedoch Werkzeuge und Tiere. Das Tagwerk war erledigt und nun kehrten sie in den Schutz der Steinmauern zurück.

Elayne war als kleines Mädchen mit ihren Eltern hier gewesen. Die Mauern waren ihr damals schon riesig vorgekommen. So hoch, dass nur Riesen sie erbaut haben konnten.

Ihre Mutter hatte bei dieser Vorstellung gutmütig gelacht und ihr erklärt, dass es wohl eher die Römer gewesen waren, die über Geräte verfügten, welche die Steine dermaßen hoch heben konnten. Elayne hatte gefragt, warum Menschen solche hohen Mauern benötigten, es könne doch keine Tiere geben, die ihnen derart gefährlich werden könnten.

Diesmal hatte ihre Mutter traurig gelächelt. »Menschen bauen Mauern, um sich vor anderen Menschen zu schützen. Sie wollen ihr Hab und Gut in Sicherheit wissen und denjenigen, die es ihnen wegnehmen wollen, den Weg schwer machen.«

»Aber wieso wollen Menschen anderen etwas wegnehmen?«

»Aus verschiedenen Gründen. Aus Neid, aus Zorn oder aus Hunger und Leid.«

»Was wollten die Menschen, gegen die diese Mauern errichtet wurden?«

»Ihr Land zurück«, hatte ihre Mutter knapp geantwortet.

Damals hatte Elayne es nicht verstanden. Heute wusste sie, dass es einst erbitterte Kämpfe zwischen den Römern und den Stämmen gegeben hatte. Nun waren die Römer seit bald hundert Jahren fort und man hätte sich gewünscht, sie wären geblieben, um die Sicherheit Britanniens zu gewährleisten.

Liam trug den kleinen Gal und Elayne führte Centenarius an den Zügeln, während sie sich den Toren näherten. Zwei Wachen stoppten die Neuankömmlinge.

»Ihr seid nicht von hier. Was wollt ihr in Caer Luel?« Der Ältere der beiden musterte sie mäßig interessiert.

Der Jüngere sah etwas nervös von Liam zu Elayne und zurück.

»Dies ist Elayne von Corbenic, die Tochter von König Pelles«, erklärte Liam unumwunden.

Das Interesse des Älteren blieb gering. »Wohl kaum. Wo ist die Begleitung, die einer hochwohlgeborenen Dame würdig ist? Wo sind ihre Diener? Und wäre nicht zuvor eine Ankündigung eingetroffen, damit man einen solchen Gast gebührend empfangen könnte?«

»Meine Reise war eine spontane Entscheidung«, übernahm Elayne das Wort. »Und wer Corbenic kennt, weiß, dass es dort keine Dienerschaft gibt. Bitte richte König Uryen aus, dass seine Nichte ihn zu sprechen wünscht.«

»Der König ist nicht da«, verkündete der Jüngere übereifrig und erntete einen scharfen Blick seines Vorgesetzten.

»Dann richtet bitte der Königin aus, dass ich hier bin. Morgaine kennt mich. Wir warten hier solange.«

»Wir müssen die Tore schließen«, meinte der Ältere. Sein Blick wanderte die Römerstraße entlang. Sie waren die Letzten, die hineinwollten. »Also gut, kommt herein. Aber bleibt hier vorn stehen, bis wir jemanden gefunden haben, der euch beide kennt.«

»Teagan kennt mich. Die Tochter des Schmieds.« Liam sprach leise. Die Situation war ungewohnt für ihn.

»Wartet hier und bewegt euch nicht«, wiederholte der Ältere, nachdem er und sein Kamerad das schwere Tor geschlossen hatten.

Der Jüngere behielt sie im Auge, als hätten ein Mann mit Kind auf dem Arm und eine mittellose Frau durchaus Potenzial, ihre Waffen zu zücken und einen Überfall auf die Festung zu starten.

Die Menschen auf dem Innenhof gingen ihren Arbeiten nach und beachteten die Neuankömmlinge nicht. Es galt, Waren zu verstauen, Hühner in die Ställe zu treiben, Kinder davon zu überzeugen, dass der Tag nun vorüber war.

Elayne bemerkte, dass Liam sich suchend umsah. Natürlich sehnte er sich danach, seine Angebetete aufzusuchen und sie endlich wieder in die Arme zu schließen.

Sie empfand Schmerz und Freude zugleich. Freude für Liam, dass er jemanden hatte, dessen Herz ihm gehörte. Schmerz um das, was sie selbst nicht haben konnte. Niemand würde sich so nach ihr sehnen. Vielleicht nie.

»Komm, ich nehme dir Galahad ab. Dann hast du die Arme für Teagan frei.«

»Nein, ist schon in Ordnung.«

»Sei nicht so furchtbar selbstlos, Liam. Ich nehme Gal.«

Und so schloss sie ihren kleinen Sohn in die Arme und atmete tief seinen unschuldigen Duft von Milch, Schweiß und voller

Windel ein. Sie hatte mehr, als sie sich jemals erhofft hatte – einen wunderschönen kleinen Sohn, dessen Leben erfüllt von Abenteuern und Liebe sein würde.

»Kommt mit«, meinte der ältere Wächter ungehalten, als er zurückkehrte. »Man erwartet euch in der Königshalle. Den Gaul könnt ihr dem jungen Kerl dort überlassen.« Er deutete auf seinen Kameraden, der nicht so begeistert von dem Vorschlag war.

Centenarius hielt ebenfalls nicht viel von der Idee, sich von fremder Hand führen zu lassen. Kaum hatte Liam dem jungen Soldaten die Zügel übergeben, warf das Ross den Kopf zurück und versuchte, sich von dem Mann frei zu machen. Nervös wieherte es auf und der Soldat ließ erschrocken die Zügel fallen. Centenarius buckelte und trabte hocherhobenen Schweifes über den Hof, wo ihm jedes menschliche Wesen erschrocken auswich.

»Herrin, ich kümmere mich um Centenarius«, versicherte Liam. »Geh du mit Gal in die Halle. Ich werde dafür sorgen, dass unser Ross gut untergebracht wird.«

Etwas anderes blieb Elayne auch nicht übrig.

Sie seufzte vor Erschöpfung. Das erste Ziel ihrer Reise war erreicht. In dieser Nacht würden Gal und sie in einem gemütlich warmen Bett schlafen, frisches Essen bekommen und sie würde ihre Füße in warmes Wasser tauchen. Sie schmerzten vom langen Marsch.

Die Halle von König Uryen befand sich im einzigen Turm der Festung. Ein großes, mächtiges Gebäude aus Stein, während alle anderen Gebäude im Inneren der Mauer aus Holz gebaut waren. Da die Sonne kaum noch Licht spendete, wurden Fackeln im Hof entzündet.

Man öffnete ihnen das Tor zur Halle, die bereits von Fackeln erhellt war. Die Menschen hatten sich an langen Bänken und Tischen zum Abendessen eingefunden. Niemand schenkte den Neuankömmlingen Beachtung, bis der Torwächter sie zum Ende der Halle geführt hatte. Hier saß allein an einer prächtigen Tafel der Herr dieser Halle. Und das war an diesem Abend nicht Uryen.

»Meine liebe Base, ich habe nicht mit deinem Besuch gerechnet.«

Der junge Mann sah kaum zu seinem Gast auf. Er pulte lieber Fleisch von den Knochen seines Brathähnchens. Seine Finger glänzten vom Fett, genauso wie sein hellrosa Mund. Seine Wangen waren gerötet, vermutlich von dem Kelch Wein, der vor ihm stand und gerade von einer Dienerin aufgefüllt wurde.

Sie beugte das Haupt, wie es sich gehörte, hob es jedoch rasch wieder, da er von Geburt an nicht höher stand als sie. »Ywein, es freut mich, dich wiederzusehen, und ich entschuldige mich dafür, ohne Ankündigung anzureisen. Dringende Umstände haben meine Abreise aus Corbenic notwendig gemacht.«

Er blickte kurz auf, musterte sie und ihr Kind, ohne Freundlichkeit erkennen zu lassen. »Du bist mit einem Burschen unterwegs, berichtete man mir. Seid ihr beiden auf der Flucht vor deinem Vater? Dann muss ich euch leider zurückschicken. Ich kann keine politische Fehde verursachen. So gern ich ein unglückliches Liebespaar auch unterstützen würde.«

»Du irrst, wir sind kein Liebespaar. Liam ist mein … Leibwächter.« Sie räusperte sich in der Hoffnung, die volle Aufmerksamkeit ihres Vetters wiederzuerlangen, der sich lieber um sein Brathähnchen kümmerte.

Eigentlich hätte man ihn mit dem dunklen Haar und dem jugendlich stolzen Gesicht als gut aussehend bezeichnen können. Wenn nur seine schlechten Manieren nicht gewesen wären.

»Du hast ein Kind«, stellte Ywein überflüssigerweise fest. »Wer ist der Vater, wenn nicht dein ... Leibwächter?«

»Niemand, den du kennst. Niemand, den mein Vater für würdig erachtet hätte, mich zu heiraten.« Sie musste sich beherrschen, nicht ihre eigenen Umgangsformen zu vergessen. Natürlich hatte sie nicht darauf hoffen können, mit offenen Armen empfangen zu werden. Aber etwas mehr Respekt wäre sicher möglich gewesen. »Ich hatte gehofft, mit König Uryen die Angelegenheit besprechen zu können. Wann wird er zurückerwartet?«

Ywein zuckte mit den Schultern. »Er ist in Lothian. Seit ein paar Tagen. Wer weiß, wie lange die Besprechungen mit König Lot anhalten. Darüber hat er mich nicht informiert.«

Ihr Herz wurde ganz schwer. »Ich nehme an, Königin Morgaine hat ihn nach Lothian begleitet?«

Er grunzte abfällig. »Natürlich, das Weib muss doch dafür sorgen, dass er gehorsamst das tut, was es wünscht.« Ohne sie weiterhin eines Blickes zu würdigen, schluckte er Wein wie eine Sau das Wasser.

War er schon immer so gewesen? Sie erinnerte sich an Streiche, die er ihr gespielt hatte, als sie noch Kinder gewesen waren. Aber das war lange her und sie hatte ihn nie ernst genommen.

»Möchtest du etwas essen?«, fiel ihm dann ein.

»Ja, das möchte ich sehr gern. Und wenn ich eine Kammer beziehen könnte, damit ich mich und meinen Sohn umkleiden und waschen kann ...«

Er sah sie streng an, dann das Kind auf ihrem Arm. »Du bekommst eine Kammer. Später. Setz dich zu mir, Base.«

Gal quengelte leise. Auch er war müde und er fühlte sich in der nassen Windel unwohl. Doch sie konnte ihren Gastgeber nicht vor den Kopf stoßen. Vielleicht konnte sie ihren Sohn mit etwas Brot für ein paar Momente ablenken, bis sie sich zurückziehen konnten.

»Gib das Kind einer Amme«, befahl Ywein und kümmerte sich wieder um sein Brathähnchen.

Dieser Ton gefiel Elayne ganz und gar nicht. »Vielen Dank für das Angebot, doch ich behalte meinen Sohn lieber bei mir.«

Ihr Gastgeber hob eine Schulter, als sei es ihm gleichgültig, und Elayne nahm auf dem Sessel neben ihm Platz. Das Holz war mit Schnitzereien verziert, die Sitzfläche mit Fellen ausgelegt. Sie hoffte, es war nicht der Platz der Königin.

Sie fühlte sich zunehmend unwohl. Die Menschen in der Halle warfen ihr ab und an neugierige Blicke zu, hauptsächlich konzentrierten sie sich auf ihr Essen und sprachen leise miteinander.

Ihr selbst schob Ywein einen Teller hinüber. Das Brot war angebissen, auf der Soße schwammen Fettaugen. »Hier, bitte schön.«

Das konnte nicht sein Ernst sein. Sie musterte ihn von der Seite. Welches Spiel trieb er hier?

»Danke«, sagte sie bloß und sah sich auf dem Tisch um.

Ein Apfel lag in Reichweite. Gal hatte zum Glück bereits genug Zähne, um ihn zu kauen. Sie nahm den Apfel und ein Messer, dessen Klinge sie unauffällig an ihren Röcken abwischte, bevor sie damit kleine Spalten abschnitt. Ihr Sohn freute sich über die Apfelschnitze und lutschte den Saft heraus, bevor er zaghaft daran knabberte.

»Du bist also von zu Hause weggelaufen«, begann ihr Gastgeber ein Gespräch im Plauderton. »Was hast du vor? Hast du ein bestimmtes Ziel?«

Sie hoffte, er sah ihr ihr Unbehagen nicht an. Sie bemühte sich um einen kühlen, doch höflichen Ton. »Ich möchte mit meinem Sohn ein neues Leben beginnen. Zu Hause fühle ich mich nicht mehr sicher.«

»Ach. Was ist passiert?« Ywein kümmerte sich weiter um sein Essen, das interessanter schien als die Beweggründe seiner Verwandten.

Mit zusammengekniffenen Augen musterte sie ihren Vetter. »Das würde ich lieber mit Uryen besprechen.«

Er hob den Blick und eine Augenbraue, stolz reckte er das Kinn. »Ich bin sein Stellvertreter. Du kannst mir alles sagen, was du auch ihm sagen wolltest.«

Genau das glaubte sie nicht. Die wenigen Momente, die sie ihn kannte, hatten in ihr ein Missbehagen ausgelöst, das sie selten zuvor verspürt hatte.

Da sie nicht antwortete, meinte er: »Ich weiß, dass mein Vater vor Jahren plante, mich mit dir zu verheiraten, um die Königreiche zu vereinen.« Er musterte sie abfällig. »Jetzt bin ich froh, dass er es nicht getan hat.«

Sie räusperte sich. Er wollte sie auf eine sehr abfällige Art ärgern. Es war kein freundschaftliches Necken. Er sah auf sie herab. Warum? Sie hatte ihm nie etwas getan.

»Gibt es eine neue Auserwählte für dich?«, kehrte sie das Spiel um. »Vielleicht eine Schönheit aus dem Süden? Oder eine Sächsin? Eine Piktin?«

Er ließ den Hühnerschenkel auf seinen Teller fallen. »Ich werde mir mein Weib selbst aussuchen, wenn es so weit ist.«

Sie lächelte süßlich. »Natürlich. Man sollte auf sein Herz hören, nicht wahr?«

Er sah sie an, als wäre sie eine lästige Fliege. »Nein, nicht auf sein Herz. Ich brauche eine Frau, die mir Erben gebären kann. Eine Frau, die mir dient und auf mein Wort hört. Keine Frau, die mir süße, verräterische Worte in das Ohr säuselt und versucht, mich zu manipulieren.«

Sie sollte lieber schweigen. In ihm loderte Zorn, sie erkannte es an seinen abfälligen Worten. Sie war nicht die Ursache dieses Zorns, doch sie wollte auch nicht diejenige sein, die ihn schürte.

Er nahm ein frisches Stück Fleisch und deutete damit auf ihren Leib. »Du hast bereits bewiesen, dass du fruchtbar bist. Das wird dir helfen, einen Ehemann zu finden.« Ywein knabberte an dem Hähnchen und ließ seinen Gedanken freien Lauf. »Andererseits hat bereits ein Mann deine Früchte genossen. Männer mögen kein angebissenes Obst. Du wirst Abstriche in der Wahl machen müssen. Es wird kein Thronerbe sein.« Er hielt inne, wischte sich mit dem Ärmel über den Mund und sah sie streitlustig grinsend an. »Wenn du Glück hast, ein Krieger, ein jüngerer Sohn eines Königs. Wieso isst du nichts? Hast du keinen Hunger?«

Elayne biss sich auf die Innenseite ihrer Wangen, um jedes weitere herausfordernde Wort zu unterdrücken. »Ich bin nicht hungrig, aber sehr müde. Wäre es möglich, dass ich mich nun zurückziehe?«

Er schnaubte verächtlich und winkte einen Diener herbei. »Ist alles vorbereitet? Gut, bring die Königstochter in ihre Gemächer.« Er biss von seinem Hähnchen ab und grinste Elayne mit vollem Mund an.

Zu gern hätte sie ihm sein dämliches Grinsen aus dem Gesicht gewischt. Stattdessen nickte sie ihm zu und hob sich ihr Kind auf die Hüfte, um die Halle zu verlassen. Sie hatte keine weiteren Ansprüche als ein warmes, sauberes Bett und die Möglichkeit, in Ruhe zu schlafen.

Der Diener führte sie einen schmalen Gang entlang zu einer Treppe. Weiter oben im Turm führte er sie einen weiteren Korridor entlang, bis er an dessen Ende stehen blieb und eine Tür öffnete.

»Vielen Dank. Könnte ich frisches Wasser haben, bitte?« Sie blickte in das finstere Dunkel. »Und eine Fackel? Oder einen Kienspan?« Sie wollte keine Umstände bereiten.

Der Mann wich ihrem Blick aus. »Wenn es der Herr erlaubt.«

Seine Antwort war nicht zufriedenstellend.

Sie betrat die Dunkelheit der Kammer. Kein Licht drang durch die Läden, es roch muffig. Gal klammerte sich an sie. Während sie noch versuchte, etwas in diesem Raum zu erkennen, knackste die Tür und wurde hinter ihr geschlossen. Dann hörte sie, wie ein schwerer Riegel vorgeschoben wurde.

Sie war eingesperrt in der Finsternis.

Gal begann zu weinen. Er spürte, dass etwas nicht stimmte. Ihm zuliebe musste sie Ruhe bewahren.

Sie schmiegte ihre Wange an seine Schläfe. »Schsch, mein kleiner Schatz. Es wird alles gut. Ich bin ja bei dir.«

Langsam konnte sie Umrisse wahrnehmen. Etwas Licht fiel durch den Ritz unter der Tür. Auf der anderen Seite befand sich eine Fensterluke.

Sie tastete sich vorwärts, eine Hand ausgestreckt, mit dem anderen Arm hielt sie ihr Kind, das auf ihrer Hüfte saß. Die Feuchtigkeit der Windel drang bereits durch alle Stofflagen ihrer Kleidung.

Warum tat Ywein ihr das an? Hatte Uryen ihn instruiert? Das konnte nicht sein, denn der König wusste nicht, dass sie hierherkommen würde. Es musste also die Idee dieses einfältigen Burschen sein. Aber sie würde sich die ersten Schritte in ihrem neuen Leben nicht von einem Bengel vermiesen lassen, der König spielen wollte.

Sie hatte das Fenster erreicht und ruckelte an den Planken, mit denen es vernagelt war. Das Holz war morsch und gab ihren Bemühungen nach. Sie riss eines der Bretter herunter, sodass frische Luft in die Kammer strömte.

Tief atmete sie ein. Die Nacht war hereingebrochen, der Vollmond aber spendete ein wenig Licht und stand tröstend am Himmel.

Gal jammerte erneut.

»Wo sind wir hier nur hineingeraten?«, fragte sie sich leise.

Die Kammer gab keinen Aufschluss. Ein breites Bett stand zu ihrer Rechten. Eine Truhe zu ihrer Linken. Ein Sessel in der Ecke neben dem Fenster. Mehr konnte sie nicht ausmachen. Doch sie wollte keine weitere Planke entfernen, damit die Kammer nicht weiter auskühlte.

Sie ging zur Bettstatt. Der modrige Geruch kam hauptsächlich von hier. Die Decken fühlten sich feucht an, als sie nach ihnen tastete. Rasch zog sie die Hand zurück. In dieser Kammer würde es wohl keinen ruhigen Schlaf für sie geben. Dennoch musste sie für Gal alles tun, damit er sich wohler fühlte.

Sie trat unter das Fenster und schob mit dem Fuß das schimmelige Heu fort. Danach nahm sie ihren Umhang von ihren Schultern und breitete ihn auf dem Boden aus, um Gal vorsichtig darauf abzulegen.

»Es tut mir leid, mein kleiner Schatz, dass ich dir nicht mehr bieten kann. Aber wir werden das Beste aus der Lage machen.« Ihre Stimme beruhigte ihn.

Während sie ihm die feuchten Windellagen auszog und mit einer noch trockenen Ecke davon den Hintern sauber wischte, so gut es ging, fing er an zu glucksen und vor sich hin zu brabbeln.

Sie trug mehrere Lagen Stoff. Die oberste war verdreckt von der Reise. Sie zog die erste und zweite Lage aus und wickelte ihren Sohn in das trockenere Gewand ein. Dann legte sie ihren Umhang so hin, dass sie sich auf den Steinboden setzen konnte, den Rücken an die Wand gelehnt, die Tür im Blick, ihren Sohn in den Armen.

Sein kleines Gewicht und seine Wärme spendeten ihr Trost. Ihm ging es gut. Und so würde es auch bleiben. Der Bengel auf dem Thron würde es nicht wagen, ihnen etwas anzutun.

Gal tastete mit der Hand nach ihrer Brust. Er war schon fast entwöhnt. Er hatte sich früh für das Essen der Erwachsenen und besonders für das von Dewi interessiert. Aber in den Nächten brauchte er noch immer Milch.

Sie legte ihn an und ließ ihn trinken. Wenigstens bekam er so eine Abendmahlzeit. Ihr eigener Magen war leer und knurrte lautstark.

Sie seufzte und ließ den Kopf nach hinten an die Wand sinken. Sie spürte den Drang, Gott um Hilfe anzubeten. Doch wäre das gerecht? Gott hatte ihr nicht geraten, ihr Zuhause zu verlassen. Das hatte sie selbst entschieden. Also musste sie auch selbst versuchen, diese Lage zu meistern.

Gal war gerade eingeschlafen, da vernahm sie Schritte vom Flur, die sich der Kammer näherten. Schatten zweier Füße waren im Spalt unter der Tür auszumachen.

Hatte Ywein es sich anders überlegt? Ließ er ihr nun doch etwas zu essen und Licht bringen? Oder war es Liam, der sie nun befreien wollte?

Metall knirschte, der Riegel wurde zurückgeschoben, die Tür langsam geöffnet.

Elayne verlagerte das Gewicht ihres Kindes und stand auf.

»Gefällt dir deine Unterkunft?« Ywein lehnte sich lässig an den Türrahmen.

Sie funkelte ihn böse an. »Nein, natürlich nicht.«

»Das tut mir leid für dich. Nein, warte … eigentlich tut es mir keineswegs leid.« Er winkte jemanden im Flur herbei. »Nimm das Kind.«

Elayne drückte Gal fester an sich. Das konnte er nicht vorhaben. »Was verlangst du von mir?«

Er verschränkte die Arme vor der Brust und ließ seinen Blick über sie wandern, bevor er schmutzig grinste. »Ich möchte mich mit dir unterhalten. Das Kind stört dabei.«

Zaghaft betrat eine ältere Frau in einfacher Kleidung den Raum, gemeinsam mit jenem Diener, der Elayne hierhergebracht und eingesperrt hatte.

Gal wimmerte im Schlaf, da sie ihn so fest an sich drückte. »Kommt mir nicht zu nahe.«

»Wehr dich nicht«, befahl Ywein. »Es wäre doch wirklich traurig, wenn du dabei dein Kind fallen ließest. Dein Sohn wird es gut haben. Er bekommt eine warme Schlafstätte und genug zu essen. Oder willst du, dass er in diesem Dreckloch bei dir bleibt?«

Nein, sie wollte ihr Kind nicht hergeben. Wo brachte man es hin? Sie musste bei ihm bleiben. Er kannte doch hier niemanden.

Und er brauchte sie. Wer streichelte sein zartes Gesicht, wenn er im Schlaf wimmerte?

Die Fremde streckte die Arme nach ihm aus. »Gib ihn mir, Herrin. Der Herr wird uns sonst beide strafen.«

Sie spürte einen dicken Kloß im Hals und schüttelte den Kopf.

Ywein nickte seinem Diener zu. Der trat an Elayne heran, packte sie an den Ellbogen und drückte sie fest. »Der Herr sagt, du sollst dein Kind loslassen.«

Elayne starrte den Mann und dann ihren Vetter entsetzt an. »Das könnt ihr unmöglich von mir verlangen.«

Gal wurde wach. Als die Fremde nach ihm griff, stieß er einen protestierenden Schrei aus.

Der Diener drückte ihr fester ins Fleisch. Elayne gab verzweifelt nach, sonst hätte sie Gal wirklich fallen gelassen. Ihr Hals war eng, sie konnte kaum sprechen. »Er mag Äpfel. Und Brot in Soße. Und … wenn er weint, sing ihm etwas vor.«

Gal schrie, als sie ihn losließ. Die Dienerin drückte ihn fest an sich und nickte Elayne traurig zu. »Ich werde mich um ihn kümmern, so gut ich kann.«

Rasch trug die Frau ihn hinaus und der Diener ließ Elayne los. Das Schreien ihres Kindes ließ Tränen über Elaynes Wangen laufen. Ihr Herz schmerzte, als hätte Ywein einen Dolch hineingestoßen. Schmerzerfüllt und voller Wut sah sie ihn an. »Was willst du von mir?«

Ihr Vetter grinste vergnügt. »Mir war nach abendlicher Gesellschaft.«

Er befahl dem Diener, die Kammer zu verlassen und die Tür hinter ihm zu schließen.

Wieder umhüllte sie die Dunkelheit. Elayne schritt zurück, bis sie den Halt der Mauer hinter sich spürte. Der Mond schien durch den schmalen Spalt und erhellte Yweins bleiches Gesicht. Langsam kam er auf sie zu.

Seine Stimme klang seltsam entrückt. »Diese Kammer war einst das Gemach meiner Mutter. Vater ließ sie nach ihrem Tod verschließen. Niemand hat seitdem einen Fuß hineingesetzt. Fühlst du dich nicht geehrt? Das Gemach einer Königin für eine Königstochter.«

Er musste wahnsinnig sein, anders konnte sie sich seine Worte nicht erklären. Als er noch näher trat, konnte sie den Met riechen. Er war nicht nur wahnsinnig, sondern auch betrunken.

»Was ist das nur mit euch Frauen? Wir sollten doch die Beherrscher sein. Wir sind die Könige der Welt. Und doch schafft es ein Blick … ein Lächeln, dass wir schwach werden. Welche Magie ist das?«

Sie drückte sich fest an die Wand. »Ich weiß es nicht.«

»Du musst es doch wissen. Du hast ein Kind. Du hast einen Mann zwischen deinen Schenkeln gehabt. Wer war er? Ein Bauernjunge?« Er lachte bei dieser Vorstellung. »Oh, das geschähe Pelles so recht! Er lehnt das Heiratsangebot eines Königssohnes ab und dafür lässt sich seine Tochter von einem Bauern schwängern.«

Sie presste fest die Lippen aufeinander. Sie musste ruhig bleiben. Wenn sie ihn einfach reden ließe, vielleicht wäre er bald von ihr gelangweilt.

Er kam näher, stützte seine Hände neben ihrem Gesicht ab und hauchte in ihr Ohr: »Sag es mir!«

Er stank so sehr nach Wein, dass sie fast erbrochen hätte. Gleichzeitig knurrte ihr Magen.

Der Schein des Mondes zeigte sein Grinsen. »Hungriges armes Ding. Du hast nichts gegessen. Waren dir meine Reste nicht gut genug? Nun … vielleicht reicht dir ja mein Schwanz?«

»Wag es nicht«, knurrte sie leise.

»Oh, warum nicht? Wir hätten ohnehin heiraten sollen. Vielleicht nehme ich mir einfach, was mir sowieso gehören sollte? Oder willst du mich beißen? Das würde dir gefallen. Und mir vielleicht auch … wer weiß.« Er leckte ihr über das Ohr und ein Schauer des Ekels überkam sie.

Sie presste erneut die Lippen aufeinander und die Augen zu. Alle Gedanken schossen wie wirre Pfeile in ihrem Kopf umher.

Sie hatte einen Dolch in ihrem Stiefel. Würde sie ihn erreichen können? Und würde sie es über sich bringen, ihrem Vetter die Klinge an die Kehle zu halten? Sollte sie ihn nicht einfach gewähren lassen, es über sich ergehen lassen, damit er seinen Spaß hatte und sie dann in Ruhe ließ? Warum war er so zu ihr? Hatte die Ablehnung ihres Vaters ihn so sehr getroffen? Das konnte unmöglich sein, sie beide kannten sich doch eigentlich nicht.

Nein, *sie* war nicht der Grund. Seine Worte deuteten eher darauf hin, dass er ein generelles Problem mit Frauen hatte.

»Ich weiß nichts von der Magie, von der du gesprochen hast«, sagte sie leise. »Es war ein simples Betäubungsmittel, das den Vater meines Kindes und mich zusammenbrachte. Es geschah gegen unseren freien Willen.«

»Das klingt interessant und irgendwie traurig.« Er ließ nicht von ihr ab. Stattdessen legte er nun eine Hand auf ihre Brust und presste sich fest an sie.

Sie wollte ihm den Dolch ins Herz rammen für das, was er ihr antat. Und doch traute sie sich kaum, zu atmen, geschweige denn, die Hand nach ihrer Waffe auszustrecken.

Seine Erregung drückte gegen ihren Bauch. Erneut überkam sie eine Welle des Ekels.

»Uryen wird dich bestrafen, wenn er erfährt, was du hier treibst«, sagte sie leise.

Er ließ ihre Brust los, jedoch nur, um ihr Kinn grob zu packen und gegen die Wand zu drücken, sodass sie kaum atmen konnte. »Mein Vater wird erkennen müssen, dass ich stärker bin, als er dachte. Und dass ich meine eigenen Vorstellungen von Regentschaft habe. Er mag sich von Weibern süße, verräterische Worte ins Ohr flüstern lassen. Ich dagegen lasse mich nicht von euch bezirzen.«

Mit der freien Hand griff er zwischen ihre Beine. Ihre Röcke dämpften die Berührung und doch fühlte sie Scham und Ekel.

»Du kannst ein schönes Zimmer bekommen«, lockte er sie mit öligem Grinsen. »Möchtest du das? Und mit deinem Kind zusammen sein? Dann solltest du einfach ein wenig mitspielen. Mach die Beine breit und heb deine Röcke. Ansonsten wirst du hier in der Dunkelheit verrotten. Und ich werde dich trotzdem nehmen. Ich weiß nicht, was mir mehr Spaß machen würde: deine Zustimmung oder deine Gegenwehr.«

Sie kniff die Augen zusammen und versuchte, sich fortzudenken. An einen schöneren Ort, einen friedlichen Ort. Die Lichtung ihres Einhorns, auf die im Frühling der Sonnenschein wie Silberglanz traf.

Ungeschickt versuchte er, ihre Röcke nach oben zu ziehen, ohne den Griff an ihrem Kinn zu lockern.

Nein, sie würde es nicht geschehen lassen. Nicht, ohne sich zu wehren.

Sie packte seine Hand und riss sie von ihrem Kinn los. Er hatte nicht mit Gegenwehr gerechnet. Mit einem weiteren Ruck tat sie das, was ihr als Erstes in den Sinn kam. Sie verdrehte seinen Arm, bis er knackste.

Ywein schrie auf vor Schmerz und sprang von ihr zurück. »Du … Du Hündin!« Er holte mit der unverletzten Hand aus und schlug ihr so fest ins Gesicht, dass ihr Hinterkopf gegen die Wand knallte und ihre Sicht trüb wurde.

Er wollte sie erneut packen, doch diesmal war sie bereit. Sie zog den Dolch aus ihrem Stiefel und hielt die Klinge schützend vor sich.

Er wich zurück, doch er lachte. »Du denkst, du kannst mich mit diesem Küchenmesser auf Abstand halten?«

Sie schmeckte Blut in ihrem Mund und spie aus. »Und du denkst, du könntest mich, eine Tochter der Könige von Corbenic, benutzen?«

»Eine Tochter von Fischhändlern, das bist du.«

»Ein Sohn von dreckigen Barbaren, das bist *du*!«

Er lachte erneut. »Du kannst dein Messerchen behalten, wenn es dich beruhigt. Doch nun wirst du noch länger hierbleiben. Vermutlich wird dein Sohn dich gar nicht mehr erkennen, sollte ich dich irgendwann zu ihm lassen.« Er wandte sich ab.

»Nein!«, schrie sie ihm hinterher. Der Schmerz in ihrer Brust übertraf den Schmerz in ihrem Kopf. »Ywein!«

Er lachte grimmig und ging weiter.

Als er den Riegel von außen vorschob und die Dunkelheit sie umhüllte, sank sie in die Knie und ließ den Dolch fallen. Tränen rannen über ihr Gesicht, der Schmerz in ihrer Brust löste sich in einem tiefen Schluchzen.

3

LILY GWYNION

Die weiße Lilie

Die Sonne stand hoch am Himmel und schien ihm strategisch ungünstig ins Gesicht. Er schloss die Augen. Sein Gegner hatte einen Vorteil, zögerte jedoch.

Ein Raubvogel stieß in der Ferne einen Jagdschrei aus. In der Luft lag der Duft von Pferden und verschwitzten Männern.

Sein Gegner räusperte sich nervös.

Lancelot grinste, stieß mit einem Ausfallschritt nach vorn und schlug dem Kontrahenten mit der Schwertspitze in die Magengegend. Mit einem weiteren Schritt brachte er sich auf dessen Kehrseite, sodass die Sonne ihn nicht mehr blendete, und schlug mit der flachen Seite gegen den Rücken.

Der junge Mann ging fluchend in die Knie und Lancelot lachte amüsiert auf. »Dein Bruder hat dich sehr geschont, wie ich merke.«

Beschämt stand der Junge mit dem wirren hellbraunen Haar auf, seine Wangen vor Scham gerötet. »Du hattest einen Vorteil.«

Nochmals lachte Lancelot. »Welchen Vorteil? Du hattest die Sonne im Rücken, ich stand mit geschlossenen Augen vor dir. Du hättest nur einmal zustechen müssen, aber du hast gezögert.«

»Er hatte nur Respekt vor deinem Alter«, warf eine amüsierte Stimme von außerhalb des Übungsplatzes ein.

Lancelot richtete die stumpfe Spitze des Holzschwertes in jene Richtung. »Komm nur, Gawain, du bist nicht viel jünger als ich.«

Sein Vetter mit dem nicht minder wirren Haar und den grünen Augen der Tintagel-Familie kletterte behände über das Gatter und schlenderte zu ihnen, die Handflächen nach oben gerichtet. »Ich bin nicht bewaffnet.«

»Du kannst mein Übungsschwert haben«, entgegnete sein jüngerer Bruder allzu schnell.

Lancelot wartete grinsend, bis Gawain von Gaheris das Holzschwert entgegengenommen hatte, seinen neuen Kontrahenten nicht aus den Augen lassend. »Was dein Bruder dir nicht beigebracht hat«, rief er Gaheris nebenbei zu, »nutze jede Gelegenheit. Zögere niemals, nicht einmal bei einem Freund.«

»Denn morgen schon könnte er dein Feind sein«, vollendete Gawain seine Worte. »Natürlich habe ich es ihn gelehrt. Der Dummkopf hat es nur vergessen.«

»Ich bin nicht dumm«, widersprach Gaheris in jugendlichem Eifer.

Gawain nickte ihm zu. »Sieh zu und lerne.«

Lancelot wartete nicht, bis Gawain in Stellung gegangen war. Mit zwei Schritten war er bei ihm und schlug zu. Sein Gegner schaffte es gerade noch, die Holzwaffe zu heben und den Schlag abzuwehren.

Gawains grüne Augen funkelten herausfordernd. »Nicht so ungestüm, mein Freund. Du kannst es wohl kaum erwarten, von mir eine verpasst zu bekommen.«

Lancelot tippte sich mit der Schwertspitze an die Schläfe. »Nicht zögern, mein Freund.«

Tatsächlich hatte es lange keinen Übungskampf mehr zwischen ihnen gegeben. Und Lancelot merkte erst jetzt, wie sehr er den Kampf mit einem ebenbürtigen Gegner vermisst hatte. Sein Nacken kribbelte. Er lockerte den Griff um das Holzschwert und umfasste es in einer guten Haltung.

Gawain war kein Gegner, der sich Kraft, Technik oder Reichweite zu eigen machte. Er war eine Handbreit kleiner als Lancelot. Sein Vorteil war seine Schnelligkeit, gepaart mit einem gewitzten Einfallsreichtum. Deswegen verzichtete er im Nahkampf auf einen Schild, der seine Bewegungen eingegrenzt hätte, und kämpfte stattdessen mit zwei Kurzschwertern.

»Worauf wartest du?«, provozierte Gawain grinsend. »Blendet dich erneut die Sonne?«

Lancelot schritt auf ihn zu und holte mit dem Schwert aus. Natürlich wich sein Kontrahent geschickt zur Seite und vollführte eine Halbdrehung, um den Schlag zu parieren.

»Das sieht nicht wie Kämpfen aus«, lachte Lancelot. »Willst du mit mir tanzen?«

Gawain hob das Kinn. »Tanzschritte und Kampfschritte sind sich nicht ganz unähnlich.« Er tänzelte zur Seite und machte einen Knicks.

Gelächter erscholl von der Absperrung. Sie hatten mittlerweile Zuschauer, was Gawain gefiel. Er ließ es sich nicht nehmen, ihnen zuzuwinken.

Lancelot schüttelte gespielt tadelnd den Kopf und startete den nächsten Angriff. Diesmal sah er voraus, was Gawain vorhatte, nämlich zur anderen Seite auszuweichen, und drehte sich selbst mit ihm. Holzschwert gegen Holzschwert sahen sich die Vettern in die Augen. Sein Gegner gab nicht nach, legte sein ganzes Gewicht in seinen Schwertarm. Lancelot hielt dagegen.

»So ungern ich euch unterbreche«, rief jemand unter den Zuschauern ihnen zu. Lancelot erkannte Cais Stimme. Der Ziehbruder des Königs klang ernst wie je. »Aber Artus erwartet euch in der großen Halle. Wir haben Gäste.«

»Wer auch immer es ist, kann warten«, rief Gawain zurück.

Sie standen so nah beieinander, dass sein Atem Lancelots Gesicht streifte. Sein Gegner hatte wohl Fisch zum Mittag gehabt.

Lancelot rümpfte die Nase. »Himmel, wie alt war der Fisch?«

Gawain hauchte ihn hingebungsvoll an. »Hätte ich geahnt, dass ich Aug in Aug mit dem großen Lancelot stehen würde, hätte ich selbstverständlich mit Kräutersud nachgegurgelt.«

»Es ist Bernhard von Astolat mit seinen beiden Söhnen und seiner Tochter«, rief Cai ihnen zu, um die Wichtigkeit zu erläutern.

»Der Sachse, der seine Festung golden nennt?«, versicherte sich Gawain.

»Der König von Astolat«, berichtigte Cai überflüssigerweise den Titel.

»Und seine Tochter ist im heiratsfähigen Alter, nehme ich an?«

»Selbstverständlich.« Nun konnte man ein Schmunzeln in Cais Worten hören. »Ihr Name ist Elayne.«

Nur einen kurzen Blick warf Lancelot dem älteren Recken zu. Eine Unachtsamkeit, die er sofort bereute, besonders da Elayne doch ein beliebter Name war. Gawain gab dem Druck seines

Schwertes nach, brachte seinen Schenkel hinter Lancelots Standbein und ihn so zu Fall.

Der Aufprall ruckte durch seinen ganzen Körper. Lancelot fluchte, als Gawain auch noch den Fuß auf seine Brust stellte wie auf ein erlegtes Wild.

»Lektion zwei: Niemals ablenken lassen.«

Lancelot packte Gawains Fuß, drehte ihn und richtete sich dabei auf. Sein Kontrahent knurrte vor Schmerz und landete seinerseits mit dem Hinterteil im Dreck.

Die Zuschauer lachten und klatschten Beifall.

Ruhig stand Lancelot auf und klopfte sich die Erde von der Kleidung. »Wenn wir einem König gegenübertreten, sollten wir uns wohl zuerst waschen.« Er reichte Gawain schmunzelnd die Hand, der sie dankbar ergriff und sich aufhelfen ließ.

»Lektion drei«, seufzte Gawain. »Unterschätze niemals Lancelot vom See.«

Sein jüngerer Bruder sammelte die Übungswaffen ein. »Viel gelernt habe ich von eurem Kampf irgendwie nicht«, meinte er spitzbübisch.

»Möchtest du im Pferdetrog landen?«, drohte Gawain und packte seinen Bruder am Kragen, um sein wirres Haar noch mehr durchzuwuscheln.

»Wenn wir uns nicht beeilen, steckt Cai uns alle drei in den Pferdetrog«, raunte Lancelot den Brüdern zu.

In der großen Halle erwartete sie wie stets reges Treiben. Die Krieger und Dienerschaft Camelots fanden sich hier ein, um gemeinsam zu speisen. Und hier wurden ebenso die großen Feste gefeiert. Seine Gäste empfing Artus für gewöhnlich in der kleineren königlichen Halle oder in seinen Privatgemächern.

Umso verwunderlicher war es, dass sie die Tochter des Königs von Astolat in jener großen Halle vorfanden. Sie stand verlegen inmitten des Raumes, an ihrer Seite ein Hüne mit blondem Haar. Doch niemand konnte seinen Blick von der Königstochter abwenden.

Lancelot hatte noch nie eine Frau mit solch hellem Haar gesehen, es wirkte fast so weiß wie Schnee. Sie trug es offen über einem hellblauen Kleid, was die Blässe ihrer Haut noch betonte.

»Himmel, wieso ist sie hier? Sie sollte sich in den königlichen Gemächern aufhalten«, raunte Gawain ihm zu.

»Ist sie eine von dem schönen Volk? Den *tylwyth teg*?«, staunte Gaheris, der seine Augen nicht von ihrer außergewöhnlichen Erscheinung wenden konnte.

»Mit diesem Riesen an ihrer Seite traut sich niemand, sie anzusprechen«, meinte sein älterer Bruder.

Trotzdem war die Situation für die junge Frau unangenehm. Sie wagte kaum, den Blick zu heben, und spielte nervös mit ihrer Kette, an der ein silberfarbenes Kreuz hing.

»Kommt«, bat Lancelot seine Vettern. »Finden wir heraus, was nicht stimmt.«

Lancelot hielt geradewegs auf die junge Frau zu und stoppte erst, als der Hüne an ihrer Seite einen Schritt auf ihn zu machte, wohl darauf bedacht, jede Gefahr von der außergewöhnlichen Schönheit fernzuhalten.

Lancelot sah ihn erst jetzt genauer an. Der Recke war jünger als gedacht, der Bart auf seinen geröteten Wangen war kaum mehr als ein Flaum. Sein Haar war ebenfalls hell, wenn auch nicht schneegleich. Lancelot lächelte ihn freundlich an.

»Willkommen in Camelot. Mein Name ist Lancelot und das«, er deutete auf die Brüder, »sind meine Vettern Gawain und Gaheris.«

Der Riese spannte sich an, die Hand am Knauf seines Schwertes. Doch als sich die zarte Hand der jungen Frau auf seinen Oberarm legte, dessen Breite in etwa dem Oberschenkel eines gewöhnlichen Mannes entsprach, entspannte sich seine Miene.

»Ihr seid König Artus' Krieger«, bemerkte die Königstochter mit einer zarten Stimme.

Lancelot nickte ihr freundlich zu. »Und du bist die Tochter des Königs von Astolat.«

»Elayne«, sagte sie mit ihrer zarten Kinderstimme.

Alles an ihr war außergewöhnlich: die Stimme, die nicht zu ihrem Alter passen wollte, denn unter dem Kleid zeichneten sich sehr weibliche Rundungen ab, das weiße Haar, das sie offen trug statt zu einer Frisur verflochten, ihre durchscheinende Haut … Sie schien aus der Anderswelt zu ihnen gekommen zu sein.

Und doch dachte er bei diesem Namen an jenes Mädchen, dessen Haar so schwarz wie das Federkleid eines Raben war, das groß und schmal war und doch voller Stärke, dessen Stimme manchmal weich und manchmal rau war, wenn es lachte.

Lancelot räusperte den Kloß weg, der sich in seinem Hals gebildet hatte. »Es freut mich, Elayne von Astolat. Doch frage ich mich, warum du und dein Beschützer hier in der großen Halle verweilt. Ich nehme an, dein Vater spricht mit unserem König?«

Sie nickte. »Mein Bruder Tirre und mein Vater sind beim König. Man wollte uns nicht dabeihaben.«

»Wurde die Königin nicht von eurer Ankunft unterrichtet?«, wunderte sich Gawain mit gerunzelter Stirn.

Nun färbten sich die Wangen der jungen Frau noch rötlicher und sie sah auf ihre Fußspitzen, die in Stiefeln aus feinstem Leder steckten. »Man sagte mir, sie sei unpässlich.«

Mit hochgezogenen Brauen sah Gawain zu Lancelot. Dieser verstand. »Nun, dann ist es gut, dass wir hier sind«, meinte er fröhlich. »Es wäre mir eine Freude, dich in Camelot herumzuführen. Es sei denn, du möchtest zuerst etwas essen und trinken.«

»Wir haben bereits gegessen.«

Wenigstens das.

Lancelot warf dem Hünen einen interessierten Blick zu. »Und dein Begleiter ist …?«

»Mein Bruder Lavaine«, beeilte sie sich zu erklären. »Er spricht nicht gern.«

Das hielt Lancelot nicht davon ab, ihm ebenfalls freundlich zuzunicken. »Ich hoffe, ich kann euch beiden etwas Ablenkung bieten, solange euer Vater mit Artus spricht.«

»Ich werde nachsehen, ob der König etwas braucht«, warf Gawain leise ein und neigte galant das Haupt vor der Königstochter. »Lancelot ist der Beste, um Neuankömmlinge herumzuführen, holde Dame.« Er legte seinem Bruder einen Arm um die Schultern. »Komm, Gaheris.«

Da die junge Dame ein christliches Kreuz als Schmuck trug, beschloss Lancelot, den Rundgang im Bethaus zu beginnen. Es war eines der neuesten Bauwerke der Festung, direkt neben der großen Halle gelegen. Im Inneren roch es nach frischem Harz und jenen Gewürzen, die der Priester hier häufig verbrennen ließ. Auf dem Altar brannten Honigkerzen – ein Vermögen, das hier einfach so in die Luft gelassen wurde.

Während Lancelot der jungen Frau von der Entstehung des Gebäudes erzählte, hielt sich ihr Bruder mit verschränkten Armen im Hintergrund. Er schien sich nicht sonderlich zu interessieren, sein mürrischer Blick galt den harten Bänken wohl in der Hoffnung, sich dort nicht setzen zu müssen.

Seine Schwester jedoch näherte sich ehrfurchtsvoll dem Altar und bewunderte das Kreuz, das mit goldenen Ornamenten beschlagen war. Sie kniete nieder und murmelte ein kurzes Gebet, bevor sie lächelnd zu ihm zurückkam. »Das ist ein sehr friedlicher Ort, ich werde ihn gern später noch einmal aufsuchen.«

Lancelots Herz erwärmte sich. Gut, er hatte ihr erstes Unbehagen also bereits ausgleichen können.

Draußen schien weiterhin die Sonne strahlend vom Himmel. Lancelot band sich das Haar zu einem frischen Zopf. Es war noch ein wenig feucht, weil er es nach dem Kampf mit Gawain gewaschen hatte. »Ist dein Vater schon lange Christ?«, erkundigte er sich bei der jungen Dame.

»Ja, schon lange bevor er meine Mutter geheiratet hat, hat er sich taufen lassen.« Sie lächelte ihn schüchtern an. »Ich glaube, das war, als er für Vortigern kämpfte.«

Ihr Bruder Lavaine grunzte und Lancelot sah ihn aufmerksam an, es hätte ja sein können, dass der junge Mann etwas zur Unterhaltung beitragen wollte. Doch der Riese schwieg konsequent.

»Meine Mutter starb, als ich klein war«, fuhr die Königstochter fort. »Seither habe ich nur noch meinen Vater und meine Brüder.«

»Mir scheint, deine Brüder sind sehr gute Beschützer.«

»Oh ja, Lavaine ist der beste Beschützer.« Sie lächelte ihren Bruder liebevoll an. Dann räusperte sie sich. »Tirre ist … anders.«

Da war wieder dieser Kummer in ihrem Blick und Lancelot wechselte das Thema. »Bist du zum ersten Mal fort von zu Hause?«

Sie nickte. »Ich konnte mir gar nicht vorstellen, wie groß Britannien ist … und wie schön. Dabei habe ich noch gar nicht viel gesehen, nur den Weg von Goldfort nach Camelot.«

»Würdest du mehr von Britannien sehen wollen?«

Sie legte den Kopf schief und sah ihn fragend an, als müsste sie darüber nachdenken. »Ich glaube nicht, dass ich da viel mitzureden habe«, meinte sie schließlich. »Mein Vater bestimmt, wo ich hingehe. Und nach ihm werden es meine Brüder tun, oder mein Ehemann, sollte mein Vater denn einen für mich finden.«

Ihre Worte bedrückten ihn, denn zu ähnlich hatte er sie bereits ein andermal gehört. Lieber wechselte er erneut das Thema. »Gibt es etwas, was du unbedingt von Camelot wissen möchtest? Einen Ort, den du sehen möchtest?«

Sie schüttelte den Kopf. »Ich kenne Camelot nicht. Zeig mir, was du für wichtig hältst.«

Sie schlenderten über den Innenhof, der begrenzt war von der großen Halle, dem dahinter liegenden Wohnturm, dem Gebetshaus, dem Küchenhaus und weiteren Wirtschaftsgebäuden. Die Sonne schien so herrlich über ihnen, als seien sie der Sommersonnenwende nah, dabei hatte doch gerade erst die Tagundnachtgleiche stattgefunden.

Elayne von Astolat leuchtete in der Sonne, als käme sie nicht aus dieser Welt. Gaheris hatte recht. Und wer immer sie sah, konnte nicht anders, als sie anzustarren.

Die junge Frau bemerkte die Blicke und statt sich an ihnen zu erfreuen, senkte sie die Augen beschämt zu Boden. Doch nicht nur das, Lancelot bemerkte außerdem, dass die Sonne sie sehr blendete. Wann immer sie aufsah, musste sie eine Hand über die Augen heben. Es wäre besser, mit ihr nach drinnen zu gehen.

»Magst du Pferde?«, erkundigte er sich im Plauderton.

Sie sah ihn mit wenig Begeisterung an, die Hand schützend an ihre Stirn gelegt, um die Sonnenstrahlen abzuhalten. »Nicht besonders. Ehrlich gesagt machen sie mir Angst.«

Er schmunzelte. »Komm, ich zeig dir jemanden, vor dem du keine Angst zu haben brauchst.«

Sie verließen den Innenhof durch das hintere Tor, das hinab zu den Stallungen führte. Lancelot reichte seinem Gast die Hand, als sie die in Erde getretenen Stufen hinabgingen, damit sie nicht ausrutschte. Ihre Hand fühlte sich sehr zart und ihre Haut sehr kühl an, trotz des warmen Tages. Ihre Wangen röteten sich jedes Mal, wenn er sie ansah.

Er fragte sich, ob Bernhard von Astolat seine Tochter nach Camelot gebracht hatte, um einen Ehemann für sie zu finden. Sie schien bisher ein sehr behütetes Leben geführt zu haben, stets beschützt von ihren Brüdern, wie Lavaine, der ihn auch jetzt streng im Auge behielt.

Der Gedanke schmerzte ihn.

Wann würde der Tag kommen, an dem nicht mehr Väter und Brüder, sondern Frauen selbst ihre Ehegatten aussuchten? Mochten seine Gedanken darauf zurückzuführen sein, dass er auf Avalon aufgewachsen war, wo jede Priesterin, jede Schülerin ihrem eigenen Willen folgte. Frauen und Männer waren auf Avalon von gleichem Rang. Mädchen in der Welt außerhalb wie Vieh behandelt zu sehen, das man untereinander für bessere Beziehungen, mehr Reichtum oder Macht austauschte, würde er nie verstehen. Seine eigene Mutter war an einen viel älteren Mann verheiratet worden und Lancelot würde nie erfahren, ob seine Mutter glücklich gewesen war. Wenn er einst eine Tochter haben sollte, würde er sie lieber nach Avalon schicken, statt sie einem Mann zur Frau zu geben, der sie nicht zu schätzen wusste.

Sie betraten das schattige Innere der Stallungen und sein Gast atmete erleichtert aus. Im nächsten Moment aber rümpfte sie schon die Nase. »Oh, Pferde riechen streng.«

Das bedeutete, dass sie den Geruch nicht gewohnt war.

Lancelot nahm eine Möhre aus dem Eimer, welcher neben dem Eingang stand, und führte das Mädchen in den hinteren Bereich, vorbei an den Rössern der Krieger. Einige der Tiere schnaubten begrüßend auf, als sie ihn witterten, und Lancelot merkte, wie er sich entspannte.

Vor einer der Boxen blieb er stehen und lächelte Elayne aufmunternd zu. »Hier, das ist Gannicus. Das liebste und verfressenste Pony von ganz Camelot.«

Skeptisch warf die junge Frau einen Blick in die Box. »Es sieht ganz normal aus.«

Gannicus schnaubte leise, als hätte er ihre Worte verstanden, und schüttelte seine rotbraune Mähne, sodass der ganze rundliche Körper wackelte.

Lancelot hielt Elayne die Möhre entgegen. »Hier, du kannst ihn damit füttern.«

»Nein, lieber nicht.« Sie verschränkte die Arme vor der Brust.

»Du brauchst wirklich keine Angst zu haben, er ist ganz lieb«, sprach er ihr Mut zu.

Er hielt die freie Hand in die Box und sprach leise zu Gannicus. Das treue Pony kam zu ihm, schnaufte in seine Hand und ließ sich dann von ihm streicheln.

»Wir können sie ihm gemeinsam geben«, schlug er vor und hielt ihr die Möhre entgegen. »Leg deine Hand auf meine, du kannst sie jederzeit wegziehen.«

Elayne warf ihrem Bruder einen vorsichtigen Blick zu, der jedoch nicht besonders interessiert war an dem, was sie hier taten. Also nickte sie langsam und atmete tief ein. »Gut, gemeinsam. Aber langsam. Und ich muss das Pony nicht streicheln?«

»Nicht, wenn du nicht möchtest.«

Zaghaft legte sie ihre Hand auf seine, während er die Möhre Gannicus hinhielt. Das Pony schnupperte daran und nahm die Möhre vorsichtig mit dem Maul entgegen. Elayne kicherte, als die weichen Lippen ihre Haut berührten. Lancelot behielt ihre Hand weiter in der seinen und als Gannicus fertig gekaut hatte, schnupperte das Tier an ihren Händen, ob es dort noch mehr gab.

»Hier, halt ihm die innere Handfläche entgegen«, flüsterte Lancelot und machte es ihr vor.

»Das kitzelt«, stellte sie aufgeregt fest. Mutig streckte sie ihre Hand aus und streichelte das Fell. »Du hattest recht, er ist ein braves Pony.«

»Hast du keine Angst mehr?«

Sie schüttelte lächelnd den Kopf und strahlte ihn an, als habe er ein Wunder vollbracht. Sie wirkte nun so befreit, die fremden Blicke und die neue Umgebung waren vergessen.

»Komm, ich zeige dir noch etwas«, fiel ihm ein und er führte sie noch weiter nach hinten in den Stall zur letzten Box. Sie stand leer, doch Lancelot deutete auf das Bündel Heu in der hinteren Ecke und öffnete das Gatter.

Zögerlich folgte sie ihm, da es weiter hinten im Stall etwas finsterer war, doch das helle Maunzen ließ Elaynes Gesicht erstrahlen.

Lancelot ging in die Hocke und lockte mit zischenden Geräuschen. Das Heu raschelte und zum Vorschein kamen zwei graue Kätzchen.

Elayne gab einen begeisterten Laut von sich und kniete sich vorsichtig neben ihn, darauf bedacht, ihr Kleid nicht zu beschmutzen. »Wie wunderschön. Wie alt sind sie?«

»Acht Wochen, glaube ich.«

»Und wo ist ihre Mutter?« Sofort streckte Elayne ihre Hand nach den Katzenjungen aus.

»Vermutlich auf Mäusefang. Sie kommt ihrer Arbeit hier im Stall fleißig nach. Das ist ihr sechster Wurf. Es waren eigentlich mehrere Jungen, aber leider haben nur diese beiden überlebt.«

Zögerlich kam das hellere der beiden Kätzchen auf sie zu und schnupperte an Elaynes Fingern. Das andere Kätzchen maunzte kläglich.

»Sie haben bestimmt Hunger«, stellte Elayne fest.

Und tatsächlich kam kurz darauf die Katzenmutter um die Ecke, eine Dame mit gepflegtem Fell, der es hier in den Stallungen an nichts fehlte. Sie brachte ihren Jungen zwar kein Essen mit, legte sich aber in eine Ecke und ließ sie säugen, was Elayne fasziniert beobachtete.

Zufrieden richtete sich Lancelot auf und sah sich nach ihrem Bruder um. Es überraschte ihn nicht, diesen vor der Box seines schwarzen Hengstes Crixus zu sehen.

»Das ist ein gutes Pferd«, sprach Lavaine seinen ersten Satz in Lancelots Gegenwart.

»Ja, das ist es«, stimmte er zu und kam zu ihm. Crixus stand aufrecht, die stolzen Linien seiner Muskeln in bester Weise präsentierend, die Ohren aufmerksam aufgerichtet, da er Lancelots Stimme vernahm. »Wir haben schon viel miteinander erlebt.«

»Mut, Stolz, keine Furcht.«

»Genau so ist es.«

Lancelot versuchte, den jungen Mann einzuschätzen. Er war kein Mann vieler Worte. War es, weil ihm das Sprechen im Britischen schwerfiel? Er schien jedes Wort genau überlegen zu müssen. Dabei war seine Stimme erstaunlich hell. Man hätte bei dieser kraftvollen Gestalt die eines Bären erwartet. Andererseits war er noch jung, vielleicht nur zwei oder drei Jahre älter als Elayne. Die Stimme passte zu seinem Alter.

Lancelot reichte seine Hand in die Box und Crixus schnaubte daran. »Du bist mein Bester«, lobte er seinen Hengst und klopfte ihm auf den Hals.

Das Pferd nickte.

Er schaffte es, Lavaine in ein Gespräch über Schlachtrösser zu verwickeln. Dabei erfuhr er, dass bei ihnen kaum zu Pferde gekämpft wurde. Lancelot versprach, ihm während seines Aufenthaltes in Camelot einige Lektionen beizubringen.

Das protestierende Wiehern eines Pferdes weiter vorn in den Stallungen ließ Lancelot aufhorchen und schon trabte ein Monstrum von einem Hund mit grauem Fell auf ihn zu. Lavaine wich sicherheitshalber zurück.

»Wolf«, lachte Lancelot und begrüßte den Hund, der schwanzwedelnd vor ihm zum Stehen kam und sich an ihn schmiegte. Dabei war das Tier so ungestüm, dass es Lancelot beinahe umwarf. Dieser ließ seine Hände abschlecken und kraulte ihn hinter den Ohren.

»Wo kommt der her?«, erkundigte sich Elayne, die sich erhoben hatte und eines der Kätzchen in den Armen trug.

Ein Fehler.

Wolf erkannte das Kätzchen und sprang schwanzwedelnd in dessen Richtung. Mit einem Schrei wich Elayne zurück.

»Wolf! Hierher!«, befahl Lancelot und der Hund gehorchte widerwillig.

Das Kätzchen aber machte sich strampelnd und kratzend von Elayne frei, um sich zu verstecken.

»Er gehört zur Königin«, erklärte Lancelot seufzend und sah in die Richtung, aus der Wolf gekommen war. »Das bedeutet, Gwenhwyfar ist auf dem Weg hierher.«

Rasch klopfte sich Elayne einige Heuhalme von den Röcken und schritt an Lavaines Seite.

Mit wehenden Röcken kam Gwenhwyfar in den Stall geeilt, das goldblonde Haar zu einem dicken Zopf geflochten, der über ihrer Schulter lag. Ihr gelbes Gewand hatte er schon oft an ihr gesehen, die Säume waren mit grünen Borten bestickt. Nur der schmale Silberreif, den sie auf dem Haar trug, verriet ihre besondere Stellung.

Ihr erster Blick galt Lancelot, dem sie dankbar zunickte. Dann begrüßte sie lächelnd ihre Gäste. »Willkommen in Camelot, es tut mir so leid, dass ich nicht vorher zu euch kommen konnte.« Ihre Stimme war voller Wärme. Für Lancelot klang sie stets wie ein Sommertag.

Er räusperte sich und beugte respektvoll das Haupt. »Meine Königin, dies sind Elayne und Lavaine von Astolat, die Kinder von König Bernhard.«

Sie nickte. »Ich hoffe, Lancelot hat euch die Zeit angenehm vertrieben.«

»Das hat er«, beeilte Elayne sich, zu sagen, und strahlte ihn an.

Gwen warf ihm mit hochgezogenen Brauen einen Blick zu, leicht amüsiert, bevor sie sich wieder auf ihre Gäste konzentrierte. »Die Diener haben in meinen Gemächern Erfrischungen vorbereitet. Ich möchte euch dazu einladen und mehr über Astolat erfahren. Ich war noch die dort.«

Elayne machte einen Knicks. »Das ist sehr großzügig von dir, Königin.«

»Nenn mich einfach Gwenhwyfar. Ich stehe nicht höher als du, ich bin ebenfalls die Tochter eines Königs.«

»Aber du bist außerdem mit einem König verheiratet«, widersprach Elayne.

»Vielleicht wirst du das auch eines Tages sein«, erklärte Gwenhwyfar freundlich und tätschelte dabei Wolfs Kopf, der wieder an ihre Seite gekommen war. »Kommt, ihr Lieben, mein Magen knurrt schon vor Hunger.«

Sie folgten ihr nach draußen, wo sie von Gwens Schwester Gwyneth erwartet wurden. Das Mädchen hatte ungeduldig die Arme vor der Brust verschränkt und betrachtete Elayne eher mit Mitleid denn mit Freundlichkeit. Mochte sie in ihrem Aussehen ihrer älteren Schwester auch sehr ähneln, ihr Inneres war genau das Gegenteil. Sie war ein eigennütziges Balg, das sich stets Gwens Worten widersetzte.

»Gwyneth, begrüße bitte unsere Gäste. Sie haben einen weiten Weg hinter sich«, bat Gwenhwyfar.

»Willkommen«, sagte die Jüngere knapp, nur über Lavaine ließ sie etwas interessierter ihren Blick wandern.

Lancelot schüttelte halb den Kopf. Wenn ein Mädchen verheiratet werden sollte, dann dieses. Doch kein Bewerber war bisher in den Augen ihres Vaters Leodegrance gut genug gewesen, weshalb er sie nach Camelot zu Gwen geschickt hatte. Gwen versuchte ihr Möglichstes, bei der um zehn Jahre jüngeren Schwester an Erziehung wiedergutzumachen, was bisher schiefgelaufen war … mit mäßigem Erfolg.

»Du hast ein schönes Kleid an«, bemühte sich das junge Ding endlich um Konversation.

»Danke, ich habe es selbst genäht«, sagte Elayne etwas eingeschüchtert.

Gwen nutzte die Gelegenheit und nahm Lancelot am Ellbogen. Sie entfernten sich einige Schritte, dann sah sie müde lächelnd zu ihm auf. »Danke, dass du dich um sie gekümmert hast.«

Er musterte sie besorgt. Er wusste, dass etwas nicht stimmte. Sonst hätte sie sich selbst um ihre Gäste gekümmert. »Es war mir eine Ehre«, antwortete er leise. »Dennoch … Geht es dir besser? Man sagte, du seist unpässlich.«

Sie verzog ihr hübsches Gesicht. »Natürlich. Es war nichts …«

Er hob eine Braue und sah ihr ernst in die warmen braunen Augen. Sie musste doch wissen, dass sie ihm nichts vormachen konnte.

»Es geht mir besser, wirklich. Ich bin nicht … krank.« Ihre Wangen färbten sich rosa und sie wich seinem Blick aus.

Es dauerte einen kurzen Moment, bis er den Sinn ihrer Worte richtig deutete. Dann jedoch hätte er sie am liebsten in die Arme geschlossen. Stattdessen legte er sanft eine Hand auf ihre Schulter.

»Sag Artus noch nichts«, bat sie ihn. »Ich könnte seine Enttäuschung nicht ertragen, wenn es uns wieder nicht gegönnt sein sollte.«

»Natürlich, ich behalte es für mich.« Er hatte kein gutes Gefühl dabei. Zu oft waren Gwen und Artus schon enttäuscht worden …

Zärtlich berührte er nur für einen kurzen Moment ihre Wange. Sie schloss die Augen und atmete tief ein.

»Schone dich«, bat er. »Pass auf dich auf.«

Sie nickte und dann war der Moment ihrer Vertrautheit vorbei. Sie öffnete die Augen, richtete sich auf und wurde wieder zu jener Frau, die alle so sehr bewunderten. »Komm, meine liebe Elayne. Es gibt einen kühlen Apfelwein, der dir bestimmt schmecken wird. Lavaine, du bist ebenso eingeladen, dich zu erfrischen.«

Der Hüne trat verlegen von einem Bein auf das andere.

»Er hilft mir bei den Pferden«, warf Lancelot rasch ein und erhielt ein dankbares Lächeln seines neuen Freundes.

Gemeinsam sahen sie den Frauen nach, die die Stufen nach oben stiegen, als Elayne von Astolat sich noch einmal zu ihnen umdrehte, ein Lächeln auf den Lippen, als hätten sich alle Gewitterwolken davongestoben.

4

MAB RHEGED

Rhegeds Sohn

Die Nacht verging und es kam der Tag. Ywein ließ sie weiter eingesperrt.

Elaynes Herz schmerzte. Sie sehnte sich nach Gal. Sie waren noch nie so lange voneinander getrennt gewesen. Sie wollte ihn wieder in den Armen halten, seinen Duft einatmen und ihn fest an sich drücken. Sie fühlte sich so leer ohne ihn und sorgte sich darum, wie es ihm ging.

Bekam er genug zu essen? Konnte er schlafen, wenn sie nicht bei ihm war? Oder weinte er die ganze Zeit?

Ihre Hoffnung war, dass Liam sich um ihn kümmerte.

Aber Elayne durfte sich nicht in ihrem Schmerz vergessen. Sie wollte versuchen, einen klaren Kopf zu bewahren. Mochte ihr Herz gebrochen sein, ihr Wille war es nicht. Sie musste herausfinden, was Ywein, dieser verdammte Bengel, mit ihr vorhatte.

Stunden verbrachte sie allein in der modrigen Kammer. Sie begann damit, die wenigen Möbelstücke nach Nützlichem zu durchsuchen. Eine weitere Decke hätte nicht geschadet, denn es war zugig und kalt. Und etwas, was sie als Waffe nutzen konnte, wenn der Bengel zu ihr zurückkam.

Gegen Mittag vernahm sie Schritte, die sich der Kammer näherten. Stolz lehnte sie sich an die gegenüberliegende Wand, die Arme vor der Brust verschränkt. Doch es war nur der schweigsame Wächter, nicht Ywein selbst. Er brachte ihr einen Krug und einen Teller mit Brot und Fleisch.

»Danke«, bemühte sich Elayne um einen freundlichen Ton. »Hat dein Herr gesagt, wie lange ich noch hierbleiben muss?«

»Nein.« Der Wächter hob beschämt den Blick. Auch ihm schien die Situation unangenehm. »Es tut mir leid, Herrin.«

Bevor sie etwas erwidern konnte, hatte er das Gemach verlassen und verschloss die schwere Tür.

Das Brot war trocken, das Fleisch fad, aber genießbar. Der Krug beinhaltete schales Wasser. Sie zwang sich, zu essen und zu trinken, damit sie bei Kräften blieb.

Das Essen war nicht das Schlimmste, auch nicht der Moder oder die Feuchte. Mit diesen konnte sie sich arrangieren. Wenn sie sich in jene Ecke links vom Fenster kauerte und ihre Kleidungsschichten eng um sich schlang, war es nicht mehr so zugig.

Nein, das Schlimmste war die Zeit. Jeder Atemzug, jeder Wimpernschlag verlief so langsam, als hätte jemand die Zeit angehalten. Bis zum Sonnenuntergang kannte sie jeden schimmeligen Strohhalm, jede Ritze zwischen den Steinen, jeden Spinnfaden an der Decke.

Sie hoffte, der Wächter würde wiederkommen. Mochte er ihr noch trockeneres Brot bringen oder das Wasser mit Algen bedeckt sein, er sollte einfach nur diese Einsamkeit unterbrechen. Vielleicht konnte sie ihn fragen, wie es ihrem Sohn ging. Er wusste bestimmt etwas.

Doch der Wächter kam nicht. Es wurde dunkel. Der Wind nahm zu. Elayne wickelte sich noch fester in ihre Kleidung.

Also hatte man beschlossen, dass eine Mahlzeit am Tag für sie reichte. Fein. Sie würde nicht brechen. Ywein wollte sie demütigen. Er wollte sie weinen und schluchzen sehen. Sie würde ihm den Gefallen nicht tun. Sie würde stark bleiben und ihren Stolz bewahren. Er war alles, was ihr im Moment blieb.

Sie musste ausharren. Denn irgendwann würden Uryen und Morgaine nach Caer Luel heimkehren und dann hätte dieses Spiel ein Ende. Doch … wie lange würde sie noch die Spinnweben an der Decke anstarren und des Nachts frieren müssen? Tage? Wochen?

Sie schalt sich dumm, weil sie Liam vor ihrer Abreise nicht mit einer Botschaft nach Caer Luel geschickt hatte, um ihr Kommen anzukündigen. Dann hätte sie herausgefunden, dass Uryen und Morgaine abwesend waren. Dann wäre Elayne selbst weiter nach Norden gereist, nach Din Eidyn, zu ihrem Großvater Lot. Sie kannte ihn kaum, doch sicher hätte er sie mit mehr Wärme empfangen, als es dieser dreckige Bengel Ywein tat.

Zitternd schloss sie die Augen und bannte alle Selbstvorwürfe. Sie musste im Hier und Jetzt bleiben, sich darauf konzentrieren. Sie war nicht allein. Irgendwo in diesen Mauern war Liam, und er würde alles dafür tun, sie zu befreien. Dessen war sie sich sicher. Der Gedanke brachte einen Hauch von Wärme in ihre kalte Zelle.

Sie musste tatsächlich eingeschlafen sein. Für wie lange, wusste sie nicht. Orientierungslos sah sie sich in der Finsternis um. Was hatte sie geweckt? Dann hörte sie den Riegel, der zurückgeschoben wurde. Jemand war vor der Tür.

Sie rappelte sich auf und verschränkte die Arme vor der Brust.

Lass es Liam sein, flehte sie innerlich.

Hoffnungsvoll und doch erfüllt von schlechter Vorahnung sah sie auf den Schatten, der sich unter dem Türschlitz gegen das flackernde Licht abhob. Die Tür wurde geöffnet. Der Wächter hielt eine Fackel in der Hand und ging zur Seite, damit sein Herr die Kammer betreten konnte.

»Geh hinaus und schließe die Tür«, befahl Ywein seinem Untertanen.

Der Mann nickte und tat wie geheißen.

Ywein wartete einen Moment, dann kam er zu Elayne. »Meine süße Base«, flüsterte er. Er musste schon wieder getrunken haben. »Wie geht es dir nach einem Tag in dieser wundervollen Unterkunft?«

»Gar vorzüglich«, antwortete Elayne spitz. »Wie lange darf ich noch hierbleiben?«

Er blieb außerhalb ihrer Reichweite stehen, wohl sich erinnernd, dass sie noch immer ein Messer bei sich trug. »So lange es mir beliebt.« Er scharrte mit dem Stiefel im Heu, als sei dies eine ganz alltägliche Unterhaltung. »Oder so lange, bis du mir etwas im Tausch für deine Freiheit anbietest.«

»Ich trage keine Reichtümer bei mir«, versicherte sie ihm kühl.

Er lachte dreckig. »Ich will weder Gold noch Silber. Nein, nein, ich rede von einer Frucht, die du mir anbieten könntest. Eine Frucht, die selbstverständlich von jemand anderem gekostet wurde. Dennoch interessiert mich ihr Geschmack.«

Übelkeit stieg in ihr auf. »Du bist abartig.«

»Nein, nur ein Mann.«

»Ein Mann?!« Sie lachte laut auf. »Ein Mann hätte es nicht nötig, mich hier einzusperren. Ein Mann müsste seinem Vater nicht beweisen, dass er ein Mann ist. Und ein wahrer Mann würde niemals einer Frau etwas antun.«

»Tse, tse, tse«, tadelte er sie. »Wer ist denn hier bitte so aufmüpfig? Du bist nicht in der Position, so mit mir zu reden.«

»Ich rede mit dir, wie es mir gefällt«, antwortete sie und bereute ihre Worte sogleich. Was, wenn er Gal etwas antat, um sich an ihr zu rächen? Sie atmete tief ein. »Wir gehören zur selben Familie, Vetter«, sprach sie etwas sanfter. »Meine Mutter war die Nichte deines Vaters. Möchtest du deinesgleichen wirklich so behandeln?«

»Familie«, spie er verächtlich aus. »Das Wort hat für mich keine Bedeutung. Niemand hat mich je behandelt, als würde ich zu einer Familie gehören.«

Seine Worte verwirrten sie. »Was ist mit deiner Schwester?« Sie erinnerte sich an Yweins Zwillingsschwester als liebes, etwas stilles Mädchen.

»Morvydd, die olle Ziege«, gab Ywein verächtlich von sich. »Wir haben als Kinder geschworen, dass wir immer zusammenhalten. Und was ist nun? Verliebt sich in einen Krieger und geht fort nach Din Eidyn.«

»Du bist einsam«, stellte Elayne fest und hatte beinahe so etwas wie Mitleid mit dem jungen Mann.

»Halt den Mund«, knurrte er sie an. »Willst du jetzt hier heraus?«

»Nicht, wenn ich dafür unter dir liegen muss«, sprach sie und biss sich auf die Lippe.

Er gab ein wütendes Brüllen von sich, machte kehrt und ließ sie allein im Dunkeln zurück.

Die Nacht war furchtbar kalt. Trotzdem fiel sie in einen Schlaf der Erschöpfung und erwachte noch vor Sonnenaufgang. Sie lief in der Kammer umher, damit es ihr wärmer wurde, während ihr Zorn wuchs.

Dieser verdammte Ywein! Wie konnte er es wagen, sie hier einzusperren?! Wie konnte er es wagen, sich zwischen sie und ihre Zukunft zu stellen, der sie gerade erst entgegengetreten war?

Noch wütender war sie auf sich selbst, weil sie ebenjene ersten Schritte nicht besser geplant hatte.

Versunken in ihren Gedanken, bemerkte sie erst, dass jemand an der Tür war, als das Pochen dagegen immer lauter wurde.

»Liam?!«, rief sie erleichtert aus und eilte zur Tür.

Doch es war eine Frauenstimme, die ihr antwortete. »Nein, Herrin. Ich bin Teagan.«

Liams Verlobte!

»Teagan, wo ist Liam?«

»Er bereitet in den Stallungen alles zur Flucht vor und packt Vorräte für mehrere Tage.«

Ihr Herz wurde um hundert Steine leichter. »Ich wusste, dass ich mich auf ihn verlassen kann. Hast du einen Schlüssel?«

»Nein, Herrin. Aber wir haben einen Plan.«

Elayne legte die Hände an die Tür und hielt ihr Ohr ganz nahe daran, damit sie besser hörte, was Teagan zu sagen hatte. »Wie sieht … Nein, erst möchte ich wissen: Wie geht es meinem Sohn?«

»Ihm geht es gut, er ist bei meiner Mutter. Ywein interessiert sich nicht so sehr für den Kleinen.«

Elayne schloss erleichtert die Augen und lehnte ihre Stirn an das faserige Holz. »Danke«, flüsterte sie.

»Der Wächter kommt immer zur Mittagszeit«, erklärte Teagan rasch den Plan. »Wir werden ihn unterwegs abfangen, ihn überwinden und den Schlüssel an uns nehmen. Dann befreien wir dich und nehmen Pferde aus den Ställen, um so schnell wie möglich nach Süden zu reiten.«

»Das … Das ist gut«, murmelte Elayne, doch etwas in ihr riet zur Vorsicht.

Wie weit kämen sie, bevor Ywein sie verfolgen ließe? Und wenn sie dann auch noch mit Pferden aus Uryens Stallungen erwischt wurden, hatte Ywein wirklich einen Grund, sie einzusperren. Er würde Elayne nichts antun, doch Liam und Teagan standen die Vorzüge der Verwandtschaft und der hohen Geburt nicht zu. Sie würden als Diebe gelten und verfolgt werden. Vermutlich würde er sie besonders hart bestrafen, um sich an Elayne zu rächen.

»Halte dich bereit, Herrin, bald bist du frei«, raunte die junge Schmiedetochter.

Elayne konnte nicht zulassen, dass die beiden sich für sie in Gefahr begaben. »Nein, warte. Der Plan ist mutig, aber er wird uns nicht weit führen.«

»Was … Was sollen wir sonst tun? Liam und ich haben uns seit zwei Tagen die Köpfe zerbrochen. Ywein ist grausam. Er ist nicht gerecht, wie sein Vater. Er prahlt abends an der Tafel damit, wie er dich hier als seine Dirne hält.«

Die Hitze stieg in Elaynes Wangen, sowohl vor Scham als auch vor Zorn. Dennoch durfte sie sich nicht zu überstürzten Handlungen verleiten lassen, so verlockend die nahe Aussicht auf Freiheit auch war. Und Ywein in dieser Nacht wieder die Stirn bieten zu müssen, ließ erneut die Übelkeit in ihr aufsteigen.

Dann fiel ihr etwas ein. »Bedienst du manchmal in der Halle?«

»Ja, hin und wieder.«

»Gut.« Elayne sortierte ihre Gedanken. »Ywein trinkt gern und viel, wie ich an seinem üblen Gestank feststellen konnte. Gib ihm heute Nacht noch mehr. Sorge dafür, dass er kaum geradeaus laufen kann. Aber gib ihm nicht so viel, dass er zusammenbricht. Verstehst du, was ich meine?«

»Wieso sollte ich das tun?«, zweifelte Liams Verlobte.

»Er wird mich sicher erneut aufsuchen. Wenn dem so ist, haltet euch bereit. Du und Liam. Ihr müsst den Wächter ablenken, wenn Ywein bei mir ist.«

»Herrin«, hauchte Teagan alarmiert. »Was hast du vor?«

»Ich lasse ihn zu mir kommen.«

Elayne stemmte sich von der Tür ab und verschränkte die Arme vor der Brust. Der Stein, der in ihrem Magen lag, war so schwer wie die massive Tür.

Der Tag verging wie der vorherige. Elayne stand am Fenster, das so weit oben lag, dass sie lediglich den Himmel und nichts von der Festung sah. Mehrmals ging sie in der Kammer auf und ab, um ihre Gliedmaßen aufzuwärmen. Es schien ein halbes Leben zu dauern, bis endlich die Nacht hereinbrach.

Als sie endlich die herannahenden Stiefelschritte und das Knirschen des Schlosses hörte, war sie bereit.

Die oberste Kleidungsschicht hatte sie zur Seite gelegt. Sie trug ihr Hemd, darüber ein dünnes Alltagskleid. Wie zuvor auch lehnte sie sich an die Wand unter dem Fenster. Der Mond schien und so konnte sie Ywein gut sehen, als er hereinkam, schwankend, sich am Rahmen der Tür festhaltend.

»Elayne, meine süße Base«, flüsterte er.

Sie wartete, bis der Wächter die Tür verriegelt hatte. »Ich bin hier.«

Er verharrte. »Warum widersetzt du dich mir?«

»Das tue ich doch gar nicht«, seufzte sie. »Unsere … Bekanntschaft … hätte netter beginnen können. Doch ich verstehe, was du möchtest.«

»Wirklich?«

»Natürlich.«

Er kam langsam näher und sie erkannte die Verwirrung auf seinem jungen Gesicht. Dann jedoch änderte sich der Gesichtsausdruck. »Denkst du, ich bin dumm? Ich sehe doch, was du vorhast!«

»Was habe ich denn vor?«, flüsterte sie sanft.

Seine Stimme klang unsicher und doch verärgert zugleich. »Du willst mir Honig ums Maul schmieren, damit ich tue, was du sagst. Das übliche Spiel der Weiblichkeit.«

»Ich spiele keine Spiele«, widersprach sie weich. Sie trug das Haar offen und strich sich nun eine Strähne aus dem Gesicht, das Kinn stolz nach oben gerichtet. Sie hielt sich gerade, die Hände stemmte sie in die Hüften. »Wir sind gleich, denn mein Vater hat mich auch nie verstanden, so wie Uryen dich nicht versteht. Unsere Mütter sind gestorben, als wir noch Kinder waren.« Sie holte tief Luft. »Ich bin allein. Und ich habe es satt, mir von anderen sagen zu lassen, was ich zu tun habe.«

Er trat etwas näher, noch immer argwöhnisch.

Der rechte Moment war noch nicht gekommen. Elayne musste ihn hinhalten.

»Hast du nicht auch manchmal das Gefühl, keiner würde wirklich verstehen, was in dir vorgeht?« Sie sprach so leise, dass er noch näher kam. »Und sehnst du dich nicht auch nach jemandem, mit dem du deine Gedanken teilen kannst? Der nachvollziehen kann, was du dir wünschst, und dich nicht dafür verurteilt?«

»Warum sollte ich mich darauf einlassen?«, knurrte er. »Warum sollte ich davon ausgehen, dass ausgerechnet du mich verstehst?«

Elayne sah ihn lange an. Der Mond schien auf sein verbittertes Gesicht und sie erkannte seinen Schmerz. Sie verbarg die zitternden Hände in ihren Röcken.

»Was bleibt dir sonst übrig?« Sie senkte den Blick und fügte niedergeschlagen hinzu: »Was auch immer du tun willst, tu es. Ich kann dich ohnehin nicht davon abhalten. Früher oder später würdest du bekommen, was du willst. Dann kann ich es dir auch gleich jetzt geben und muss nicht länger in dieser Kammer frieren.«

Ein letzter Schritt, dann war er bei ihr, hob eine Hand und ließ seine Finger über ihre Wange gleiten. Was als sanfte Berührung begann, wurde zu einem festen Griff, als seine Hand in ihren Nacken wanderte und er sie somit zwang, ihn anzusehen.

Ein Knurren drang aus ihm hervor, wie aus einem wilden Tier, und genauso bestialisch drückte er seine Lippen auf ihre.

Sie ließ es geschehen, bekämpfte den inneren Drang, ihn von sich zu stoßen und den Kuss fortzuwischen. Ihr wurde übel, als seine Zunge in ihren Mund eindrang und seine Hände ihre Brüste betatschten. In ihren Ohren rauschte es wie ein Fluss nach der Schneeschmelze.

Elayne blendete aus, was er mit ihr tat, konzentrierte sich auf ihr Inneres, so gut es ging. Sie musste versuchen, an etwas Schönes zu denken.

Die Lichtung des Einhorns kam ihr in den Sinn. Sie erinnerte sich an den Stolz ihrer wunderschönen Stute, an ihre Anmut und ihre Freiheit.

Beinahe hätte Elayne das Geräusch überhört, das Stolpern und ein sachtes Klopfen an der Tür.

Ywein war selbst betäubt von seinen Gelüsten. Er atmete schwer, rieb seine Lust an ihrem Bauch und suchte immer wieder ihren Mund, um ihn stürmisch mit der Zunge zu erforschen.

Alles an ihm ekelte sie an: sein schleimiger Mund, der Gestank nach Alkohol, Fleisch und dem Geruch eines Mannes, der sich seit Tagen nicht gewaschen hatte, sowie seine ungeschickten Hände, die sich an Brust und Hüfte zu schaffen machten.

Elayne nahm ihren Mut zusammen. Sie stieß sich an der Wand ab und warf sich mit ihrem ganzen Gewicht gegen Ywein. Überrascht klammerte er sich an sie, sie fielen gemeinsam zu Boden, ihre Beine verhedderten sich in Elaynes Röcken.

Die Bewegungen ihres Vetters waren langsam durch den Wein, den er getrunken hatte. Trotzdem hatte Elayne Mühe, sich von ihm zu befreien.

Keuchend schaffte sie es, sich rittlings auf ihn zu setzen, und hielt ihm ihr Messer an die Kehle. »Du hättest mir nicht vertrauen sollen«, ächzte sie.

»Hündin«, spie er aus und rief sofort nach der Wache.

Elayne warf einen kurzen Blick zur Tür. Hatte sie recht gehört oder hatte sie sich geirrt?

Der Riegel wurde zurückgeschoben. Elayne wagte es nicht, weiter zu atmen, und starrte auf die Tür. Wenn sie sich geirrt hatte, würde sie diese Kammer nie wieder verlassen.

Ein Hüne hob sich vor dem Licht des Gangs ab.

»Herrin?«

Der Stein in ihrer Mitte löste sich in tausend Federn auf. »Liam! Oh Gott, ich danke dir!«

Ihr lieber Liam eilte zu ihr und nahm das Messer entgegen, während er selbst Ywein am Hals packte und so am Boden hielt.

Elayne rückte von ihnen ab und ließ sich gegen die Wand sinken. Tief atmete sie durch. »Wie geht es Gal?«

»Es geht ihm gut, meine Herrin.« Liam packte den Sohn des Königs an den Schultern und zwang ihn, aufzustehen. »Was machen wir mit ihm?«

»Er bleibt hier«, entschied sie. »Soll er doch am eigenen Leib erfahren, was es bedeutet, zu frieren und zu hungern.«

Erst als sie die Kammer verlassen hatte, ließ Liam ihren Vetter los und folgte ihr. Rasch verschlossen sie die Tür.

»Du Dirne! Ich werde mich rächen!«, brüllte er ihnen hinterher. »Du und dein Stallbursche, ihr seid dem Untergang geweiht!«

Sie hörte, wie sich Yweins Stimme überschlug, und dann ein tiefes Schluchzen jenseits der geschlossenen Tür. Sie durfte kein Mitleid mit ihm haben. Er hätte ihr Schlimmeres angetan, wenn er gekonnt hätte. Trotzdem seufzte sie schwer. Dann sah sie sich um. »Wo ist der Wächter?«

Liam deutete mit einem Kopfnicken über den Flur. »Wir haben ihn dort drüben in diese Kammer gebracht. Er wird eine Weile schlafen. Teagan ist bei ihm.«

Elayne runzelte die Stirn. »Habt ihr ihn betäubt?«

»Nur ein leichtes Schlafmittel verabreicht. Die Köchin war uns behilflich. Niemand innerhalb dieser Mauern kann den jungen Ywein wirklich leiden. Sie hoffen, dass ihr König bald zurückkehrt und seinem Sohn ordentlich den Hintern versohlt.« Liam kontrollierte noch einmal das Schloss. Dann sah er seine Herrin forschend an. »Ist alles in Ordnung? Hat er dir etwas Schlimmes getan? Falls ja, werde ich hineingehen und ihm noch einmal …«

Sie unterbrach ihn kopfschüttelnd. »Es ist nur mein Stolz, der ein wenig angekratzt ist. Mein Körper ist unversehrt. Nun ja, wenn man von Hunger, Kälte und Müdigkeit absieht.«

»Was hast du nun vor?« Liam verschränkte die Arme vor der Brust.

Elayne berührte ihn dankbar an der Schulter. »Zuerst werde ich Gal in die Arme schließen, dann essen, dann baden und dann schlafen.«

Er lächelte sie aufmunternd an. »Willkommen zurück, meine Herrin.«

»Danke für die Rettung, mein Liam.«

5

BRENIN RHEGED

Der König von Rheged

Der Staub der Straße, der Matsch des Nordens, der Regen und die etlichen Jahre, die ihm in den Knochen steckten, ließen Uryen, König von Caer Luel, hoffen, dass man ihm bereits ein heißes Bad vorbereitet hatte, als er auf der anderen Seite des Ufers die Steinwälle seiner Festung erblickte. Er streckte sich, um die alten Knochen zu lockern, und stieg von seinem Ross ab, das ebenfalls schnaubte, weil es die Heimat erkannte. »Hoffentlich kommt dieser Fährmann bald, sonst schwimme ich hinüber«, murmelte er.

Sein Eheweib lachte amüsiert. »Das Wetter ist nicht gerade optimal für ein Bad.«

Er zwinkerte ihr zu. »Ach, seit wann hält dich das Wetter von solchen Abenteuern ab?«

Sie hob vielsagend die Brauen und ihm fuhr die Wärme in die Glieder. Mit seiner zweiten Ehe hätte es ihn wahrlich schlimmer treffen können.

Endlich kam der Fährmann. Der Großteil der Bediensteten begab sich flussabwärts zur Furt, doch Uryen hatte keine Geduld für diesen wenn auch geringfügigen Umweg. Die letzten Wochen waren kräftezehrend gewesen. Und er sehnte sich nach seinem eigenen Bett und dem warmen Bier seiner Küche.

Durchnässt und müde ritten sie in den Vorhof ein. Der Junge hätte sie hier empfangen sollen. Jeder von Lots Söhnen hätte den Anstand dazu gehabt, grollte Uryen innerlich und machte sich selbst einmal mehr den Vorwurf, weil er zu weich zu Ywein gewesen war.

Statt seines Sohnes wurde er von seinen Stallburschen empfangen. In ihren Blicken erkannte er Erleichterung und eine Art … schlechtes Gewissen? Sie wichen seinen Blicken aus, ebenso wie jeder andere seiner Dienerschaft.

Missgelaunt stieg Uryen von seinem Ross und half seiner Ehefrau selbst, von ihrer Stute abzusteigen.

»Was ist? Du siehst besorgt aus«, bemerkte sie.

»Der Junge hat etwas angestellt«, murmelte Uryen und sah sich argwöhnisch um.

Wo war sein verdammter Verwalter? In Uryens Abwesenheit hätte der erfahrene Mann Ywein mit Rat zur Seite stehen sollen. Und auch er ließ sich nicht blicken.

Morgaine legte ihm sanft eine Hand auf die Schulter. »Es wird schon alles gut sein. Man wartet gewiss drinnen mit einer festlichen Tafel auf uns.«

Uryen stapfte entschlossen zum Eingang seiner großen Halle und fegte seinen feuchten Umhang hinfort, warf ihn dem nächsten Diener zu und marschierte weiter in seine Königshalle.

Es war, wie Morgaine gesagt hatte. Ein Festmahl war aufgetragen worden. Der Duft von Braten, Wein und frischem Brot empfing ihn. Öllampen waren entzündet worden und tauchten die Halle in warmes Licht.

Seine Untertanen erhoben sich, als er die Halle betrat. Doch als er erkannte, wer an der Königstafel stand, blieb er abrupt stehen.

»Bei allen verdammten Ahnen, was hast du hier zu suchen? Und wo ist mein Sohn?!« Seine Stimme hallte von den Steinwänden zurück.

Elayne von Corbenic begegnete gefasst seinem Blick. Es lagen weder Überheblichkeit noch Demut in ihrer Haltung. »Onkel Uryen, ich bin froh, dass du wohlauf bist. Deine Rückkehr wurde angekündigt und ich hoffe, ich konnte alles so vorbereiten lassen, wie du es gewohnt bist.«

Ihre Stimme klang so erwachsen, so herrschaftlich. Sie trug eine einfache blaue Tunika, ihr Haar jedoch war kunstvoll mit blauen Bändern verflochten.

Der Groll in ihm wuchs. »Wo ist Ywein?!«

Sie sah ihn hoheitsvoll an und deutete auf den Sessel des Königs. »Bitte setz dich, mein Onkel, damit wir in Ruhe besprechen können, was vorgefallen ist.«

Erneut spürte er die sanfte Hand seines Eheweibes auf seinem Oberarm. »Du hattest recht, Ywein hat etwas angestellt. Und was immer es war, es scheint nicht für die Ohren unserer Untertanen bestimmt.«

Mürrisch schritt er durch die Halle auf seinen Tisch zu, der beladen war mit gebratenem Fisch, herrlich duftenden Röstzwiebeln, Speck, Käse und Brot.

Er schenkte sich selbst aus dem Krug Wein in den Becher und trank diesen in wenigen Zügen aus. Dann betrachtete er die Tochter seiner Nichte, die noch immer ruhig dort stand, die Hände gefaltet. Sie erinnerte ihn in diesem Moment so sehr an Cundrie, dass ihm fast der Becher aus der Hand gefallen wäre.

Seine Nichte, die ruhig und gelassen jede Wahrheit ausgesprochen hatte, ohne sich vor den Konsequenzen zu fürchten. Cundrie, der Rabe, der in die Anderswelt und in die Zukunft sehen konnte. Ein Schauder überlief ihn.

Hatte ihre Tochter diese Fähigkeiten von ihr geerbt? Und wo verdammt noch mal steckte sein unnützer Sohn?

Er umfasste mit einer Handbewegung den gedeckten Tisch. »Ich gehe davon aus, dass du dies alles hast vorbereiten lassen?«

Sie nickte.

Seine Finger trommelten auf der Tischplatte. »Und gewiss sind auch meine Gemächer vorbereitet?«

Sie nickte erneut.

»Fein«, grummelte er und drehte sich um, betrachtete die halb neugierigen, halb ahnungsvollen Gesichter seiner Leute, die alle nur darauf warteten, was als Nächstes passieren würde.

»Morgaine, wir sollten uns für dieses Gespräch zurückziehen. Elayne, bitte leiste uns Gesellschaft.« Er nickte dem nächsten Diener zu. »Bring uns die Speisen und Wein in die Gemächer.«

Ohne Antworten abzuwarten, die Hände zu Fäusten geballt, wandte er sich in Richtung seiner Gemächer.

Er hatte noch die Geduld, zu warten, bis Speis und Trank im Gemach angerichtet waren und die Diener den Raum verlassen hatten, dann zerrte er an seinen schmutzigen Stiefeln und warf sie in die nächste Ecke. »Was geht hier vor?!«, donnerte es aus ihm hervor. Sowohl seine Frau als auch seine Großnichte zuckten zusammen. Er räusperte sich, strich sich über die Glatze und bemühte sich um einen ruhigeren Ton. »Elayne, was führt dich hierher? Und wo steckt mein Sohn?«

Die junge Frau errötete und sah verlegen zu Boden. Gut, sie hatte also noch den Anstand, zu erkennen, dass etwas komplett falsch lief.

»Ich hätte meinen Besuch ankündigen sollen«, murmelte sie.

»Ja, allerdings!«, brach es erneut aus ihm hervor.

»Ywein«, sie hob den Blick, die Wangen noch immer gerötet, »hat sich während deiner Abwesenheit ungebührlich verhalten.«

»Was soll das heißen?!«, knurrte er.

Elayne sah Hilfe suchend zu Morgaine.

»Nein! Sieh mich an!« Er trat zu der jungen Frau und hielt ihr den Zeigefinger vor die Nase. »Was hat er getan?«

Elayne wich nicht zurück und begann zu erzählen, was Ywein getan hatte, wie er die Dienerschaft behandelt hatte, die Untertanen, den Hofmeister, den er eingesperrt hatte, genau wie sie, als sie in Caer Luel angekommen war. Und jedes Detail dessen, was er zu ihr gesagt hatte.

Uryens Wut stieg ins Unermessliche. »Ich dachte, ich könnte ihm vertrauen!« Er marschierte im Gemach auf und ab. »Ich dachte, es wäre Zeit für ihn, Verantwortung zu übernehmen! Doch was macht der Junge? Er benimmt sich wie Kaiser Nero, bevor er Rom in Brand steckte!« Er zeigte mit einem vollen Weinbecher in Elaynes Richtung. »Und du bist also die Retterin in dieser Geschichte?«

»Ich … Ich weiß es nicht.« Sie legte die Hand auf das Amulett an ihrem Hals, wohl mehr unwillkürlich. »Ich suchte nur nach einer Unterkunft für meinen Sohn und mich. Wo sonst als bei dem Onkel meiner Mutter sollte ich damit beginnen?«

Er hielt inne und kniff die Augen zusammen, als er begriff, was sie gerade gesagt hatte. »Du hast einen Sohn?«

Stolz reckte sie das Kinn. »Ja, das habe ich. Er ist bei Teagan und meinem Diener Liam.«

Er leerte den Becher Wein, wischte sich mit dem Ärmel über den Mund und starrte sie finster an. »Du bist von Corbenic weggelaufen? Mit einem Kind? Wer ist der Vater?«

Diesmal wich sie doch seinem Blick aus. »Ein Barde, der im Winter bei uns lebte.«

Es verstrichen noch einige Momente.

Ein Barde. Corbenics kostbare Knospe hatte sich mit einem Barden eingelassen?

Seine Wut über seinen Sohn mischte sich mit der Häme, die er nun empfand, und er brach in schallendes Gelächter aus. »Bei Gott, ich hätte zu gern Pelles' Gesicht gesehen, als er dich erwischte!«

Er lachte weiter, konnte gar nicht mehr aufhören, zu lachen, bis ihm die Tränen kamen und Morgaine mit ihrer warmen, sanften Stimme sprach: »Mein Lieber, ich glaube, es gibt ein Gespräch, das wir unter Frauen führen sollten.«

Er nickte, japste nach Luft und lachte noch einmal in sich hinein. »Das geschieht dem alten Starrkopf recht!« Uryen deutete auf Elayne. »Ich bin noch nicht fertig mit dir! Aber zunächst«, er atmete tief durch, »sollte ich mich um meinen unnützen Sohn kümmern.«

6

SUPREMA VOLUNTAS

Letzter Wunsch

Ich würde deinen Sohn gern sehen«, sprach Morgaine liebevoll lächelnd, »Cundries Enkelsohn.«

Elayne nickte und ging selbst los, um Gal bei Teagan abzuholen.

In der Zwischenzeit machte sich Morgaine frisch und wechselte ihre Reisekleidung gegen eine grüne Robe, die sehr gut zu ihren Augen passte, wie Elayne fand.

Gemeinsam ließen sie sich auf den mit Fellen belegten Sesseln nieder und der Kleine kuschelte sich fest an Elaynes Körper.

»Gal, schau mal, dies ist Königin Morgaine«, flüsterte sie.

Schüchtern hob er den Kopf und Morgaine streichelte ihm zärtlich über die blonden Locken. »Ist Gal sein Name?«

Elayne lächelte voller Zuneigung und dem Stolz einer Mutter. »Wir nennen ihn so, doch sein Name ist Galahad.«

Überrascht sah Morgaine auf. Sie betrachtete ihn genau und Elaynes Herz setzte für einen Moment aus. Die Herrin von Caer Luel war zwar ein wenig älter als Lancelot, dennoch mussten sie eine gewisse Zeit gemeinsam auf Avalon verbracht haben.

»Galahad ist ein sehr schöner Name«, sprach Morgaine einfühlend.

Elayne sah verlegen auf den Boden zwischen ihren Füßen. Morgaine war die Schwester *seiner* Mutter. Sie kannte den Namen, den diese ihrem Sohn bei der Geburt gegeben hatte.

Sie sah wieder auf, die Wangen gerötet vor Verlegenheit. Sie konnte Morgaine nichts vormachen. »Ich habe ihn nach seinem Vater benannt.«

Morgaine seufzte. »Und so schließt sich der Kreis.«

Der kleine Galahad entdeckte die Köstlichkeiten vor ihnen auf dem kleinen Tisch und griff nach einem Stück Brot, auf dem er genüsslich herumkaute.

Elayne war überrascht, wie kühl sich ihre Hand anfühlte, als Morgaine die ihre ergriff. Aufmunternd lächelte die erfahrene Frau. »Du musst mir nicht erzählen, was geschehen ist. Es geht mich nichts an. Und wer bin ich, dass ich über andere urteile?«

Elayne hätte gern von jenem Winter erzählt, als Lancelot ihr Freund wurde und sie entdeckte, dass fern ihres Waldes, ihrer Burg, ihres Meeres und ihres Dorfes eine große Welt auf sie wartete. Damals, als er nur ihr Barde gewesen war und nicht der beste Krieger Britanniens.

Doch sie fürchtete, dass sie es nicht ohne Weinen schaffte, von ihm zu erzählen. Und wenn sie einmal den tiefen Gefühlen der Trauer und der Wut freien Lauf ließ, würde sie wohl nie wieder aufhören, zu weinen.

Morgaine drückte ihre Hand noch fester, als müsse sie sich selbst ebenfalls Mut zusprechen. »Lass mich dir etwas erzählen.«

Elayne atmete tief ein. Morgaine roch nach mildem Moos und frischem Regen im Sommer. Die Anstrengungen der Reise schienen ihr kaum etwas ausgemacht zu haben.

Ihre Tante begann zu erzählen.

»Als meine Mutter Igraine die Ehefrau von Uther Pendragon wurde, schickte sie uns, ihre Töchter, fort. Meine älteste Schwester Elayne wurde verheiratet, doch Morgause und ich waren noch zu jung, um an Männer vergeben zu werden. Ich war etwa sechs Sommer alt und Morgause acht. Igraine schickte uns nach Avalon, wo unser Leben den alten Göttern geweiht werden sollte. Die Tage waren voller neuer Erlebnisse. Wir erlernten Kräuterkunde und Gebete, Rituale und den Jahreskreis. Doch die Nächte waren oft kalt und einsam. Ich war die warmen Feuer und mächtigen Mauern Tintagels gewohnt.

Auf Avalon gab es lediglich große Hallen aus Holz, durch deren Ritze der Wind in mancher Nacht schrecklich zog. Während die anderen Mädchen in ihren Betten schliefen, weinte ich viele Stunden. Und wenn ich nicht weinte, verfolgten mich furchtbare Albträume. Einer dieser Träume wiederholte sich immer wieder.

Ich sah meine älteste Schwester, schwach, blutüberströmt. In ihren Armen hielt sie ein Bündel schützend an ihre Brust gedrückt. Sie lief an einem Gewässer entlang, immer wieder rutschte sie auf dem matschigen Untergrund aus. Sie warf angstvolle Blicke zurück. Der Tod war ihr auf den Fersen. Ich konnte ihn spüren. Ihn lachen hören. Er würde meine Schwester holen und das kleine Bündel, das so zart wimmerte.

Oft erwachte ich keuchend und voller Angst aus diesem Traum. Als ich Morgause davon erzählte, tröstete sie mich nicht. Sie machte sich über mich lustig. Ich solle nicht so ein Kleinkind sein. Es wäre doch bloß ein Traum, der aus meinen inneren Ängsten entstand. Aber auf Avalon sollten wir zu Frauen werden, und wahre Frauen zeigen Mut, keine Angst.

Also riss ich mich zusammen, doch der Traum kam wieder. Schlimmer als zuvor. Ich sah die finsteren Arme des Todes, die nach meiner Schwester griffen und sie zu Boden warfen. Das Bündel fiel aus ihren Armen und schrie.«

Morgaine hielt inne, der Blick ruhte auf den blonden Locken Galahads. Doch Elayne wusste, dass sie die Bilder ihres Traumes sah, die sie heute noch immer so zu verfolgen schienen wie damals, als sie ein junges Mädchen auf Avalon gewesen war.

Elayne drückte ihre Hand und Morgaine fuhr fort.

»Ich erwachte, doch ich hörte das Schreien des Säuglings noch immer. Von meinem Schluchzen erwachte eines der anderen Mädchen und kam zu mir in mein Bett. ›Wieso weinst du jede Nacht‹, fragte sie mich.

›Weil ich den Tod meiner Schwester sehe.‹

›Aber nein, sieh doch. Deine Schwester liegt dort drüben und schläft. Es geht ihr gut.‹

›Nicht Morgause. Meine älteste Schwester, Elayne. Sie ist mit einem König verheiratet. Sie sollte in Sicherheit sein. Doch sie ist es nicht. Ich weiß es ganz genau. Sie läuft am Ufer entlang, hält ihren kleinen Säugling im Arm. Sie ist verletzt und wird verfolgt. Und das Kind schreit. Sie werden beide sterben. Ich kann ihn hören, den Kleinen … er schreit so schrecklich.‹

Das Mädchen nahm mich in die Arme und zum ersten Mal, seit ich auf Avalon lebte, hatte ich das Gefühl, nicht mehr allein zu sein.«

»Du sprichst von meiner Mutter«, erinnerte sich Elayne.

Morgaine nickte und trank von ihrem Wein, bevor sie fortfuhr.

»›Ich kenne diese Art der Träume‹«, sprach deine Mutter. ›Hörst du den Säugling noch immer?‹

Ich nickte, da stand Cundrie auf und nahm meine Hand.

›Dann müssen wir ihn suchen.‹

Wir holten unsere Umhänge und schlichen uns aus der Schlafhalle. Cundrie war nur zwei oder drei Jahre älter als ich, doch sie kam mir schon so erwachsen vor. Barfuß gingen wir hinunter zu den Booten. Sie wusste, wie man den Knoten der Taue löste, und wir stiegen gemeinsam in ein kleines Boot. Die Nacht war sternenklar und der Mond leuchtete scheinbar nur für uns, damit wir uns auf dem See nicht verirrten. Jede von uns nahm ein Ruder und wir ruderten, so kräftig wir das mit unseren jungen Jahren konnten. In der Nähe des Ufers zog Nebel auf und schützte uns vor den Blicken der Fremden. Das Schreien des Säuglings wurde lauter. Und jetzt konnte auch meine Freundin es hören. Doch wir hörten noch mehr: Rufe von Männern, das Klirren von Waffen, die aufeinanderprallten, Todesschreie. Im Schutze eines Busches zogen wir das kleine Boot an Land. Geduckt liefen wir am Ufer entlang, genau auf die Schreie und den Kampf zu. Und dann, im Schatten einer alten Weide, wir wären fast vorbeigelaufen, lag sie: meine Schwester Elayne. In ihren Armen hielt sie das schreiende Bündel.

›Pscht, mein Kleiner‹, hörte ich meine Schwester schluchzen. ›Du musst leise sein. Sie kommen uns sonst holen.‹

Ich lief auf sie zu und fiel neben ihr auf den Boden. Ich konnte sie kaum sehen, doch ich wusste genau, dass es meine Schwester war. Sie war nicht überrascht, uns zu sehen.

›Endlich. Ich habe so gebetet, dass endlich Hilfe kommt. Zu allen alten Göttern und unserem Herrn Jesus.‹ Ihre Stimme klang schwach

und doch voller Hoffnung. ›Morgaine. Meine süße Morgaine. Wo sind die anderen? Die Krieger Avalons?‹

Ich weinte. ›Sie sind nicht hier. Nur Cundrie und ich.‹

Elayne stockte kurz der Atem. Sie verstand und akzeptierte ihr Schicksal. Es würde keine Rettung kommen außer uns beiden Mädchen. Sie legte mir tröstend die Hand auf die Wange. Ich erschrak, denn ihre Haut war so kalt. ›Das macht nichts. Ihr könnt Hilfe holen. Kehrt nach Avalon zurück. Sagt der Herrin, dass König Ban von Benwick von König Claudas überfallen wurde. Dann wird sie ihre Krieger schicken. Hier‹, sie schob das schreiende Bündel zu meiner Cundrie, ›nimm meinen Sohn. Er ist nicht verletzt. Aber ich kann ihn nicht länger beschützen. Beschütze du ihn mit all deiner Macht.‹

›Ich werde gut auf ihn aufpassen‹, versprach meine Freundin.

Ich schlang schluchzend die Arme um meine Schwester. Ich wollte sie nicht allein zurücklassen. Doch sie schob mich fort. ›Geh mit ihr, Morgaine. Hol Hilfe. Und achte auf meinen Sohn.‹

›Wie ist sein Name?‹, flüsterte ich.

›Galahad. Sein Name ist Galahad. Jetzt geht! Schnell!‹

Wir schafften es gerade noch, das Boot zu erreichen. Cundrie legte das schreiende Bündel in das Boot, damit wir es ins Wasser ziehen und rudern konnten. Die Rufe der Krieger klangen nun so nah. Sie konnten das Schreien gewiss ebenfalls hören. Da begann meine Freundin, ein Lied zu summen. Es war eine sehr ruhige Melodie. Während wir ruderten, summte sie diese kleine Melodie und der Kleine hörte auf, zu weinen. Wir kamen sicher zurück nach Avalon. Dort waren bereits alle wach und hatten nach uns gesucht. Die Herrin hörte unsere Worte und schickte ihre Krieger sofort los. Doch die Männer kamen zu spät. Sie konnten niemanden mehr retten.«

Morgaine legte Elayne einen Arm um die Schultern. »Wenn deine Mutter nicht gewesen wäre, hätte ich es niemals geschafft, noch einmal meine Schwester zu sehen und ihr Kind zu retten.

Während wir der Herrin Rede und Antwort stehen mussten, hielt Cundrie den kleinen Galahad in den Armen und weigerte sich, ihn loszulassen, bis die Herrin uns versprach, den Kleinen aufzunehmen. Er wurde im Haus der Mutter aufgenommen. Dort lebten die Priesterinnen, die bereits selbst Kinder hatten. Und später wurde er zum Barden und Krieger erzogen.«

Ein Schauer überkam Elayne, als sie das Ausmaß der Worte begriff. Ihre Mutter hatte Lancelots Mutter ein Versprechen gegeben. Sie würde ihn mit all ihrer Macht beschützen, so wie es Elayne von Benwicks letzter Wunsch gewesen war.

Sie lehnte ihre Schläfe an Morgaines Schulter. »Danke, dass du mir davon erzählt hast.«

»Die Wege des Schicksals sind gar wunderlich. Cundrie rettete Lancelot. Und dadurch war euer Leben bereits miteinander verbunden, bevor du geboren wurdest.«

Elayne sah zu ihrem Sohn, der friedlich an seinem Brot nagte. Sie hätte alles dafür getan, ihn zu retten. Genauso wie jene andere Elayne. Genauso wie Morgaine und jede Mutter dieser Welt.

»Hast du manchmal Träume, Elayne?«, fragte Morgaine sanft.

Sie schüttelte nachdenklich den Kopf. »Nicht Träume dieser Art. Nein.«

Morgaine streichelte über ihre Wange. »Und doch kann ich sehen, dass die Augen der Götter auf dir ruhen.«

»Ich wurde aber im Glauben Christi erzogen«, meinte Elayne leise.

Morgaine drückte sie fester. »Dann ist es die Hand Gottes, die über dich wacht, kleiner Rabe. Welch große Macht auch immer unser aller Schicksal bestimmt, sie hat dir Güte und Liebe und Mut geschenkt. Bewahre dir diese Geschenke.«

Erst am nächsten Tag wurde Elayne erneut von Uryen empfangen, wiederum in seinen Privatgemächern. Er behandelte die ganze Angelegenheit also immer noch diskret und das war Elayne nur recht. Es bedeutete, dass sie auf gleicher Ebene miteinander reden konnten.

Er akzeptierte, dass sie durch das Blut ihrer Mutter mit ihm verbunden war und dass sie ein Recht darauf hatte, gehört zu werden. Und dass man, gleichgültig was, untereinander besprach. Vielleicht schämte er sich aber auch für das Verhalten seines Sohnes und hatte kein Interesse daran, dessen Verhalten vor der versammelten Einwohnerschaft seiner Festung zu erläutern.

»Ich bedaure zutiefst, dass du nicht angemessen auf Caer Luel empfangen wurdest«, begann er seine Rede, nachdem er ihr Wein und Käse angeboten hatte.

Diesmal hatten Uryen und Morgaine in den beiden Sesseln Platz genommen. Für Elayne blieb ein Hocker.

»Ja, das bedaure ich ebenfalls«, erwiderte sie gefasst, als sie sich setzte.

Uryen fuhr sich angespannt mit einem Zeigefinger über die buschigen Brauen. »Sei versichert, dass mein Sohn eine angemessene Strafe erhalten wird.«

»Davon gehe ich aus.« Elaynes Magen polterte, als sie an das dachte, was Ywein ihr am liebsten angetan hätte. Sie trank mehrere Schlucke Wein, damit sich ihr Bauch beruhigte.

Uryen holte tief Luft, fixierte sie mit seinen haselnussbraunen Augen und erklärte: »Du kannst jedoch nicht in Caer Luel bleiben. Es tut mir leid.«

Ihr Mund wurde trocken. »Ich hatte nicht erwartet, hierzubleiben.« Sie musste sich räuspern. Er schickte sie tatsächlich fort. »Ich werde weiter nach Norden reisen. Ich bitte lediglich um einen oder zwei Männer zum Schutz auf der Reise nach Lothian.«

»Nein«, widersprach nun Morgaine. »Du solltest nicht nach Din Eidyn reisen.«

Elaynes Herz sank tief. Sie hatte gedacht, in Morgaine eine Unterstützerin zu haben, nachdem sie so vertraut miteinander geworden waren. Tatsächlich war ihre Miene voller Bedauern.

»Ich verstehe nicht …« Elayne sah zwischen den beiden hin und her. »Lot ist mein Großvater. Meint ihr, er würde mich abweisen?«

»Oh nein, das gewiss nicht.« Morgaine beugte sich nach vorn und ergriff einmal mehr ihre Hände. »Er würde dich aufnehmen. Sehr bereitwillig sogar. Und dann würde er dich und deinen Sohn für seine Pläne benutzen. Lot tut nichts ohne Berechnung, nicht ohne dass für ihn ein Nutzen entsteht. Mit dir hätte er die Zukunft Corbenics in seiner Hand. Er würde dich womöglich mit einem seiner Getreuen verheiraten, da er dich nicht mit seinen Söhnen verheiraten kann.«

Elayne entzog ihr die Hand und wich ihrem Blick aus. »Es wäre nicht das Schlechteste, verheiratet zu werden.«

Uryen prustete. »Du würdest dich fügen? Gleichwohl, welchem Mann er dich geben würde? Er könnte alt und grausam sein. Oder jung und dumm. Ein Grobian, der mit dir anstellt, was er will.«

Hitze stieg in Elaynes Wangen. »Ich brauche ein Zuhause für meinen Sohn. Ein Zuhause, an dem er zum Mann heranwachsen und über sein Leben selbst bestimmen kann.«

Uryens kahle Stirn legte sich in Falten. »Siehst du. Und genau das wird in Lothian nicht möglich sein. Lot ist nur auf seinen eigenen Vorteil bedacht.«

»Er ist dein Bruder«, gab Elayne zu bedenken.

Der König schnaubte belustigt. »Das hat ihn nicht daran gehindert, selbst mir in den Rücken zu fallen. Meine einzige Tochter ist nun mit einem seiner Krieger verheiratet. Sie tat es, weil sie ihr Herz an den jungen Mann verloren hat, doch ich glaube, mein Bruder hat sein Bestes getan, den hübschen Krieger in Morvydds Nähe zu bringen. Falls meinem Sohn etwas passiert, gehört das Königreich Rheged meiner Tochter. Damit gehört es Lot, sofern die Stämme sich nicht erheben. Und wenn er dich hat, gehört ihm auch noch Corbenic.«

»Ist es nicht das, was ihr beide wolltet?«, gab Elayne zu bedenken. »Ein vereintes Königreich des Nordens?«

»Die Umstände eines geeinten Nordens hatte ich mir anders vorgestellt«, entgegnete Uryen ungehalten.

In das Schweigen, das hierauf eintrat, ertönte das Klopfen eines Dieners, der dem König zu verstehen gab, dass es ein Problem gab, das seine Anwesenheit verlangte. Uryen entschuldigte sich bei den Damen und verließ die Kammer.

Morgaine schien nur darauf gewartet zu haben, erneut mit Elayne unter vier Augen sprechen zu können. Sie schenkte ihr Wein nach, bevor sie begann: »Ich habe ebenfalls einen Sohn.«

»Wirklich?« Elayne war überrascht.

»Ja, er lebt bei meiner Schwester Morgause. Als er geboren wurde, wusste ich nicht, wohin ich gehen sollte. Genau wie du jetzt. Mir blieb nichts anderes übrig, als zu meiner älteren Schwester zu gehen. Sie nahm mich auf, bot mir und meinem Kind ein Zuhause.« Sie seufzte tief. »Heute weiß ich, dass es der größte Fehler meines Lebens war. Lothian ist kein guter Ort für ihn. Lot hat meinen Sohn so vereinnahmt, dass er sich nun weigert, mit mir zu kommen. Und ich bin selbst schuld daran. Ich wusste, dass Lot versuchen würde, aus meinem Kind einen getreuen Gefolgsmann zu machen. Mein Sohn ist der Neffe des Königs, ebenso wie Lots eigene Söhne von Morgause. Selbst der Einfluss meiner Schwester auf den Jungen wird immer geringer. Niemand hat seinen jugendlichen Charakter im Griff, außer Lot. Als wäre mein Sohn eine Figur in einem Spiel und Lot derjenige, der ihn lenkt.«

Betroffen fasste sich Elayne ans Herz. Sie wagte nicht, zu fragen, wer der Vater des Sohnes war. Es ging sie nichts an. Morgaine hatte ihr bereits mehr Offenheit entgegengebracht, als ihr zustand. Doch eine Frage brannte in ihr: »Wieso hast du deinen Sohn verlassen und ihn stattdessen in Lothian aufwachsen lassen?«

Morgaine wich zum ersten Mal ihrem Blick aus. Sie musste sich räuspern, als sie erneut sprach: »Ich glaubte, es wäre besser für ihn, ohne mich aufzuwachsen. Ich hatte zu viele Fehler in meinem Leben begangen und glaubte, keine gute Mutter zu sein. Meine Schwester hat wunderbare Söhne in diese Welt gesetzt, hat sie zu tapferen Männern erzogen. Sie liebt ihre Söhne mehr als alles andere, mehr noch als Lot, mich oder unseren Bruder Artus. Ich wusste nicht, was es für ein Kind bedeutet, wenn die eigene Mutter fortgeht. Wie verstoßen er sich fühlen würde, noch dazu ohne Vater. Lot füllte diese Lücke und schürte seinen Zorn.« Sie drückte die Handrücken gegen ihre Augen und musste einen Moment durchatmen. Ihre Augen waren gerötet, die Tränen wischte sie mit den Handrücken fort. »Ich hoffte, wenn ich ihn nach Caer Luel mitnehme, dass Uryen den Vater ersetzen könnte und dass es für Ywein und meinen Sohn gut wäre, unter einem Dach aufzuwachsen. Ich habe mich geirrt. Mein Sohn hasst mich. Mordred ist erst vierzehn Sommer alt, doch ich fürchte mich bereits jetzt vor dem Mann, der er einmal werden wird.«

Die Wucht ihrer Worte hallte in Elayne nach. Sie wusste nicht, was sie dazu sagen sollte. Es bedeutete nicht nur, dass Lothian nicht der richtige Ort für sie und Gal war. Es zeigte ihr, wie wichtig es war, dass ein Junge einen Mann in seinem Leben hatte, nach dessen Vorbild er leben konnte.

Würde Gal sie eines Tages hassen, weil sie nicht mit seinem Vater zusammenlebten? Ihr Herz setzte bei diesem Gedanken aus. Nein, so weit würde sie es nicht kommen lassen. Gals Leben war erfüllt von Liebe. Genau deswegen war Elayne von Corbenic fortgegangen, damit sie die Wut hinter sich lassen und in eine helle Zukunft sehen konnte. Und sie hatte noch immer ihren treuen Liam an der Seite, der Gal nicht nur das Jagen und Reiten beibringen würde, sondern auch die Bedeutung von Ehre und Mut.

Entschlossen stellte sie den Weinbecher auf dem Tisch ab und sah Morgaine fest in die Augen. »Wo soll ich hingehen? Was rätst du mir?«

Erleichtert atmete die Freundin ihrer Mutter aus und lächelte. »Die Entscheidung kannst nur du allein treffen, doch ich sehe für dich zwei Möglichkeiten. Entweder gehst du nach Camelot und lässt Gal seinen Vater kennenlernen. Der Weg wäre schwer, denn du weißt nicht, was in Camelot auf dich wartet. Es ist das Zentrum Britanniens. Alle Entscheidungen werden dort getroffen und jeder meint, Artus Ratschläge erteilen zu müssen. Du solltest dir deiner politischen Rolle als Erbin Corbenics bewusst sein.«

»Was wäre die zweite Möglichkeit?«, erwiderte Elayne, ohne weiter über die erste nachzudenken.

Morgaines Lächeln wurde noch herzlicher. »Avalon, die Insel, auf der deine Mutter, Lancelot und ich selbst aufwuchsen.«

7

I'R DE

Nach Süden

Am neunten Tag ihres Weges gen Süden lockerte der Himmel auf und Elayne wagte, einen kleinen Teil der Hoffnung in ihrem Herzen zuzulassen, dass ihre Reise fortan glücklicher verlaufen würde.

Uryen hatte ihr drei Krieger zu ihrer Sicherheit bereitgestellt, außerdem Ponys, auf denen sie reiten konnten und die ihre Vorräte sowie das bescheidene Gepäck trugen.

Sie war ihm dankbar für die Ponys, zu Fuß wäre das Vorankommen noch beschwerlicher gewesen.

Uryen war in seiner Weise großzügig gewesen. Doch Elayne hatte in seinem Gesicht gesehen, dass er erleichtert über ihre Abreise war. Ihre Anwesenheit bedeutete Probleme, um die er sich nicht kümmern wollte. Er hatte seine eigenen Komplikationen zu bewältigen. Sein schlechtes Gewissen besänftigte er durch die Ponys und den Proviant.

Elayne war genauso erleichtert gewesen, Caer Luel verlassen zu dürfen. So gern sie Zeit mit Morgaine verbrachte, so gern brachte sie Abstand zwischen sich und Ywein und die Erinnerungen an ihre Gefangenschaft. Sie hoffte sehr, ihm niemals wieder begegnen zu müssen, und beneidete Uryen nicht darum, ihn weiterhin zum Mann formen und ihm Anstand beibringen zu müssen.

Zufrieden überblickte Elayne von Centenarius' Rücken ihre kleine Reisegruppe. Besonders glücklich war sie über Teagans Gesellschaft. Der Schmied hatte endlich zugestimmt, dass seine Tochter Liam heiraten durfte. Uryen und Morgaine selbst hatten das Ritual der Bindung geleitet. Damit hatte Teagan nicht nur ihre Hochzeit, sondern auch den Abschied von ihren Freunden und ihren Eltern feiern können.

Und so ritt hinter Elayne das frischvermählte Paar, das sich – wann immer Elayne sich zu ihm umdrehte – verliebte Blicke schenkte.

Sie hatte Liam noch niemals so erfüllt von Glück gesehen. Teagan war eine hübsche junge Frau mit sandfarbenem Haar und grünen Augen. Ihre Statur war zart, doch Elayne hatte gesehen, dass sie gut anpacken konnte. Zudem hatte Teagan eine Schwäche für Frisuren und schöne Kleidungsstücke, weshalb sie selbst Elaynes schwieriges Haar zu einem festen Zopf für die Reise verflochten hatte.

Sie führten die beiden Lastenponys an Seilen mit sich. An der Spitze ritten zwei der Krieger. Junge Männer, die ihre Aufgabe sehr ernst nahmen und wachsam um sich blickten. Die Nachhut bildete der dritte Krieger.

Gal saß vor Elayne im Sattel und freute sich, die Welt von hier oben zu entdecken. Auf jedes Vögelchen zeigte er begeistert und wenn das Pony einen Schritt schneller lief, hüpfte er auf und ab, sodass Elayne ihn kaum halten konnte.

Dennoch steckten die langen Ritte nun in ihren Knochen. Sie hatten die alte Römerstraße hinter sich gelassen und folgten einem ausgetretenen Pfad. Lange würden sie nicht mehr unterwegs sein. Wenn das Wetter gut blieb, vielleicht noch drei Tage.

Elayne hatte aus dem Schreibzimmer ihres Großvaters eine Karte mitgenommen. Anhand der Linienführung erkannte sie, dass er sie selbst gezeichnet und beschriftet hatte. Wann immer sie nun rasteten, versuchte Elayne, sich einzuprägen, wo sie sich befanden.

Je weiter sie nach Süden gekommen waren, desto stärker hatte sich die Landschaft um sie herum geändert. Die dichten Wälder und bergigen Höhen von Rheged und Corbenic wichen sanften Hügeln und grasbewachsenen Tälern. Hin und wieder kamen sie sogar an einer alten römischen Villa vorbei. Elayne ließ es sich nicht nehmen, diese zu erkunden und die alten Bauwerke zu bestaunen.

Mit jedem Tag ihrer Reise wurde es wärmer. Der Frühling schritt voran und die Aussage ihres Großvaters, dass es im Süden Britanniens an manchen Tagen so warm war wie in Rom, konnte Elayne nun verstehen. Am Wegesrand und auf weiten Wiesenflächen zeigten sich bunte Blüten in zahlreichen Farben.

Elayne hatte noch nie so viele Farben an einem Ort gesehen. Selbst die Sonne schien hier gelber als in Corbenic, wo oft das Grau der Wolken stärker als ihre Strahlen gewesen war.

Wie würde die Sonne auf Avalon scheinen?

Sie konnte noch immer nicht glauben, dass sie wirklich auf dem Weg dorthin war. Doch sie musste Morgaine zustimmen, es war der einzige Ort, der ihr Frieden versprach. Dort konnte sie ihren Sohn in Ruhe großziehen, fern der Gefahren dieser Welt. Sie würde auf jener Insel leben, auf der ihre eigene Mutter aufgewachsen war. Und Lancelot.

Elayne wusste nicht, ob die Herrin vom See sie willkommen heißen würde. Sie verfügte über keine besonderen Fähigkeiten, außer jenen, die sie täglich in Corbenic angewandt hatte. Kochen, Jagen … Vielleicht konnte sie den Heilerinnen zur Hand gehen, wie sie es bei Brisen getan hatte? Oder sogar selbst die Heilkunst erlernen? Ja, das würde ihr gefallen.

Voller Zuversicht lächelte sie gen Himmel. Die Zukunft hatte gerade erst begonnen und sie war voller Möglichkeiten.

»Herrin, die Sonne geht bald unter«, rief Liam und holte sie so zurück in die Gegenwart. »Wir sollten einen Lagerplatz für die Nacht suchen.«

»Gibt es hier in der Nähe ein Gasthaus?«, fragte Elayne die beiden Krieger vor ihr. Doch diese schüttelten ihre behelmten Köpfe.

Der ältere von ihnen wandte sich halb im Sattel um. »So weit im Süden kennen wir uns nicht aus. Es ist besser, das restliche Tageslicht zu nutzen, um einen guten Lagerplatz zu suchen, statt auf der Suche nach einer Bleibe weiter in die Nacht zu reiten.«

Nicht weit vor ihnen befand sich ein Wäldchen. Dort zu lagern, schien besser als auf den Feldern und Wiesen um sie herum, auf denen sie von Weitem zu sehen wären.

Elayne atmete die feuchte Luft ein, die nach Laub und Moos roch. Sie fühlte sich beschützt, umgeben von den herrschaftlichen Bäumen, die seit Jahrhunderten hier wuchsen und auch den Tieren Schutz und Nahrung boten. Sie vernahm das Rascheln eines kleinen Tieres im Gebüsch, das leichte Wehen des Windes, das die Blätter der Bäume bewegte, und das Rufen eines Vogels.

Der Pfad, dem sie in das Wäldchen gefolgt waren, war nicht breiter als ein Wildwechsel.

Unter einer Eiche fanden sie einen geeigneten Platz zum Rasten. Die Männer versorgten die Tiere, während Teagan in genügend Abstand zum Stamm der Eiche einen Kreis aus Steinen legte. Es war wichtig, auf die Sicherheit des Feuers zu achten. Sie wollten keinen Brand verursachen, auch wenn das bei der Feuchte der Luft und des Unterholzes unwahrscheinlich war.

Elayne sammelte gemeinsam mit Gal ein paar kleine Äste für das Feuer, stellte aber schnell fest, dass das Holz zu feucht war. »Haben wir noch einen Vorrat an trockenem Holz? Ich fürchte, mit diesem hier werden wir den ganzen Wald zu qualmen.«

Teagan nickte. »Ja, etwas haben wir noch.« Sorgenvoll kam sie mit dem Bündel zurück, das bei ihrem Gepäck gelegen hatte. »Damit werden wir nicht mehr lange auskommen.«

Elayne lächelte ihr aufmunternd zu. »Unsere Reise ist bald zu Ende. In etwa zwei oder drei Tagen erreichen wir unser Ziel. «

Es dauerte ein wenig, bis Teagan es schaffte, mit Feuerstahl und Zunder ein kleines Feuer zu entzünden, welches sie vorsichtig in das aufgeschichtete Holz gab. Sanft blies sie hinein, bis es aufflammte und sie weiteres Holz nachlegen konnte. Dann seufzte sie und streckte sich zufrieden, nur um sofort schmerzhaft das Gesicht zu verziehen.

»Mir schmerzt ebenfalls jeder Teil meines Körpers«, meinte Elayne, während sie Gal einfing, der auf das Feuer zu krabbeln wollte. »Hiergeblieben, Kleiner, das ist heiß.«

Ihr Sohn legte fragend den Kopf schief. »Weif?«

»Nein, heiß«, schmunzelte Elayne und küsste ihn auf die blonden Locken.

Es war ein Wunder, dass er die Anstrengungen der Reise ohne große Proteste ertrug. Er hatte während der vergangenen Tage kein einziges Mal geweint, weder aus Schmerz noch aus Verweigerung. Als habe er einfach keine Zeit dazu, da ihn die neuen Eindrücke zu sehr ablenkten.

»Er ist ein sehr lieber Junge«, bemerkte Teagan lächelnd.

Elayne breitete ihren Umhang in sicherem Abstand zum Feuer aus und setzte sich mit Gal darauf. Sie klopfte neben sich, damit auch Liams Frau sich zu ihr setzte. »Ja, das ist er. Ich kann mir jedoch vorstellen, dass er eines Tages auch einmal Flausen im Kopf haben wird.«

Im Moment begnügte sich der kleine Mann jedoch damit, sich in Elaynes Schoß zu kuscheln und die Form zwei kleiner Stöckchen zu bewundern, die er auf dem Boden gefunden hatte.

Teagan löste ihren Zopf, den sie zu einem Knoten gebunden hatte, und begann damit, ihr sandfarbenes Haar mit den Händen durchzukämmen. »Ich danke dir, dass du mich mitgenommen hast, Herrin.«

Elayne wickelte ihren Umhang fester um sich und ihr Kind, bevor sie sich wieder Teagan zuwandte. »Dir macht es nichts aus, dass du dein Zuhause und deine Eltern verlassen hast?«

Liams Ehefrau lächelte schüchtern. »Caer Luel ist nicht mein Zuhause. Wir haben in Camelot gelebt, bevor König Uryen meinem Vater anbot, die Schmiede in Caer Luel zu betreiben.«

Interessiert musterte Elayne die junge Frau, die sich in Worten bisher etwas scheu gezeigt hatte. In dieser Hinsicht passte sie ganz zu Liam.

»Aber ursprünglich stammt mein Vater aus dem Südosten Britanniens. Sein Vater wiederum stammt aus Jütland.« Sie sagte es zögerlich, als sei es etwas, wofür sie sich schämte, wovon sie aber wollte, dass Elayne es wusste.

Elayne lächelte ihr aufmunternd zu. »Ich denke, jeder stammt irgendwoher. Die Vorfahren meiner Eltern waren Römer und Stammesfürsten. Aber wir sitzen nun beide hier am Feuer und wärmen uns. Es gibt keine Unterschiede und es ist belanglos, woher man kommt.«

Teagan seufzte. »So denkt leider nicht jeder.«

»Nun, dann sind wir wohl nicht jeder.« Elayne zwinkerte ihr zu und Teagan lächelte erleichtert.

»Liam hatte recht. Du bist ein großherziger Mensch. Es wundert mich nicht, dass er dich so bewundert.«

Nun war es an Elayne, etwas verlegen zu werden. »Oh nein, dich bewundert er. Ich bin nur seine Freundin aus Kindheitstagen.«

»Hat er viel von mir erzählt?«, fragte die junge Frau scheu. Sie sah hinüber zu Liam, der mit den Kriegern die Reihenfolge der nächtlichen Wache besprach. Als schien er Teagans Blick zu spüren, schaute er zu ihnen und grinste.

Die Liebe zwischen den beiden war fast mit Händen zu greifen und Elaynes Herz füllte sich gleichzeitig mit Wärme und Kälte. Wärme für Liam und Teagan, denen großes Glück geschenkt worden war, als sie sich begegneten. Kälte für sich selbst. Ihr hatte man gezeigt, wie Glück aussehen konnte, wie es sich anfühlte, ein Hauch dessen, was möglich war … nur um es ihr im nächsten Moment zu entreißen.

Sie schüttelte den Kopf über diese Gedanken und drückte rasch ihren kleinen Gal an sich. ER war ihr Glück und für ihn würde sie alles tun, um ihn ebenfalls glücklich zu machen.

»Ob wir wohl Kaninchen zum Abendessen haben werden?«, fragte sich Teagan.

Ihre Vorräte waren beinahe aufgebraucht.

»Ich könnte mit Liam ein paar Fallen aufstellen«, schlug Elayne vor.

»Das wäre zu viel verlangt.« Teagan schüttelte den Kopf.

Elayne lächelte und legte ihr eine Hand auf die Schulter. »Oder du gehst mit ihm und lässt dir zeigen, wie man die Fallen auslegt. Dann habt ihr ein wenig Zeit füreinander, ganz allein.«

Teagan errötete. »*Das* wäre auch zu viel verlangt.«

Seit ihrer Hochzeit hatten die beiden kaum Zeit allein miteinander verbringen können, da sie kurz darauf aufgebrochen waren.

Elayne sah erneut hinüber zu Liam. Dieser stand mit gerunzelter Stirn da und lauschte in den Wald. Sein Blick begegnete dem ihren und er deutete mit einem Zeigefinger auf sein Ohr.

»Eines Tages werden wir ein eigenes Haus haben und genug Zeit füreinander«, sprach Teagan weiter und stocherte im Feuer herum.

Elayne nickte, den Blick schweifen lassend. »Sprich doch weiter, Teagan, das hört sich schön an.« Sie schob Gal jedoch in Teagans Richtung und erhob sich langsam, beinahe beiläufig.

Sie vernahm das Knacken des Feuers, Gal, der beide Stöcke aneinander rieb, als wollte er ebenfalls Feuer machen, das plötzlich nervöse Atmen von Teagan, die leise Unterhaltung der Krieger, die sich noch immer um das Gepäck kümmerten.

Und sonst … nichts.

Wo blieben das Rascheln der Nagetiere, der abendliche Gesang und das Flattern der Waldvögel?

Elayne sah hinüber zu Liam und nickte. Er hatte recht. Sie waren nicht mehr allein im Wald.

»Teagan, würdest du Gal etwas vorsingen? Ich schau mal nach Brot und einer Pfanne.«

»Ja, ja, natürlich …«

Doch während sie Gal auf Teagans Schoß hob, drückte sie der jungen Frau außerdem den Dolch in die Hand. Mit warnendem Blick deutete sie ihr, nichts dazu zu sagen, und Teagan wurde blass, nickte jedoch verstehend. Mit zitternder Stimme begann sie leise ein Lied für Gal zu singen.

Elayne begab sich zum Gepäck, durchsuchte es scheinbar nach Brot und Pfanne, griff aber nach ihrem Bogen und dem Köcher mit den Pfeilen. Dann schlenderte sie zu Liam. »Hast du etwas gesehen?«, flüsterte sie.

»Ein Reflektieren von Metall«, raunte er. »Nur für einen kurzen Moment. Dort hinter der Buche mit den niedrigen Ästen.«

»Geh nachsehen«, bat Elayne und drückte kurz seine Hand. »Aber sei vorsichtig.«

»Gibst du den Wachen Bescheid?«, raunte Liam ihr zu.

Sie nickte und begab sich, ohne Eile erkennen zu lassen, zu den drei Kriegern, während Liam zwischen den Bäumen verschwand. »Wir sind nicht allein«, erklärte sie ihnen flüsternd. »Liam sieht nach, ob er Spuren findet. Seid achtsam, passt auf Teagan und meinen Sohn auf. Notfalls flieht.«

»Was ist mit dir, Herrin?«, fragte der älteste von ihnen leise.

»Ich werde mich ebenfalls umsehen.« Elayne deutete mit einem Kopfnicken auf ihren Bogen, um zu zeigen, dass sie sich sehr gut selbst verteidigen konnte.

»Das ist keine gute Idee«, widersprach der Mann.

»Ich weiß. Doch wer auch immer dort ist, wird keinen Verdacht schöpfen, solange nur eine Frau herumschlendert. Sie werden denken, ich sei auf Kaninchenjagd. Sie werden sich auf euch konzentrieren.«

Ihr Herz raste, als sie sich vom Lager entfernte, entgegensetzt der Richtung, in die Liam verschwunden war. Den Bogen und Köcher trug sie locker über der Schulter. Es sollte wirklich nur so aussehen, als ob sie auf die Jagd ginge.

Achtsam suchte sie den Waldboden nach Spuren ab, blickte immer wieder auf, um sich zu orientieren oder ein verräterisches Zeichen hinter den Baumstämmen zu erkennen.

Noch immer schwieg der Wald.

Wer mochte hier auf sie lauern? Irische Piraten konnten es nicht sein, sie waren zu weit entfernt von der Küste. Hatten sich Angeln oder Sachsen so weit nach Westen getraut? Wie viele Gegner hatte sie zu erwarten?

Sie wagte kaum, zu atmen, hinter jedem Baum, jedem Strauch konnte ihr jemand auflauern und sie packen. Doch sie war bereit. Seit jenem ersten irischen Piraten im Wald ihres Einhorns war sie bereit. Sie wollte niemals hilflos einem Mann ausgeliefert sein. Sie konnte sich nie darauf verlassen, dass ein anderer in ihrer Nähe war, um sie zu retten.

Da sie den Dolch Teagan gegeben hatte, blieb ihr das kleine Messer in dem Lederbeutel an ihrer Seite. Damit schnitt sie für gewöhnlich Obst oder Fleisch. Ihre Hauptwaffe aber waren nunmehr Pfeil und Bogen und die brachten im Nahkampf nicht viel. Sie musste Abstand zwischen sich und das Lager bringen, aber sie brauchte ebenso freie Sicht.

Noch bevor sie eine entsprechende Stelle finden konnte, ging es los. Die Angreifer hatten sich lautlos über den Waldboden bewegt. Und nun waren sie beim Lager.

Elayne hörte, wie der Kampf begann, und wandte sich um. Fünf Männer gegen ihre drei Krieger. Sofort legte sie einen Pfeil an, doch in dem Durcheinander des Kampfes konnte sie nicht auf den Feind zielen, ohne die eigenen Männer zu treffen.

»Bärendreck!«, fluchte sie und ließ den Bogen sinken. Sie sah sich nach Liam um. Er war nirgends zu entdecken.

Sie legte den Bogen wieder an und näherte sich dem Lager.

Einer der Angreifer warf den ältesten ihrer Wächter zu Boden. Bevor er mit seinem Schwert auf den Mann einschlagen konnte, sauste Elaynes Pfeil los und streifte die Schulter des Gegners. Sofort legte sie den nächsten Pfeil an. Ihr Eingreifen hatte dem Wächter Zeit gegeben, sich aufzurichten, und er konnte sich nun gegen den Fremden verteidigen.

Elaynes Hände zitterten. Sie schluckte schwer. Bevor sie aber weiter nachdenken konnte, erblickte sie einen Angreifer, der sich Teagan und Gal näherte.

Elayne ließ sich mit einem Knie auf den Waldboden sinken, das andere Bein aufgestellt, und schoss ihren Pfeil ab. Mit tiefer Genauigkeit bohrte sich die Spitze in ein Bein des Angreifers und er ging mit einem Schmerzensschrei zu Boden.

Teagan nahm Gal auf die Arme und lief los.

Ein weiterer Gegner stürmte hinter einem Baum hervor und stellte sich den beiden in den Weg. Bevor Elayne den nächsten Pfeil anlegen konnte, hörte sie ein erzürntes Brüllen und Liam war wieder da. Er warf sich auf den Mann und rief Teagan zu, dass sie weiterlaufen sollte.

Erleichtert atmete Elayne aus.

Sie bemerkte ihren eigenen Feind erst, als er sie von hinten packte und triumphierend auflachte. »Hab ich dich, kleines Vögelchen. Hast wohl gedacht, wir würden dich nicht erwischen.«

Der Mann war zwar nicht viel größer als sie, dennoch war er ein Mann und daher stärker, sodass es leicht für ihn war, ihr den Bogen zu entreißen und sie zu Boden zu werfen, wo er sich auf sie setzte und dreckig angrinste. Von seinem Gesicht war nicht viel zu erkennen, da es mit Blut und Erde beschmutzt war. Sein Atem stank nach faulen Eiern, als sich sein Gesicht dem ihren näherte.

»Ein Mädel in Hosen. Willst wohl Mann spielen? Dir fehlt aber was dazu.« Er packte ihr in den Schritt und lachte erfreut auf, als sie einen entsetzten Laut von sich gab.

Sie wand sich unter seinem Gewicht, was ihn dazu brachte, ihre Hände mit seinen über ihrem Kopf festzuhalten.

»Du bist so wild, das gefällt mir. Na, willst du mir nicht ein bisschen gefällig sein? Wirst es auch nicht bereuen.«

Elayne presste fest die Lippen aufeinander. Das Messer steckte in ihrem Lederbeutel, aber sie kam nicht an ihn heran, weil der Kerl ihre Hände festhielt. Hilfe suchend sah sie sich um. Ihr Köcher lag in der Nähe. Wenn sie nur an die Pfeile käme …

Der Mann rieb sich an ihrem Bauch und grinste so breit, dass Speichel aus seinem stinkenden Maul in ihr Gesicht troff. Sie schüttelte den Kopf und kniff die Augen zu.

Er fasste ihre Unterarme zusammen, damit er sie mit einer festhalten konnte, und nahm die freie Hand, um ihr die Tunika hochzuraffen und an dem Hosenbund zu fummeln. »Gut verschnürt, mein Vögelchen«, grunzte er.

Elayne nahm ihren Mut und all ihre Kraft zusammen, hob ein Knie und rammte es dem Angreifer in die Kehrseite.

Das brachte ihn lediglich zum Lachen. »Oh, ich werde es so sehr genießen, dich zu zähmen!«

Er nestelte nun noch heftiger an ihrer Schnürung und zog die Kordel triumphierend hervor, um dann an seiner eigenen Verschnürung herumzuhantieren. Konzentriert auf sein Vorhaben, merkte er nicht, dass er nur noch eine ihrer Hände festhielt.

Elayne spähte nach dem Köcher. Sie konnte einen Riemen erreichen. Sie durfte es den Kerl nur nicht merken lassen. Langsam streckte sie sich nach dem Leder aus, richtete den Blick aber wieder auf ihren Gegner, um zu sehen, ob er noch beschäftigt war, während sie ihre Finger über das Laub bewegte.

Es war nicht der Riemen des Köchers, den sie zuerst berührte. Es war der Schaft eines Pfeiles, der herausgefallen war und halb unter dem Laub verborgen lag.

Sie schaffte es, das Geschoss zu erfassen, legte die Kraft in ihren linken Arm und stach zu. Die Spitze bohrte sich durch den Augapfel des Scheusals. Kreischend ließ er von ihr ab und versuchte, sich den Pfeil aus dem Auge zu ziehen.

Elayne wich zurück, konnte den Blick nicht von dem Gesicht des Mannes abwenden, das zu einer schrecklichen Grimasse verzogen war.

Wutentbrannt stürmte der Mann auf sie zu.

»Oh Gott«, krächzte sie entsetzt.

Sie war nun direkt bei dem Köcher und nahm einen weiteren Pfeil. Sie konnte nicht mehr denken, nur noch handeln. Den zweiten Pfeil rammte sie dem Kerl in den Leib, sodass er schreiend zu Boden ging.

Sie schaffte es nicht, aufzustehen, kauerte an Ort und Stelle und schlang die Arme um die Beine. Sie schaffte es nicht einmal, ihre Hose wieder herzurichten, die ihr beim Fortkriechen heruntergerutscht war.

Wieder packten Hände nach ihr und sie schrie selbst auf, schlug wild um sich. Sie wurde von kräftigen Händen auf die Beine gezogen.

»Herrin, ich bin es doch, Liam.«

Sie wischte die Haarsträhnen aus ihrem Gesicht und starrte fassungslos in das besorgte Gesicht ihres Liams. Ihrer Kehle entrang sich ein Schluchzen. »Liam.«

»Es ist gut, meine Herrin«, tröstete er sie und zog sie an seine breite Brust, um sie festzuhalten.

»Haben wir … Haben wir es geschafft?«, flüsterte sie tonlos.

»Wir haben zwei von unseren Wachen verloren und der Dritte ist verletzt. Aber Teagan und Gal geht es gut.« Er umfasste ihr Gesicht. »Kannst du gehen, meine Herrin? Wir müssen hier fort, so schnell es geht. Ich weiß nicht, ob noch weitere Männer in der Nähe sind. Vielleicht haben sie ein Lager.«

Elayne nickte und löste sich von ihm. Beschämt fasste sie nach ihrem Hosenbund und wandte sich von Liam ab, um ihn zu schnüren, aber die Kordel fehlte.

Unwillkürlich musste sie zu dem Mann sehen, dessen Kehle sich gurgelnde Schmerzlaute entrangen.

»Hat er …« Liam konnte die Frage nicht weiter stellen.

Rasch schüttelte sie den Kopf. »Er wollte es.«

Langsam schritt sie auf den Kerl zu. Der Pfeil in seinem Auge stand hoch zu Himmel, der zweite steckte schräg in seinem Unterleib. Blut hatte den Boden unter ihm getränkt. Mit zittriger

Hand versuchte der Mann, den Pfeil aus seinem Körper zu ziehen. Doch seine Bewegung war langsam und schwach.

Liam trat an seine Seite und begutachtete die Verletzung. »Er wird sterben.«

Elayne trat ebenfalls näher. Das gesunde Auge des Mannes folgte ihr, seine Lippen bewegten sich, doch sie hörte nicht, was er sagte.

»Er bittet um Hilfe«, erklärte Liam. »Wenn wir ihn hier liegen lassen, werden sich die Tiere der Nacht an seinem Leib ergötzen.«

Elayne wurde kalt. »Das … Das wäre nicht recht«, stammelte sie.

»Er hätte dir keine Gnade geschenkt«, gab Liam zu bedenken.

Der Mann, der noch vor wenigen Momenten die Gewalt über sie gehabt hatte, lag nun sterbend am Boden. Und doch konnte sie sich nicht einfach umdrehen und gehen. Jedem Tier hätte sie mehr Gnade erwiesen.

Sie verabscheute diesen Mann für das, was er war – ein Bandit, ein Frauenschänder und wer weiß was sonst noch. Aber es war nicht an ihr, über ihn zu richten. Sollte er in seinem erbärmlichen Leben noch einen letzten Akt der Gnade erfahren.

Sie deutete auf den Dolch, der in Liams Stiefel steckte. »Bitte erlöse ihn.«

Ihr lieber Freund sah zweifelnd auf den Mann, der sich unter Schmerzen wand. Dann griff er nach dem Dolch, packte den Banditen am Schopf, riss den Kopf nach oben und durchschnitt ihm die Kehle, wie er es bei einem Wild getan hätte, das er erlegt hatte.

Der Mann gurgelte verzweifelt, bevor er endlich Ruhe gab.

»Möge Gott sich deiner Seele erbarmen«, flüsterte Elayne.

»Wir müssen uns beeilen.« Liam nahm dem Toten die Kordel ab, die noch an dessen Hosenbund hing, und reichte sie Elayne. »Wir sollten den Wald verlassen, bevor die Nacht uns jede Sicht nimmt.«

Mit zittrigen Fingern versuchte Elayne, ihren Hosenbund zu schnüren, bis Liam ihr zu Hilfe kam und die Schnur durch die Löcher fädelte.

Sie wäre ihm am liebsten erneut um den Hals gefallen, doch ihre Dankbarkeit musste sie ihm später zeigen. Es war Zeit, diesen grausamen Ort zu verlassen.

Drei der Banditen waren entkommen. Sie hatten die Ponys gestohlen und alles an Gepäck, was sie zu fassen bekamen. Auch Centenarius war verschwunden.

Elayne fiel es schwer, ihre toten Wächter unbestattet zurückzulassen. Dennoch blieb ihnen nichts anderes übrig, denn sie konnten nicht wissen, ob die Banditen noch einmal zurückkehren würden. Sie sprach ein Gebet für ihre toten Seelen, während Teagan und Liam die übrig gebliebenen verstreuten Gegenstände nach Nutzbarem absuchten.

Gal war verängstigt und wollte nicht mehr von Elaynes Seite weichen, weshalb sie ihn die erste Wegstrecke tragen würde.

Der verletzte Wächter war in der Lage, von Liam gestützt, mit ihnen zu kommen.

Als sie den Wald hinter sich ließen, blickte Elayne noch einmal zurück. Sie hoffte, sie konnte das Grauen hinter sich lassen.

Sie mieden die Straßen und Wälder, liefen über Felder und mussten so Umwege hinnehmen. Sie marschierten bis tief in die Nacht, kamen jedoch nur langsam voran. Dann brach der verletzte Wächter zusammen und sie errichteten auf einem Hügel ein kleines Lager, ohne Feuer. Sie hielten abwechselnd Wache. Doch Elayne hätte ohnehin nicht schlafen können.

Jedes Rufen einer Eule ließ sie zusammenzucken, jedes Rascheln in der Nähe. Und wenn die Wolken den Mond freigaben, betete sie dafür, dass man sie in dessen Schein nicht entdeckte.

Gal hatte sich fest an sie gekuschelt und schlief friedlich. Und sie genoss es, seine Wärme zu spüren. Seine Nähe spendete ihr Trost und Mut, wie so oft. Für ihn würde sie nicht aufgeben. Sie hatte den Weg aufgenommen und würde weitergehen, bis sie ihm eine sichere Unterkunft bieten konnte.

Teagan und Liam lagen beieinander und Elayne konnte sie hin und wieder flüstern hören. Bereute die Schmiedetochter bereits, mit ihnen gekommen zu sein? Doch sie hatte wenigstens Liam, der sie festhalten und beschützen konnte.

8

IN LITORE

Am Ufer

Der nächste Morgen brachte neue Sorgen. Der Wächter wurde vom Fieber geschüttelt und konnte nicht weiterreisen.

»Wir müssen ihn zu einem Dorf bringen, vielleicht kann man ihm dort helfen«, flüsterte Liam Elayne zu.

Sie schüttelte den Kopf. »Wir wissen nicht, wo sich das nächste Dorf befindet.«

Sie hatte die Karte verloren. Anhand des Sonnenstandes konnten sie die ungefähre Richtung abschätzen, in die sie gehen mussten. Aber wenn sie zu weit vom Weg abkamen, würden sie Avalon nie erreichen.

»Ich kann mich umsehen«, bot Liam an. »Vielleicht finde ich einen Weiler oder einen Schäfer, der uns den Weg weisen kann.«

»Etwas Proviant wäre auch nicht schlecht«, gab Teagan zu bedenken. »Und frisches Wasser.«

Liam brachte Elayne ihren Bogen und den Köcher. »Du kannst von hier bis zum nächsten Wald sehen. Jeder Fremde ist von Weitem sichtbar.«

»Und ich sehe kein einziges Haus«, gab Elayne zu bedenken. »Du wirst einige Stunden fort sein.«

»Möchtest du, dass ich bleibe, meine Herrin?«

Sie sah ihm lange in die sorgenvollen grauen Augen, dann seufzte sie. Sie hatte Angst ohne ihn. Genauso musste sie aber auch erkennen, dass ihnen nichts anders übrig blieb, es sei denn, sie würden den armen verletzten Mann zurücklassen. Er hatte sein Leben dafür gegeben, sie zu beschützen. Es wäre nicht recht.

»Nein, Liam, geh.« Sie klopfte ihm auf die Schulter. »Ich werde unsere Liebsten beschützen.«

Er lächelte zuversichtlich. »Genau davon bin ich überzeugt, meine Herrin.«

»Aber komme schnell zu uns zurück, mein Liam.«

Nachdem sie dem Wächter noch eine weitere Decke übergelegt hatten, konnte er endlich in einen erschöpften Schlaf finden.

Gal indes erkundete den Hügel nach neuen Stöcken und Käfern.

»Es tut mir leid, dass unsere Reise bisher so … anstrengend war«, bekundete Elayne ihrer Gefährtin.

Teagan schüttelte den Kopf und ließ sich auf ihrem Umhang nieder. »Jede Reise birgt ihre Gefahren, das war mir bewusst, bevor wir loszogen.«

Elayne ging neben ihr in die Hocke, pflückte verlegen einen Grashalm und betrachtete ihn, als wäre er ein spannendes, nie gesehenes Objekt. »Und du hättest dir nicht gewünscht, dass wir in Caer Luel bleiben?«

Nun schüttelte Teagan den Kopf. »Mein Platz ist an Liams Seite und Liams Platz ist bei dir, Herrin.« Die junge Frau hob eine ihrer feinen Brauen und sah sie forschend an. »Du klingst, als hättest du selbst Zweifel an unserer Reise.«

Elayne warf den Grashalm fort. »Nenn mich bitte Elayne. Uns verbindet mittlerweile mehr als eine Dienerschaft.«

Teagan lächelte warmherzig. »So ist es wohl, Elayne. Doch du hast meine Frage nicht beantwortet. Hast du Zweifel an unserem Weg … oder sogar an unserem Ziel?«

Elayne sah betreten zu Boden. »Ich weiß es nicht.«

Liams Ehefrau seufzte. Dann sah sie sich um, ließ den Blick über die Wälder und Ebenen schweifen. »Weißt du, eigentlich sollte mir die Gegend bekannt vorkommen. Wir müssen hier entlanggekommen sein, als wir von Camelot nach Caer Luel reisten. Aber ich war zu jung, um mich für den Weg zu interessieren. Ich war wütend auf meine Eltern, weil sie mich von Camelot fortbrachten. Ich wäre gern dortgeblieben.«

Überrascht sah Elayne auf. »Hast du dort ebenfalls in den Diensten der Königin gestanden?«

»Ja, ich habe sehr gern für unsere Königin gearbeitet. Sie hatte die schönsten Kleider und sie hörte sich gern meine Meinung zu neuen Stoffen und Farben an, als sei die Meinung eines jungen Schmiedemädchens wichtig.« Teagans Augen strahlten bei der Erinnerung. »Und ihre Haare … sie leuchten in der Sonne wie Gold und sind kräftig wie Flachsfasern.«

»Genau das Gegenteil von meinen Haaren«, schmunzelte Elayne und strich eine ihrer glatten schwarzen Strähnen aus dem Gesicht.

»Dein Haar ist ebenfalls sehr schön«, fand Teagan. »Es ist besonders.« Dann seufzte sie. »Camelot ist nicht weit von Avalon entfernt. Vielleicht werde ich eines Tages wieder dorthin kommen.«

Elayne seufzte ebenfalls. Sie hatte es auf der Karte gesehen. Camelot war nur einen halben Tagesmarsch von Avalon entfernt.

Liam kehrte erst kurz vor dem Abend zurück. Er hatte ein Dorf gefunden, dort sagte man ihm, dass die Stadt Aquae Sulis etwa zwei Tagesmärsche in westlicher Richtung lag. Wenn sie aber zu den Ufern Avalons gelangen wollten, mussten sie zunächst nach Süden und erst dann nach Westen reisen, denn die Ebenen um Avalon wurden von Meerwasser überflutet.

Eine Frau aus dem Dorf hatte ihm Kräuter und sogar Milch für den kleinen Jungen mitgegeben, von dem er erzählt hatte. Eine weitere Frau hatte ihm Brot sowie Met mitgegeben.

Sie gaben dem Wächter von den Kräutern und stärkten sich selbst mit etwas Met und Brot.

Elayne spürte endlich wieder Hoffnung in sich aufkeimen. »Denkst du, wir können den Wächter dorthin bringen?«

Liam nickte. »Es sind gute und freundliche Menschen. Und der direkte Weg dauert nur wenige Stunden. Ich habe das Dorf nur nicht sofort gefunden, weil es hinter den Wäldern dort liegt.«

Ihr blieb fast der Bissen Brot im Hals stecken. »Ist der Wald sicher?«

Er zog nachdenklich die Augenbrauen zusammen. »Wir sollten nicht bei Nacht reisen.«

Dies bedeutete eine weitere Nacht auf dem Hügel.

Als die Dunkelheit kam, starrte Elayne in jene Richtung, in der das Dorf liegen musste. Und sie meinte sogar, einen Rauchfaden von den heimeligen Feuern erkennen zu können.

Doch sie kamen nicht mehr dazu, den Wächter ins Dorf zu bringen, denn er erlag in der Nacht seinem Fieber.

Diesmal nahmen sie sich die Zeit, seinen Körper zu begraben und gemeinsam zu beten. Elayne konnte nicht einmal mehr weinen.

Ihre Reise hatte bereits furchtbar begonnen, würde sie wohl jemals ankommen?

Sie entschieden bei Morgengrauen, keine weiteren Umwege mehr zu gehen, sondern direkt nach Avalon zu reisen. Sie mussten sich den wenigen Proviant, den sie hatten, gut einteilen und unterwegs Kaninchen fangen. In den Wäldern gab es noch keine Beeren, das Jahr war noch zu jung. Doch ein paar Kräuter fanden sie, auf denen sie kauen konnten und die den schlimmsten Hunger stillten.

Drei Tage liefen sie. Drei Tage, in denen sie Kälte und wunde Stellen an den Füßen ertragen mussten. Doch wenigstens regnete es nicht und kein Bandit kreuzte mehr ihren Weg. Dann endlich erreichten sie die Ufer Avalons.

Der Wind wehte über das graue Wasser und schob kleine Wellen zu Elaynes Füßen am Ufer. Sie schlang ihr Tuch fester um sich und nahm Gal hoch, der sich fest an sie kuschelte.

Die Sonne würde bald untergehen und Elayne sehnte sich so sehr nach einem Bett und einem warmen Feuer. Hier stand sie nun, kurz vor ihrem Ziel, und hatte kaum noch Kraft, ihren kleinen Sohn zu halten.

»Wie lange müssen wir auf die Barke warten?«, flüsterte Teagan genau das, was sich Elayne selbst gefragt hatte.

»Ich weiß es nicht«, gestand sie seufzend. »Morgaine sagte, sie käme jeden Abend zum Sonnenuntergang, um Reisende aufzunehmen.«

»Dann wird sie bald kommen«, sprach Liam zuversichtlich. Er legte seiner Frau einen Arm um die Schultern, sodass sie sich an ihm wärmen konnte.

Elayne versuchte, Avalon zu erspähen. Irgendwo dort draußen inmitten des Sees musste es sein. Doch leichter Dunst lag über dem Wasser. Der See war viel größer, als sie sich je vorgestellt hatte. Das andere Ufer war nicht zu sehen. Genauso gut hätten sie am Strand von Glannoventa stehen können.

Ein Rabe setzte nicht weit von ihr entfernt auf und stocherte im Schlamm des Ufers nach Würmern. Krächzend stapfte er im nassen Boden umher.

Wie merkwürdig, zu wissen, dass Elaynes Mutter vor vielen Jahren ebenfalls hier gestanden hatte. Woran hatte sie gedacht, als sie hier auf die Barke wartete? Hatte sie sich auf ihre Zukunft auf der Heiligen Insel gefreut? Oder war sie gegen ihren Willen dorthin gegangen?

Brisen hätte Elayne diese Antworten geben können. Sie waren gemeinsam nach Avalon gegangen. Und hatten die Insel gemeinsam verlassen. Doch Brisen hatte so selten über die Vergangenheit gesprochen, als sei jede Erinnerung zu lästig oder zu schmerzhaft.

Gänsehaut überkam Elayne und sie drückte Gal noch fester an sich, als sie an Morgaines Erzählung dachte. Daran, wie sie und Cundrie den kleinen Lancelot an genau diesem Ufer fanden … und wie seine Mutter hier starb.

Wenn sie den schmalen Uferweg entlangliefen, würden sie dann Elaynes Geist begegnen, der noch immer um den Sohn und das verlorene Leben weinte?

Sie atmete tief ein, um die Tränen zu vertreiben. Lancelot war es auf Avalon gut ergangen. Er hatte eine friedliche Kindheit erleben dürfen, fern des Krieges, der in Britannien zu jener Zeit geherrscht hatte.

Und doch hatte es ihn eines Tages in ebenjenen Krieg gezogen. Der Frieden hatte ihm nicht gereicht. Er hatte die Welt erkunden wollen. So wie Elayne selbst es schon so lange erträumt hatte. So wie Percy, als er seine Mutter verließ, um der Tafelrunde beizutreten.

Als der Rabe erneut krächzte, lachte Gal, zeigte auf den Vogel und versuchte, das Geräusch nachzuahmen.

Würde er sie eines Tages verlassen? Sie wollte nicht daran denken, denn der Abschied würde ihr das Herz brechen. Ja, er würde eine friedliche Kindheit verleben, fernab der Welt, die voller Gewalt und Tod war, fern der Enttäuschungen, welche die Menschen anderen Menschen bereiteten, fern des Kummers. Doch würde er stattdessen inneren Frieden finden? Würde er zu schätzen wissen, was Avalon ihm zu bieten hatte? Die Weisheit ihrer Vorfahren, die Lieder? Würde er nicht auch eines Tages herausfinden wollen, was diese andere Welt ihm zu bieten hatte? So wie sein Vater? Und würde er sie verachten, weil er ihn niemals kennenlernen durfte?

Gal zappelte in ihren Armen, weil er hinuntergelassen werden wollte. Elayne setzte ihn vorsichtig ab und glucksend vor Freude wackelte er auf seinen kurzen Beinen auf den Vogel mit dem glänzend schwarzen Federkleid zu.

Der Rabe legte den Kopf schief und betrachtete das Menschenkind, als wisse er genau, dass von diesem kleinen Wesen noch keine Gefahr ausging.

»Herrin, die Barke«, rief Liam ehrfurchtsvoll.

Ein kleiner Schatten hatte sich aus dem Dunst gelöst und glitt gemächlich in ihre Richtung. Der Anblick erleichterte Elayne. Endlich. In dieser Nacht würden sie wieder in Betten schlafen und keine Angst dieser Welt würde sie belasten.

Ein Knirschen am Waldrand ließ den Raben achtsam aufflattern. Rasch nahm Elayne ihren Sohn hoch und sah misstrauisch in die Richtung, aus der das Geräusch gekommen war.

Liam war sofort an ihrer Seite, das Schwert gezückt. »Bleib hinter mir«, bat er mit fester Stimme.

Doch Elayne wich nicht zurück. Es konnte doch nicht sein, dass ihnen schon wieder ein Hindernis in den Weg gelegt wurde, so kurz vor dem Ziel! Auf der nahenden Barke gab es gewiss einen oder mehrere Krieger Avalons, die sie vor diesem Wahn beschützen würden.

Das Knirschen war erneut zu hören, noch ein wenig näher.

Liam schob Elayne hinter sich. »Ich lasse nicht zu, dass wir aufgehalten werden«, flüsterte er. »Ich werde sie ablenken. Vielleicht schaffe ich es auch, sie von hier fortzulocken. Wenn die Barke kommt, steig mit Gal und Teagan hinein.«

»Ich lasse dich nicht zurück«, widersprach Elayne.

Er sah sie bittend an. »Ich komme zurecht. Das weißt du.«

Sie griff nach seinem Oberarm. »Du bist alles, was mir von Corbenic geblieben ist. Mein bester Freund, mein Bruder. Ich lasse dich nicht hier.«

Ihre Blicke trafen sich für einen kurzen Moment.

Dann schrie Teagan auf, als sich ein großer schwarzer Schatten aus den Bäumen löste. Das Monstrum schnaubte und stampfte mit dem Huf auf den Boden.

Liam ließ seufzend das Schwert sinken und Gal kreischte begeistert: »Narius!«

Elayne selbst lachte laut auf. »Hätte ich mir denken können, dass die Räuber kein Vergnügen mit ihm haben würden.«

»Ich frage mich nur, wie er hierherkommt.« Liam steckte das Schwert zurück in die Scheide und ging langsam auf das alte königliche Ross Corbenics zu.

»Er muss unserer Fährte gefolgt sein. Anders kann ich es mir nicht erklären.«

Elayne folgte Liam zu Centenarius. Der Hengst schnaubte erneut und schüttelte die Mähne. Er ließ zu, dass Liam nach den Zügeln griff, die halb abgerissen waren, und dass der ehemalige Stallbursche ihn auf mögliche Wunden untersuchte.

Als Elayne ihre Hand hinhielt, kitzelte seine weiche Schnauze ihre Haut. Sogar von Gal ließ er sich anfassen, ohne zurückzuweichen. »Mein alter Freund, es ist so schön, dich zu sehen.«

»Die Barke ist da!«, rief Teagan von jener Stelle zu ihnen, an der sie ihre Bündel abgelegt hatten.

Tatsächlich war das kleine Boot beinahe am Ufer angekommen. Darin sahen sie drei Männer, einer von ihnen winkte begrüßend, auf dass sie wussten, dass man sie willkommen hieß.

»Aber was ist mit Centenarius? Wir können ihn auf der Barke nicht mitnehmen«, gab Elayne zu bedenken.

Zwischen Liams Brauen bildete sich eine nachdenkliche Falte. »Ich könnte mit ihm hierbleiben und morgen nachkommen. Du könntest die Herrin vom See bitten, dass wir ihn behalten.«

Sie senkte den Blick auf ihre Stiefelspitzen. »Ich weiß nicht einmal, ob sie mich dulden wird.«

»Das wird sie«, sprach Liam zuversichtlich.

Elayne sah hinüber zur Barke und dann wieder zu Centenarius. Sie seufzte tief und legte ihre Stirn an seine breite Nase. So viele Erinnerungen verband sie mit dem Hengst. Der alte Liam hatte sie als Mädchen auf seinen Rücken gesetzt, obwohl Vater es verboten hatte, doch Liam hatte immer gewusst, wie mit Centenarius umzugehen war. Und dann jener Tag, als ihr Barde das stolze Ross besänftigte, um einen Schlangenbiss zu behandeln. Es war der Anfang ihrer Freundschaft gewesen.

Centenarius hatte so viel erlebt, so viele Schlachten gefochten. Er hatte sie die ganzen Meilen von Nordbritannien in den Süden getragen. Keine Seele war treuer als die seine. Nun, vielleicht außer die von Liam.

Sie hob die Stirn und sah von ihrem Hengst hinüber zum Boot, das nun anlegte.

»Narius«, gluckste Gal.

Und in diesem Moment traf sie eine Entscheidung.

9

SIGNUM DRACO

Drachenbanner

Ich glaube immer noch nicht, dass dies eine gute Idee ist«, gab Liam zu bedenken, als sie auf einem Hügel anhielten, um die ferne Silhouette Camelots zu bewundern.

»Und ich glaube, dass es eine *sehr* gute Idee ist«, lachte Teagan. »Camelot ist ein wunderbarer Ort.« Sie war an der Reihe, auf Centenarius zu reiten, während Liam das Ross an den Zügeln führte. Gal saß vor ihr und sie drückte ihm einen festen Kuss auf die goldenen Locken. »Der kleine Gal wird ein Krieger werden, genau so, wie es sich für den Enkel eines Königs gehört.«

Seit Elayne beschlossen hatte, nicht nach Avalon zu gehen, war Teagan überglücklich. Elayne hatte ihr außerdem alles über Lancelot erzählt, damit sie die Beweggründe verstand. Sie vertraute Teagan, sie würde ganz sicher nichts verraten. Und sie schalt sich selbst, weil sie nicht darauf geachtet hatte, wie enttäuscht Teagan gewesen wäre, nach Avalon zu gehen.

Liam strahlte seine Frau an und nickte. »Wenn es dir gefällt, wird es mir auch gefallen.« Dann zog erneut Sorge über seine Stirn. »Ich denke nur daran, dass uns keine einfache Zeit bevorsteht.«

»Mit uns meinst du ›mir‹.« Elayne verlagerte das Bündel, das sie trug, auf die andere Schulter. Ihr Herz raste bei dem Gedanken, dass sie in nur wenigen Stunden wirklich den Boden von Camelot betreten würde. Und dort würde sie ihn wiedersehen, den Mann, der ihr Herz herausgerissen und zerschmettert hatte.

Mochte der Weg, der vor ihr lag, für sie mit Schmerz und Demütigung verbunden sein, es war der einzig richtige. Sie wollte, dass Gal seinen Vater kennenlernte. Sie wollte, dass Lancelot seinem Sohn begegnete.

Man würde über sie reden, sie in eine Ecke stellen und mit dem Finger auf sie zeigen, weil sie als Tochter eines Königs unverheiratet ein Kind bekommen hatte. Aber sie wollte stark sein und die Schmach ertragen. Für ihren kleinen Galahad.

»Lancelot sollte es zuerst erfahren«, flüsterte sie und bemerkte erst, dass sie ihre Gedanken laut ausgesprochen hatte, als Liam antwortete.

»Ja, Herrin, das sollte er.«

Und so ritten sie gen Camelot.

Die hohen Pfähle der ersten Palisade trotzten wie Wächter aus einer anderen Welt – einer glänzenden Welt, denn sie waren weiß getüncht und strahlten mit der Sonne um die Wette. Hoch über den Türmen wehte ein grünes Banner und beim Näherkommen erkannten sie den weißen Drachen, der darauf gestickt war. Der Pendragon. Wie viel Mühe hatte es Artus gekostet, Britannien zu einen, wie viel Mut hatte es erfordert, sich gegen alle Könige Camelots durchzusetzen, unterstützt nur von einer Handvoll Mann.

Elayne hatte die Geschichte von ihrem Großvater gehört und auch von ihrem Vater, der selbst einer jener Könige gewesen war, der gegen Artus gekämpft hatte, bevor er sich davon überzeugen ließ, dass es keinen besseren Mann gab, um Britanniens letzte Kräfte zu einen.

Das war vor vielen Jahren gewesen. Jetzt herrschte größtenteils Frieden. Ein brüchiger Frieden, wie Elayne nun wusste. Britanniens Küsten waren stets in Gefahr. Und einige Könige trachteten immer noch nach mehr Macht ...

Sie atmete tief ein und versuchte, sich auf das Hier und Jetzt zu konzentrieren.

Die Felder und Wiesen um den Hügel herum, auf dem Camelot erbaut worden war, leuchteten in kräftigen Gelb-, Braun- und Grüntönen. Schafe fraßen sich auf den üppigen Wiesen satt, Rinder schlenderten über Weiden. Das Paradies hätte kaum schöner aussehen können.

Die Tore Camelots standen weit offen. Die Männer, die den Eingang bewachten, ließen jeden passieren, halfen sogar mit freundlichen Worten, wenn jemand nach dem rechten Weg fragte oder Auskunft benötigte.

Elayne und ihren Begleitern wurde freundlich zugenickt. Sie fühlten sich willkommen, noch ehe sie ein Wort mit jemandem gewechselt hatten.

Innerhalb der ersten Wehr herrschte reges Treiben. Bauern mit Karren lieferten ihre Erzeugnisse, Menschen eilten von einem Punkt zum nächsten. Von der Schmiede dröhnte geschäftiges

Klopfen auf Metall. Jeder hatte etwas zu tun. Neuankömmlinge fielen gar nicht auf.

»Ist heute Markttag?«, wunderte sich Liam.

»Ich denke nicht. Das ist der ganz normale Alltag von Camelot.«

Und so wie Teagans grüne Augen glänzten, hatte sie diesen sehr vermisst.

Liam half seiner Frau, von Centenarius abzusteigen, und sah sich verzweifelt um. »Himmel, so viele Menschen.«

Teagan stupste ihn liebevoll in die Seite. »Du wirst dich daran gewöhnen.« Dann verschränkte sie die Arme vor der Brust. »Du solltest Centenarius in die Stallungen bringen, dort kann er versorgt werden.«

»Wo finde ich die Stallungen?«

Teagan erklärte den Weg zum anderen Ende der Festungsanlage, bevor sie sich Elayne zuwandte. »Wenn wir Lancelot finden wollen, müssen wir zur königlichen Halle im inneren Festungshof. Dort halten sich die Krieger um König Artus auf.«

Elayne nickte. Es war gut, dass Teagan hier bereits gelebt hatte. Sie selbst hätte sich nur schwer zurechtgefunden.

Die Aufregung ließ ihre Hände zittern und sie war froh, dass sie Galahad nun auf den Arm nehmen konnte. Seine Nähe beruhigte sie.

Was, wenn sie Lancelot gleich jetzt begegnete? Wie würde er reagieren, sie wiederzusehen? Wäre er wütend? Sie hätte ihm eine Botschaft senden sollen, damit er vorgewarnt war. Dennoch … Sie hatte bis vor zwei Tagen nicht geplant, nach Camelot zu gehen. Gut daran war, sie hatte sich noch nicht allzu viele Sorgen darüber gemacht, was sie zu ihm sagen sollte. Schlecht daran war … Was sollte sie zu ihm sagen?!

›Hallo, Lancelot, erinnerst du dich an mich? Schön, das hier ist dein Sohn. Du weißt schon, den wir in dieser Nacht gezeugt haben, als mein Vater uns mit Wein und Kräutern betäubte.‹

Ihr wurde übel. Nein, es wäre besser, gar nicht so viel zu reden.

Ob er sich sehr verändert hatte? Manchmal glaubte sie, sich gar nicht mehr recht an sein Antlitz erinnern zu können. Und an anderen Tagen waren die Linien seines Gesichts so deutlich vor ihren Augen, als hätte sie ihn erst gestern gesehen.

Teagan führte sie hügelaufwärts durch das geschäftige Treiben zu jener inneren Mauer Camelots, die aus Stein gebaut war, sehr ordentlich, Stein auf Stein, jeder feinst abgestimmt auf den Nachbarn. Sie hatte noch nie so eine feine Mauer gesehen.

Auch durch das zweite Tor wurden sie eingelassen, wenn die Wächter nun auch etwas strenger musterten, wer dieses passierte.

Elaynes Herz rannte mit jungen Fohlen um die Wette, als sie Diener und Krieger ihrer Wege gehen sah. Rasch packte sie Teagan am Arm. »Ich … Ich glaube, ich brauche einen Schluck Wasser.«

Besorgt musterte die junge Frau sie. »Du siehst aus, als würdest du gleich in Ohnmacht fallen. Ja, vielleicht wäre es tatsächlich das Beste, wenn du zunächst wartest, bis ich in der Halle nach ihm gesucht habe.«

Elayne nickte eifrig. Sie konnte ihm wohl kaum vor der versammelten Tafelrunde eröffnen, dass sie ein gemeinsames Kind hatten. »Wenn wir wenigstens noch Geld hätten, hätten wir uns in einem Gasthaus vor den Toren einquartieren können.«

»Diese Möglichkeit haben wir nicht«, stimmte Teagan bedauernd zu. »Aber mach dir keine Sorgen, mir fällt bestimmt etwas ein. Camelot war viele Jahre mein Zuhause.« Sie tätschelte Elayne beruhigend die Hand. »Ein Schritt nach dem anderen, meine Herrin. Ich versuche herauszufinden, wo Lancelot ist, und du gehst mit Gal …« Sie sah sich nachdenklich um, bis ihr freudestrahlend eine Idee kam. »In die Küche! Siehst du das flache Gebäude dort drüben? Die Köchin heißt Philippa. Nun, zumindest war sie die Köchin, als ich hier noch lebte. Sie ist eine herzensgute Frau. Sag ihr, du seist eine Freundin von mir und dass du dort auf mich warten sollst. Sie wird dir etwas zu essen und zu trinken geben.«

»Kommst du nicht mit?«

Teagan raunte verschwörerisch: »Je eher wir Lancelot finden, desto schneller wissen wir, was als Nächstes zu tun ist.«

Als sie mit Gal an der Hand das Küchenhaus betrat, drang ihr der wohlbekannte Duft von Kräutern, Gewürzen und gebratenen Eiern in die Nase. Auf dem langen Tisch standen saubere Schüsseln und Teller bereit. Im ganzen Raum aber war kein Mensch zu sehen.

Elayne räusperte sich nervös, bevor sie rief: »Hallo, ist hier jemand?«

Aus einem Raum rechts vom Eingang hörte sie das Scheppern von Tonschüsseln und ein Fluchen.

»Ich … Ich bin nur auf der Suche nach etwas Wasser und einer Kante Brot«, beeilte sie sich, zu erklären, bevor die Person, die sich in der Kammer tummelte, in Panik verfiel.

Heraus trat jedoch nicht die Köchin, sondern ein hochgewachsener Mann mit breiten Schultern und einfacher Arbeitskleidung. In seinen Händen trug er eine Schale mit Käse, Brot und Schinken. Mit seinen graublauen Augen musterte er Elayne.

Sie trug den ganzen Schmutz ihrer Reise in der Kleidung, ihr Haar sah gewiss zerzaust aus, aber sie musste sich nicht schämen. Sie befand sich nicht in der königlichen Halle, sondern einfach in der Küche.

»Verzeih, dass ich so einfach hier eintrete«, beeilte sie sich, zu erklären. »Man sagte, ich könnte hier Philippa finden, die mir und meinem Sohn etwas zu essen gibt.«

Er nickte und stellte die Schale auf dem langen Holztisch ab, der den größten Teil der Küche einnahm. »Philippa ist mit den anderen bei den Öfen. Heute ist Brotbacktag.«

»Oh, das wusste ich nicht.« Und sie hoffte inniglich, dass er einen guten Grund hatte, allein in der Speisekammer herumzuwühlen.

»Wer schickt dich?«

»Teagan.« Elayne nahm Gal hoch, da er unruhig wurde. Er hatte ebenfalls Hunger. »Wir sind gerade erst angekommen. Und sie ist auf der Suche nach … einem Freund.«

»Teagan?« Seine Miene hellte sich auf. »Ich erinnere mich an sie. Ist sie nicht die Schmiedetochter?«

»Ja, sie stand in den Diensten von Königin Morgaine, doch sie hat geheiratet.«

Nun trat Überraschung auf seine Miene. »Wirklich? Das ist wunderbar. Ich muss ihr unbedingt gratulieren.« Er musterte sie erneut. Anscheinend konnte er sie nicht einordnen.

»Mein Name ist Elayne«, stellte sie sich rasch vor. Gal strampelte mit den Beinen und sie ließ ihn herunter. Sofort wackelte er zum Tisch, um sich an der Kante festzuhalten. Er war noch zu klein, um zu sehen, was darauf stand. »Und das ist mein Sohn Gal.«

Er nickte, mehr zu sich selbst, atmete tief ein und lud sie mit einer Handbewegung ein, sich an den Tisch zu setzen. »Ihr seht beide erschöpft und hungrig aus. Es soll nicht heißen, dass Camelot ungastlich sei. Was kann ich dir und dem kleinen Mann anbieten?«

»Brot!«, rief Gal sofort begeistert aus, womit er einmal mehr bewies, dass er schon mehr verstand, als man ihm in seinem Alter zutraute.

»Brot«, lachte ihr Gastgeber und teilte einen kleinen Laib, der sich in der Schüssel befand, um ihn Gal zu reichen. »Lauft nicht weg, ich komme gleich wieder«, versprach er und holte in der Kammer weitere Speisen wie Pfannkuchen, Nüsse und Äpfel. »Die Äpfel stammen aus dem letzten Herbst. Aber sie schmecken noch sehr gut, kaum mehlig«, erklärte er eifrig. Außerdem brachte er einen Krug mit Milch. »Die wurde heute früh von einem Bauern aus dem Umland geliefert. Wir bekommen jeden Morgen frische Milch.«

»Das ist sehr großzügig von dir, danke.« Nun war sie verlegen, weil sie seinen Namen nicht kannte und er vergessen hatte, sich vorzustellen.

Er überhörte ihr Unbehagen und setzte sich zu ihnen an den Tisch, um selbst von Käse und Brot zu kosten. »Hast du vor, länger in Camelot zu bleiben?«

»Ich … Ich weiß noch nicht«, wich sie aus. »Das hängt von gewissen Umständen ab.«

»Machst du dir Sorgen, dass du keine Arbeit findest?« Er biss herzhaft in sein Brot und kaute genüsslich. »Da brauchst du dich wirklich nicht zu sorgen. Hier gibt es immer etwas zu tun. Wo hast du bisher gearbeitet? Du siehst nicht aus wie eine Bäuerin. Warst du Dienerin an König Uryens Hof?«

Er stellte wirklich neugierige Fragen für einen Fremden.

»Ähm, nein, ich komme aus Corbenic. Und dort habe ich meist in der Küche gearbeitet.«

»Ah, das wird Philippa freuen, sie kann jede helfende Hand gebrauchen.« Ihr Gastgeber sprang nochmals von seinem Hocker auf und kam mit einem weiteren Krug zurück. »Hier, das ist Apfelwein. Der beste aus ganz Britannien.«

Er sagte es mit einem Stolz, der sie schmunzeln ließ. »Hast du den selbst gekeltert?«

»Nein, leider verstehe ich nicht viel vom Keltern.«

Sie kostete davon und genoss den süßlich-herben Geschmack. »Du hast recht, er ist köstlich. In Corbenic haben wir ebenfalls Apfelwein, aber er ist noch herber und stärker.«

»Wie ist es so in Corbenic? Ein Freund von mir war vor einiger Zeit im Norden, doch er hat nicht viel erzählt, nur von Regen und irischen Piraten.«

»Vom Regen haben wir viel, und ja, die Piraten machen seit einiger Zeit Ärger.« Sie wich seinem Blick aus und half Gal, noch etwas von der Milch zu trinken.

»Verdammt, mit diesem Holz wird das nie etwas!«

Fluchend betrat eine ältere Frau die Küche, leicht untersetzt und das blonde Haar von der Zeit leicht verblasst. Sie wischte sich die rußigen Hände an der Schürze ab und blieb abrupt stehen, als sie Elayne und den Mann am Tisch sitzen sah.

»Philippa, wie schön, dass du kurz Zeit für uns hast. Sieh mal, das ist Elayne, sie kommt aus dem Norden. Denkst du, du könntest ihre Hilfe gebrauchen? Sie ist gerade erst in Camelot angekommen und auf der Suche nach Arbeit.«

Verwirrt sah die Köchin von ihm zu Elayne und dann zu dem kleinen Jungen, der genüsslich am Brot knabberte. Sie musste sich räuspern. »Aber natürlich. Willkommen in Camelot, Elayne.«

»Fein«, seufzte der Mann zufrieden und klopfte mit den Handflächen auf den Tisch. Dann legte er ein wenig Brot, Käse und Äpfel in die Schale und erhob sich. »Elayne, du bist jetzt in guten Händen. Wird mich freuen, dich öfter hier zu sehen.«

»Vielen Dank, dass du mich bewirtet hast«, antwortete sie ehrlich und erhob sich ebenfalls.

Er trat hinaus ins Freie und die Sonnenstrahlen ließen sein Haar kupfern leuchten. Er lächelte sie noch einmal an. »Ich hoffe, du wirst dich in Camelot wohlfühlen. So, ich gehe nun besser, meine Königin wartet schon zu lange auf ihr Mittagessen und ich habe ihr ein *prandium* unter unserem Lieblingsbaum versprochen.«

Elayne blieb erstarrt an Ort und Stelle stehen, bis sie eine sanfte Hand auf ihrer Schulter spürte.

»Nun, meine Liebe«, sprach Philippa amüsiert, »du kannst dich glücklich schätzen. Es passiert nicht jedem, dass er von König Artus persönlich bewirtet wird.«

Es dauerte nicht lange, da kam auch Teagan in die Küche gelaufen. Lächelnd begrüßte sie Philippa. Die Köchin konnte sich gut an sie erinnern.

»Ach, meine Liebe, wie wundervoll.« Sie schob einen Teller auf dem Tisch zurecht und deutete ihr mit der Hand, sich zu setzen. »Hier, stärke dich. Deine Freundin und du, ihr habt eine lange Reise hinter euch. Ich hoffe, du stellst mir auch bald deinen Mann vor, Teagan.« Sie wollte sich bereits abwenden, da fiel ihr noch etwas ein und sie hob mahnend den Finger. »Und vergesst nicht, euch bei Cai zu melden. Er wird euch eine Unterkunft und Arbeit zuteilen.«

Verwirrt runzelte Teagan ihre zarte Stirn.

Bevor die junge Frau etwas erwidern konnte, wandte Elayne ein: »Natürlich werden wir das tun, nicht wahr, Teagan?« Ihr warnender Blick hielt diese davon ab, noch weiter über den Grund ihrer Reise zu sprechen.

Erst als Philippa für einen Moment mit ihren Küchenmädchen beschäftigt war, die gerade von den Brotöfen zurückkehrten, fasste Elayne Teagan bei der Hand. »Hast du ihn gefunden?«

Die junge Frau schüttelte bedauernd den Kopf. »Er ist nicht hier.«

»Wo ist er denn?«, flüsterte Elayne enttäuscht.

»In Astolat.«

10

CLAMOR CORVI

Des Raben Schrei

Der Sachse schwang seine Klinge mit wütendem Gebrüll und Lancelot fragte sich, ob der Kerl seinen Gott oder ihn anbrüllte, während er dem Angriff geschickt auswich. Er holte seinerseits aus und schlug dem Kerl, der ihn zwar nicht in der Körperhöhe, jedoch leider in der Breite übertraf, mit der Klinge ins Kreuz. Der Mann fluchte, wandte sich um und brüllte Lancelot erneut an.

Der Schweiß rann bereits zwischen seinen Schulterblättern entlang, seine Tunika klebte an ihm, gemeinsam mit seiner festen Lederrüstung. Sein Kontrahent trug ein Kettenhemd über dem Wams und einen Helm, der das Gesicht bedeckte.

Um sie herum tobte der Wahnsinn.

Sie waren im Morgengrau gekommen, noch bevor der Morgennebel sich gelichtet hatte. Fünfzig Mann, deren Schiff den

Fluss hinaufgekommen war, bis kurz vor Goldford, König Bernhards Festung. Lancelot hatte nur zwanzig Mann, um diese zu verteidigen. Doch sie hatten die Eindringlinge beobachtet, der Angriff kam nicht überraschend.

Der Sachse brüllte wie ein übellauniger Bär. Genervt nahm Lancelot alle Kraft zusammen und brüllte zurück, schwang sein Schwert und schlug dem Feind mit der Klinge in einer fließenden Drehung in die Kniekehlen. Der Hüne ging schreiend zu Boden, während Lancelot selbst auf den Knien landete. Sein Gegner lag auf der zertrampelten Erde. Er würde nie wieder laufen können. Besser, er erlöste ihn.

Mit einer weiteren fließenden Bewegung und einem Hieb, der ihm all seine Kraft kostete, schlug er dem Sachsen das Haupt vom Hals. Das Blut des Mannes ergoss sich vor seinen Füßen.

Er schloss für einen kurzen Moment die Augen, um sich zu sammeln. Ein Moment, den er bitterlich bereute, als ihn jemand mit voller Wucht umrammte und ihm die Luft aus der Brust presste. Sein Hinterkopf schlug hart am Boden auf, sodass ihm die Sicht vor Augen verschwamm. Das Gewicht auf seiner Brust ließ ihn verzweifelt nach Luft japsen.

Sein neuer Kontrahent lachte und Speichel troff in Lancelots Gesicht, bevor der Mann sich aufrichtete und mit der Spitze seines Schwertes auf Lancelots Kehle deutete, die Augen vor Zorn zu schmalen Schlitzen geformt.

Lancelot konnte sich kaum bewegen, doch als er bemerkte, wie der Sachse zum Schlag ausholte, nahm er seine letzte Kraft und rollte sich zur Seite, um sich auf die Knie zu kämpfen. Alles drehte sich um ihn und die Übelkeit ließ Galle aufsteigen. Knurrend richtete er sich weiter auf und obwohl er kaum sah, was sein Gegner tat, hob er das Schwert zur Verteidigung.

Der Mann holte weit aus und traf nicht seine Klinge, sondern Lancelots Schwerthand. Schmerzerfüllt schrie er auf, als die Knochen brachen. Sein Schwert fiel zu Boden, er hatte jede Kraft in der Hand verloren.

Ekelhaft grinsend holte der Sachse nochmals aus. Lancelot presste die Kiefer aufeinander, ignorierte den Schmerz und warf sich mit seinem ganzen Gewicht gegen den Krieger.

Gemeinsam fielen sie zu Boden, der andere verlor seine Waffe, landete jedoch im Fallen auf ihm. Lancelot japste nach Luft. Keine Zeit zum Nachdenken. Keine Zeit, zu hadern. Er verpasste ihm liegend mit der Linken einen Kinnhaken, der Mann rollte von ihm herunter und Lancelot bemühte sich, aufzustehen.

Das Chaos um ihn herum ließ nicht nach. Männer kämpften, stöhnten, ächzten. Geklirr von Klingen, Aufprall von Leibern, das schrille Wiehern eines verletzten Pferdes in der Ferne. Staub und Dunst hüllten das Schlachtfeld in eine Wolke des Verderbens.

Noch immer konnte Lancelot nicht klar sehen. Mit dem dreckigen Ärmel wischte er sich über die Augen, doch es wurde nicht besser. Der Gestank von Schweiß, Blut und Exkrementen stieg ihm in die Nase und er fühlte erneut das Bedürfnis, sich vor seinen Füßen zu übergeben.

Die Kräfte der Kontrahenten auf beiden Seiten ließen nach, die Bewegungen wurden schleppender. Als hätte jemand alle Bewegungen verlangsamt und nur er könnte sehen, wie die Zeit wirklich ablief.

Ein Hüne in seiner Nähe fiel zu Boden, von Schlamm bespritzt und kaum zu erkennen. Nur sein rot bemalter Schild, der dumpf auf den Boden knallte, ließ Lancelot gewahr werden, dass es

König Bernhards jüngerer Sohn war. Über Lavaine stand ein Krieger von kleinem Wuchs, der eine mächtige Axt schwang.

Lancelot lief los, bevor er denken konnte, warf sich zwischen den Jungen und den sächsischen Krieger. Die Axt traf seine linke Seite, jedoch war es nur ein Streifen und so konnte Lancelot die Kraft aufbringen, aufzustehen und Lavaines Schwert zu nehmen.

Der kleinwüchsige Krieger war zu überrascht, um rechtzeitig zu reagieren. Lancelot rammte ihm die Klinge durch die Rippen. Dann erst spürte er seinen eigenen Schmerz in der linken Seite und sank zu Boden.

Er starrte gen Himmel, die Nebelfetzen gaben ihn Stück für Stück frei und er leuchtete so blau, als wäre es ein Sommertag.

Wie konnte es die Sonne wagen, so herrlich zu scheinen, wenn es für sie alle doch so ein finsterer Tag war?

»Lance!«, hörte er die aufgebrachte Stimme seines jüngsten Bruders Hector. Das hübsche Gesicht umrahmt von dunklen Locken kam in sein Blickfeld.

»Bei allen Göttern«, stöhnte Lancelot. »Nimm dir dein Schwert und kämpfe weiter!«

»Aber … der Kampf ist vorüber!« Hector nahm das Gesicht seines älteren Bruders in die Hände und sah ihn eindringlich aus dunklen Augen an, die seinen so ähnlich waren. »Hörst du? Wir haben gewonnen! Die Sachsen sind besiegt.«

»Es fühlt sich nicht nach einem Sieg an«, gestand Lancelot und versuchte, sich aufzurichten. Der Schmerz in seiner Seite zwang ihn zurück zu Boden.

»Du verlierst viel Blut, mein Bruder.« Zu viel Sorge klang in Hectors Stimme mit.

»Was …« Die Trockenheit in seinem Mund stahl ihm jedes Wort. Er musste schlucken und leckte sich über die Lippen. »Lavaine?«, keuchte er.

Ein weiteres Gesicht erschien und verdeckte den strahlend blauen Himmel. Es waren das hellere Gesicht und die helleren Augen des jungen Kriegers. »Du hast mir das Leben gerettet«, sprach er mit krächzender Stimme.

Lancelot versuchte zu lachen, doch er brachte nur ein trockenes Husten hervor. Er war erleichtert, sie beide wohlauf zu sehen.

Sein Blick wanderte zurück zum strahlend blauen Himmel. Ein Vogel zog über ihm seine Kreise, eine Krähe womöglich, die sich sogleich mit ihren Artgenossen um die feinsten Häppchen des Schlachtfeldes streiten würde. Der Vogel krächzte kläglich und Lancelot erkannte, es war keine Krähe, sondern ein Rabe. Sein schmerzendes Herz füllte sich mit Leichtigkeit und er lächelte. »Rabenkind.«

»Was? Was sprichst du da?« Hector klang verzweifelt, als gäbe es einen Grund zur Sorge.

Dabei gab es nichts, worum er sich sorgen musste. Lancelot fühlte den Schmerz nicht mehr. Eigentlich spürte er gar nichts mehr, außer einer tiefen Müdigkeit.

»Nimm mich mit«, flüsterte er und meinte damit den Raben, auf dessen Schwingen er zu gern auf die andere Seite geflogen wäre, jede Schwere seines Lebens hinter sich lassend. Jeden Schmerz. Jede Schuld.

»Bleib bei uns«, rief Hector panisch, doch sein Rufen war so weit fort.

Lancelot fühlte sich leicht. Der Rabe hatte seine Bitte erhört, denn seine Seele begann zu schweben.

11

GWALCHMAI

Lichtfalke

Liam war nicht angetan von Elaynes Vorhaben, zunächst Stillschweigen über ihre wahre Identität zu wahren. Doch was blieb ihr anderes übrig? Lancelot war nicht in Camelot, niemand wusste, wann er zurückkehren würde. Elayne musste ihm die Gelegenheit geben, zuerst zu seinem Sohn Stellung zu nehmen.

Außerdem kam es ihr entgegen, zunächst als Dienerin in Camelot zu verweilen. So lernte sie die Festung und ihre Bewohner kennen, ohne sich Spott oder Verachtung aussetzen zu müssen. Die Arbeit würde ihr nichts ausmachen, die war sie ohnehin von Corbenic gewohnt.

Das Arbeitszimmer von Camelots Verwalter befand sich im Wohnturm. Cai, dessen tiefe Runzeln auf Stirn und um den

Mund verrieten, dass er schon seit vielen Jahren Verantwortung trug, bedachte die Neuankömmlinge mit strengem Blick aus seinen graublauen Augen. Eine alte Narbe zierte sein Gesicht vom rechten Auge bis zum Mundwinkel und Elayne fragte sich, in welcher Schlacht er sich diese zugezogen hatte. Seine Ausstrahlung ließ sie sich etwas kleiner, etwas unbedeutender fühlen und doch konnte sie nicht behaupten, dass er sie nicht freundlich behandelte.

Er bot Liam und Teagan ein frei stehendes Häuschen am Fuße des Hügels an, wo die meisten der Familien in Camelot lebten. Elayne aber sollte mit ihrem Sohn im Haus der Frauen wohnen. Hier hätte sie ein Bett und eine Truhe für sich und Gal, doch der Schlafsaal wurde von zwanzig Frauen geteilt.

Teagan wandte ein, dass dies nicht nötig sei. Elayne und Gal könnten bei ihnen im Haus wohnen. Cai stimmte nach kurzem Zögern zu.

Für Liam gab es Arbeit in den Stallungen, Teagan sollte sich bei Daria melden, die für die Bediensteten in der königlichen Halle und dem Wohnturm verantwortlich war. Elayne blieben zwei Möglichkeiten: entweder die Wäscherei oder die Küche. Ihr fiel die Entscheidung leicht und sie wählte die Küche, denn Philippa schien eine freundliche Frau zu sein.

Die ersten Tage verliefen erstaunlich ruhig. Piraten hatten die westlichen Landesteile angegriffen und Artus hatte einen Großteil der Krieger ausgesandt, seine verbündeten Könige zu unterstützen. So hatte Elayne Zeit, sich die Arbeitsabläufe in der Küche anzueignen. Da sie ohnehin immer früh wach war, nutzte sie die morgendliche Ruhe, um Philippa bei den Vorbereitungen des Frühstücks zu helfen, während Teagan erst später mit der Arbeit begann und sich so um Gal kümmern konnte.

Sie gewöhnte sich rasch an ihre neuen Aufgaben. Eine Küche war eine Küche, wie sie feststellen konnte. Es war allein die Menge der zubereiteten Speisen, die sich von Corbenic unterschied. Hier jedoch war die Anzahl von acht Küchenmädchen hilfreich und die größte Herausforderung bestand darin, sich gegenseitig nicht im Weg zu sein.

Philippa teilte sie für gewöhnlich in verschiedene Gruppen ein: morgens und abends. Diese Aufteilung wurde aufgehoben, als die Krieger von der Westküste zurückkehrten. Artus ließ ein Festmahl mit Braten, Zwiebeln, Bärlauch, Brot und Butter vorbereiten.

Elayne bedauerte, die feierliche Ankunft der Krieger nicht mit ansehen zu können, in der Küche war einfach zu viel zu tun. Als sie jedoch endlich mit der Arbeit fertig war und Teagan bei Gal ablösen wollte, hatte diese einen grandiosen Einfall.

»Warum kommst du nicht mit zur königlichen Halle? Nur für einen Moment?« Teagan überreichte Gal an Liam, der ebenfalls gerade von seiner Arbeit aus den Stallungen kam. »Daria hat uns bereits instruiert, was heute zu tun ist. Der Eingang zur königlichen Halle ist mit Vorhängen versehen. Wir können einen harmlosen Blick hineinwerfen, bevor ich mit der Arbeit beginne.«

»Das … Das erscheint mir zu gefährlich.« Elayne sah Hilfe suchend zu Liam, der aber lediglich die Schultern hob.

Nun … wenn selbst *er* keine Einwände hatte.

»Oder möchtest du die Tafelrunde nicht mit eigenen Augen sehen?«, lockte Teagan grinsend.

»Also gut, aber nur für einen kleinen Augenblick.«

Gemeinsam eilten sie zu dem Gebäude, in dem sich die königliche Halle befand. Es herrschte geschäftiges Treiben, denn die Krieger hatten sich bereits eingefunden.

Teagan raffte ihre Tunika, nahm Elayne an der Hand und zog sie zwischen Bediensteten, Platten voll der köstlichen Speisen, die sie heute zubereitet hatten, und Krügen voller Wein zu einem Seiteneingang.

»Achtung, ihr beiden«, wurden sie von einer älteren Dienerin gerügt.

»Verzeihung«, kicherte Teagan wie ein kleines Mädchen.

Der Eingang war mit bunt gewebten Tüchern verhangen, gerade so weit geöffnet, dass die Diener und Platten hindurchpassten. Teagan zog sie zu jenem Vorhang und verbarg sich in den Bahnen des langen Stoffes. Sie zog ihn so zurecht, dass sich ein kleiner Spalt öffnete. Sie kicherte erneut. »Hier ist der beste Platz, um die Krieger zu beobachten. Als ich jünger war, habe ich das öfter mit den anderen Mädchen getan. Heute natürlich nicht mehr.«

»Kannst du etwas sehen?«

Elayne war über sich selbst überrascht. Ihr Herz schlug schneller und sie fühlte die Aufregung ihrer Kindheitsjahre. Sie vermisste Veneva und ihre kleinen Geheimnisse und wünschte, ihre Freundin wäre nun ebenfalls hier, um all die Pracht Camelots mit eigenen Augen zu sehen.

Teagan legte ihren Arm um Elayne und zog sie näher an sich heran. Wange an Wange spähten sie in die königliche Halle.

»Erkennst du jemanden von ihnen?«

Elayne hätte gedacht, dass die Halle geräumiger war. Die größte Fläche wurde von einer großen runden Tafel eingenommen, die genug Platz für das Festmahl bot. Stühle und Sessel standen um die Tafel herum. Männer saßen und standen hier, Bedienstete eilten in die Halle und hinaus. Die Männer unterhielten sich, manche lachten, manche diskutierten.

Lancelot hatte ihr von Artus' Kriegern erzählt. War jener dort mit dem leuchtend roten Haar etwa ihr Onkel Agravaine? Sie hatte ihre Onkel zuletzt gesehen, als die Leiche ihrer Mutter verbrannt worden war, die Bestattung einer Königin. Aber das war so lange her, dass sie sich kaum an die Gesichter erinnerte, und Agravaine war ein junger Bursche gewesen.

Dann sah sie den jungen Mann mit dem hellbraunen Haar, der sich in diesem Moment in ihre Richtung zu wenden schien. Erschrocken fuhr sie zurück und zog den Vorhang zu.

»Was ist? Hast du jemanden erkannt?«, erkundigte sich Teagan neugierig.

»Der junge Mann mit den hellen Augen ... in der gleichen Farbe wie meine ... Das ist mein Vetter Percival.«

Teagan war zu neugierig. Rasch warf sie noch einmal einen Blick nach draußen. »Oh, er ist hübsch.«

Er hatte es also wirklich geschafft. Er war ein Mitglied der Tafelrunde geworden.

»Ihr da!« Daria stand mit verschränkten Armen vor ihnen. »Was fällt euch ein, hier herumzustehen und zu kichern wie kleine Mädchen, während alle anderen arbeiten? Los, los. Ran an die Arbeit. Es gibt genug zu tun. Die Männer brauchen mehr Fleisch.«

Sie nahm einem kräftigen jungen Mann eine große Platte ab, die mit Bratenstücken und Schinken beladen war, und schickte ihn zurück in die Küche.

»Ihr werdet mit dieser Platte herumgehen und zusehen, dass sich jeder der Männer reichlich davon nimmt. Verstanden?« Sie überreichte ihnen die schwere Platte und rauschte davon, um anderen weitere Befehle zu erteilen.

Entsetzt sah Elayne auf den Berg Fleisch. »Ich kann da nicht hineingehen. Aber du kannst die Platte nicht allein tragen.«

Sie konnten sie kaum zu zweit halten und der Diener zuvor hatte sie sich auf die Schulter gestemmt.

Teagan atmete tief ein. »Wir könnten die Platte jemand anderem geben und ich suche mir eine andere Aufgabe. Du gehst so schnell wie möglich zurück in unsere Schlafkammer und bleibst bis morgen früh dort.«

»Was ist, wenn Daria bemerkt, dass ich fort bin? Das gibt sicher Ärger.«

»Wenn sie mich anspricht, sage ich ihr, dass es dir nicht gut ging und du dich hinlegen musstest.«

Ein weiterer Bediensteter blieb bei ihnen stehen und sah sie streng an. »Was gibt es hier zu tuscheln? Los, rein mit euch, bevor das Fleisch madig wird.«

Mit beiden Händen schob er Elayne durch die Vorhänge, sie wagte es nicht, zu protestieren. Teagan musste wohl oder übel mitgehen, wenn sie die Platte nicht fallen lassen wollten.

Erschrocken blieb Elayne stehen. »Was soll ich tun?«

»Es bleibt dir nichts anderes übrig, als deine Rolle so gut es geht zu spielen«, riet Teagan.

Elayne sah sich angstvoll um. Sie wusste nicht, was in einer solchen Gesellschaft zu tun war. Alles war so anders als bei den Festen, die sie zu Hause feierten.

»Bleibe bei mir«, raunte Teagan ihr zu. »Sieh keinem der Männer in die Augen, halte den Blick auf den Boden gerichtet. Die Menschen sehen das, was sie sehen wollen. In deiner einfachen Kleidung und wenn du zurückhaltend bleibst, werden sie dich für eine Dienerin halten.« Teagan musste selbst tief durchatmen. »Bist du bereit?«

Elayne nickte und Teagan setzte sofort ein bezauberndes Lächeln auf, das einem Krieger in der Nähe galt. »Hier, mein Herr.«

»Aaaah, hervorragend.« Der Angesprochene stach mit seinem Messer in ein riesenhaftes Stück Schinken und schob es auf seinen Teller, um sich dann an die runde Tafel zu setzen.

Teagan balancierte die Platte zu seinem Nachbarn. Elayne sah folgsam zu Boden, was nicht so einfach war, da sie gleichzeitig darauf achten musste, die Platte nicht aus den Händen zu verlieren.

»Das schmeckt sehr gut«, bekannte der zweite Krieger, ein sehr junger Mann mit glattem dunklen Haar und warmen braunen Augen.

»Das freut mich. Ich werde dein Lob an die Küche weitergeben.« Teagan machte einen kleinen Knicks und erklärte leise: »Der Erste war Caradoc und der Zweite Lucan. Hier, jetzt kommt Lamorak, der Bruder der Königin.«

Verstohlen musterte Elayne den blonden Krieger. Er hatte eine sehr stolze Haltung und sein Blick war scharf. Rasch senkte sie wieder den Blick. Sie musste zugeben, dass ihre Aufregung nicht nur von der Angst her rührte, man könne sie erkennen oder Percy sie gar verraten.

Sie stand hier vor jenen Kriegern, von denen sie so viel gehört hatte. Die Lieder ihrer Heldentaten wurden in jeder Halle Britanniens gesungen. Das waren die Männer, die Britannien beschützten und König Artus ewige Treue geschworen hatten.

Reihum versorgten sie die Recken mit Braten und diese setzten sich, um ihre Gespräche beim Essen und Trinken fortzuführen. Niemand bemerkte, dass unter den Dienerinnen, die ihnen jene

Köstlichkeiten darreichten, die Tochter des Königs von Corbenic umherschritt. Niemand bis auf Percy.

Sie hatten gerade Agravaine bedient, der sie kaum eines Blickes gewürdigt hatte, da begegnete Elayne dem Blick ihres Vetters. Überraschung und Entsetzen ließen den jungen Mann erstarren. Rasch wandte Elayne den Blick wieder ab. Doch sie spürte den seinen fortan an ihr haften wie eine Honigwabe. Jede ihrer Bewegungen verfolgte er. Wann immer sie aufschaute, begegnete sie seinem Blick. Und je näher sie ihm kamen, umso düsterer wurde er.

Noch zwei Männer, dann musste sie sich ihm stellen.

»Ich glaube nicht, dass ich je so köstliches Fleisch gegessen habe«, bekannte der Junge, den sie soeben bedienten. Elayne musterte ihn neugierig, er war noch jünger als Percy und Lucan. Er musste in ihrem eigenen Alter sein, war schmal und trug sein braunes Haar kurz. Seine grünbraunen Augen waren freundlich und neugierig.

»Dann bist du vermutlich noch nicht lange in Camelot«, antwortete Teagan ihm im Plauderton.

»Nein, erst seit ein paar Wochen. Ich bin mit meinen Brüdern hierhergekommen und hoffe, bald in der Tafelrunde aufgenommen zu werden.« Er sprach mit dem Stolz eines jungen Mannes, der sehr genau wusste, was er konnte. »Aber ich habe euch beide auch noch nicht in der Halle des Königs gesehen.«

»Wir sind ebenfalls erst vor ein paar Tagen angekommen. Ich habe schon früher in Camelot gedient. Doch für meine Freundin ist alles neu. Verzeih daher ihre Schüchternheit.«

»Willkommen in Camelot«, sagte der junge Mann und beugte leicht das Haupt. »Ich bin Gaheris von Lothian.«

Elaynes Herz setzte für einen Moment aus. Sie kannte ihn. Er war ihr bei der Bestattungsfeierlichkeit ihrer Mutter nicht von der Seite gewichen. Und er hatte sie an den Haaren gezogen. Ihr jüngster Onkel.

Plötzlich wurden die Männer lauter. Ihre Aufmerksamkeit galt jenen beiden Männern, die nun die Halle betraten.

Es brauchte nicht die Rufe der Männer, damit Elayne den größeren der beiden erkannte, auch wenn er nun eine grüne Tunika trug, die mit goldenem Faden bestickt war.

»Artus! Artus! Artus!«

Beschwichtigend hob der König die Hand. »Ich sehe, ihr habt bereits tüchtig zugegriffen. Lasst euch nicht stören bei Speis und Trank, meine Freunde. Nehmt, so viel ihr könnt, ihr habt es euch verdient.«

Er nahm seinen Platz auf einem mit Fellen ausgelegten Sessel ein und begrüßte die Männer zu seiner Rechten und Linken mit Handschlag und Schulterklopfen. Nur schwer konnte sie ihren Blick von Artus abwenden, der nun so ganz anders wirkte als bei ihrer ersten Begegnung in der Küche.

Sein Begleiter kam geradewegs auf Elayne und Teagan zu. Sein Lächeln ließ Elayne sofort auch selbst lächeln. Auf seinen Wangen lagen Grübchen und in seinen grünen Augen ein verschmitztes Zwinkern, als er bei ihnen ankam. Sein hellbraunes Haar sah aus, als habe er es eine Woche nicht gekämmt.

»Da lässt man dich kurz aus den Augen und schon freundest du dich mit den hübschesten Dienerinnen Camelots an«, sprach er neckend zu Gaheris, dessen Wangen sofort rötlich anliefen.

Der Krieger bediente sich an der Fleischplatte, die nun nicht mehr ganz so schwer in ihren Händen wog, und ließ sich neben Gaheris auf einem Hocker nieder. Er musterte Teagan und kniff erkennend die Augen zusammen. »Wenn ich mich an deinen Namen erinnere, was bekomme ich dafür?«

Zu Elaynes Überraschung kicherte Teagan verlegen. »Seit unserer letzten Begegnung hat sich einiges geändert.« Sie zeigte ihm den Ring, den sie an der Rechten trug.

Er nahm ihre Hand, betrachtete den Goldring mit wohlwollendem Nicken und hauchte einen Kuss auf ihre Haut. »Ein glücklicher Bursche. Möge eure Verbindung gesegnet sein.«

»Danke, mein Herr.«

»Und deine Freundin? Sie ist auf jeden Fall neu. An sie würde ich mich genauso erinnern. Wie heißt du?«

Elayne musste sich räuspern, da sie so lange nicht gesprochen hatte. »Elayne, mein Herr.«

»Sehr hübsch.« Sein Blick wanderte anerkennend über ihr einfaches Gewand. Dann seufzte er. »Ihr solltet die Fleischplatte zu unserem König tragen, bevor er aus seinem Sessel fällt. Er hat einen langen Tag hinter sich.«

Teagan und Elayne knicksten gleichzeitig und wandten sich rasch ab. »Das«, seufzte ihre Freundin, »ist Gawain.«

Der Lichtfalke von Lothian, der älteste der Brüder.

Tausend Bienen schwirrten in Elaynes Kopf. Wie sollte sie jetzt noch ihrem König gegenübertreten? Sie hatte gerade mit zwei ihrer Onkel gesprochen, ohne dass sie erkannt worden war. Gawain und Gaheris, ihr ältester und ihr jüngster Onkel. Sie hätte sich so gern zu ihnen gesetzt, sich zu erkennen gegeben und über alte Zeiten gesprochen. Und Percy, ihr Vetter, wäre Teil davon gewesen. Sie hätten zusammengesessen, wie es sich für eine Familie gehörte.

Familie. Das hörte sich auch unausgesprochen sehr beruhigend für sie an. Sie sah kurz über ihre Schulter und begegnete erneut Percys hellblauen Augen. Doch auch Gawains Blick folgte ihr. Kam ihm etwas an ihr bekannt vor? Überlegte er, woher er sie kannte? Doch nun musste sie ihr Spiel weiterspielen und den König bedienen.

»Mein König, dürfen wir dir Fleisch anbieten?« Teagan sprach sehr bedachtsam, beinahe sanft. Sie knickste und verharrte in dieser ehrfurchtsvollen Haltung.

Elayne tat es ihr nach und musste sich beherrschen, den König nicht anzustarren.

»Vielen Dank, meine Liebe … Oh, du bist es, Teagan. Ich wusste nicht, dass du wieder in unseren Diensten stehst.«

Teagan wagte kaum, aufzusehen. »Ich bin erst vor Kurzem angekommen. Ich verrichte meinen Dienst nun in der Küche.«

»Wie ich unschwer erkennen kann«, sagte der König freundlich lächelnd und bediente sich an der Platte. »Die Königin wird erfreut sein, von deiner Rückkehr zu erfahren. Möchtest du nicht zurück in ihre Dienste treten?«

Teagan richtete sich wieder auf. »Das wäre zu gütig, mein König. Ich habe der Königin immer gern gedient.«

»Und Gwen behauptet, dass sie nie hübscher aussah als in jenen Tagen, als du für sie da warst.«

Teagan lächelte erfreut. »Danke, mein König. Wenn es die Königin wünscht, würde ich mit Freude zu ihr zurückkehren. Doch zunächst möchte ich bei meiner Freundin bleiben. Sie ist neu und kennt sich in Camelot noch nicht aus. Das ist Elayne.«

Der wohlwollende Blick des Königs ruhte kurz auf ihr. »Ja, wir sind uns bereits begegnet. Und nun muss ich Gawain recht geben. Im Norden wachsen die hübschesten Pflanzen. Wer hätte es gedacht, da es dort stets zu regnen scheint.«

Elayne wurde rot und wagte kaum, ihn anzusehen. Ein dicker Kloß saß in ihrem Hals, ihre Stimme klang belegt. »Doch wenn die Sonne scheint, strahlt sie umso schöner.«

Artus lachte leise. »Das mag wohl wahr sein. Ich war schon lange nicht mehr im Norden. Wenn ich meine Schwestern dort besuche, werde ich ihr berichten, wie zufrieden ich mit eurer Arbeit bin.«

»Danke vielmals, mein König.«

Er nickte bedachtsam und wandte sich wieder seinem Gesprächspartner Cai zu.

Da das Fleisch nun verteilt war, eilten sie zurück in die Gänge der Dienstboten. Teagan lachte erleichtert. »Das lief doch viel besser als geahnt.«

Elayne war nicht zum Lachen zumute. »Percy hat mich erkannt.«

»Sicher?«

Sie nickte.

Teagan stellte die Platte auf einem Tisch ab und wischte die Hände an ihrer Schürze ab. »Aber er hat dich nicht angesprochen. Vielleicht ist er nicht sicher. Wann habt ihr euch zuletzt gesehen? Deine Onkel haben dich jedenfalls nicht erkannt.«

Es war an jenem Tag gewesen, als sie erkannt hatte, dass sie Galahad in sich trug. »Zwei Jahre.«

Teagan schmunzelte. »Ihr habt wirklich die gleichen Augen.«

»Ja, seine Mutter war die Schwester meines Vaters. Beide hatten diese Augenfarbe.«

Elayne verschränkte die Arme vor der Brust, als sie weiter darüber nachdachte. Sie war sehr froh darüber, dass die hellblauen Augen so dominant in ihrer Familie waren. Denn auch der kleine Gal hatte sie von ihr geerbt und nicht die schwarzen Augen seines Vaters, die nicht minder auffällig waren.

»Was steht ihr wieder herum und kichert?« Daria hatte sie erneut ertappt. Diesmal war ihre Stimme jedoch weniger angespannt, da der Hauptteil der Arbeit erledigt war. »Kommt mit.« Sie winkte ihnen zu, ihr zu folgen. Unterwegs sammelte sie weitere Dienerinnen ein. Gemeinsam stiegen sie eine schmale Treppe hinunter in die Katakomben unter Camelot. »Die Krieger werden heute Abend noch sehr viel mehr trinken. Sie werden lauter. Diejenigen von euch, die solche Abende miterlebt haben, wissen, was ich meine. Seid freundlich zu den Männern, serviert ihnen Wein. Lasst euch nicht überreden, irgendetwas zu tun, was ihr nicht wollt. Und lasst euch nicht zu abfälligen Bemerkungen herab, wenn sie euch eindeutige Angebote machen.«

»Von Gawain würde ich freudig so ein Angebot erhalten«, tuschelte ein Mädchen in Elaynes Nähe.

Daria sah sie streng an. »Und wer kümmert sich dann in neun Monden um die Frucht dieses kurzweiligen Angebots? Ich bin nicht eure Mutter. Ihr seid alt genug, eure eigenen Entscheidungen zu treffen. Doch seid gewiss, dass keiner dieser Männer ernsthaft an euch interessiert ist. Sie haben hochwohlgeborene Damen, zu denen sie zurückkehren werden. Damen mit hoher Bildung und einer noch höheren Mitgift.«

»Nicht alle sind verheiratet oder versprochen«, entgegnete eines der anderen Mädchen.

Daria schüttelte den Kopf. Ihre Worte klangen resignierend. Wie oft hatte sie es bereits erklären müssen? »Was will ein solcher Mann schon mit einer kleinen Dienerin? Er will nur sein Ding hineinstecken, weil sein Kopf zu denken aussetzt. Weil das Blut in seine Lenden fährt, statt sein Herz oder seinen Verstand zu bedienen. Das Blut ist in Aufwallung durch den Wein und die Erinnerungen an ihre Heldentaten.« Daria warf verzweifelt die Hände in die Luft. »Hört ihr, was ich sage?!«

Einige Mädchen nickten eingeschüchtert, andere tuschelten mit hochroten Köpfen.

Daria schloss die Gittertür auf, hinter der die Weinfässer des Königs lagerten. »Der König hat angeordnet, dass die Männer heute Wein trinken, keinen Met und keinen Apfelwein aus der Küche. Also los, füllt die Krüge und serviert den Männern, so viel sie wollen.«

»Habt ihr den jungen Gaheris gesehen?«, tuschelte man hinter Elayne. »Er kommt ganz nach seinem Bruder.«

»Ja, er ist nicht so ernst wie Agravaine.«

»Percivals Augen! Niemand hat solche Augen wie er.«

»Oh nein, er würde sich nie auf so etwas einlassen. Ich habe letzte Woche versucht, mit ihm zu reden. Er ist so tugendhaft und hat keines meiner Angebote verstanden.«

»Finger weg von Lucan«, meinte eine andere. »Er ist der meine, das wisst ihr.«

Teagan rollte mit den Augen.

»Sind die Mädchen immer so?«, murmelte Elayne, so leise es ging.

»Nein«, flüsterte Teagan zurück. »Nur wenn die Stimmung generell aufgeheizt ist. Die Krieger waren lange fort. Das Wiedersehen verwirrt die Gemüter.«

Elayne hob vielsagend die Brauen. »Und was ist mit dir und Gawain?«

Teagan nestelte verlegen am Saum ihrer Schürze. »Ein Hauch von einem Lächeln. Eine Berührung hier und da. Sonst nichts. Im Gegensatz zu manch anderer hier weiß ich sehr genau, welchen Ärger mir das eingebracht hätte. Ich wollte mich lieber für einen Mann aufheben, der sich mit mir auf einer Augenhöhe befindet.«

Elayne freute sich, das zu hören. Nichts anderes hatte sie von ihrer Freundin erwartet.

Es überraschte sie nicht, dass sich dieses Wort nun wirklich anfühlte. Teagan war ihre Freundin geworden. Ohne sie wäre sie hier in Camelot verloren gewesen.

Eine weitere Bemerkung der anderen Mädchen ließ sie erstarren.

»Schade, dass Lancelot nicht da ist. Keiner sieht besser aus als er.«

»Mir ist sein Aussehen gleichgültig, mir reicht seine Stimme.«

»Gut, dann nimm du seine Stimme, ich nehme seine wunderschönen kräftigen Hände.«

Die Mädchen brachen in haltloses Kichern aus, doch ein anderes ermahnte sie und klang dabei resignierend. »Wir wissen doch alle, wem sein Herz gehört.«

Elayne nahm von Daria einen Krug entgegen und reichte ihn weiter an Teagan.

»Ich werde ein paar Männer zwei Fässer hochholen lassen«, entschied die erfahrene Frau. »Dann sparen wir uns den ständigen Weg in die Katakomben.«

»Hältst du eine weitere Runde aus?«, erkundigte sich Teagan auf dem Rückweg zur Halle des Königs.

»Falls Percy mich anspricht … ich weiß es nicht.«

»Dann mach, was wir vorhin besprochen haben. Täusche vor, dass dir schlecht geworden sei oder Ähnliches.«

Elayne nickte und atmete erneut tief ein. Die Jagd auf Wildschweine kam ihr im Vergleich viel leichter vor.

Sie hielt sich in der Halle fern von Percy und den Brüdern Gawain und Gaheris. Dafür schenkte sie dem ruhigen Cai sowie Lamorak nach, die sich stets höflich bei ihr bedankten.

Doch bald schon wurde die Stimmung ausgelassener. Elayne füllte ihren Krug ein drittes Mal auf. Bei ihrer Rückkehr hatte sich die Halle ein wenig gelichtet. Der König hatte sich zurückgezogen. Cai und Lamorak waren nicht zu sehen. Stattdessen winkte Gawain sie herbei.

»Elayne, komm zu uns. Wir verdursten fast.«

Er sagte es mit jenem Grinsen, das ihn jungenhaft wirken ließ und ihm vermutlich einige Herzen beschert hatte.

Sie schenkte ihm Wein in den Becher, ohne seinen neugierigen Blick zu erwidern.

»Sag mal, kleine Elayne, möchtest du meinem Freund Percy nicht einschenken? Mir kommt es so vor, als habe er ein Auge auf dich geworfen.« Er sagte es so leise, dass es niemand außer ihr hörte.

Sie schüttelte den Kopf.

»Bist du verheiratet?«

Erneut schüttelte sie den Kopf.

»Versprochen?«

Wieder war ein Kopfschütteln ihre Antwort.

»Hmm, sehr gut. Also, Percy ist wirklich nett. Er ist nur sehr unerfahren, was Frauen betrifft.«

Ihr wurde ein wenig schwindelig. Wie kam sie nur schnellstmöglich hier weg?

Sie schloss kurz die Augen und legte eine Handfläche gegen die Stirn. »Mir geht es nicht besonders, mein Herr. Ich glaube, ich muss mich entschuldigen.«

Er zog eine Augenbraue hoch. »Wirklich?«

Sie nickte rasch, stellte den Krug vor ihm auf der Tafel ab und eilte nach draußen. Sie lief schnell, rannte jedoch nicht. Sie wollte keinen Argwohn erzeugen.

In einem kleinen Seitengang blieb sie stehen und atmete tief durch. Es war Wahnsinn, was sie hier trieb. Es wäre besser gewesen, nie nach Camelot zu kommen. Oder sie hätte sich in der Wäscherei melden sollen, dann wäre sie nie in den Kontakt zu Artus und seinen Kriegern getreten. Sie würde gleich morgen fragen, ob sie die Stelle wechseln konnte.

»Oh, hier bist du.«

Elayne zuckte zusammen und richtete sich auf.

Gawain war ihr gefolgt. Er kam schlendernd auf sie zu. Sein Grinsen verriet, dass er etwas vorhatte. Sein Blick war leicht glasig, er hatte schon einiges von dem Wein getrunken.

Sie wich einen Schritt zurück, bis sie die Wand im Rücken spürte. »Ich sagte doch, dass es mir nicht gut geht.«

Er runzelte die Stirn und betrachtete sie argwöhnisch. »Also meintest du das wirklich so?«

Elayne verschränkte die Arme vor der Brust. »Natürlich, was denn sonst?«

Er biss sich auf die Unterlippe. Noch so eine jungenhafte Geste. »Es hätte auch eine Aufforderung sein können …«

Verwirrt runzelte sie die Stirn. »Eine Aufforderung?« Eine seiner Augenbrauen hob sich und sie verstand. Sie schnappte nach Luft. »Bei Gott, natürlich war es keine Aufforderung. In keinster Weise.«

Er kam noch näher, stützte sich wie beiläufig mit einer Hand an der Steinmauer neben ihrem Kopf ab. Sein Blick war unergründlich.

»Du hättest mir nicht folgen sollen«, hielt sie ihn zumindest mit Worten auf Abstand.

»Nein? Ich finde, das war eine ausgesprochen gute Idee.« Er warf einen Blick zurück in jene Richtung, aus der er gekommen war. Dann sah er sie wieder mit diesem Grinsen an. »Du bist also neu hier?«

Erneut verschränkte sie die Arme vor der Brust. Er musste doch merken, dass sie kein Interesse an ihm hatte. »Ja, das sagte ich bereits.«

Der Blick aus seinen grünen Augen wanderte einmal mehr über ihre Gestalt. »Du kommst aus dem Norden, das kann ich an deiner Sprache hören.«

»Von König Uryens Hof«, log sie, damit er sie nicht mit Corbenic in Verbindung brachte.

Er hob den Blick und sah ihr fest in die Augen. »Uryen? Nicht Lot?«

Sie konnte seinem Blick nicht standhalten und richtete ihre Aufmerksamkeit auf die Spitzen ihrer Bundschuhe. »Nein, so weit nördlich war ich nie.«

Gawain fuhr sich nachdenklich durch das struppige Haar. »Seltsam. Es kommt mir nämlich so vor, als hätte ich dich schon irgendwo einmal gesehen.«

Ihre Stimme klang etwas hoch, als sie auf ihrer Aussage beharrte. »Du verwechselst mich.«

Er lachte leise. »Wohl kaum.«

Er warf erneut einen Blick zurück. Dann stützte er die andere Hand auf der anderen Seite ihres Kopfes ab. Sein Körper war dem ihren nun sehr nahe, viel zu nah. Er war genauso muskulös wie Lancelot. Und leider nicht minder anziehend. Kein Wunder, dass ihm die Frauen reihenweise zu Füßen lagen. Beide hatten diesen gewissen Schelm im Blick. Nur ging dieser Schelm bei Gawain anscheinend noch weiter.

»Du wirst mich nicht küssen«, stellte sie fest. Sie richtete sich auf und sah ihm tapfer entgegen.

»Was sollte mich davon abhalten?«

Sie musste es ihm sagen. Jetzt.

Für einen Moment näherte sich sein Gesicht dem ihren, seine Lippen streiften kurz ihre Stirn. Dann war der Moment vorüber, er lachte leise und ließ von ihr ab. Mit dem Rücken lehnte er sich neben sie an die Wand. »Keine Angst. Ich hatte nicht vor, dich zu etwas zu bringen, was du nicht möchtest. Meine Frauen kommen freiwillig zu mir.«

»Ach nein, was war dann deine Absicht?« Elayne wischte sich angespannt über die Stirn.

Gawain grinste schief. »Ich wollte einem Freund behilflich sein.«

Nun verstand sie gar nichts mehr. »Wie bitte?«

Er deutete den Gang entlang. »Und hier kommt er: der Retter.«

»Gawain, lass deine Finger von ihr.« Percy kam sehr entschlossen auf sie zu, die Hände an den Seiten zu Fäusten geballt.

»Wieso sollte ich?«, flauste Gawain.

»Lass sie einfach in Ruhe.« Percy presste fest die Lippen aufeinander, als müsse er sich sehr beherrschen, nicht die Fassung zu verlieren.

Gawain zwinkerte ihr zu. »Siehst du, er mag dich.«

»Hör auf!«, brach es aus dem jungen Recken heraus.

»Oh bitte, Percy.« Gawain hob beschwichtigend die Hände. »Du konntest den ganzen Abend den Blick nicht von ihr abwenden. Ich wollte dir nur ein wenig auf die Sprünge helfen. Sodass du erkennst, dass du zur rechten Zeit deine Gelegenheit ergreifen musst.«

»Du weißt nicht, wovon du redest«, antwortete der Jüngere zähneknirschend.

»Ach nein? Habe ich mich etwa geirrt?« Gawain kratzte sich mit dem Daumennagel über das Kinn. »Du hast jede ihrer Bewegungen verfolgt. Das war ziemlich offensichtlich. Selbst Gaheris hat es bemerkt, und der ist so unerfahren wie ein Welpe.«

Percival stand die Verzweiflung ins Gesicht geschrieben, so entsetzt starrte er seinen Freund an. »Gawain! Ich kenne sie, deshalb habe ich sie angesehen. Ich wusste nicht, ob ich mich irre.«

Er seufzte. »Wer ist sie? Die Frau traumloser Nächte? Mir kommt sie auch bekannt vor.«

Percy wirkte nun merklich genervt. »Sie ist Verwandtschaft! Bei meinem Herrn, reicht dir das jetzt? Wir sind verwandt. Mütterlicherseits.«

»Oh.« Gawain stieß sich von der Wand ab und sah von ihr zu Percy und zurück. »Stimmt das?«

Elaynes Mund war zu trocken, sie konnte nicht antworten. Stattdessen nickte sie.

»Nun gut, dann lasse ich euch wohl besser allein und eure *Verwandtschaft* erläutern.« Er beugte sein Haupt in ihre Richtung. »Schrei um Hilfe, wenn er dir zu nahe kommt.«

»Gawain!«, protestierte Percy angewidert.

»Schon gut, mein Freund, ich gehe ja schon.« Er tat genau drei Schritte, dann wandte er sich wieder um, die Stirn gerunzelt. »Verwandtschaft mütterlicherseits?«

»Das sagte ich doch«, beharrte Percy genervt.

»Deine Mutter war eine Schwester des Königs von Corbenic«, stellte Gawain klar.

»Meine Mutter war die einzige Schwester von König Pelles«, betonte Percy.

Elayne sah ihren Vetter entsetzt an.

Gawain kam zu ihnen zurück und musterte Elaynes Gesicht. »Natürlich kenne ich dich. Warum ist es mir nicht gleich aufgefallen? Du bist Elayne von Corbenic.«

Elayne presste fest die Lippen aufeinander und nickte. Es war dumm gewesen, zu glauben, sie könnte ihr Versteckspiel lange aufrechterhalten.

»Ihre Mutter war meine Schwester«, erläuterte Gawain dem verdutzt dreinschauenden Percy. »Wusstest du das nicht?«

»Ich … Ich dachte, König Lot hätte nur Söhne.«

»Von Morgause hat er nur Söhne. Doch seine erste Frau gebar ihm eine Tochter. Und diese heiratete Pelles von Corbenic. Elayne ist meine Nichte. Himmel, du bist zur Frau geworden. Aber was tust du hier? Und warum gibst du dich als Dienerin aus?«

»Das … ist eine lange Geschichte«, bekannte Elayne.

»Sie wollte Corbenic bereits vor zwei Jahren verlassen«, erklärte Percy freiheraus. »Ich wusste nicht, dass sie sogar so weit gehen würde, sich als Dienerin zu verkaufen.«

Gawain brachte ihn mit einer Handbewegung zum Schweigen. »Nicht hier. Wir brauchen einen Ort, an dem wir in Ruhe reden können. Und eine lange Geschichte braucht Wein. Ist es eine gute Geschichte?«

Elayne seufzte resignierend. »Eher eine traurige.«

»Dann brauchen wir umso besseren Wein.« Während er darüber nachdachte, kratzte er erneut mit dem Daumennagel über sein Kinn. »Wir können nicht in meine Kammer gehen. Das wäre unschicklich. Wenn man uns sieht, gehen alle von den schmutzigsten Ideen aus.«

»Aber sie ist unsere Verwandte«, empörte sich Percy.

»Was keiner weiß, mein Freund. Also, was sollen sie denken, wenn ein junges hübsches Ding mit mir in meine Kammer kommt?« Gawain hob die Brauen, bis seine Stirn in Runzeln stand.

»Sie kann nichts für deinen schlechten Ruf.«

Gawain lachte. »Da hast du wohl recht.« Er dachte kurz nach, dann fiel ihm eine Möglichkeit ein. »Die Katakomben. Wir können behaupten, dass wir auf der Suche nach noch mehr Wein waren. Und Elayne hat uns dort erwischt.«

Percy sah nicht sehr glücklich über den Vorschlag aus, Elayne jedoch nickte. Sie musste ihnen einen Teil ihrer Geschichte erzählen. Sonst lief sie Gefahr, dass sie sie verrieten und man sie zurück nach Corbenic schickte.

Mit einer Fackel leuchtete Gawain ihnen den Weg zu einem Raum weit hinten in den Katakomben, in dem sich ein einzelnes Fass befand. »König Artus' am besten gehüteter Schatz. Wein aus Griechenland. Ist erst vor ein paar Wochen eingetroffen.«

»Wir sollten ihn nicht trinken«, fand Percy.

»Oh doch, das sollten wir. Artus hat mir während unserer Besprechung davon angeboten. Habe schon lange nichts so Köstliches mehr getrunken. Und ich werde ihm die getrunkene Menge bezahlen. Also los.«

Er hatte unterwegs einen Krug aufgesammelt, schüttete dessen Inhalt unter Percys entsetzten Augen auf den Boden und füllte ihn mit dem dunkelroten Wein aus dem griechischen Fass.

Nachdem er davon gekostet hatte, reichte er den Krug weiter an Elayne.

Er schmeckte süßer und schwerer als jeder Wein, den sie je getrunken hatte. »Er schmeckt nach Sonne«, stellte sie fest. »Sehr viel Sonne und schweren Früchten.«

Gawain nickte zustimmend. »Ja, das habe ich auch gedacht.«

Percy lehnte ab. Seine Aufmerksamkeit galt Elayne. »Warum bist du nach Camelot gekommen?«

Sie nahm einen weiteren Schluck aus dem Krug und reichte ihn an Gawain zurück. »Mein Vater … Du kennst seine harsche Art. Er hat mir Unrecht angetan und ich konnte nicht weiter unter seinem Dach leben.«

Percival verschränkte die Arme vor der Brust. »So weit waren wir schon. Du hast mir jedoch nie gesagt, was er getan hat. Und warum bist du nicht nach Norden gegangen, zu deinem Großvater Lot?«

Elayne hob eine Schulter und versuchte es zu erklären. »Ich kenne Lot kaum. Aber ich kenne Uryen. Dorthin bin ich gegangen. Morgaine bot an, mir zu helfen. Ich wollte nach Avalon gehen. Aber … ich konnte nicht. Avalon ist nicht der Ort, an dem ich glücklich werden kann. Also kam ich hierher. Nach Camelot.«

»Wo du schon immer hinwolltest«, seufzte Percy. »Sie hat mich sogar gebeten, sie zu heiraten und mitzunehmen«, erklärte er Gawain.

»Dann muss sie wirklich verzweifelt gewesen sein. Was hat dein Vater dir angetan?«

Elayne nahm den Krug aus Gawains Händen und trank einen tiefen Schluck. Der Wein wärmte ihren Magen. Sie hatte heute viel zu wenig gegessen, also wirkte der Wein auch bereits in ihrem Kopf. Er fühlte sich ein wenig leichter an. Sie trank einen weiteren Schluck, dann sah sie ihren Vetter väterlicherseits und ihren Onkel mütterlicherseits an. »Er wollte … dass ich …. einen Erben gebäre.«

Gawain schaute etwas verwirrt drein. »Ohne dich in deiner Lebensgestaltung beirren zu wollen, doch ist es nicht das, was von Frauen unseres Standes erwartet wird? Was ist daran auszusetzen, Mutter zu werden?«

»Rein gar nichts. Ich … Ich hätte geheiratet, wenn er mich gelassen hätte. Er hat mir nie einen Heiratskandidaten vorgestellt. Niemals. Niemand, zu dem ich Nein oder Ja sagen konnte. Er hat mich vor vollendete Tatsachen gestellt.«

Die Männer sahen noch verwirrter aus.

»Ich habe einen kleinen Sohn. Mein Vater hat …«, sie musste darauf achten, nicht zu viel zu verraten, »uns hintergangen. Er ließ uns berauschende Kräuter in den Wein mischen. Mein Sohn entstand in keiner Brautnacht, nicht unter dem schützenden Bund der Ehe.«

Percy starrte sie an, als habe er noch nie davon gehört, wie Kinder zustande kamen.

Gawain jedoch versuchte, das alles zu verstehen. »Wo ist der Vater deines Kindes?«

Sie starrte ihre Fußspitzen an. »Er verließ Corbenic nach jener Nacht.«

»Er hat dich im Stich gelassen?«, fuhr ihr Onkel auf. »Er hätte dich heiraten sollen.«

Sie wagte es kaum, ihn anzusehen. »So einfach ist es nicht.«

Gawain stemmte eine Hand auf seinen Oberschenkel. »Ist er bereits verheiratet?«

Rasch schüttelte sie den Kopf. »Nein. Aber … es ist alles so … undurchsichtig. Ich wollte, ich könnte es euch beiden besser erklären. Er weiß nicht, dass er Vater ist.«

Der Krieger der Tafelrunde schnaubte. »Du hättest auch behaupten können, als Witwe nach Camelot zu kommen, statt dich als Dienerin auszugeben.«

»Das wäre eine noch größere Lüge gewesen. Und ich habe nicht gelogen. Ich bin Elayne. Ich habe nur den Namen meines Vaters nicht genannt.« Sie lächelte leicht. »Es macht mir nichts aus, als Dienerin zu arbeiten. Die Arbeit unterscheidet sich kaum von dem, was ich in Corbenic an Alltäglichem zu tun hatte.«

Sie ließ jenen Umstand aus, dass ihr Dasein als Dienerin einem Missverständnis zu verdanken war. Artus hatte geglaubt, sie sei auf der Suche nach Arbeit, und Elayne hatte nichts getan, um das Missverständnis aufzuklären.

Gawain verschränkte die Arme vor der Brust. »Und nun verlangst du von uns, dass wir dein Geheimnis nicht verraten?«

Sie sah ihn bittend an und er seufzte.

»Wer kennt noch die Wahrheit?«

»Meine beiden Freunde, Liam und Teagan. Und Königin Morgaine von Rheged.«

Gawain hob tadelnd die Brauen. »Artus wird nicht erfreut sein, wenn er eines Tages die Wahrheit erfährt.«

Und noch weniger, wenn er erfährt, wer der Vater meines Kindes ist, dachte sich Elayne.

»Also gut, ich werde dein Geheimnis nicht verraten.« Gawain schlug seinem Freund auffordernd gegen die Schulter »Percy, versprich es ihr genauso.«

»Ich kann nicht lügen«, protestierte dieser.

»Ich weiß, und du sollst nicht lügen. Du sollst nur nicht ausplaudern, dass sie in Wirklichkeit deine Base ist.« Er sah Percival mit hochgezogenen Brauen an. »Bekommst du das hin?«

Er nickte langsam und Gawain wuschelte durch Percys ordentliches Haar.

»Geht doch, mein junger Freund.« Dann setzte er den Krug vorsichtig auf dem Boden ab und machte einen Schritt auf Elayne zu. »Ich hätte dich vorhin beinahe geküsst.«

»Ich weiß. Es tut mir leid.«

Er schloss sie in eine feste Umarmung. »Nein, mir tut es leid. Ich weiß, wie es ist, wenn der eigene Vater ganz andere Pläne für einen hegt. Ich bewahre dein Geheimnis, so lange ich kann. Wenn du mir dafür versprichst, den Namen des Mannes zu nennen, der der Vater deines Kindes ist. Ich werde ihn dafür verprügeln, dass er gegangen ist.«

Sie lachte, das erste Mal seit Beginn der Unterhaltung. »Ich glaube, ich werde dir den Namen besser nicht nennen.«

Gawain hob einen Zeigefinger. »Doch, wirst du. Eines Tages. Aber zunächst werde ich dein Spiel mitspielen. Und wir werden uns besser kennenlernen, ja?«

Sie nickte.

Gawain winkte Percy herbei. »Komm in unsere Familienumarmung. Nun haben wir noch engere Familienbande.«

»Du bist ja betrunken«, erwiderte Percy angeekelt.

»Ja und? Das solltest du auch mal versuchen. Käme deinem schweren Gemüt sehr zugute.«

12

COEDEN AFALAU

Der Apfelbaum

Die Tage vergingen rasch, da die Arbeit sie davon abhielt, innezuhalten und nachzudenken. Hauptsächlich half sie Philippa in der Küche. Nur wenn zu viel zu tun war oder ein anderer Diener ausfiel, musste Elayne in der königlichen Halle aushelfen. Jene Abende waren für sie stets nervenaufreibend. Was, wenn Percy oder Gawain ihr Geheimnis verrieten? Es musste nicht mit Absicht geschehen. Eine dumme, unbedachte Bemerkung wäre ausreichend.

Die frühen Stunden eines jeden Tages aber genoss sie sehr. Wenn außer ihr und Philippa noch niemand in der Küche war und sie gemeinsam anfingen, das Frühstück vorzubereiten. In den frühen Stunden konnte Teagan auf Gal aufpassen, denn deren Arbeit in der königlichen Halle begann erst, wenn das Frühstück fertig zubereitet war.

Jeden Morgen, noch bevor die anderen zur Arbeit in die Küche kamen, erschien Artus selbst. Auch er genoss diese ruhigen Stunden, bevor der Trubel des Alltags über sie alle hereinbrach.

Er trank Milch, welche gerade erst von den Bauern gebracht worden und deswegen noch warm war, aß die erste Portion Haferbrei, die Elayne zubereitete, und unterhielt sich mit Philippa über dies und das. Durch die vertraute Art, wie die beiden sich unterhielten, konnte Elayne erkennen, dass dieses Ritual schon sehr lange Zeit bestand. Umso mehr freute es sie, dass sie ein Teil davon sein durfte.

Artus fragte nach dem alltäglichen Treiben, wie es seinen Bediensteten ging, ob es Sorgen oder freudige Ereignisse gab. So erfuhr er als einer der Ersten, dass die Frau des Müllers ihr zehntes Kind geboren hatte, und schenkte den Eltern eine Milchkuh, damit ihre Kinder jeden Morgen ebenfalls frische Milch trinken konnten. Und er erfuhr ebenso, dass sich einer der Bauern im Umland bei der Arbeit ein Bein gebrochen hatte, und schickte einen Stallburschen, der der Familie fortan bei der Arbeit helfen sollte.

»Es gibt keinen besseren Ort, um am Leben seiner Untergebenen teilzuhaben, als die Küche«, meinte er zwinkernd zu Elayne, als sie ihm einen Kuchen überreichte, welche die Bäuerin ihm gebacken hatte. Er teilte den Kuchen mit Philippa und Elayne und behielt ein Stück für die Königin übrig. Ihr brachte er jeden Morgen selbst das Frühstück aus der Küche mit.

Eines Morgens jedoch war des Königs Stirn tief gerunzelt, als er zu ihnen kam. Dunkle Ränder lagen unter seinen sonst strahlend blauen Augen, müde starrte er in seine Schüssel, in der er lustlos herumrührte.

Elayne und Philippa warfen sich besorgte Blicke zu.

»Ich hörte, der warme Frühling beschert uns eine frühe Beerenernte«, begann Philippa ein unverfängliches Gespräch. »Wir werden köstliche Kuchen und Kompotte zubereiten.«

»Das wird die Königin freuen«, lächelte Artus erschöpft. »Sie liebt Beeren.« Schon senkte er wieder den Blick und seine Gedanken wanderten zurück zu seinen Sorgen.

Elayne und Philippa ließen ihn in Ruhe. Etwas viel Wichtigeres als die Beerenernte oder die alltäglichen Geschehnisse Camelots beschäftigte ihn heute und was wussten sie schon von den Sorgen eines Königs?

Elayne ließ sein Kummer keine Ruhe. Sie hätte ihm gern einen Teil seiner Last abgenommen. Wenn sie in Corbenic gewesen wären, hätte sie ihn mit in den Wald genommen oder ans Meer.

»Vielleicht solltest du einen Spaziergang an der frischen Luft machen, mein König«, schlug sie vor und setzte sich ihm gegenüber. Die Arbeit war getan und sie aß nun selbst eine Portion Haferbrei.

Verwirrt sah er auf. »Was?«

»Um klare Gedanken zu bekommen.«

Er seufzte. »Nein, ich glaube nicht, dass mir ein Spaziergang viel helfen würde.«

Seine Stimme klang brüchig und Elayne ahnte, dass etwas Schlimmes passiert sein musste. »Geht es der Königin gut?«, erkundigte sie sich zaghaft.

Er runzelte noch tiefer die Stirn. »Ja, natürlich. Es ist nicht wegen der Königin …« Er wischte sich mit den Händen über das Gesicht, als müsse er die schlimmen Gedanken fortwischen, damit er sich auf das Hier und Jetzt konzentrieren konnte.

»Manchmal wird das Herz leichter, wenn man seine Sorgen teilt«, versuchte Elayne es noch einmal.

Er schüttelte den Kopf, verharrte, sah sie lange an und nickte dann. »Meine Sorge gilt meinem besten Freund. Er wurde im Kampf verletzt, fern von hier. Und es gibt keine Möglichkeit, dass ich ihm helfen könnte.«

Elayne ließ ihren Löffel sinken, ihr war der Appetit vergangen. Ihre rechte Hand hielt sie an ihr Herz, da es plötzlich heftig schmerzte. »Dein bester Freund ist Lancelot«, erkannte sie.

»Ja, er ging mit seinen Männern nach Astolat, um unserem Verbündeten König Bernhard bei der Verteidigung seiner Grenzen zu helfen.« Er legte den Kopf in den Nacken und atmete tief durch, bevor er weitersprach. »In der letzten Nacht kam ein Bote aus Astolat. Die Sachsen wurden besiegt, aber Lance so schwer verletzt, dass es nicht möglich ist, ihn heim nach Camelot zu bringen. Der Versuch würde ihn töten.«

Elayne presste fest die Lippen aufeinander, als der Schmerz noch tiefer drang. Sie schloss für einen Moment die Augen und hielt die Tränen zurück, die sie zu überschwemmen drohten.

»Gewiss gibt es auch in Astolat einen fähigen Heiler«, sprach Philippa ihrem König Mut zu. Sie hatte ihre Arbeit unterbrochen und sah nicht minder besorgt aus als Artus selbst.

Er nickte sacht. »Ja, gewiss.« Dann erhob er sich abrupt. »Es tut mir leid, dass ich euch mit dieser Sorge belaste. Wir werden noch eine Weile auf Lancelot verzichten müssen. Doch wenn wir alle beten, wird er wieder gesund.« Er atmete tief durch. »So, und nun muss ich zu meiner Königin. Sie weiß noch nichts davon.«

Benommen reinigte Elayne Schüssel und Löffel und kehrte in das kleine Haus im unteren Teil von Camelot zurück. Liam war bereits bei der Arbeit und Teagan bemerkte glücklicherweise nicht, in welchem Zustand sich Elayne befand, sondern eilte sofort los, um ihre eigene Arbeit in der königlichen Halle zu verrichten.

Elayne setzte sich auf ihre Schlafstatt und nahm ihren kleinen Sohn auf den Schoß. Als sie das warme Gewicht in ihren Armen spürte und seinen Duft einatmete, konnte sie die Tränen nicht mehr zurückhalten.

Sie hätte nicht gedacht, dass es ihr so viel bedeuten würde, wenn Lancelot etwas zustieß. So viel Zeit lag zwischen ihnen, so viele neue Erfahrungen. Er gehörte zu ihrer Vergangenheit, aber für einen Teil ihres Herzens gehörte er wohl doch noch zu ihrem eigenen Dasein. Noch dazu hätte er zu Gals Zukunft gehören sollen.

Vielleicht war nun all das verloren. Vielleicht hatte Elayne sich zu spät auf den Weg nach Süden gemacht und zu spät dazu entschieden, Gal seinem Vater vorzustellen. Es brach ihr das Herz, nun in Camelot zu sitzen, während er irgendwo im Osten Britanniens mit dem Leben kämpfte. Und noch mehr brach ihr das Herz, endgültig Abschied von ihm nehmen zu müssen, ohne ihm sagen zu können, dass sie ihm verziehen hatte.

»Mama?«

Gals zarte Stimme ließ sie in ihrem Schluchzen innehalten. Rasch wischte sie mit dem Ärmel ihres Hemdes alle Tränen fort. »Ist schon gut, mein Schatz. Mama hört auf, zu weinen.«

Tränen brachten ihr Lancelot auch nicht zurück. Aber es war, als würde sie platzen, wenn sie nicht sofort den Schmerz freiließ, der von ihr Besitz ergriffen hatte.

Sie musste raus hier, raus aus der Enge des Hauses und der Geschäftigkeit Camelots. Für einen Moment brauchte sie die

Klarheit der freien Felder oder die beruhigenden Schatten der Bäume.

Also packte sie Gal in frische Kleidung und nahm ihren Umhang, um sich zu den Stallungen zu begeben. Liam war, wie andere Burschen auch, mit dem Ausmisten beschäftigt.

»Ich möchte mit Gal ein wenig ausreiten«, erklärte sie ihm und hielt Ausschau nach Centenarius.

Liam stellte die Heugabel beiseite und wischte sich den Schweiß von der Stirn. »Allein?«

»Ja, ich werde nicht weit reiten«, versprach sie, seinem Blick ausweichend. »Ich brauche nur etwas … Abstand.«

Er musterte sie voller Sorge, hakte jedoch nicht weiter nach. Dennoch tat er seine Bedenken kund. »Du kennst dich hier noch nicht aus, du solltest nicht allein reiten. Und ich kann hier nicht ohne Grund fort, um dich zu begleiten.«

Sie hätte Gawain oder Percy bitten können, mit ihr zu kommen. Aber dann hätte sie ihnen erklären müssen, was in ihr vorging. Nein, sie brauchte Zeit für sich.

»Mach dir keine Sorgen, Liam. Ich komme vor dem Mittagessen zurück. Und sollte ich bis dahin doch nicht zurück sein, dann bitte Percival, dir zu helfen, mich zu suchen.«

Widerstrebend half Liam ihr, Centenarius die Zügel anzulegen und zu satteln. Sie setzte Gal darauf, der sich an einem der Knäufe festhielt.

Erst als sie den äußeren Wall Camelots hinter sich gebracht hatte, stellte sie sich auf einen Stein und stieg selbst auf. Centenarius schnaubte und stampfte mit dem Huf. Sie klopfte ihm freundschaftlich auf die Flanke. »Ja, mein Lieber, die frische Luft wird dir ebenfalls guttun.«

Vor ihnen lagen weite Felder und Wiesen. Elayne trieb Centenarius an und ließ sich den Wind durch die Haare gleiten, während Gal freudig aufjauchzte. Sie ritt, bis sie zu einem sanften Hügel kam, hinter dem sich eine weite Grasebene ausbreitete. Inmitten dieser stand ein einsamer Baum. Die Krone ragte herrschaftlich auf, er war der König der Weite.

Elayne ließ Centenarius etwas langsamer laufen und lenkte ihn zu jenem Baum, in dessen Schatten sie abstieg und Gal vom Pferd hob.

»Lauf, mein Junge.« Sie klopfte dem Ross auf die Seite. »Genieße die Freiheit wenigstens für ein paar Stunden.« Er würde sich nicht weit entfernen, dazu war er zu gut konditioniert.

Sie breitete ihren Umhang am Stamm des Baumes aus, ließ sich selbst darauf nieder und Gal den Boden erkunden. Blätter, Stöckchen, Würmer … er fand stets etwas, womit er sich beschäftigen konnte. Elayne musste nur darauf achten, dass er es nicht in den Mund steckte oder sich zu weit von ihr entfernte.

Sie lehnte den Kopf an den Stamm und sah hinauf in das Spiel der Blätter, durch das die Sonnenstrahlen über ihr Gesicht tanzten.

Es gab nichts, was sie tun konnte. Oder doch? Wie weit war Astolat entfernt? Konnte sie dorthin reiten, um Lancelot ein letztes Mal zu sehen? Konnte sie Gal in ein Gebiet mitnehmen, in dem sich Freund und Feind gegenüberstanden?

Die Stärke des Baums beruhigte sie. Die Wurzeln, die tief in den Boden reichten, schenkten ihr Halt, der mächtige Stamm verlieh ihr Kraft und die Baumkrone, deren Blätter sich im seichten Wind bewegten, streichelten ihre Seele.

»Bitte komm zurück zu mir«, flüsterte sie. »Komm zurück und ich verzeihe dir alles.«

Centenarius wieherte empört und Elayne schrak auf. Gal war aus ihrem Sichtfeld verschwunden. Sie erhob sich ruckartig und sah sich nach ihrem Kind um. Der braune Hengst galoppierte an ihr vorbei, den Schweif stolz erhoben.

»Gal!«

Sie hörte ein glucksendes Lachen hinter dem Baumstamm. Erleichtert kam sie um den Stamm herum – und erstarrte sofort. Kaum einen Schritt entfernt von ihrem kleinen Sohn, der ihr selbst nur bis zum Oberschenkel reichte, stand ein Monster. Grau, mit triefenden Lefzen, tiefschwarzen Augen und struppig grauem Fell. Das Vieh war bald doppelt so hoch wie ihr Sohn.

»Gal«, sprach sie möglichst ruhig. »Mein kleiner Schatz, bewege dich nicht.«

Das Monstrum sah in Elaynes Richtung und knurrte leise.

»Wolf!«, befahl eine Stimme aus der Ferne. »Ruhig!«

Das Tier knurrte nochmals leise und setzte sich dann vor Gal.

Begeistert streckte der Kleine die Hände nach ihm aus. »Wau!«

Elayne schnappte sich ihren Sohn und wich zurück, bis sie den Baumstamm im Rücken spürte.

»Braver Hund, wir tun dir nichts«, japste sie in Richtung des Tieres und wagte nicht, es aus den Augen zu lassen.

Die Frau, die sich ihnen im Laufschritt näherte, die Röcke gerafft, das Schultertuch über eine Seite heruntergerutscht, bemerkte sie daher erst, als sie bei dem Tier ankam.

»Wolf, ruhig«, befahl sie und das Tier legte sich hin. Schwer atmend zog sie ihr Schultertuch zurecht und musterte Elayne und Gal abschätzend.

Elayne hatte noch nie eine schönere Frau gesehen. Trotz des Schweißes, der ihr auf der Stirn lag, trotz der Strähnen, die sich aus ihrem dicken goldblonden Zopf gelöst hatten. Doch ihre braunen Augen waren voll Kummer.

Elayne hatte keinen Zweifel, dass dies Königin Gwenhwyfar war. Respektvoll neigte sie das Haupt. »Danke, meine Königin, dass du den Hund zurückgerufen hast.«

»Es war nicht nötig, ihn zurückzurufen.« Ihre Stimme klang überraschend warm. »Wolf liebt Kinder, er hätte dem Kleinen nichts getan.« Sie lächelte Gal an, doch das Lächeln erreichte ihre traurigen Augen nicht. »Ich hoffe, Wolf hat dir keine Angst gemacht.«

»Wau«, antwortete Gal begeistert und wollte sich von seiner Mutter befreien.

Die Königin kniete sich neben ihren Hund und achtete nicht darauf, dass ihr Kleid dabei noch schmutziger wurde. »Möchtest du ihn streicheln?«

Elayne konnte ihren Sohn nicht länger zurückhalten. Sie setzte ihn ab, behielt ihn aber an der Hand und ging mit ihm gemeinsam zu diesem riesigen Hund.

Wolf hechelte freundlich, als Gal mit beiden Händen über sein Fell streichelte.

»Kommst du aus der Nähe?«, erkundigte sich Gwenhwyfar.

»Ich arbeite in der Küche von Camelot, meine Königin. Aber ich bin erst vor wenigen Tagen angekommen. Mein Name ist Elayne.«

»Oh, das ist schön. Ich hoffe, es gefällt dir bei uns.« Sie bemühte sich um einen freundlichen Ton, doch Elayne erkannte, dass sie traurig war. Ihre Augen waren gerötet, als habe sie geweint. »Arbeitet dein Mann auch für uns?«

»Ich … Ich habe keinen Mann«, stammelte Elayne.

»Oh.« Die Königin streichelte nun selbst über das struppige Fell ihres Hundes, bevor sie sich erhob und den Blick gen

Baumkrone richtete. »Das ist ein schöner Ort. Ich komme gern zum Nachdenken hierher.«

»Ja, das finde ich auch.«

Plötzlich legte Gwenhwyfar die Hände vors Gesicht und wandte sich ab. Ihre Schultern bebten und ein leises Schluchzen entrang sich ihr.

Artus hatte ihr von Lancelot erzählt.

Elayne presste eine Hand vor den Mund, um nicht selbst zu schluchzen. Dann atmete sie tief durch und ging zur Königin, um ihr eine Hand auf die Schulter zu legen. »Es wird alles gut«, versprach sie mit brüchiger Stimme.

Die Schultern der Königin bebten weiter. »Ich … Es geht gewiss gleich wieder«, stammelte sie. »Ich bin momentan sehr leicht aus der Fassung zu bringen.«

Sanft streichelte Elayne ihr über den Rücken. »Das ist doch verständlich. Als ich Gal unter dem Herzen trug, hätte ich in manchen Momenten gleichzeitig weinen und lachen können.«

Gwenhwyfar hob das Gesicht und wandte ihr tränenverschmiertes Gesicht ihr zu. »Also weiß bereits jeder, dass ich schwanger bin?«

Sie nickte traurig lächelnd. »Ich fürchte, ja.«

Die Königin ließ die Schultern sinken. »Es hätte mich gewundert, wenn es nicht bald herausgekommen wäre. Irgendwer redet immer.«

Elayne hatte ein schlechtes Gewissen, dabei war sie an dem Gerede nicht beteiligt gewesen. »Sie nehmen Anteil an deinem Leben.«

»Nein, was aus mir wird, ist ihnen gleichgültig. Sie wollen sich nur ihre dummen Mäuler zerreißen, wenn es schon wieder schiefgeht.« Sie presste fest die Lippen aufeinander. »Es tut mir leid, dass ich so rede. Aber ich bin das Geschwätz der Leute so leid.«

»Das kann ich verstehen.« Elayne streichelte sanft über ihre Schulter. »Aber nicht alle sind so. Viele sorgen sich um dich und beten dafür, dass dir ein Kind geschenkt wird.«

Gwenhwyfar antwortete nicht, sondern sah erneut in die Baumkrone. Dann seufzte sie. »Ich sollte zurückkehren. Man sucht bestimmt schon nach mir.«

»Dann lass uns gemeinsam gehen, wenn es dir nichts ausmacht.«

Ein leichtes Lächeln huschte über Gwenhwyfars Gesicht. »Es macht mir nichts aus.«

Elayne sah sich nach Centenarius um, der in der Nähe geblieben war und nun friedlich graste. Sie schnalzte ein paar Mal mit der Zunge, bis er sich dazu bewegte, zu ihr zu kommen.

»Oh, gehört das Ross zu dir?«, wunderte sich die Königin.

»Es hat meinem Vater gehört«, antwortete Elayne ehrlich und erläuterte nicht weiter, wieso eine einfache Dienerin im Besitz eines Schlachtrosses war. »Er ist ein wenig eigen«, erläuterte sie stattdessen. »Früher hat er jeden außer meinen Vater abgeworfen. Mittlerweile ist Centenarius in die Jahre gekommen und milder gestimmt. Wenn du also möchtest, kannst du auf ihm reiten, ich führe ihn an den Zügeln.«

Gwenhwyfar verharrte und sah sie nachdenklich an.

»Stimmt etwas nicht, meine Königin?«

Diese schüttelte traurig das Haupt. »Es ist nur … Du hast mich gerade an jemanden erinnert.«

Centenarius war bei ihnen angekommen und Gwenhwyfar klopfte ihm auf die Seite. »Das ist wirklich ein sehr schönes Tier.« Sie lächelte und diesmal erreichte es ihre warmen braunen

Augen. »Elayne also … Ich glaube, ich habe bereits von dir gehört. Habe ich dir neuerdings meinen morgendlichen Haferbrei zu verdanken?«

Elayne erwiderte das Lächeln von Herzen. »Das Geheimnis ist eine Prise Salz und ein Hauch Honig.«

»Ich freue mich wirklich sehr, dass du in Camelot bist, Elayne.«

Elayne hatte sich nie ausgemalt, wie es wäre, Königin Gwenhwyfar zu begegnen. Vermutlich hätte sie damit gerechnet, auf ihre lange Beziehung zu Lancelot oder ihre Schönheit eifersüchtig zu sein. Gwenhwyfar aber war eine ganz normale Frau wie sie selbst. Eine, die tiefe Trauer in sich trug. Und genau diese Trauer hatte sie nun miteinander verbunden.

13

CAPUT APRO

Der Kopf des Ebers

»Elayne, der König wird heute nicht zum Frühstück kommen.«

Philippa musste schon vor dem ersten Hahnenschrei in der Küche zu Gange gewesen sein. Auf dem langen Tisch standen bereits Butter, Brot, Schinken und geröstete Zwiebeln. Im Moment rührte sie in der Pfanne über der Feuerstelle und es roch verführerisch nach Rührei.

»Aber er hat darum gebeten, ihm eine Kleinigkeit in sein Arbeitszimmer zu bringen. Kannst du das übernehmen?«

»Ja, natürlich. Wo finde ich das Arbeitszimmer?«

Die Köchin deutete mit dem Löffel in die entsprechende Richtung. »Du musst durch die königliche Halle gehen, in der die Tafelrunde steht. Hinter einem Vorhang befindet sich das Arbeitszimmer.«

Elayne packte das Frühstück in einen Korb und stellte noch einen Krug Milch und einen Becher hinein.

»So.« Zufrieden füllte Philippa das Rührei in eine Schüssel und stellte diese oben auf den Korb. Sie lächelte Elayne gutmütig an. »Na los, bevor es kalt wird.«

Sorgenvoll runzelte Elayne die Stirn. »Schaffst du die Arbeit denn allein?«

Die ältere Frau schmunzelte. »Ich werde die Küchenmädchen früher wecken, denn mir scheint, wir bekommen heute viel zu tun.«

Wie Philippa beschrieben hatte, fand Elayne das Arbeitszimmer hinter der Tafelrunde. Sie machte sich durch ein Räuspern bemerkbar, da es keine Tür zum Anklopfen gab.

»Ja?«

»Ich bringe das Frühstück.«

»Bitte komm herein.«

Artus sah freundlich auf, als Elayne den Vorhang zur Seite schob, um einzutreten.

Ein Fenster ließ das Morgenlicht in die Kammer. Auf einem breiten Tisch lagen mehrere Karten verteilt. In einem Regal stapelten sich die Schriftrollen. Artus saß nicht in seinem Sessel, sondern stand über die Karten gebeugt.

»Ah, Elayne, ich danke dir.« Als er den Korb gefüllt mit Speisen sah, meinte er belustigt: »Ich hatte nur um ein paar Kleinigkeiten gebeten.«

»Nun, für Philippa sind das Kleinigkeiten.« Sie stellte die Schüssel und Teller achtsam neben den Karten ab, stellte auch einen Becher vor Artus und schenkte ihm die noch warme Milch ein.

Er neigte das Haupt und trank einen Schluck von der Milch, die er mit geschlossenen Augen seine Kehle hinablaufen ließ. »Ich danke dir vielmals, kleine Blume aus dem Norden.«

Ihr Blick fiel auf die Karten und sie erkannte, dass sich Artus um ebenjenen, *ihren,* Norden Gedanken machte.

Er bemerkte ihren Blick und verschränkte die Arme vor der Brust. »Nun, was meinst du? Sind mir die Könige des Nordens noch immer treu ergeben?«

Rasch trat sie zurück. »Ich glaube nicht, dass ich so etwas beurteilen kann.«

»Hmm, das ist schade.« Er trank einen Schluck der Milch und konzentrierte sich wieder auf die Karte. Mit dem Finger deutete er auf Corbenic. »Wie ist es dort?«

»Sehr ruhig. Über König Pelles brauchst du dir keine Gedanken zu machen.«

»Das hoffe ich.« Sein Finger fuhr weiter gen Nordosten bis hoch zur Festung Lots, Din Eidyn. »Hierüber mache ich mir die größten Sorgen. Lot ist mein Gefolgsmann. Und dennoch ist er immer für eine politische Überraschung gut.«

Elaynes Neugierde war geweckt. Sie beugte sich ebenfalls über die Karte. »Aber er ist mit deiner Schwester Königin Morgause verheiratet. Da sollte er dir umso treuer folgen.«

»Ich sehe, du kennst dich besser aus, als du dachtest.« Er zwinkerte ihr zu und ihr stieg die Hitze in die Wangen. »Dennoch schmiedet Lot seine eigenen Pläne. Meine Schwester ist für ihn die Sicherheit, dass ich ihn niemals angreifen würde. Seine Söhne sind Mitglieder der Tafelrunde und meine Freunde.«

»Warum machst du dir dann Sorgen?«

Artus runzelte die Stirn. »Es ist nur so ein Gefühl.«

Stiefelschritte kündigten einen weiteren Besucher an. Mit wirrem Haar und neckischem Blick erschien Gawain in der Kammer, verharrte kurz, als er Elayne erblickte, und nickte ihr dann grinsend zu. »Du hast Gesellschaft«, stellte er fest. »Und noch dazu sehr hübsche.«

»Ich habe nur das Frühstück gebracht«, erwiderte Elayne rasch.

Gawain bediente sich am Schinken und kaute herzhaft. Als er nach Artus' Becher griff, hielt er inne. »Ich hatte vergessen, dass du Milch zum Frühstück trinkst.«

Artus lachte. »Milch würde dir guttun. Und bitte greif doch zu, wenn du hungrig bist.« Die schlechten Manieren seines Vetters schienen ihn mehr zu amüsieren, als zu ärgern.

»Danke, ich bleibe lieber bei Met.« Er kaute zu Ende und fuhr dann in ernsterem Ton fort: »Ein Bote hat mir gerade ausgerichtet, dass sie noch vor Sonnuntergang ankommen.«

Artus nickte. »Das dachte ich mir bereits. Es wird alles vorbereitet sein.« Er griff nach einer Wachstafel und dem dazugehörigen Griffel. »Elayne, könntest du Philippa diese Anweisungen überbringen? Wir erwarten hohen Besuch aus dem Norden, König Lot und meine Schwester.«

Glücklicherweise hielt er seinen Blick auf die Tafel gerichtet, sonst hätte er Elaynes entsetzten Gesichtsausdruck bemerkt. Sie fasste sich rasch, als Gawain sie sanft an der Schulter berührte und bedeutungsschwer die Augenbrauen hochzog.

»Ähm, ja, natürlich, mein König.«

»Und wärest du außerdem so freundlich, meiner Königin etwas zum Frühstücken zu bringen? Ich befürchte, ich schaffe es heute nicht.«

»Sehr gern, mein König.«

Er hatte die Notiz fertiggestellt und überreichte Elayne die Tafel. »Ich danke dir vielmals.«

»Ich komme mit dir«, erwähnte Gawain rasch, als Elayne das Arbeitszimmer verlassen wollte. »Mir steht der Sinn nach einem eigenen Frühstück und einem Becher heißen Met.«

»Beeil dich«, bat Artus. »Wir haben noch einiges zu besprechen.« Doch seine Aufmerksamkeit galt schon wieder der Karte auf seinem Tisch.

»Du darfst nicht in Lots Nähe kommen«, raunte Gawain ihr zu, als er sicher war, dass niemand in Hörweite war.

»Denkst du, er könnte mich erkennen?« Elayne konnte sich kaum noch an ihren Großvater mütterlicherseits erinnern. Er hatte schwarzes Haar, so viel wusste sie noch.

»Wer weiß. Es ist besser, du riskierst es gar nicht erst.« Er hob erneut beide Augenbrauen. »Andererseits wäre es ein guter Zeitpunkt, Artus zu gestehen, wer du wirklich bist.«

Sie rechnete Gawain hoch an, dass er sie nicht verraten hatte. Dennoch war der rechte Zeitpunkt noch nicht gekommen. Lancelot musste es zuerst erfahren.

»Ich werde mich von Lot fernhalten«, versprach sie.

»Na, wen haben wir denn da?!«, wurde Gawain in der Küche überschwänglich begrüßt. Philippa stemmte beide Hände in die Hüfte. »So seltener und doch gern gesehener Besuch.«

Der Recke marschierte auf die wohlbeleibte Köchin zu und drückte ihr einen festen Kuss auf die Wange. »Mein liebstes Weib von ganz Camelot.«

Für diese Begrüßung erntete er einen heftigen Schlag gegen die Stirn.

»Autsch. Ich meinte wohl eher, mein stärkstes Weib von ganz Camelot.«

Elayne bemerkte amüsiert, dass Philippa ganz rot wurde.

»Treibt dich der Hunger in meine Küche oder der Rock des jungen Mädels?«, wollte die Köchin tadelnd wissen.

»Womöglich beides, wer weiß das schon«, feixte Gawain und zwinkerte Elayne zu.

Himmel, sie wollte bei diesen Anspielungen lieber nicht zugegen sein und beeilte sich, ein Frühstück für Gwenhwyfar zusammenzustellen.

Das Gemach der Königin lag in einem Gang über der königlichen Halle. Elayne war erstaunt, wie geräumig es war. Ein breites Bett mit vielen Fellen ausgestattet und hübschen bunten Kissen beherrschte eine Hälfte des Raumes. In der anderen Hälfte stand ein niedriger Tisch, umgeben von größeren Kissen. Der Boden war nicht mit Stroh, sondern mit Teppichen ausgelegt und weitere Teppiche zierten die Steinwände.

Königin Gwenhwyfar saß auf einem Sessel, bereits in ein rotes Kleid gekleidet. Ihr Hund lag neben ihr und sah achtsam auf, als er Elaynes Anwesenheit bemerkte. Sie stellte offensichtlich keine Gefahr dar, denn Wolf legte seinen Kopf wieder auf die Pfoten.

Teagan flocht der Königin eine kunstvolle Frisur. Ihre Freundin sah etwas erschrocken aus, als sie Elayne erblickte. Diese aber nickte ihr zu, es war alles gut.

»Herrin, ich bringe dir etwas zu essen und einen Kräutersud aus der Küche.«

Gwenhwyfar sah sie aus dem Augenwinkel an, weil sie den Kopf nicht bewegen konnte. »Oh, Elayne, wie schön, dich wiederzusehen. Ja, stell es doch bitte auf dem kleinen Tisch ab, vielen Dank.«

Teagan war fertig mit dem Flechten und die Königin betrachtete das Ergebnis in einem wunderschönen römisch verzierten Handspiegel.

»Nun, sehe ich herrschaftlich genug aus für die Ankunft des Königs und der Königin von Lothian?« Ihre Stimme klang ein wenig amüsiert und ließ gleichzeitig erkennen, dass ihr die angeheiratete Verwandtschaft aus dem Norden nicht unbedingt nahestand.

»Du siehst wunderschön aus«, sagte Elayne ehrlich lächelnd.

Gwenhwyfar zupfte an ihren Wangen. »Etwas müde vielleicht. Aber Teagan, du hast einmal mehr bewiesen, wie geschickt du bist. Ich bin sehr froh, dich wieder um mich zu haben.«

»Danke, meine Königin.« Liams Ehefrau sah verlegen zu Boden.

Ohne an die Tür zu klopfen, stürmte eine junge Frau in die Kammer, deren Haar ebenso golden leuchtete wie das der Königin. Ihre Gestalt ließ jedoch erkennen, dass sie merklich jünger war, noch dazu verschränkte sie trotzig die Arme vor der schmalen Brust.

»Gwen, wann wolltest du mir sagen, dass Morgause und Lot nach Camelot kommen?«

Die Königin seufzte. »Gwyneth, bitte. Man hätte dich rechtzeitig unterrichtet.«

Ungeduldig musterte die Jüngere Elayne und Teagan. »Und wann kommen sie an? In den nächsten Tagen?«

»Heute«, antwortete Gwenhwyfar knapp und begab sich zu einem der Sitzkissen, um zu frühstücken. Sie nippte vorsichtig an dem Kräutersud und schloss genießerisch die Augen. Elayne wusste, dass Philippa bekömmliche Kamille verwendet hatte.

»Heute?!«, rief die junge Frau entrüstet aus. »Wieso sagt mir das niemand? Und ich soll König Lot gewiss nicht in alten Lumpen gegenübertreten? Und mich selbst frisieren?«

Gwenhwyfar seufzte und streichelte ihrem Wolf, der an ihre Seite getrottet kam, über den Kopf. »Also gut. Teagan, wärest du so nett, meine Schwester ebenfalls zu frisieren?«

Das Mädchen verschränkte die Arme vor der Brust und sah seine Schwester herausfordernd an. »Bekomme ich Schmuck?«

»Auf gar keinen Fall. Du hast genügend eigene Schmuckstücke.«

Gwyneth schob trotzig das Kinn vor. »Ein Kleid?«

Die Königin seufzte erneut. »Meinetwegen. Aber nicht das blaue! Das schenkte mir Artus zu unserem ersten Hochzeitstag!«

Die Schwester der Königin war bereits auf dem Weg zu einer Truhe, die neben dem Bett stand. »Oh, das wird großartig! Feiern wir ein Fest?«

»Gwyneth, strapaziere nicht meine Nerven. Ich habe noch nicht einmal gefrühstückt.« Sie deutete mit der Hand auf ihre Truhe. »Such dir etwas zum Anziehen aus und wir reden später.«

Elayne musste schmunzeln. Gwenhwyfars jüngere Schwester war so, wie alle jungen Frauen sein sollten: sorglos und lebenslustig.

Gwenhwyfar und Artus standen auf jenen Stufen, die zur königlichen Halle führten, um ihre Gäste zu begrüßen. Die Königin in einem wundervollen roten Gewand, dessen Säume mit Goldfäden bestickt waren, ihr goldblondes Haar zu einer Flechtfrisur aufgetürmt, in der ein schmaler goldener Reif glänzte. Artus hingegen trug eine blaue Tunika, welche die kupferne Farbe seines Haares und seine stattliche Figur betonte. Wolf saß aufrecht neben seiner Herrin und machte seinem Namen alle Ehre, die Ohren aufmerksam aufgerichtet.

Elayne hatte sich mit Teagan und Liam an dem Weg aufgestellt, der vom inneren Tor zur königlichen Halle führte. Gal saß auf Liams Schultern und hatte somit den besten Ausblick von ihnen allen.

Fast alle Bediensteten Camelots hatten sich hier eingefunden, um die Ankunft des Königs von Lothian mit eigenen Augen zu erleben. Lots Söhne, Gawain, Gaheris und Agravaine, hatten sich zwei Stufen unterhalb des Königspaares aufgestellt. Agravaines Haar leuchtete wie Feuer in der hochstehenden Sonne. Gawain und Gaheris, der eine das jüngere Ebenbild des anderen, standen nahe beieinander. Die Brüder trugen schwarze Tuniken und Hosen, bestickt mit silbernen Fäden. Es waren die Farben Lothians. Sie wirkten angespannt, nicht so fröhlich, wie man sie sonst kannte.

Vielfach wurde unter den Anwesenden getuschelt.

In jenem Moment, als König Lot auf seinem rotbraunen Ross im Tor anhielt, herrschte Stille. Der Mann, der die Zügel seines Schlachtpferdes lässig in einer Hand hielt, die andere in die Hüfte gestemmt, sah hoheitsvoll in die Runde und genoss seinen Auftritt. Er trug die Farben Lothians, ein Schwert an der Seite und das schwarze Haar zu einem festen Zopf gebunden. Seine braunen Augen sahen stolz in die Runde.

Seine Krieger schritten zu Fuß, ihre Gesichter waren teilweise wild bemalt, ihre langen Haare mit Tran zurückgenommen, ihre Leiber bedeckt von bunt gewebten Tüchern.

Einer von ihnen schritt vor, ein merkwürdiges Instrument in den Händen haltend, lang nach oben gebogen, das Ende geformt wie ein Wildschweinkopf. Er blies in das Mundstück und erzeugte einen schaurigen Ton.

Elayne wurde kalt. Die Götter der Unterwelt mochten solche Töne erzeugen.

Wolf bellte wie zur Antwort laut und sein Rückenfell stellte sich auf.

Wie auf dieses Zeichen wartend, ritt nun eine weitere Person in den Innenhof. Ihr Ross ebenso groß und von gleicher rotbrauner Farbe, umhüllt von einem weiten Umhang. Ihr braunes Haar lag offen über den Schultern, silberne Strähnen glänzten im Schein der Sonne. Ihr Blick war nicht minder stolz als der von Lot.

Dies war also Morgause, Artus' älteste lebende Schwester. Sie warf einen Blick auf ihn und Gwenhwyfar. Artus wirkte etwas steif und bemüht um ein freundliches Lächeln.

Lot warf einem Diener die Zügel zu und stieg behände ab. Zu seiner Gemahlin trat ein junger Krieger, der mehr noch wie ein Kind aussah, dessen schulterlanges kupferfarbenes Haar dennoch zu Zöpfen geflochten und das Gesicht bemalt war wie bei den erwachsenen Kriegern.

Morgause legte zunächst ihren Umhang ab und präsentierte so ein Gewand, das extra für diesen Auftritt geschneidert worden sein musste. Von dunklem Rot eng auf den fülligen Leib geschnitten, den geschwollenen Bauch stolz präsentierend.

Elayne sah, wie Gwenhwyfars Miene gefror. Königin Morgause war trotz ihres fortgeschrittenen Alters erneut schwanger und machte keinen Hehl daraus, zu demonstrieren, wie fruchtbar sie war.

Morgause kam an die Seite ihres Gemahls. Als wären sie der Kaiser und die Kaiserin von Rom, schritten sie auf die königliche Halle zu. Erst als sie kurz vor den Stufen angekommen waren, hielten sie an und beugten die Häupter.

Artus und Gwenhwyfar erwiderten die Geste.

»Willkommen, König Lot«, sprach Artus und seine kräftige Stimme war über den ganzen Platz zu hören. »Es ist mir eine Freude, dich nach so langer Zeit in Camelot begrüßen zu dürfen.« Er schritt die Stufen hinab zu seiner Schwester, der er einen Kuss auf die Wange drückte. »Willkommen, Morgause. Es ist eine Wohltat, dich wohlauf zu sehen.«

Lots Stimme war tief und rau. »Morgause und ich konnten es kaum erwarten, unsere familiären Bande aufzufrischen.«

Gwenhwyfar stieg ebenfalls zu ihnen herab und umarmte ihre Schwägerin, während ihr treuer Wolf weiterhin achtsam die Neuankömmlinge betrachtete. »Willkommen, meine Schwester. Möge es dir in Camelot an nichts fehlen. Kommt herein, wir haben Erfrischungen vorbereitet. »

Nachdem nun die Königspaare einander begrüßt hatten, wandte sich Morgause ihren erwachsenen Söhnen zu, um sie fest in die Arme zu schließen.

Die jungen Männer zeigten echte Freude, während sie ihren Vater respektvoll begrüßten, indem sie ihre Häupter vor ihm neigten.

Als Artus und Gwenhwyfar ihre Gäste in die Halle geleiteten, blieb allein der junge Krieger mit dem kupfernen Haar an Lots Seite.

»Arme Königin«, seufzte Teagan leise. »Morgause wird es nie leid, ihr unter die Nase zu reiben, dass sie keine Kinder hat.«

»So Gott will, hat die Königin bald ihr eigenes Kind«, antwortete Liam ebenso leise.

»Und dann hat Morgause keinen Grund mehr, sich über sie zu erheben«, ergänzte Elayne.

Zu gern wäre sie nun dabei gewesen, um zu erleben, wie Lot und Artus miteinander über die Zukunft Britanniens sprachen. Der Besuch von Lot musste von großer Wichtigkeit sein, warum sonst hätte er seine schwangere Frau und den Großteil seiner Krieger nach Camelot geführt?

Und welche Rolle spielte das kleine Königreich Corbenic in diesen Plänen?

14

Y CROGADDURN

Der Anhänger

In den Nächten dachte Elayne oft an Lancelot. Sie hatte nicht in Erfahrung bringen können, wie es ihm zwischenzeitlich ergangen war. Man hörte, dass er gepflegt wurde und weiterhin nicht dazu in der Lage war, nach Camelot zurückzukehren. Sollte sie es doch wagen und nach Astolat aufbrechen? Vielleicht konnte sie einen Bauern oder einen Händler ausmachen, der in jene Richtung aufbrach, und mit ihm reisen?

Tagsüber aber blieb ihr kaum Zeit, weiter darüber nachzudenken. Mit den Gästen, die bewirtet und bedient werden sollten, kam so viel Arbeit auf die Küche zu, dass Elayne nicht nur an den frühen Morgen und beim Abendessen aushelfen musste, bald schon verbrachte sie den ganzen Tag in der Küche und nahm Gal mit. Sie und zwei andere Mütter hatten einen sicheren

Bereich für die Kleinen geschaffen, wo sie niemanden störten und sich mit Schüsseln und Löffeln beschäftigten. Wann immer jemand etwas Zeit hatte, nahm er die Kinder mit nach draußen, meist eine ältere Schwester.

Artus kam nicht mehr in die Küche. Er bekam sein Frühstück in sein Arbeitszimmer gebracht.

In der Küche waren zwei Mädchen ausgefallen, weil die eine krank und die andere sich bei der Arbeit am Feuer verbrannt hatte.

Der kleine Gal bekam einen neuen Zahn und hatte schon die halbe Nacht schlecht geschlafen. Er ließ sich von niemandem trösten außer Elayne selbst. Deswegen band sie sich ihr altes Tuch um und setzte Gal hinein. So konnte sie wenigstens einige ihrer Aufgaben erledigen und ihr Kleiner war beruhigt.

Am zweiten Tag nach Lots Ankunft wurde sie von Gawain auf dem Weg zur Mühle abgepasst, kaum dass sie das äußere Tor passiert hatte. »Bist du beschäftigt, meine kleine Nichte?« Er grinste und seine Grübchen kamen zum Vorschein.

Elayne ging weiter, da sie keine Zeit zu verlieren hatte. »Wie du siehst, habe ich etwas zu erledigen, mein lieber Onkel.«

Gal sah den Fremden neugierig an.

»Du hast mir den kleinen Mann noch nicht vorgestellt.« Gawain schlenderte neben ihr her, als hätte er keine wichtigere Aufgabe zu erledigen.

»Wir hatten auch kaum Zeit, um miteinander zu plaudern.« Sie war wirklich müde. Seufzend blieb sie stehen und musterte den Krieger. Sein Haar war unbändig wie immer und sie fragte sich, ob er einen Kamm besaß. »Und im Grunde habe ich nun auch keine Zeit.«

Gawain reichte Gal seine Hand und der Kleine ergriff sie sofort. »Guten Tag, es ist mir eine Ehre, dich kennenzulernen, Elaynes Sohn.«

»Sein Name ist Gal«, erklärte Elayne in etwas sanfterem Ton. Sie glaubte nicht, dass er hier war, weil ihm langweilig war. Er hatte ihr etwas zu sagen und vermutlich sollte sie einen Moment ihrer Zeit dafür aufbringen.

»Und mein Name ist Gawain«, stellte sich ihr junger Onkel selbst vor. »Du hast einen festen Händedruck, du wirst sicher einmal ein starker Krieger.«

Elayne ging weiter, jedoch nicht so schnell wie zuvor. »Bitte sag, was du auf dem Herzen hast.«

»Du bist ungeduldig.« Seine Stimme war voller Schalk und das verpasste ihr einen kleinen Stich ins Herz.

So hatte Lancelot mit ihr gesprochen, als er noch ihr Barde gewesen war. Ob die beiden viel Zeit miteinander verbrachten?

Da sie nicht darauf reagierte, fuhr er ernster fort: »Ich habe dich in den letzten Tagen beobachtet.«

Abrupt blieb sie stehen. »Wie bitte? Wieso solltest du das tun?«

Er grinste sie breit an. »Ich wollte sehen, wie es dir ergeht.«

Sie stemmte die Hände in die Hüften und hob die Augenbrauen. »Zu welchem Schluss bist du gekommen?«

»Du siehst etwas blass aus. Und müde. Und dennoch …« Er sah sie forschend an und in seinen grünen Augen lag etwas, das beinahe wie Bewunderung wirkte. »Du beschwerst dich nie. Du erledigst jede Aufgabe, wie mühsam sie auch sein mag. Sogar jetzt gehst du hinunter zur Mühle und trägst deinen Sohn auf dem Rücken.«

Sie hob die Brauen, denn offensichtlich hatte er nicht wirklich Ahnung vom Alltag einer Bediensteten. »Was sollte ich sonst tun? Es gibt so viel zu erledigen und ich kann meine Aufgaben nicht vernachlässigen, nur weil mein Kind einen neuen Zahn bekommt oder ich ein Nickerchen machen möchte.«

Gawain runzelte die Stirn. »Aber würdest du nicht gern einmal ausruhen? Oder in der Halle sitzen und lesen? Dich mit der Königin unterhalten, auf der gleichen Ebene, nicht als Dienerin?«

Elayne wich seinem Blick aus. »Nein, das geht nicht. Im Moment jedenfalls nicht.«

»Und du möchtest mir immer noch nicht erzählen, warum?«, hakte er sanft nach.

Sie schüttelte den Kopf, sah zu Boden und strich sich eine Strähne hinter das Ohr.

Er seufzte. »Also gut. Was kann ich tun, um dir den Alltag zu erleichtern?«

Überrascht sah sie auf. »Du möchtest mir helfen?«

Er hielt seine rechte Hand an seine Brust. »Bei meiner Ehre als Krieger der Tafelrunde, ja. Immerhin bin ich dein Onkel. Der älteste, wohlgemerkt. Es ist als dein nächster Verwandter meine Aufgabe, auf dich achtzugeben.«

»Wäre nicht eigentlich Lot mein nächster Verwandter?«, überlegte Elayne laut.

Er zwinkerte ihr zu. »Nein, ich bin der Bruder deiner Mutter. Nach altem Recht stehe ich dir am nächsten.«

Er berief sich auf das Recht der Stämme, ihrer Vorfahren, nicht das Recht der Römer.

Sie verschränkte die Arme vor der Brust. Also gut, wenn er unbedingt wollte … »Wie möchtest du mir helfen, sofern ich deiner Hilfe bedürftig bin? Ich kann im Grunde sehr gut auf mich selbst aufpassen.«

»Ich hege keinen Zweifel daran, dass du dazu in der Lage bist. Ich möchte dir den Alltag nur ein wenig erleichtern. Deine Freunde – Teagan und ihr Ehemann …«

»Liam«, ergänzte Elayne.

Gawain nickte. »Ja, Liam. Sie beide arbeiten ebenfalls hart. Vielleicht könnte ich mich um deinen Sohn kümmern, solange ihr so viel zu tun habt.«

Sie schob einen Strang des Tuches zurecht, da er sich auf ihrer Schulter verdreht hatte. Sie hätte am liebsten laut gelacht, aber Gawain meinte seine Worte ernst. Er grinste nicht und er wartete auf ihre Antwort.

Sie legte den Kopf schief und betrachtete ihn von oben bis unten. »Kannst du mit Kindern umgehen?«

»Ich bin mit drei jüngeren Brüdern und einem Ziehbruder aufgewachsen.« Nun grinste er doch wieder. »Gal wäre bei mir gut aufgehoben.«

»Du hast doch keine Zeit dafür.« Sie deutete mit einer Handbewegung zurück zur Festung. »Deine Eltern sind hier. Und braucht Artus dich nicht?«

Er grinste schief. »Ehrlich gesagt bin ich über jeden Augenblick froh, den ich derzeit nicht in der königlichen Halle verbringen muss.«

»Aber was wirst du sagen, wenn dich jemand mit Gal sieht?«

Er kratzte sich am Kinn, auf dem ein leichter Bartschatten zu sehen war, und dachte einen Augenblick nach. »Ich werde behaupten, er sei der Sohn einer Geliebten.«

Sie lachte entrüstet auf. »Das wirst du nicht!«

»Es wäre eine naheliegende Erklärung.«

Nun blitzte es wieder in seinen grünen Augen und Elayne wusste nicht, ob er es ernst meinte oder sie aufziehen wollte.

Unter den Mädchen in der Küche war Gawains Ruf ziemlich eindeutig. Sie wurde jedes Mal ganz rot im Gesicht, wenn sie eine der neuesten Geschichten von ihm hörte.

»Und wie würdest du dich mit ihm beschäftigen? Er ist noch ganz klein, du kannst ihn schlecht im Schwertkampf und Bogenschießen unterrichten.«

»Dann lese ich ihm Vergil vor, das gefällt ihm gewiss.«

Erneut prustete Elayne vor Belustigung.

»Ich möchte dir wirklich helfen«, versicherte Gawain.

Elayne ging weiter. Es wäre tatsächlich eine Hilfe, wenn sich jemand um Gal kümmerte. Einige der Frauen in der Küche hatten ihre Kinder bei Bäuerinnen im Umland untergebracht. Sie gaben den Familien Geld, dafür bekamen die Kinder Essen und waren versorgt, solange die Mütter so hart arbeiteten. Elayne aber brachte es nicht übers Herz, ihren kleinen Gal wegzugeben, auch nicht, wenn es nur für ein paar Tage oder Wochen wäre. Gawains Angebot war ungewöhnlich und doch konnte sie nicht sofort ablehnen.

Sie löste den Knoten ihres Tragetuchs. »Ich werde es mir überlegen«, versprach sie. »Und für das Erste wäre es schön, wenn du Gal für mich tragen könntest. Er wird ziemlich schwer.«

Gawain nahm den Kleinen aus dem Tuch und hielt ihn locker auf dem Arm. »Du bist wirklich schwer«, stellte er fest.

Als Antwort fasste Gal ihm in das hellbraune Haar.

Elayne kicherte. »Ich denke, er meint, du brauchst einen Kamm.«

»Meine Haare machen, was sie wollen«, verteidigte sich Gawain und hob Gal auf seine Schultern. »So ist es besser.«

Der Kleine gluckste. Die erhöhte Aussicht gefiel ihm.

Sie gingen weiter in Richtung Mühle und Elayne nutzte die Gelegenheit, ihren Onkel über Lot und Morgause auszufragen.

»Was führt die beiden nach Camelot?«

»Die Sicherheit der Küsten. Und die Zukunft Nordbritanniens.«

Elaynes Herz wurde schwer. »Das dachte ich mir bereits.«

Gawain trat einen kleinen Stein aus seinem Weg. »Nun, und sie wollen mich verheiraten.«

Elayne zog amüsiert die Stirn kraus. »Ach, das scheint dir nicht zu gefallen.«

Er schüttelte den Kopf und hob die Brauen. »Ich habe gestern Abend ziemlich deutlich klargemacht, dass ich nicht dazu bereit bin, eine Stammestochter der Pikten zu heiraten. Ich werde nicht heiraten. Zumindest keine Frau, die mein Vater mir zuteilt.«

Die Könige Nordbritanniens hatten es derzeit nicht leicht mit ihren Nachkommen, dachte Elayne spöttisch.

Ein weiterer Stein musste seinem Fuß weichen. »Mein Vater hat mir daher aufgetragen, mich nicht mehr in seiner Nähe blicken zu lassen, solange er in Camelot verweilt.«

»Das … Das tut mir leid.«

»Mir nicht.« Gawain zwinkerte ihr zu. »Mein Vater und ich standen uns nie besonders nah.« Er atmete tief durch. »Aber ich liebe es, zu sehen, wie meine Mutter ihm in jeder Entscheidung die Stirn bietet.«

»Also steht sie in Bezug auf eine Eheschließung auf deiner Seite?«

»Diesmal leider nicht«, seufzte er. »Sie meint, dass eine Frau mir guttun würde. Und die Tochter eines Stammeshäuptlings wäre wohl eine gute Wahl, da die Mädchen aus dem Süden so schwach wären.« Er lachte leise. »Aber diese Wahl ist durch und durch politisch. Lothian muss sich mit den Stämmen versöhnen, wenn es sich gegen die wachsenden Angriffe der Skoten und Sachsen wehren will. Hast du die bemalten Krieger gesehen? Die meisten von ihnen sind Pikten.«

»Wer war dieser Junge mit dem kupfernen Haar?«, fiel ihr ein. »Er war noch so jung, scheint aber eine besondere Stellung zu haben.«

Gawains Miene verfinsterte sich und er trat einen Stein aus dem Weg. »Das ist unser Ziehbruder Mordred.«

»Morgaines Sohn.«

»Genau der.«

Gawain hielt sein Versprechen und kümmerte sich um Gal, so oft es seine eigenen Pflichten ihm erlaubten. Elayne hatte das Gefühl, dass er sich lieber mit ihrem Sohn beschäftigte, als sich mit den Problemen seiner eigenen Familie auseinanderzusetzen. Und wer konnte es ihm verübeln? Von den anderen Dienern war zu hören, dass Lot kaum ein freundliches Wort übrighatte.

Nun, das war von einem König auch nicht anders zu erwarten. Nicht jeder Herrscher war so freundlich und großherzig wie Artus. Doch Lot behandelte auch seine eigenen Söhne mit harschem Ton. Nur gegenüber Artus und Gwenhwyfar sowie seiner Ehefrau mäßigte er sich, so hörte man.

Elayne hoffte, seine Gegenwart wäre nicht von langer Dauer. Leider konnte sie nicht in Erfahrung bringen, wie lange er bleiben würde, selbst Gawain wusste es nicht. Die Könige saßen abends lange zusammen, diskutierten und verhandelten.

Teagan berichtete, dass es der Königin nicht gut ging. Denn auch ihre Gegenwart wurde bei den langen Gesprächen erwartet. Und sie wollte sich nicht die Blöße geben, sich vorzeitig zurückzuziehen, während die viel ältere Morgause stolz an der Seite ihres Mannes saß und sowohl ihm als auch ihrem Bruder Artus ihre Meinung zu deren Plänen kundtat.

Die Krieger Lots waren in den Unterkünften am Fuße des Hügels untergebracht, auf dem Camelot errichtet worden war. Sie waren laut und tranken viel. Dennoch kam es selten zu Streitigkeiten mit den Kriegern Camelots. Und wenn man sie ohne ihre vielen Zöpfe oder Bemalungen sah, unterschieden sie sich kaum von den anderen Bewohnern des Hofes.

Am siebten Abend von Lots Anwesenheit bat Daria um Unterstützung aus der Küche. »Die Krieger essen und saufen schneller, als meine Mädchen laufen können. Außerdem fehlen mir drei. Die eine ist nach Hause zu ihrer Mutter in Dumnonia gegangen, die zweite hat kürzlich geheiratet und Camelot für einen Barbier verlassen.« Es klang, als wäre es ein Verbrechen, irgendetwas anderes über die Belange Camelots zu stellen. »Und Teagan ist nunmehr die Leibdienerin der Königin.«

»Ich habe selbst zwei kranke Mädchen, die mir fehlen«, widersprach Philippa und sah die Jüngere streng an. »Wir schuften hier seit Sonnenaufgang, irgendwann brauchen wir auch einmal Schlaf.«

Daria überhörte ihren Einwand. »Diese dort«, sie zeigte auf Elayne, »hat bereits in der königlichen Halle bedient. Sie kannst du doch gewiss entbehren.«

Philippa schüttelte eisern den Kopf. »Wohl kaum. Elayne ist meine zuverlässigste Kraft. Ich brauche sie morgen ganz früh. Sie kann den Kriegern nicht bis spät in die Nacht Wein einschenken.«

Daria verschränkte die Arme vor der schmalen Brust. »Ich habe gehört, dass der König ihr zugetan ist. Er wird sich sicher freuen, sie in der Halle zu sehen.«

»Der König ist jedem von uns zugetan«, beharrte Philippa.

Elayne stand zwischen den beiden und hätte sich am liebsten in eine kleine Maus verwandelt, um ihnen zu entkommen. Sie war Philippa dankbar, dass sie sich für sie einsetzte. Trotzdem war sie nicht willens, Gegenstand eines Streites zu werden. Hilfe suchend sah sie sich um, doch die restlichen Küchenbeschäftigten hatten sich wohlweislich zurückgezogen.

Daria ließ nicht nach und lächelte bittend. »Philippa, ich bitte dich. Ich werde in deiner Schuld stehen, du kannst von mir eine Gegenleistung verlangen.«

Die Köchin sah die erste Dienerin verstimmt an. »Welcher Gefallen sollte das wohl sein?«

»Dir fällt gewiss etwas ein, meine liebe Freundin.«

Philippa seufzte und richtete den Blick auf Elayne. »Währest du denn bereit dazu, in der königlichen Halle auszuhelfen?«

Sie musste Nein sagen. Wie konnte sie in jene Halle gehen, in der ihr Großvater mütterlicherseits gerade ganz Camelot terrorisierte? In jene Halle, in der bereits zwei Männer ihr Geheimnis kannten und nicht sicher war, wie lange sie es bewahren konnten, ganz besonders Percy nicht?

Es war ihre Neugier, die sie »Ja« sagen ließ. Einmal wollte sie den Vater ihrer Mutter aus der Nähe sehen und erleben, was er zu sagen hatte. Denn vermutlich würden sich ihre Wege nie wieder kreuzen.

Die Mitglieder der Tafelrunde waren zusammengerückt, um Lot und seinen engsten Vertrauten Platz in der königlichen Halle zu machen.

Elayne trug einen Krug Met in den Händen. Sobald sie die überfüllte Halle betrat, schlug ihr der Dunst von Männern und Essen entgegen. Ihr Blick fiel auf Gawain, der in ein Gespräch mit seiner Mutter vertieft war. Percy saß weiter abseits und versteifte sich sofort, als er Elayne erkannte.

Sie konzentrierte sich darauf, den Männern und Frauen Met in ihre Becher zu füllen. Die meisten von ihnen beachteten sie nicht, denn sie war nur eine von vielen Dienerinnen, die an diesem Abend in der königlichen Halle aushalfen.

Elayne schritt langsam an der Tafel entlang, mit jedem Moment, dem sie Lot näher kam, stieg ihre Aufregung. Er war sehr intensiv in ein Gespräch mit Artus vertieft. Die hohe Stirn war gerunzelt, sein schwarzes Haar wie zuvor zu einem strengen Zopf zurückgebunden.

Er bemerkte nicht, dass Elayne ihm nachschenkte, so hatte sie einen weiteren Moment, um ihn zu betrachten. Seine dichten Augenbrauen ähnelten denen von Uryen, doch er trug keinen Vollbart. An seiner Nasenwurzel lagen tiefe Falten der vergangenen Jahre und doch wirkte er jünger, als er war. Seine Oberlippe war ein wenig schmaler als die Unterlippe, aber das betonte nur dessen Ausdrucksstärke. Die Worte, die er zu Artus sprach, klangen rau. Mochte Uryen beim ersten Anblick respekteinflößend wirken, so übertraf Lot ihn um ein Vielfaches.

Ein leichtes Räuspern löste sie aus ihrer Starre. Artus hörte zwar weiterhin aufmerksam Lots eindringlichen Worten zu, doch seine Hand lag um seinen leeren Becher und mit dem Zeigefinger seiner anderen Hand tippte er sich an den Mund. Elayne schenkte ihm rasch nach.

Himmel, er hatte bemerkt, dass sie Lot anstarrte. Doch nachdem sein Becher gefüllt war, hob Artus kurz den Blick und zwinkerte ihr zu.

Hiernach erhob sich der König und räusperte sich, bevor er mit dem Knauf seines Messers auf die Tischplatte klopfte, um die Aufmerksamkeit in der Halle auf sich zu ziehen.

»Hört, meine Brüder! Lasst uns gemeinsam trinken, lasst uns die Anwesenheit unseres Freundes und meines Schwagers König Lot zelebrieren und die meiner Schwester Morgause.« Er hob den Becher in ihre Richtung und sie lächelte huldvoll. Doch Artus' Miene wurde ernster. »Und lasst uns trinken auf jene Brüder, die derzeit nicht unter uns weilen. Auf Bors, der nach Benwick geritten ist, und auf Lancelot und Hector, die noch immer in Astolat verweilen. Trinken wir darauf, dass wir bald wieder alle vereint sein werden.«

Die Männer stimmten mit Rufen auf ihre Brüder zu und tranken gemeinschaftlich.

Elayne beugte das Haupt und schritt zu Gwenhwyfar an Artus' Seite. Teagan hatte nicht übertrieben. Die Königin war blasser als bei ihrem ersten Treffen. Eine Hand ruhte auf ihrem Leib, mit der anderen spielte sie nervös mit einem Löffel. Niemand unterhielt sich mit ihr, ihre Gedanken schienen ganz fern.

»Etwas Met, meine Königin?«, sprach Elayne sanft und Gwenhwyfar sah überrascht auf.

»Nein danke. Mir steht derzeit nicht der Sinn nach Met.«

Elayne bemerkte den noch gefüllten Teller. Die Königin hatte keinen Bissen angerührt. »Ich kann dir etwas anderes aus der Küche holen«, bot Elayne leise an, damit niemand es mitbekam.

Doch die Königin lächelte nur müde. »Ich habe wirklich keinen Hunger. Trotzdem danke ich dir.« Sie wandte den Blick ab.

Elayne seufzte. Es wäre besser, Gwenhwyfar würde sich zurückziehen.

Neben ihr aber saß die Königin von Lothian, die gerade herzlich über einen Scherz lachte, den ihr Sohn gemacht hatte. Im

Gegensatz zur blassen Königin Camelots strahlte ihre Haut rosig, ihr gewölbter Leib zeichnete sich deutlich unter dem rostroten Gewand ab, obwohl es noch nicht so weit war, dass man den Bauch nicht hätte überdecken können.

Das braune Haar mit den silbrigen Strähnen lag offen über ihren Schultern. Ein weißer Reif, in den Tierfiguren eingeschnitzt waren, lag auf ihrem welligen Haar. Ob er aus dem Horn eines Wales geschnitzt worden war?

»Was ist, Kind, soll ich verdursten?«, wurde sie von Morgause laut ermahnt.

»Verzeih bitte«, entschuldigte sich Elayne rasch und schenkte der Königin Met ein.

Elaynes Blick fiel auf Gawain, der ihr einen Becher hinhielt. »Lass sie, sie ist neu und ganz verwirrt von deiner Gegenwart.«

»Dann sollte sie besser im Schweinestall dienen als in der königlichen Halle«, fand Morgause kühl, was einen schrillen Lachanfall der jungen Dame neben Gawain auslöste.

Verlegen ging Elayne weiter, um ihm einzuschenken, und sah noch einmal zu Artus. Sie wäre traurig, wenn er nun schlecht von ihr dachte. Doch er hatte nicht einmal aufgeschaut, sondern sprach nun sanft mit Gwenhwyfar.

Lot aber warf ihr einen finsteren Blick zu und als sich ihre Blicke begegneten, zog er für einen Moment seine dichten Augenbrauen zusammen.

Elayne wandte sich rasch Gawains Nachbarin zu. »Met?«

»Na was denn sonst? Hast du noch etwas anderes anzubieten?«

Gwyneth hielt ihr den Becher entgegen und Elayne schenkte sorgsam ein, ohne einen Tropfen zu verschütten. Als das Mädchen den Becher an die Lippen hob, warf es Gawain einen tiefen Blick aus seinen braunen Rehaugen zu.

Elayne hob amüsiert die Brauen und warf ihrerseits ihrem Onkel einen tiefen Blick zu. Der verschluckte sich herzhaft an seinem Met und lachte dabei. Morgause klopfte ihm besorgt auf den Rücken.

Rasch ging Elayne weiter, denn sie hatte für diesen Abend genug Aufmerksamkeit auf sich gezogen.

Als ihre Runde beendet war, kehrte sie in die Küche zurück, um noch mehr Met zu holen. Sie nahm diesmal gleich zwei Krüge, um sich einen Weg zu sparen, und schalt sich selbst. Wie hatte sie Lot und Morgause nur so anstarren können? Das war nicht gerade klug gewesen.

Bevor sie durch die Vorhänge zurück in die Halle trat, atmete sie tief durch. *Gleichmäßig atmen,* erinnerte sie sich an Lancelots Worte bei der Übung mit dem Bogen. *Die Kraft kommt aus dem Rücken, nicht aus den Armen.*

Sie richtete sich auf und begann die nächste Runde. Glücklicherweise war nun ein Diener mit herrlichem Schinken vor ihr, dem die Gäste mehr Aufmerksamkeit schenkten als ihr.

Diesmal schaffte sie es sogar, niemanden anzustarren. Erst als sie direkt neben Lot stand, hob sie den Blick.

Der junge Krieger mit dem kupfernen Haar ließ sich Met von ihr einschenken. Sie hatte zuvor nicht einmal bemerkt, dass Mordred neben Lot saß.

Sie verschüttete versehentlich einige Tropfen, die in seinem Schoß landeten, und er fuhr gereizt auf. »Was soll das, Dirne? Kannst du nicht aufpassen?«

Elayne wich bei seiner Formulierung die Farbe aus dem Gesicht. »Verzeihung, mein Herr«, bemühte sie sich um einen demütigen Tonfall.

Seine grünen Augen hätten so gütig sein müssen wie jene seiner Mutter, doch ihnen war nichts mit Morgaines Wärme gemein.

Es war besser, dem Jungen aus dem Weg zu gehen.

Sie wollte auch dem Herrn von Lothian einschenken, doch der legte plötzlich seine Hand über den Becher und sah sie direkt an. »Gibt es keinen Wein?«

Elayne musste sich räuspern. »Ich bringe nur, was mir aufgetragen wurde.«

»Du kommst aus dem Norden«, stellte er fest.

Ihre Wangen glühten. »Ja, ich diente in Caer Luel.«

Er fuchtelte mit der Hand. »Bring mir Wein.«

Hilfe suchend sah sich Elayne nach Daria um, konnte sie aber in der königlichen Halle nicht sehen.

»Wein gibt es erst später«, kam Artus ihr zu Hilfe. »Meine Männer trinken allzu viel davon. Die guten Tropfen habe ich für uns beide aufgehoben. Sofern du gewillt bist, später noch in meinem Arbeitszimmer mit mir zu trinken, Schwager.«

»Der Tropfen muss sehr gut sein«, bemerkte Lot.

»Aus Griechenland.«

Lot nahm seine Hand fort und ließ Elayne einschenken. »Wenn es denn das Warten lohnt.«

Elayne presste fest die Lippen aufeinander und ging weiter.

»Rede nicht mit Lot«, raunte Percy ihr zu, als sie zu ihm kam.

»Was bleibt mir anderes übrig, wenn er mich anspricht«, entgegnete Elayne zerknirscht und schenkte ihm nach. »Ich kann mich wohl kaum stumm stellen.«

»Das gefällt mir alles nicht.« Percy schüttelte den Kopf und trank einen tiefen Schluck Met. Seine Wangen glühten bereits und Elayne wusste mittlerweile, dass der Met zu stark für ihn war.

»Was habt ihr zu besprechen?«, schaltete sich da sein Sitznachbar ein und hielt Elayne seinen Becher hin. Gaheris' Blick war leicht verschleiert und sie schenkte ihm nur einen halben Becher ein.

»Nichts«, war Percivals knappe Antwort.

»Sieht nicht so aus.« Die jüngere Ausgabe Gawains biss herzhaft in ihren Schinken.

»Was geht dich das an?!«, schimpfte Percy ihn.

Elayne atmete tief durch. Percy war wirklich nicht sehr geübt darin, Scherze zu machen. »Trinkt nicht zu viel«, riet sie den beiden. »Sonst müssen wir euch nachher in die Betten tragen.«

»Das hättest du wohl gern«, gluckste Gaheris und wankte gefährlich.

»Solltest du nicht eigentlich bei deinem Vater sitzen?«, fiel Elayne auf. Da sie ihre Runde beendet hatte, blieb ihr ein kurzer Moment.

Gaheris prustete verächtlich. »Der bemerkt mich nicht einmal, wenn ich nackend und rückwärts durch diese Halle galoppieren würde.« Er fuchtelte mit der Hand durch die Luft. »Siehst du den rothaarigen Burschen? Ich meine nicht Agravaine, der sich neben seinen Freund Lamorak gesetzt hat. Ich meine dieses Kind dort.«

»Mordred.«

Er lehnte sich weit in Elaynes Richtung, sodass er beinahe rückwärts umkippte. »*Das* ist Vaters Liebling. Das muss man sich mal vorstellen.« Er schüttelte fassungslos den Kopf. »Vier erwachsene Söhne, einer davon starb im Kampf gegen die Sachsen. Und Vater kümmert sich allein um dieses Kind, das nicht seines ist.«

Elayne nahm Gaheris' Becher und füllte dessen Inhalt in Percys Becher um.

»Was soll das?«, empörte sich der junge Krieger.

Sie lächelte ihn entgegenkommend an. »Eine Vorsichtsmaßnahme. Ich bringe dir bei der nächsten Runde dünnes Bier. Es sei denn, du willst dich vor deinem Vater und der versammelten Tafelrunde wie ein Ochse im Hühnerstall benehmen.«

»Du benimmst dich wie meine Mutter«, protestierte er.

Elayne musste sich ein Grinsen verkneifen. »Wohl eher wie eine große Schwester.«

Den zweiten Krug Met, der noch gut gefüllt war, stellte sie hinter einem Vorhang ab und lief in die Küche, um das verdünnte Bier zu holen. Vielleicht wäre es auch gut, der Königin davon anzubieten. Die Kräuter, die Philippa darin einmischte, beruhigten den Magen.

So begann Elayne ihre nächste Runde. Schenkte Met nach, lächelte, wenn man ihr dankte, und ignorierte Bemerkungen anzüglicher Art, die man zu fortgeschrittener Abendzeit nun ertragen musste.

Weder Königin Morgause noch Gwenhwyfar hatten sich zurückgezogen. Artus hielt die Hand seiner Gemahlin und lächelte ihr aufmunternd zu.

»Bier? Met?«, sprach sie den jungen Mordred an, doch dessen Becher war noch immer gut gefüllt und er schüttelte das Haupt. Seine Aufmerksamkeit galt ganz König Artus, den er beobachtete wie ein Fuchs einen Hasen.

Von allen Neffen, die Artus hier versammelt hatte, sah Mordred ihm am ähnlichsten. Abgesehen von dem kupfernen Haar versprach der junge Mann, eines Tages mindestens genauso breitschultrig wie sein Onkel zu werden.

Gedankenverloren schenkte Elayne auch König Lot Met ein. Er packte nach ihrem Handgelenk, als habe sie versucht, seinen Geldbeutel zu stehlen, und sie ließ vor Schreck den Krug mit dem Bier fallen. Der Ton zerschlug auf dem Steinboden in hundert Scherben. Entsetzt sah sie in Lots braune Augen. Er aber starrte auf den Anhänger, der nicht mehr unter ihrem Oberkleid steckte, sondern bei der Arbeit herausgerutscht war.

»Woher hast du diesen Anhänger?«, fuhr er sie laut an.

Jeder in der Halle konnte hören, was er sagte, und starrte sie nun an.

Sie versuchte, sich aus seinem Griff zu lösen, doch er hielt sie unnachgiebig fest. »Er gehörte meiner Mutter«, antwortete sie nach Luft japsend.

Er hob sehr langsam das Kinn, bis der zornerfüllte Blick den ihren traf. »Lügnerin.«

Sie versuchte erneut, sich loszumachen. »König Lot, ich habe nichts getan.« Hilfe suchend sah sie zu König Artus, der sich nun erhob und Lot streng ansah.

»Hättest du die Güte, deine Hände von meiner Bediensteten zu lassen? Das Mädchen hat nichts getan.«

»Ach?« Lot lachte amüsiert auf und erhob sich ebenfalls. Obwohl er Elayne überragte, war er noch lange nicht so groß wie Artus. »Entweder ist deine Bedienstete eine Diebin oder eine Lügnerin.« Sein Griff war unnachgiebig und Elayne gab auf, sich befreien zu wollen. »Ich frage dich noch einmal: Woher hast du diesen Anhänger?«

Ihr Herz raste und ihre Knie waren weich. Ihr Kinn zitterte, doch sie hielt seinem zornigen Blick stand. »Ich sagte es bereits: von meiner Mutter.«

»Lass sie in Ruhe, Vater!« Auch Gawain hatte sich erhoben.

Lot ignorierte seinen Sohn und zerrte Elayne an seine Seite, sodass auch Artus den Anhänger sehen konnte. »Dieser Anhänger, der weiße Rabe, gehörte meiner Tochter.«

»Wie kannst du sicher sein?«, gab Artus ruhig zu bedenken. »Es ist nur ein kleines Schmuckstück aus Wildschweinhauern. Viele Mädchen tragen solchen Schmuck.«

Lot lachte laut auf. »Ich habe diesen Raben selbst geschnitzt. Ich schenkte ihn Cundrie, meinem kleinen Raben. Du kanntest sie, sie war sowohl bei deiner Krönung als auch bei deiner Hochzeit.« Lot sah Elayne finster an. »Und du bist ihre Tochter, Elayne. Ich hätte es sofort erkennen müssen. Du trägst ihr Rabenhaar und schaust aus den eisblauen Augen deines Vaters.«

»Lass. Sie. Los«, sprach Gawain erneut und betonte jedes Wort.

»Und dieser Knochen …«, tönte Lot. »Oh ja, es ist kein Horn, kein Hauer, es ist Knochen, aus dem ich den Raben schnitzte. Menschenknochen. Von dem Schädel des Mannes, der meine erste Frau tötete. Deine Großmutter.«

Sein Antlitz verschwamm vor Elaynes Augen. Sie merkte erst, dass sie weinte, als eine Träne von ihrer Wange tropfte.

Artus stand nun bei ihnen und legte sanft seine kräftige Hand auf ihren Rücken, um sie zu stützen. »Lot, bitte lass sie los. Wir werden klären, wer sie ist. Doch bitte nimm deine Hand weg.« Er sprach eindringlich und gleichzeitig ruhig.

In Lots Kiefer arbeitete es. War das der Auslöser, auf den er die ganze Zeit gewartet hatte? Ein Vorwand, um Artus zu provozieren oder ihn gar bloßzustellen?

Als Lot weiterhin nicht reagierte, packte Artus dessen Hand und presste selbst fest zu. »Du wirst sie nun loslassen, Schwager. Hast du mich verstanden? Wir klären diese Angelegenheit unter uns.«

Abrupt ließ Lot Elaynes Gelenk los und schlug Artus' Hand fort. »Regele deine Angelegenheit«, höhnte er. »Und wenn sie Elayne von Corbenic ist, gehört ihr Leben mir.«

»Ich denke, wir sollten uns zurückziehen«, sprach nun Gwenhwyfar, die noch blasser wirkte als zuvor. Ihre Haltung jedoch war gefasst und sie sah würdevoll in die Runde. »Elayne, bitte komm mit uns.«

Artus ließ seine Hand nicht von Elaynes Rücken. Gemeinsam gingen sie in Artus' Arbeitszimmer, der Vorhang schützte sie vor den Blicken und bot ein wenig Distanz zu dem, was gerade geschehen war.

»Bei Gott, was hast du dir nur dabei gedacht?« Verzweifelt blickte die Königin an die Decke und stemmte die Hände in den Rücken. Sie schloss die Augen und musste tief durchatmen.

Elayne war allein mit Artus und Gwenhwyfar. Sie hatte noch immer Tränen in den Augen und rieb sich das schmerzende Handgelenk. Nicht der Schmerz ließ sie weinen, es war die Enttäuschung, die sie nun in Gwenhwyfars und Artus' Gesichtern sah.

»Ich … Ich hatte nicht die Absicht, zu lügen«, verteidigte sich Elayne mit zitternder Stimme.

»Nun lasst uns erst einmal kurz zu Atem kommen«, schlug Artus vor. Er hatte sich noch einen Krug Wein und Becher bringen lassen, die er nun großzügig einschenkte. Er bat seine Gemahlin, sich auf dem Sessel niederzulassen, und blieb selbst stehen. Noch ein Stuhl blieb frei und Artus deutete Elayne, sich daraufzusetzen.

Elayne aber zögerte. Sie war es nicht wert, dass die beiden so freundlich zu ihr waren. Man hätte sie eher den furchtbaren Klauen Lots überlassen sollen.

»Nun setz dich schon«, forderte die Königin sie leicht entnervt auf. »Und dann erkläre uns, wie du auf die Idee kamst, dich als Küchenmagd auszugeben.«

Elayne kam der Aufforderung zögerlich nach. »Du glaubst also nicht, dass ich den Anhänger gestohlen habe?«

Gwenhwyfar sah sie von oben bis unten an. »Jetzt, da Lot es herausgebrüllt hat, ist es ziemlich offensichtlich: Du bist Cundries Tochter. Ich war zwar noch sehr jung bei meiner Hochzeit, doch Cundrie und ihre direkten Worte werde ich wohl niemals vergessen.«

»Was … Was hat sie denn gesagt?«

Gwen schüttelte den Kopf. »Nichts, was uns heute belasten sollte. Es geht um dich, Elayne von Corbenic, die sich heimlich nach Camelot geschlichen hat, um lieber in der Küche Fisch auszunehmen, statt an unserer königlichen Tafel zu speisen.«

Elayne musste widerwillig lächeln. »Ganz so war es nicht.«

Artus hatte sich mit einem Schluck Wein gestärkt und musterte Elayne aufmerksam. »Wenn ich recht darüber nachdenke, ist es meine Schuld.«

»Nicht die ganze Last der Welt ist deine Schuld«, berichtigte seine Gemahlin ihn.

»Diese wohl schon.« Er hob eine Augenbraue und nickte bedachtsam. »Ich begegnete ihr in der Küche und dachte, sie wäre eine Magd auf der Suche nach Arbeit. Nun, sie war auf der Suche nach etwas Brot für ihr Kind. Sie hat sich mit Namen vorgestellt und gesagt, dass sie aus Corbenic kommt. Niemand kann ihr vorwerfen, sie habe mir gegenüber gelogen.« Er prostete Elayne aufmunternd zu.

»Das erklärt nicht, warum sie den Irrtum nicht später aufklärte«, gab Gwenhwyfar zu bedenken.

Elayne presste fest die Lippen aufeinander. Sie wollte nicht noch weiter weinen. Sie kam sich ohnehin schon furchtbar vor. Rasch trank sie von dem Wein. »Es war nicht geplant, dass ich nach Camelot komme. Ich wollte eigentlich nach Avalon gehen.«

Die Königin spitzte missbilligend die Lippen. »Avalon ist wohl kaum der richtige Ort für eine Christin.«

»Es war Morgaines Idee. Und ich … ich hätte gern dort gelebt, wo meine Mutter aufgewachsen ist.«

Artus richtete sich auf, bei dem Namen seiner Schwester hellte sich seine Miene ein wenig auf. »Also bist du Morgaine begegnet?«

»Ja, in Caer Luel und zuvor, als sie durch Corbenic reiste.«

Artus nickte. »Gut, Elayne. Am besten ist, du beginnst am Anfang. Warum hast du Corbenic verlassen?«

»Das hat mit meinem Vater zu tun.« Sie senkte den Blick.

Nun kam doch alles heraus. Sie presste fest die Lippen aufeinander. Nein, sie konnte nicht alles sagen. Nicht über Lancelot. Nicht, solange er nicht hier war, um seine Version der Geschichte zu erzählen. Denn wenn sie ehrlich war, kam er hierbei viel schlechter weg als sie selbst.

Also erzählte sie, wie ihr Vater sie hereingelegt und den Vater ihres Kindes vergrault hatte, ohne dessen Namen zu nennen. Dass sie von Corbenic weggegangen war, um ein besseres Leben für ihren Sohn und sich selbst zu finden. Dass dieses Leben aber ziemlich holprig begonnen hatte.

Sie hatte kaum mit ihrer Erzählung geendet, als jemand von außen sich laut räusperte, um seine Anwesenheit kundzutun.

»Ich sagte doch, dass man uns nicht stören soll«, rief Artus.

»Ich bin es nur«, antwortete es von jenseits des schweren Vorhangs. »Gawain.«

»Ich glaube, wir können ihn hereinlassen«, fand Gwenhwyfar.

»Komm herein«, rief Artus.

Wie ein verlegener Junge stand Gawain in der Tür und neben ihm der noch verlegenere Percival.

»Wie ist die Lage in der Halle?« Artus deutete ihnen, hereinzukommen.

»Die meisten haben sich zurückgezogen. Cai sorgt dafür, dass Lot seinen Wein bekommt.« Gawain schritt an Elaynes Seite und nahm einen Weinbecher entgegen.

»Danke, dass du einmal mehr deinem Vater die Stirn geboten hast«, prostete Artus ihm zu.

Gawain schüttelte den Kopf. »Es war nicht nur wegen Lots Verhalten.« Er fuhr sich durch das ohnehin schon wirre Haar. »Ich wusste bereits seit einiger Zeit, wer Elayne ist, und ich fühle mich für sie verantwortlich.«

Artus hob beide Augenbrauen.

»Und ich bin nicht minder verantwortlich«, beeilte Percy sich, einzuwenden. »Sie ist meine Base.«

Artus sah die beiden für einen Moment nachdenklich an, bevor er selbst wieder an seinem Wein nippte. »Habt ihr es nicht für nötig gehalten, mir davon zu berichten, dass die Tochter von König Pelles unter meinem Dach lebt?«

»Wir haben versprochen, ihr Geheimnis zu wahren«, erklärte Percy gewissenhaft.

»Ich übernehme die volle Verantwortung für Elayne«, sprach nun Gawain. »Sie steht unter meinem Schutz. Und ihr kleiner Sohn genauso.«

»Das ist sehr ehrenhaft von dir«, stimmte Artus zu. »Doch es löst nicht das Problem, dass Lot nun Anspruch auf sie erheben wird.«

Gwenhwyfar machte es sich in ihrem Sessel gemütlicher. »Hört auf, von ihr zu reden, als wäre sie eine Kiste voll Gold. Sie ist eine Frau, kein Gegenstand.«

Artus hob eine Augenbraue. »Sie ist das einzige Kind von König Pelles und damit hängt das Schicksal Corbenics mit ihr zusammen, vielleicht sogar des ganzen Nordens.«

Gawain runzelte die Stirn. »Du meinst, wer sie heiratet, erhält Corbenic?«

Artus nickte. »Ich fragte mich bereits seit Langem, was Pelles mit seiner Tochter vorhat, da er keine Anstalten machte, einen Schwiegersohn zu suchen. Zumindest nicht, soweit es mir zugetragen wurde. Morgaine schrieb mir vor einigen Jahren, dass es zum Zwist zwischen Pelles und Uryen kam, als Letzterer seinen Sohn mit Elayne verloben wollte.«

»Pelles hat sich seit dem Tod meiner Schwester zurückgezogen«, erklärte Gawain. »Niemand weiß, was er vorhat.«

Percy gab einen missbilligenden Ton von sich. »Mein Onkel ist dem Wahnsinn verfallen, das ist es.«

Elayne wusste sehr genau, was Pelles vorhatte, und dass er zwar geistig in seiner eigenen Welt lebte, diese aber sehr klar sah. Seine Pläne für sie und Gal waren nun jedoch hinfällig. Vielleicht hatte es doch etwas Gutes, dass sie nach Camelot gekommen war. Sie konnte nun sogar über Corbenics Zukunft mitentscheiden.

»Warum ist Corbenic von solcher Wichtigkeit für euch?«, fragte sie etwas zögerlich nach. »Es ist nur ein abgelegener, fast vergessener Ort.«

Artus holte eine längliche Karte aus seinem Regal, schob Becher und Krüge zur Seite und entrollte die Karte Nordbritanniens, die Elayne bereits zuvor gesehen hatte. »Sieh mal, Elayne.

Hier ist Corbenic, in dieser Bucht, die selbst von den Römern zur Verteidigung der nordwestlichen Linie genutzt wurde.«

Sie stand auf, um besser sehen zu können.

Artus fuhr mit dem Zeigefinger die Küstenlinie entlang. »Würde man den Hafen wieder nutzen, könnte die Versorgung des Nordens gesichert werden. Die Ostküste ist unsicher geworden, da es neue Sachsenangriffe gibt. Im Westen hadern wir zwar mit den skotischen Piraten, doch wir können sie leichter besiegen als die Sachsen.«

Elayne erinnerte sich an Lancelots Worte. Mit zwanzig guten Männern konnte man die Festung Corbenic sichern. Sie hatte nie wirklich darüber nachgedacht, welchen strategischen Wert diese besaß. Für sie war es immer nur das friedliche Land gewesen, in dem die Wälder voller Zauber, das Meer wild und die Menschen trotz ihres einfachen Lebens fröhlich waren.

»Bevor wir uns um Corbenic und Elaynes Zukunft Gedanken machen, sollten wir entscheiden, was wir im Hier und Jetzt mit ihr tun.« Die Königin stellte ihren Becher ab und verzog etwas das Gesicht, als sie sich aus dem Sessel erhob. »Elayne kann wohl kaum weiter in unserer Küche arbeiten. Sie braucht eine neue Unterkunft und angemessene Kleidung.«

»Das ist nicht nötig«, wandte Elayne ein. Weder machte ihr die Arbeit etwas aus, noch, dass sie mit Liam und Teagan unter einem Dach wohnte. Sie hatten es sich gemütlich eingerichtet und sie genoss die Gespräche mit den beiden.

»Doch, das ist es«, sprach die Königin streng.

»Gwen, du hast recht. Zeigen wir Lot, dass Elayne unser Gast ist und entsprechend ihres Standes gewürdigt wird.« Artus hauchte ihr einen Kuss auf die Wange. »Ich überlasse dir die

Aufgabe, für Elayne zu sorgen. Was aus ihrer Zukunft wird, das kann auch an einem anderen Tag besprochen werden.«

»Wie erklärt ihr, dass sie in der Küche gearbeitet hat?«, wollte Percy wissen.

»Es war ein Missverständnis. Hierfür übernehme ich die Verantwortung«, seufzte Artus.

»Nein, es war allein meine Schuld«, widersprach Elayne.

Nun sah Artus sie ernst an, die rötlichen Brauen eng zusammengezogen. »Das Missverständnis lag auf meiner Seite. Hast du verstanden? Ich setze mich allein dem Hohn durch Lot aus. Wenn du die Schuld auf dich nimmst, könnte man dir vorwerfen, du habest mich wissentlich belogen. Und demnach müsste man dir eine Strafe auferlegen. Womöglich verlangte man dann, dass ich dich umgehend in Lots Hände übergebe.«

»Ich wusste nicht, dass du Artus bist«, verteidigte sich Elayne.

Gawain lachte kurz auf. »Das macht es eher schlimmer. Nein, Elayne, Artus weiß, was er tut. Tu, was er sagt.«

Gwenhwyfar legte ihr beschwichtigend eine Hand auf die Schulter und lächelte sie sanft an. »Nun komm, ziehen wir uns zurück. Ich zeige dir, wo du von nun an wohnen kannst.«

Sie waren kaum allein in den Gängen der Festung, da fügte Gwenhwyfar hinzu: »Und ich erwarte von dir, dass du fortan ehrlich bist. Immer. Haben wir uns verstanden?«

Elayne nickte gehorsam. »Ja, meine Königin.«

Sie seufzte. »Gut. Du wirst dich von nun an wie die Tochter eines Königs verhalten. Du wirst Verantwortung und Aufgaben innerhalb Camelots übernehmen, die ich dir auftrage.«

»Welche Aufgaben werden das sein?«, fragte Elayne vorsichtig.

»Das ergibt sich von Tag zu Tag. Du wirst jedenfalls nicht mehr in der Küche stehen und kochen.«

Elayne schob sich eine Haarsträhne hinters Ohr. »Eigentlich koche ich sehr gern.«

Die Königin schmunzelte. »Nun, wir werden alles Weitere morgen besprechen. Nach dem Frühstück kommst du zu mir.«

»Was ist mit meinem Sohn?« Elayne hatte Mühe, mit der Königin Schritt zu halten.

»Auch für ihn werden wir morgen eine Lösung finden.«

Elayne blieb stehen. »Ich werde ihn nicht weggeben.«

Gwen blieb ebenfalls stehen und sah Elayne forschend an. »Du bist noch sehr jung, und weiß Gott, was dir alles in deinem jungen Leben widerfahren ist. Genau deswegen solltest du lernen, dass es nicht immer ratsam ist, ständig Widerworte zu geben.«

»Das habe ich nicht getan.«

Die Königin sah sie streng an. »Nein?«

Verlegen blickte Elayne zu Boden. »Verzeihung.«

»Gut.«

Sie waren an den königlichen Gemächern angekommen. Teagan erwartete sie hier, denn es gehörte zu ihren Aufgaben, der Königin beim Umkleiden zu helfen.

Teagan zuckte zusammen, als sie Elayne sah, fasste sich jedoch schnell wieder. »Meine Königin, ich habe dein Gewand bereitgelegt und etwas Kräutersud aus der Küche geholt. Wenn du es wünschst, werde ich auch ein Bad vorbereiten.«

Gwenhwyfar winkte ab. »Für ein Bad ist es längst zu spät. Ich danke dir, Teagan. Für heute habe ich nur eine letzte Aufgabe.« Sie sah zwischen ihrer Dienerin und Elayne hin und her und seufzte nochmals. »Bei Gott, lasst mich nicht so dumm dastehen. Teagan, du kanntest gewiss Elaynes Geheimnis?«

»Ich … Ich …«, stotterte die junge Frau und brachte schließlich ein zartes »Ja« heraus.

»Gut, dann muss ich keine großen Erklärungen kundtun.« Die Königin verschränkte die Arme vor der Brust. »Teagan, erinnerst du dich an die Kammer, in der meine Schwägerin Morgaine wohnte, bevor sie Uryen heiratete?«

Teagan nickte aufmerksam. »Gewiss, meine Königin.«

»Dies ist nun Elaynes Kammer. Ihr könnt gemeinsam alles vorbereiten und ich wünsche, dass Elayne spätestens ab morgen dort wohnt.«

Nun war Teagans Miene nicht mehr überrascht, vielmehr wirkte sie erleichtert, als sie lächelnd das Haupt beugte. »Mit Freude, meine Königin.«

Gwenhwyfar seufzte zufrieden. »Gute Nacht, ihr beiden. Morgen erwartet euch ein neues Leben und ich rate euch, die restliche Nacht für einen ausgiebigen Schlaf zu nutzen.«

Elayne aber schaffte es nicht, in dieser letzten Nacht unter dem Dach von Liam und Teagan auch nur ein Auge zu schließen. Gal schlief bereits, als sie und ihre Freundin nach Hause kamen. Liam hatte mit einem Kessel warmen Mets auf sie beide gewartet. Elayne überließ es Teagan, die Neuigkeit zu verkünden, dass nun niemand mehr ein Geheimnis bewahren musste. Die Einzelheiten aber musste Elayne selbst berichten, vor allem, wie Lot sie erkannt hatte.

Noch lange saßen sie und Liam am letzten Glühen ihres Feuers, während sich Teagan für die Nacht zurückzog.

Ihr kleines Haus bestand nur aus einem einzigen Raum. Die Schlafstätten waren mit Tüchern vom Hauptraum abgetrennt. Sie hatten einen Tisch und zwei Stühle sowie ein altes Regal, in dem ihre Habseligkeiten lagerten. Liam und Teagan hatten sich nie beschwert, dass die Unterkunft zu klein für sie alle vier sei. Und doch konnte sich Elayne vorstellen, dass die beiden, die nicht einmal seit zwei Monaten verheiratet waren, ihre Zweisamkeit genießen würden.

»Wie ergeht es dir und Teagan?«, fragte Elayne leise und sah ihren Freund lange an.

Er wich ihrem Blick nicht aus. »Wie meinst du das?«

»Seid ihr glücklich miteinander?«

»Ja, das sind wir«, antwortete er sofort und es klang aus den Tiefen seines Herzens.

Elayne wurde ganz warm im Magen. »Das freut mich. Du hast dir dein Glück verdient. Und es tut mir sehr leid, dass euer gemeinsamer Anfang so holprig vonstattenging, allein wegen mir.«

»Herrin, ohne dich wäre ich noch immer ein Stallbursche in Corbenic und Teagan womöglich mit einem groben Burschen verheiratet, den ihre Eltern für sie ausgesucht haben.« Er sah zu der Nische, in der Elaynes Bett stand. Der Vorhang war zurückgezogen, damit sie einen Blick auf Gal hatten. »Ich werde die Stunden vermissen, die ich mit ihm verbringen durfte.«

Elayne trank von dem warmen Met, der ihr Ruhe und Wärme schenkte. »Nun wirst du umso mehr Zeit haben, einen eigenen Sohn zu zeugen.«

Sie zwinkerte ihm zu und wie es seine Art war, senkte er beschämt den Blick, dann jedoch grinste er und sah wieder auf. »Es wäre mir eine große Freude, meinen Sohn und den deinen gemeinsam aufwachsen zu sehen.«

»So wie wir beide zusammen aufgewachsen sind«, fügte Elayne lächelnd hinzu und griff nach Liams Hand. »Du wirst immer mein Freund sein, auch wenn ich dort oben in der königlichen Halle sitzen und mir das Sticken beibringen lassen muss.«

Er erwiderte den Druck ihrer Hand. »Als ob dir das Sticken liegen würde.«

»Ich werde mich manchmal heimlich davonschleichen, damit wir zusammen auf die Jagd gehen«, flüsterte sie. »Und Gal kommt auch mit.«

Liam nickte zufrieden und ließ ihre Hand los. »Teagan mag denken, dass wir keine Geheimnisse mehr haben müssen. Doch was ist mit Gals Vater?«

»Ich bleibe dabei«, beharrte Elayne. »Lancelot ist der Erste, der erfahren soll, dass er Vater ist. Außer uns dreien kennt niemand den Namen von Gals Vater. Ich kann nicht verkünden, dass der beste Krieger Camelots mich in einer unehrenhaften Nacht geschwängert hat, um mich dann zu verlassen. Er würde aus Astolat zurückkehren und von der Schmach übermannt. Nein, ich muss ihm die Gelegenheit geben, selbst zu entscheiden, was zu tun ist.«

Liams Stirn legte sich sorgenvoll in Falten. »Was ist, wenn er nie zurückkehrt?«

Der Gedanke schmerzte noch immer tief wie eine Wunde, die nie heilen wollte. »Dann – so Gott mir helfe – wird entweder Lot oder Artus einen Gemahl für mich suchen.«

Er sah sie aufmerksam an. »Wirst du diesen Gemahl auch nehmen?«

»Ich weiß es nicht, Liam.« Sie schaute in das letzte Glühen ihres kleinen Feuers. »Ich muss darüber nachdenken, wenn es so weit ist. Denn seit heute weiß ich, dass nicht nur mein eigenes Glück davon abhängt, sondern auch die Zukunft von Corbenic.«

Wie auch immer sie sich entscheiden würde, es hätte Auswirkungen auf all ihre Lieben, die sie zurückgelassen hatte. Auf Brisen. Auf all die Menschen im Dorf. Auf Veneva und Ned und ihre beiden Kinder.

Elayne mochte ihnen so fern sein, doch in ihrem Herzen waren diese lieben Menschen ihr noch ganz nah. Und die Verantwortung ihrer Geburt lag schwerer auf ihren Schultern denn je.

15

PATRIA POTESTAS

Väterliches Recht

Ich werde es nicht tun, Gwen. Ich bin keine Dienerin!«

»Doch, du wirst tun, was ich sage. Du musst lernen, dass das Leben aus anderen Dingen besteht, als Tanzen, Weintrinken und den Männern schöne Augen zu machen.«

»Du behandelst mich wie eine Sklavin.«

»Du hast im Leben noch keinen Finger krumm gemacht, also hast du keine Ahnung von der Arbeit einer Sklavin.«

Elayne hätte sich am liebsten ganz langsam rückwärts aus dem Raum bewegt, um die streitenden Schwestern allein zu lassen. Gwenhwyfar und Gwyneth standen sich wie zwei Kriegerinnen gegenüber. Die ältere hatte die Hände in die Hüften gestemmt und sah die jüngere streng an.

Gwyneth, die etwas jünger als Elayne selbst war, verschränkte die Arme vor der Brust. »Ich werde die Küche nicht betreten! Soll es doch die da machen, sie kennt sich dort aus!«

Mit ›die da‹ war Elayne gemeint und diese hätte fast laut losgelacht. »Die Küche ist ein angenehmer Ort, du wärest überrascht.«

»Siehst du«, schnaubte Gwyneth. »Elayne kann allein hingehen.«

Ihre Schwester schüttelte den Kopf. »Nein, ihr geht gemeinsam. Ihr werdet mit Philippa das Abendessen besprechen und ich verlasse mich auf euch, dass man unseren Gästen etwas Ordentliches serviert.«

Gwyneth kniff die Augen zusammen und funkelte sie böse an. »Warum gehst du dann nicht selbst? Ich kann es dir ohnehin nicht recht machen. Irgendetwas wirst du auszusetzen haben.«

Gwenhwyfar warf die Hände die Luft. »Weil ich mit Morgause ausreiten werde, du dummes Ding. Es war ihr Wunsch, dass ich sie begleite, daher werde ich sie nicht enttäuschen.«

»Du kannst sie doch nicht einmal leiden«, wandte die Jüngere empört ein.

Gwenhwyfar schüttelte verzweifelt den Kopf. »Du musst noch so viel lernen, Gwyneth, bevor du selbst eines Tages einen Haushalt führen kannst.«

»Und diesen Tag sehne ich mehr herbei, als du dir vorstellen kannst.« Gwyneth schnaubte verächtlich und marschierte zur Tür. Sie warf Elayne einen bösen Blick aus ihren sonst so hübschen Rehäuglein zu. »Kommst du jetzt oder soll ich auch noch auf dich warten?!«

Gwenhwyfar rollte mit den Augen und verzog entschuldigend die Lippen.

Elayne lächelte nur. »Natürlich, Gwyneth, ich komme mit dir.«

In ihrem neuen blauen Gewand kam sie sich etwas ungewohnt vor. Sie vermisste ihre Schürze und das bequeme, weite Alltagskleid. Jenes, das sie nun trug, hatte zuvor Gwenhwyfar gehört, doch sie meinte, das Kleid habe sie schon lange nicht getragen, und so hatte sie Teagan das Gewand an Elaynes Maße anpassen lassen.

Es saß enger, war an den Seiten geschnürt und die Ärmel waren für Elaynes Geschmack zu lang. Man konnte sie nicht einmal aufkrempeln, für die Arbeit in der Küche wäre das Kleid ungeeignet gewesen. Ansonsten war es dennoch schlicht gehalten, da es weder mit einer Stickerei noch einer Bordüre versehen war. Lediglich die Schnüre waren mit zarten Silberfäden verflochten.

»Sei nicht böse auf deine Schwester«, bat Elayne auf dem Weg zum Küchengebäude. »Sie möchte dir alles, was sie weiß, auf den Weg mitgeben.«

Gwyneth blieb stehen und sah Elayne aufmüpfig an, die Lippen zu schmalen Strichen verkniffen. »Hör mal, ich habe keine Lust, mich mit dir zu unterhalten. Du stehst weit unter mir. Eines Tages werde ich eine große Königin sein und du wirst mit irgendeinem alten Krieger in irgendeiner Hütte leben, abseits des weltlichen Geschehens.«

Elayne prustete entrüstet los. »Du hältst sehr viel von dir selbst.«

Gwyneth warf den Kopf in den Nacken, wobei ihr dicker goldblonder Zopf über den Rücken fiel. »Warum auch nicht?« Sie schenkte ihr einen letzten überheblichen Blick. »Wer will schon eine faule Frucht wie dich, die bereits jemand betatscht hat?«

Elayne musste sehr an sich halten, das freche Ding nicht gehörig an ihrem ach so glänzenden goldenen Zopf zu ziehen. Brisen hätte solche Redeweise niemals geduldet. Vermutlich hätte sie das vorlaute Mädchen übers Knie gelegt. Vor versammelter

Dienerschaft wohlgemerkt. Elayne sagte nun besser nichts mehr, sonst hätte sie ihre nächsten Worte bereut.

»Ach, Elayne, meine Liebe, wie schön, dich zu sehen.« Philippa freute sich aufrichtig und hatte für Gwyneth ein freundliches Nicken übrig. »Herrin.«

»Bitte lasst eure Begrüßung nicht ausschweifen, ich habe noch Besseres zu tun.« Gwyneth ließ sich auf einen Hocker am großen Holztisch nieder und sah sich pikiert um.

»Ich hoffe, du konntest bereits eine Nachfolgerin finden.« Elayne dachte an die ganze Arbeit, die Philippa nun allein erledigen musste.

»Oh, lass nur. Niemand ist so gut wie du.« Die Köchin stellte einen Krug mit leichtem Bier sowie Becher vor ihnen ab und setzte sich zu ihnen. »Was kann ich für euch tun?«

»Wir haben die Aufgabe übertragen bekommen, das Essen für heute mit dir zu planen«, erklärte Elayne. »Wie du weißt, haben wir noch immer Gäste.«

»Natürlich weiß sie das«, wandte Gwyneth genervt ein. »Wenn König Lot abgereist wäre, würden wir hier nicht sitzen.«

Philippa warf der jüngeren Dame einen irritierten Blick zu, reagierte jedoch nicht auf ihre Worte. Sie kannte die Anzahl der Gäste und welche Mengen zuzubereiten waren.

Elayne schlug vor, dass man etwas Abwechslung in das Mahl bringen könnte. Sie hatten die ganzen Wochen Schinken und Schweinebraten serviert. Insgeheim hoffte sie auf Fisch, den sie seit gefühlten Ewigkeiten nicht gegessen hatte. So weit im Landesinneren war wohl kein frischer Seefisch zu bekommen, wenn auch ein Fluss in der Nähe vorbeifloss.

»Lamm«, schlug Gwyneth plötzlich vor. »Es gibt kein zarteres Fleisch als das eines Lammes.«

Der Vorschlag überraschte Elayne. Das Mädel interessierte sich also doch für das, was sie hier taten, obwohl es bisher kein nützliches Wort beigetragen hatte.

»Es gibt einen Schäfer in der Nähe«, überlegte Philippa laut. »Ich könnte ihn fragen lassen, ob seine Lämmer bereit zur Schlachtung sind.«

Elayne konnte sich das Ganze schon sehr gut vorstellen. »Und dazu frische junge Zwiebeln, flaches Brot und gewürzte Butter.«

»Etwas Süßes wäre fein«, fand Gwyneth. »Welche Beeren hast du vorrätig?«

»Derzeit leider keine. Es ist noch keine Beerenzeit. Ich müsste Mädchen ausschicken, damit sie am Waldesrand nach Waldbeeren suchen.«

»Ich bitte darum«, meinte Gwyneth etwas hochmütig, sodass Philippa ergeben nickte.

»Ansonsten tut es auch Honig«, wandte Elayne rasch ein. Philippa sollte sich nicht zu große Umstände machen. Die Zubereitung des Lammfleischs war bereits aufwendig genug.

Die Köchin faltete die Hände auf dem Tisch. »Auch der Honigvorrat ist bald aufgebraucht. Wir werden ihn von anderen Orten ankaufen müssen. Die Krieger Lothians sind sehr gierig danach.«

Nachdem sie die abendliche Essensfolge beschlossen hatten, mussten sie noch entscheiden, welcher Wein aufgetischt werden sollte.

»Entscheidet das nicht immer Artus selbst?« Gwyneth hatte keine Lust mehr, sich weiter damit zu beschäftigen. Sie verschränkte die Arme vor der Brust und sah sich auf dem Innenhof um, auf dem die Bediensteten eilig hin und her gingen.

Camelot war für Elayne von Anfang an ein sehr lebendiger Ort gewesen, an dem die Zeit niemals stillstand. Seit Lots Ankunft hatte diese an Kraft zugenommen. Die Menschen eilten, rannten, hasteten. Kaum noch jemand hielt für ein Schwätzchen inne.

»Dann werde ich ihn selbst fragen gehen«, meinte Elayne seufzend.

»Tu das.« Gwyneth wandte sich mit wehenden Röcken von ihr ab. »Und denk bloß nicht, dass wir jetzt Freundinnen sind«, rief sie noch zurück. »Ich kann dich nicht leiden. Und das wird sich nicht ändern.«

»Welche Überraschung«, seufzte Elayne.

Sie hatte Gwyneth nichts getan. In deren Welt aber war Elayne eine lästige Fliege, die sie nicht loswurde. Elayne bedauerte, dass sie keinen Stachel hatte, um dem Mädel in den flachen Hintern zu piksen.

Artus stand in seinem Arbeitszimmer, erneut über eine Karte Britanniens gebeugt. Er sah stirnrunzelnd auf und musterte Elayne lange, bevor er sich wieder seiner Karte zuwandte.

»Du musst denken, ein König steht den ganzen Tag nur in seiner Kammer und studiert Karten und Briefe.«

Elayne wünschte, sie hätte ihm eine Erfrischung aus der Küche mitgebracht. Das hätte ihn vielleicht aufgemuntert. »Ein König sollte sein Königreich kennen, um es zu regieren. Und vor allem sollte er wissen, was dort vor sich geht.«

Er setzte die Ellbogen auf dem Tisch ab und stützte seine Stirn mit der rechten Hand. »Wie regiert dein Vater Corbenic?«

»Regieren?« Elayne schüttelte den Kopf. »Ich befürchte, davon ist er weit entfernt. Corbenic regiert sich selbst, geführt durch die Weisheit meines Großvaters, die zupackenden Hände meiner Amme Brisen und die großen Herzen der Menschen, die dort leben.«

Überrascht sah er auf. »Denkst du, jemand könnte besser über Corbenic regieren?«

Sie faltete die Hände. »Es braucht nicht viel, um unser kleines Land zu regieren.«

Er hob eine Augenbraue. »Wer wäre dafür geeignet?«

»Jeder, der die Menschen dort mit Respekt behandelt und ihre Treue damit belohnt, das Land mit seinem Leben und jeder Kraft, die ihm verbleibt, zu beschützen.«

Artus verschränkte die Arme vor der Brust und musterte sie erneut. »Die Dinge wären einfacher, wenn du als Mann geboren worden wärest.«

Sie lächelte und verschränkte ihrerseits die Arme vor der Brust. »Du glaubst nicht, wie oft ich mir das selbst schon gedacht habe, mein König.«

Für einen Moment sahen sie sich an, der große Artus, der nur wenig jünger als Elayne gewesen war, als er die Krone Britanniens erlangt hatte. Und Elayne, das Mädchen, das verzweifelt versuchte, das Leben so zu führen, wie es sich es wünschte.

Sie holte tief Luft. »In diesem Leben jedoch darf ich dich fragen, welchen Wein du zum Abendessen auftischen möchtest, mein König. Es gibt Lamm.«

Er legte den Kopf in den Nacken und lachte so herzhaft, dass ihm eine Träne über die Wange lief, die er mit dem Ärmel fortwischte. »Oh Gott, kleine Nordblume, ich hoffe, du sitzt heute Abend in meiner Nähe an der Tafel.«

Sie drückte einen Handrücken gegen ihre Lippen, um selbst nicht zu lachen, bevor sie antwortete. »Es wird mir eine Ehre sein, an der Tafel zu sitzen, gleichgültig, an welchem Platz.«

Er schritt um seinen Tisch herum und legte ihr eine Hand auf die Schulter. »Ich habe noch ein wenig Zeit, bevor Lot erneut meine Aufmerksamkeit beansprucht. Wir können gemeinsam in die Katakomben gehen und einen Wein aussuchen. Wie groß ist der Metvorrat in der Küche?«

»Nicht sehr groß. Die Krieger Lothians trinken Met und Bier wie Schweine das Wasser.« Sie lächelte den König entschuldigend an. »Das behauptet zumindest Philippa.«

»Wenn sie weiter so saufen, kann ich ihnen wohl kaum noch etwas anderes auftischen.«

Er führte sie zu dem Eingang der Katakomben, den sie bereits kannte. »Dein Kleid sieht übrigens sehr hübsch aus.«

Sie strich verlegen über den blauen Stoff. »Danke, es gehörte der Königin.«

Er runzelte die Stirn und sah an ihr herab. »Wirklich? Ich kann mich nicht erinnern, es an ihr gesehen zu haben.«

Elayne biss sich auf die Unterlippe, weil sie nicht wusste, wie sie ausdrücken sollte, was ihr noch auf dem Herzen lag. Es war wohl das Beste, es direkt auszusprechen. »Wirst du mich in Lots Obhut übergeben?«

Artus ging etwas langsamer. Sie hatten einen der Räume erreicht, in denen mehrere Fässer Wein lagerten. Er steckte die Fackel in eine entsprechende Halterung und sah sich die Weinfässer sorgsam an, bevor er auf eines der hinteren Fässer deutete. »Dieser Wein stammt aus der Nähe Roms. Es ist der letzte Rest einer großen Lieferung, die ich vor zwei Jahren erhielt.«

Was hatte römischer Wein denn mit Lots Anspruch auf sie zu tun? »Ich fürchte, ich kann nicht folgen.«

»Lot erhebt Anspruch auf dich und bezieht sich damit auf römisches Recht.« Er warf ihr einen kurzen Blick zu. »Bist du damit vertraut?«

Sie faltete die Hände. »Ein wenig. Mein Großvater hat mich in Latein unterrichtet.«

Artus nickte. »Gut. Also, vielleicht sagt dir der Begriff *patria potestas* etwas. Die Vorherrschaft des Vaters über seine Nachkommen.«

Elayne runzelte nachdenklich die Stirn. »Nach diesem Recht müsste ich in seinen Haushalt einkehren. Zumindest hätte er das Recht, mich zu verheiraten und über mein Einkommen zu bestimmen.«

»So in der Art.« Artus nahm einen Becher, der auf einem kleinen Tisch stand, und zapfte etwas Wein aus dem Fass. Er nippte daran und reichte dann den Becher an Elayne.

Die rote Flüssigkeit war angenehm kühl in ihrem Mund, doch der Geschmack war ihr zu herb. Sie reichte den Becher an Artus zurück.

Daraufhin sah er sich nach einem weiteren Fass um und erklärte: »Ich habe in meinen römischen Schriften nach einem Ausweg für dich gesucht.«

»Besitzt du viele dieser Schriften?«, erkundigte sich Elayne interessiert.

»Ich erhielt sie von meinem Ziehvater Ectorius. Er hing sehr an der römischen Erziehung und ich verfluchte in meiner Kindheit jede Stunde, die ich in einer Kammer sitzen und Grammatik studieren musste, statt mit meinem Ziehbruder Cai den Schwertkampf zu üben.« Er hob die Brauen und schmunzelte.

»Heute bin ich froh darüber. Ectorius war ein weitsichtiger Mann. Er sagte immer, ein Mann ohne Bildung sei wie ein Muskel mit einer Waffe. Ein nützliches Ding im Kampfe, dennoch nutzlos, wenn es um den Verstand geht. Doch ich schweife ab.« Er zapfte Wein von einem anderen Fass und reichte den Becher an Elayne.

Die Farbe war heller, der Duft etwas leichter, auf der Zunge fühlte er sich frisch und angenehm an. Elayne nickte. »Der ist gut. Woher stammt er?«

Artus lächelte anerkennend. »Aus einem gallischen Kloster, ein Geschenk des Ban von Benwick, den er von seinen Reisen mitbrachte.«

Lancelots Vater.

Elayne wich Artus' Blick aus, um sich scheinbar mit der ungewöhnlich hellen Farbe des Weines zu beschäftigen.

Er nahm selbst einen Schluck und ließ ihn lange auf der Zunge, bevor er seine Erläuterung fortführte. »Nun denn, ich prüfte, ob ich dich *sui iuris* erklären kann, zu einer mündigen Frau.«

»Wäre das möglich?« Elayne wagte kaum, darauf zu hoffen. Artus wollte sie zu einer freien Frau erklären, einer Frau, die sich keinem Mann unterstellen musste, die über sich selbst und zumindest über ihren eigenen Haushalt bestimmen durfte.

»Leider nein, da dein Vater noch am Leben ist.« Er zwinkerte ihr verschwörerisch zu. »Doch genau hier liegt der Fehler in Lots Anmaßung. Er ist der Vater deiner verstorbenen Mutter. Er kann sich nicht auf das *patria potestas* berufen, da dies nur in der männlichen Linie gilt.«

Elayne atmete erleichtert aus. »Ich danke dir, mein König. Ich glaube nicht, dass ich mich in Lots Haushalt wohlgefühlt hätte.«

Er nickte lächelnd, allerdings wurde sein Blick direkt wieder ernst. »Dennoch habe ich zu entscheiden, wie mit dir weiter verfahren werden soll.«

Elayne verzog das Gesicht. »Können wir es nicht belassen, wie es gerade ist? Ich möchte noch etwas Zeit in Camelot verbringen, wenn es dir und der Königin recht ist.«

Er lächelte erneut und sie konnte ein warmes Glänzen in seinen blauen Augen sehen, die etwas dunkler waren als ihre eigenen. »Das wäre mir sogar sehr recht. Und ich glaube, Gwen wäre es ebenfalls recht. Sie mag es dir nicht gesagt haben, aber sie hat dich gern. Sie schwärmt davon, dass du niemals zögerst, eine dir aufgegebene Arbeit zu erledigen. Eine echte Wohltat im Vergleich zu ihrer Schwester.«

Sie senkte respektvoll das Haupt. »Danke, ich weiß das Lob sehr zu schätzen.«

»Verrate ihr nicht, dass ich es dir gesagt habe«, meinte er leise lachend. Dann atmete er tief ein, bevor er weitersprach. »Ich habe einen Vorschlag für dich. Dir ist bestimmt bewusst, dass in deiner momentanen Lage der eine oder andere Heiratsbewerber auftreten wird.«

Elayne hätte fast den Weinbecher fallen gelassen. »Aber ich habe ein Kind … ohne Ehemann.«

»Das mag für den einen ein Makel sein, für den anderen ein Beweis für deine Fruchtbarkeit. Du bist jung und bringst ein Königreich mit in die Ehe. Das ist eine verlockende Frucht.«

Elayne hatte keine große Lust, weiterhin als Obst bezeichnet zu werden, und verzog angewidert das Gesicht.

»Ich kann dich beschützen, aber ich kann nicht verhindern, dass Männer an dich herantreten werden.« Artus schüttelte entschuldigend das Haupt. »Und der eine oder andere könnte versuchen, sich mit Gewalt zu nehmen, was ihm noch nicht gehört. Und dann wären mir die Hände gebunden, dich um deiner Ehre willen zu verheiraten.«

»Ich glaube, mir wird schlecht.«

»Siehst du. Aber«, er schmunzelte verschwörerisch, »wie ich schon sagte, habe ich einen Vorschlag. Wenn ich das römische Recht nicht anwende, könnte ich mich immer noch auf das Recht der Stämme beziehen. Mag Rom viele Jahre über Britannien geherrscht haben, im Alltag gilt doch oft das Recht unserer Vorfahren.«

Sie versuchte stirnrunzelnd, seinen Gedanken zu folgen. »Und hiernach müsste ich mich unter wessen Stiefel stellen?«

»Bei den Stämmen dominiert die mütterliche Linie. Doch es ist nicht Lot, der dann über dich herrscht, und das weiß er genau, sonst hätte er das Recht längst für sich geltend gemacht.« Er hob vielsagend eine Braue. »Für dich verantwortlich wäre der älteste der Brüder deiner Mutter. Jeder Bewerber müsste sich an ihn richten und sollte er Gewalt oder Drohung anwenden, würde er sich den Zorn deines Onkels zuziehen.«

Elaynes Herz wurde leichter. »Gawain.«

»Ja, und niemand möchte sich mit Gawain anlegen, wenn es um eine Frau geht.« Artus lachte herzlich und Elayne stimmte erleichtert mit ein.

König Artus verkündete die Entscheidung am Abend. Gwenhwyfar war nicht zum Essen erschienen, da der Ausritt mit Morgause sie sehr erschöpft hatte. Diese aber saß fröhlich neben ihrem Mann und genoss es, die einzige Königin an der Tafelrunde zu sein.

Nach Artus' Verkündung machte Lot seiner Wut laut Luft. Morgause aber legte ihm besänftigend die Hand auf den Arm.

»Gräme dich nicht, es ist eine gute Gelegenheit für unseren Sohn, Verantwortung zu übernehmen. Er wird mit dieser Aufgabe wachsen. Und er wird gut für Elayne sorgen.«

Lot verlor an diesem Abend kein Wort mehr, sondern ertränkte seinen Zorn im gallischen Wein. Morgause lächelte indes in sich hinein und Gawain prostete Artus beifallend zu.

Elaynes Platz war von nun an an der Seite ihres Onkels und somit auch bei Gaheris und Percy, die dem Krieger selten von der Seite wichen.

Am nächsten Morgen hatte Elayne sehr gute Laune. Gal hatte tief und fest geschlafen, da Teagan und Liam ihn am Vortag zu einem Ausflug ins Dorf mitgenommen hatten, das etwas weiter westlich von Camelot lag. Liam hatte die Aufgabe erhalten, weitere Futtervorräte für die Pferde zu organisieren, was bedeutete, dass der Stallvorsteher ihm vertraute.

Teagan hatte zwei Körbe Frühlingswolle mitgebracht, die Gwenhwyfar in den nächsten Tagen färben lassen wollte.

Gwyneth begegnete Elayne vor der Tür zum königlichen Gemach und verschränkte wie so oft bockig die Arme vor der Brust. »Fühlst du dich nun besonders, da Gawain dein Vormund ist?«

Elayne schüttelte unberührt den Kopf. »Nein, er ist mein Onkel, es war wohl naheliegend.«

Elayne wusste, dass Gwyneth Gawain sehr mochte. Der aber erwiderte ihre Gefühle nicht. Die meiste Zeit ignorierte er das Mädchen, es sei denn, er saß an der Tafelrunde in seiner Nähe.

Die junge Königstochter kniff die Augen zusammen. »Er ist zu jung, um dein Vormund zu sein.«

»Gwyneth, warum kümmerst du dich nicht um deine eigenen Angelegenheiten?«, schlug Elayne vor und klopfte an die schwere Tür.

Teagan öffnete ihnen. Ihr Gesicht war voller Sorge und sofort wusste Elayne, dass etwas nicht stimmte. »Die Königin ruht noch«, sprach sie leise.

»Sind das die Mädchen?«, erklang es aus der Kammer. »Lass sie nur ein. Ich stehe jetzt auf und kann ihnen beim Ankleiden sagen, was sie heute zu tun haben.«

Widerwillig öffnete Teagan die Tür und Elayne sah, dass Gwenhwyfar noch immer im Bett lag. Vorsichtig richtete sich die Königin auf, als habe sie Schmerzen, doch ihr Gesichtsausdruck war stolz und entschlossen.

»Du solltest ruhen«, fand Elayne. »Wenigstens heute. Jeder wird Verständnis haben. Gwyneth und ich können deine Pflichten übernehmen.«

»Sprich bitte nur für dich«, wandte die Jüngere rasch ein. Doch auch sie musste erkennen, dass es ihrer Schwester nicht gut ging.

»Das wird nicht nötig sein.« Sie winkte Teagan herbei, damit sie ihr beim Zurückschlagen der Laken behilflich war.

Diese schrak zurück, als die Königin sich aufrichtete. »Herrin!«

Verwirrt sah Gwenhwyfar an sich hinab. »Oh nein! Bei Gott!« Sie ließ sich zurück in die Kissen sinken. »Bitte, bitte, lieber Gott, nicht schon wieder.« Sie verbarg ihr Gesicht in den Händen und brach in Schluchzen aus.

Elayne näherte sich aufgrund Teagans Hilfe suchendem Blick. Auf dem hellen Leinen von Gwenhwyfars Hemd war im Schoß ein brauner Fleck zu erkennen, so groß wie ihre Handfläche.

Gott, bitte, flehte sie innerlich. *Lass es nicht geschehen.*

Sie rang nach Fassung, atmete tief durch und setzte sich zu ihrer Königin. »Es ist kein frisches Blut«, versuchte sie, ihr Mut zuzusprechen. »Braunes Blut ist alt, rotes Blut wäre frisch.«

»Woher willst du das wissen?«, drang es hinter den Händen hervor.

»Brisen hat es mir erklärt. Meine Amme hat die Heilkunst auf Avalon erlernt.« Sie wandte sich Teagan zu. »Wer kümmert sich um die Frauenleiden in Camelot?«

»Die Hebamme aus dem Dorf«, antwortete Gwenhwyfar an ihrer statt und nahm die Hände fort. Sie versuchte, nicht auf den Blutfleck auf ihrem Hemd zu sehen, sondern sah Elayne an. Ihre Augen waren voller Panik. »Was ist, wenn es zu spät ist?«

»Nein, es ist bestimmt nicht zu spät. Nur ein Zeichen, dass du dich schonen sollst.« Elayne wandte sich an Teagan. »Weißt du, wo diese Hebamme zu finden ist?«

Ihre Freundin nickte, ihr Gesicht war ganz bleich.

»Lauf zu Liam, nehmt Centenarius, dann seid ihr schneller, und bringt die Hebamme hierher«, bat Elayne rasch.

Teagan nickte erneut und lief mit gerafften Röcken aus dem Raum.

»Gwyneth, bitte setz dich zu deiner Schwester. Hilf ihr, es sich gemütlich zu machen. Ich werde in der Zeit in die Küche gehen und Kräutersud und frisches Leinen besorgen, damit die Königin sich waschen kann.«

Die jüngere Schwester hatte fest die Lippen aufeinandergepresst, ihr entsetzter Blick ruhte auf dem Blutfleck.

»Gwyneth, hörst du, was ich sage?«, fuhr Elayne das Mädchen an.

»Ich … Ich kann das nicht«, brachte Gwyneth hervor. »Ich weiß nicht, was ich tun soll!«

Elayne stand auf, war mit wenigen Schritten bei dem Mädchen und packte es an den Schultern. »Du sollst nur bei ihr bleiben«, raunte sie streng. »Sprich ihr Mut zu, beruhige sie.«

Doch Gwyneth schüttelte den Kopf. Ihre Lippen zitterten, als sie Elayne ansah, ihre Haut fühlte sich unnatürlich kühl an. Ihr würden die Sinne schwinden, wenn sie noch einen Moment länger das Blut anstarrte.

Elayne seufzte. »Kannst du denn in die Küche gehen? Dann bleibe ich bei Gwen.«

Schwach nickte Gwyneth und war endlich dazu fähig, ihre Schwester nicht mehr anzustarren.

»Sei nicht böse auf sie«, sprach die Königin schwach, als sich Elayne wieder zu ihr setzte und ihre Hand ergriff. »Sie hat noch niemals in ihrem jungen Leben wirklich Leid erfahren. Unsere Mutter starb, als sie noch ein Säugling war. Sie wurde von ihrer Amme und unserem Vater verhätschelt und umsorgt. Es sollte ihr an nichts fehlen. Leider haben sie dadurch nicht bemerkt, wie unselbstständig Gwyneth geworden ist.«

»Sie ist jung, sie wird noch lernen, dass sie auch Verantwortung übernehmen muss«, stimmte Elayne zu.

Gwenhwyfar schüttelte geschwächt den Kopf. »Sie ist nur ein klein wenig jünger als du. Und sieh dich an. Du bewahrst die Ruhe in jeder Situation und weißt immer, was zu tun ist. Noch dazu hast du ein Kind und es interessiert dich nicht, was die Leute über dich reden.«

Elayne lachte traurig. »Diesen Eindruck hast du von mir? Ehrlich gesagt weiß ich die meiste Zeit nicht, was ich tun soll. Alles, was ich erlernte, musste ich mir aneignen, weil es in Corbenic niemanden gab, der es für mich übernehmen konnte, ob es das Kochen, das Reiten, die Jagd war oder Brisen bei ihren Krankenbesuchen zur Hand zu gehen. Es blieb mir nichts anderes übrig.«

Die Königin lächelte müde. »Du kannst stolz auf dich sein, Elayne.«

»Schone deine Kräfte, meine Königin«, bat Elayne inständig.

»Das hätte ich viel früher tun sollen.« Gwenhwyfar schloss die Augen und schluckte die Tränen fort. »Ich dachte, es würde diesmal bleiben. Ich fühlte mich gut und es sind nun schon einige Monde vergangen. Ich dachte wirklich, diesmal klappt es.«

»Es ist noch nicht vorüber. Es ist nur altes Blut. Sieh doch, es blutet nicht weiter.« Elayne deutete auf das helle Leinen und tatsächlich hatte sich der Fleck nicht vergrößert.

Die Königin legte einen Arm über ihre Augen, ihre Stimme klang gedämpft. »Du weißt nicht, wie es ist, Elayne. Ich *fühle,* dass es vorbei ist.«

Elayne nahm ihre Hand ganz fest in die ihren und drückte sie. »Gib die Hoffnung niemals auf, meine Königin.«

Gwenhwyfar lächelte, hielt die Lider jedoch geschlossen. »Kannst du mir eine Geschichte erzählen?«

»Eine Geschichte?«, wiederholte Elayne überrascht.

»Ja, erzähl mir etwas aus Corbenic. Etwas Schönes. Damit die Zeit, bis die Hebamme kommt, schneller vorbeigeht. Wie ist es dort oben im Norden?«

»Es ist ruhig, aber auch wild«, erinnerte sich Elayne. »Es gibt nicht so viele Farben wie hier. Nicht so viele wundervolle Blüten und Früchte.«

Die Königin nahm den Arm von ihren Augen. »So viel kälter kann es doch nicht sein. Wir befinden uns auf derselben Insel.«

Elayne lächelte sie aufmunternd an. »Doch die Kräfte der Natur wirken dort oben heftiger als hier. Der Wind, seine Brüder, die Stürme, das Meer… Sie alle bestimmen das Leben in Corbenic. Die Fischer fahren dennoch raus, denn wenn sie es nicht tun, bleiben ihre Familien ohne Nahrung. Wir haben Weizen und Hafer in Maßen. Die Fischer fahren manchmal in die Städte und tauschen ihren Fisch und Muscheln gegen weitere Nahrungsmittel. Im Garten unserer Festung gibt es Obstbäume. Äpfel und Pflaumen. Wenn sie reif sind, pflücken wir sie und Brisen kocht herrliches Mus und backt Kuchen. Oh, und natürlich Met.«

»Hattest du viele Freunde in Corbenic?« Gwenhwyfars Stimme klang ganz schwach. Sie musste sehr erschöpft sein.

»Ja, ich hatte viele Freunde. Vor allem, als ich noch ein Kind war, denn Brisen hatte viele Töchter. Und Liam ist ebenfalls mit mir aufgewachsen. Meine liebste Freundin und Ziehschwester ist Veneva. Sie hat vor drei Jahren geheiratet und nun zwei Kinder, einen Sohn und eine Tochter.« Elayne spürte, wie sich die Königin bei ihren Worten etwas entspannte, weshalb sie einfach weitererzählte. Es war auch gar nicht wichtig, was sie erzählte, solange sie Gwenhwyfar von ihrem Kummer ablenken konnte. »Deines Vaters Königreich, wo liegt das eigentlich?«

»Im Südwesten, es heißt Cameliard.« Die müde Königin runzelte die Stirn. »Aber ich erinnere mich kaum noch daran.«

»Hattest du dort keine Freunde, die du vermisst?«, wunderte sich Elayne.

»Ich glaube, ich hatte niemals Freunde. Ich wurde von meinem Vater an Artus verheiratet, da war ich jünger als du. Ich musste von einem auf den anderen Tag erwachsen und eine Königin sein.«

Davon hatte Elayne nichts geahnt und sie empfand Kummer für das junge Mädchen, das die Königin einst gewesen war. »Das … Das tut mir leid.«

»Das muss es nicht«, winkte Gwenhwyfar ab. »Mein Vater hat mich auf die Rolle vorbereitet, mir all die wichtigen Dinge beigebracht, die eine Königin wissen muss: Rechnen, Schreiben, Lesen, sogar Reiten und Musizieren. Er brachte mir bei, welche Königreiche in Britannien liegen und welche man sich am besten nicht zum Feind macht. Und doch hat er mich klein gehalten. Mein Wille war niemals wichtig. Zu seinen Vermählungsplänen hat er mich nie befragt.«

»Das ewige Schicksal der Königstöchter«, seufzte Elayne.

»Ja, so ist es wohl«, stimmte Gwenhwyfar leise zu.

Elayne streichelte über die Hand der Königin, als könnte sie so die Erinnerung mildern. »Also wolltest du Artus gar nicht heiraten?«

»Ich kannte ihn nicht einmal. Ich hatte nur Geschichten über ihn gehört. Großartige Geschichten von einem starken jungen Mann, stärker als alle Bären, Hengste und Ochsen gleichzeitig. Ich hatte Angst, bevor ich ihm begegnete. Ich fürchtete, er würde mich verletzen und mich wie ein Stück Vieh behandeln. Ein unliebsames Ding, das er nehmen musste, weil er einen Vertrag mit meinem Vater ausgehandelt hatte.« Sie lächelte bei der Erinnerung. »Ich hätte nie damit gerechnet, dass er so jung war. Und er hatte mindestens genauso große Angst wie ich, wenn nicht noch größere.«

Elayne schmunzelte. »Das kann ich mir gar nicht vorstellen.«

»Oh doch, seine Hände zitterten, als er die meinen das erste Mal berührte. Und er konnte kaum einen vollständigen Satz sprechen.« Nun wurde ihr Lächeln noch herzlicher und sie sah Elayne an. »Es hat lange gedauert, bis wir uns aneinander gewöhnten. Nunmehr kann ich mir nicht mehr vorstellen, wie es wäre, ohne ihn zu leben.«

Gwyneth kam mit den Leinentüchern und dem Kräutersud zurück. Elayne deutete ihr, näher ans Bett zu kommen.

»Du solltest etwas trinken, meine Königin.«

»Hilf mir bitte beim Aufrichten«, bat sie mit einem kleinen Ächzen.

Gwenhwyfar verharrte, als Elayne ihren Arm unter den Rücken schob. »Nein, warte!«

Ihr Atem ging stoßweise und sie presste fest die Lippen aufeinander, während Schweißperlen auf ihre Stirn traten.

»Was ist?« Gwyneth kam näher an die Bettstatt und umklammerte die Kante.

»Sie hat Schmerzen«, stellte Elayne fest.

Gwenhwyfar japste nach Luft und in diesem Moment ergoss sich ein See aus Blut zwischen ihren Beinen.

Die Hebamme konnte nichts anderes mehr tun, als das kleine Wesen, das aus Gwenhwyfars Leib herausgepresst worden war, viel zu früh, als dass es jemals hätte leben können, in Tücher zu wickeln und mit sich zu nehmen. Sie ließ weitere Kräuter da. Aus einigen konnte man eine Tinktur zubereiten, um Gwenhwyfar zu waschen, die anderen, um ihr einen Schlaftrunk zuzubereiten.

Elayne blieb bei Gwenhwyfar, bis sie eingeschlafen war. Dann verließ sie das Gemach und traf auf Artus, der unruhig auf dem Gang auf und ab lief.

»Wie geht es ihr?!«, rief er sofort, als er Elayne sah.

Sie schloss die Tür hinter sich. Gwenhwyfar hatte immer wieder betont, dass Artus nicht zu ihr kommen sollte. Sie ertrug kaum ihren eigenen Schmerz, den Schmerz ihres Gatten hätte sie niemals ertragen.

»Sie schläft, doch sie ist sehr schwach«, erklärte sie, um einen besänftigenden Ton bemüht. »Die Hebamme sagte, sie habe zu viel Blut verloren und muss sich lange schonen.«

Artus fuhr sich durch das kupferfarbene Haar, das nun genauso wirr abstand, wie es Gawains Haar für gewöhnlich tat. »Wird sie gesund?«

»Ich glaube, ja.« Elayne nickte sacht. »Die Hebamme war sehr zuversichtlich.«

Artus nickte und presste Daumen und Zeigefinger seiner rechten Hand gegen die Augen, bevor er weitersprach. »Sie muss gesund werden. Ohne Gwen werde ich niemals mehr glücklich sein.«

Elayne fasste ihn an den Schultern und sah ihm direkt in die Augen. »Bete für sie.«

Er wollte sich an ihr vorbeidrängen. »Ich möchte sie sehen.«

Elayne hielt ihn zurück. »Das wollte sie nicht. Sie möchte dir nicht noch mehr Kummer bereiten.«

»Aber ich möchte bei ihr sein und ihre Hand halten.«

»Aber wenn sie dann wach wird, wird sie sich aufregen, weil wir dich hineingelassen haben.«

Artus schnaufte. »Darf ich denn gar nichts in meiner eigenen Feste?«

»In diesem Fall müssen wir uns ganz nach Gwenhwyfars Wünschen richten«, sprach Elayne sanft.

Plötzlich fand sie sich in einer bärenhaften Umarmung wieder. Artus roch nach Wein, Schweiß und Tränen. Trotzdem hatte sie selten so viel Wärme gespürt.

»Es wird alles gut«, versprach sie an seiner Schulter. »Gwen wird wieder gesund.«

Erst als sie in ihrer eigenen Kammer war und Gal glucksend auf ihrem Bett lag, während Teagan erschöpft neben ihm eingeschlafen war, erlaubte sich Elayne, zu weinen. Sie legte sich zu den beiden, umarmte ihren kleinen Sohn und küsste ihn fest auf die weichen Locken.

»Danke«, flüsterte sie. »Danke, dass mir solches Glück geschenkt wurde.«

16

ANAM CARA

Vertraute Seele

»Wir hätten unser Kommen ankündigen sollen.« In Hectors Stimme klang eine Spur von Zweifel.

»Erwartest du, dass man in Hörner bläst und Blütenblätter über uns wirft, nur weil wir heimkehren?«

Lancelot sah seinen jüngeren Bruder belustigt an, bevor er seinen Blick wieder auf die wohlbekannte und lange vermisste Silhouette Camelots warf, die hell getünchten Pfähle und Pfeiler, weil Artus wollte, dass Camelot wie keine andere Festung Britanniens erstrahlte. Und über den Wachtürmen wehte das Banner des Pendragon, der weiße Drache auf grünem Grund.

Wenn er es recht bedachte, war der Blick, den dieser Hügel über Camelot bot, strategisch wertvoll. Er sollte Artus vorschlagen, hier einen Wachturm zu errichten.

Hector hob eine Braue und schmunzelte. »Wir waren lange genug fort.«

Lancelot schüttelte den Kopf. »Das Leben ist in Camelot auch ohne uns vorangeschritten. Sie werden nicht die Arbeit niedergelegt haben und in Trauer versunken sein.«

Er schnalzte mit der Zunge, sodass Crixus schnaubend die schwarze Mähne schüttelte und in einen leichten Trab verfiel. Sein Ross sehnte sich nach dem heimischen Stall, dem saftigen Heu und seiner Herde. Er selbst hoffte nur darauf, einen Humpen Met mit seinen Freunden genießen zu können, bevor er tief und fest in seinem eigenen Bett schlafen würde.

Er hielt die Zügel locker in der Linken, denn seine Rechte verkrampfte noch oft. Die beiden gebrochenen Finger sahen ganz ansehnlich aus, außer dass der kleine Finger nun dicker war als alle anderen und der Zeigefinger einen Knick nach rechts machte. Deswegen schonte er die Rechte und bevorzugte die Linke.

Auf der Ebene vor der Festung trieb er seinen Hengst zum Galopp an. Die Stunden und Tage, die sie auf der Reise von Astolat hinter sich gebracht hatten, steckten in ihrer beider Knochen. Das letzte Stück des Weges aber beschritten sie mit Leichtigkeit, als wären sie nie fort gewesen.

Die Wachen vor den stets geöffneten Toren Camelots begrüßten sie erfreut und Lancelot nickte ihnen freundlich zu. Es tat gut, bekannte Gesichter zu sehen. Er und Hector stiegen von ihren Pferden ab und Lancelot steuerte die Stallungen an.

»Willst du nicht zuerst zur königlichen Halle gehen und ausnahmsweise die Pferde den Stallburschen überlassen?«

»Sie haben uns weit getragen, sie verdienen es, gut versorgt zu werden«, widersprach Lancelot seinem Bruder. »Aber gib mir ruhig deine Zügel und lauf nach oben in die Halle, ich komme nach.«

Die Wege Camelots waren voller Menschen. Gab es hier ein Fest, an das er nicht gedacht hatte?

Beltaine lag vor ihnen, doch Gwen hätte nicht erlaubt, dass dem alten Fest so große Bedeutung zugemessen wurde. Er sah Männer, deren Gesichter ihm fremd waren. Ihrer Kleidung und ihrer Sprache nach kamen sie aus dem hohen Norden Britanniens. Denjenigen aber, die ihn erkannten und ihm fröhlich zuwinkten oder zuriefen, nickte er freundlich zu.

In den Stallungen spiegelte sich wieder, was er bereits geahnt hatte. Sie hatten Besucher. Und diese kamen aus Lothian. Ihre struppigen Ponys belegten fast alle Boxen in Camelots Stallungen.

Eines der Pferde jedoch überragte die Ponys und Lancelot blieb stehen, um den Braunen zu betrachten. Die schlanken Fesseln und der kleine weiße Fleck über dem rechten Huf … nein, das konnte nicht sein.

Der Hengst beobachtete ihn aufmerksam.

»*Anam Cara*«, flüsterte Lancelot, *vertraute Seele*.

Das Tier schnaubte, wie Crixus es tat, wenn er mit ihm sprach.

Sein eigener Hengst wurde unruhig, also führte er Hectors Pferd in eine freie Box und wies einen Stallburschen an, sich um ihn zu kümmern, während er Crixus zu dessen Box brachte.

»Willkommen zu Hause, mein Freund«, schmunzelte Lancelot und begann damit, ihm die Zügel und den Sattel abzunehmen, damit er das feuchte Fell mit Heu abreiben konnte. Sein Blick wanderte zurück zu dem großen Braunen.

Er musste sich irren. Es konnte einfach nicht sein. Es sei denn, König Pelles von Corbenic hatte sich seinem alten Freund König Lot angeschlossen, um Camelot einen Besuch abzustatten.

Die Idee war zu absurd. Oder hatte Pelles den Weg zurück in die Realität gefunden und beschäftigte sich nun mit den politischen Pflichten, die er so lange vernachlässigt hatte?

Ein Stallbursche eilte mit einem Eimer Wasser herbei. »Herr, du bist wieder da!«

»Offensichtlich bin ich das.« Lancelot grinste den Jungen an. »Gibt es noch genug Heu oder haben die Nordponys alles aufgefressen?«

»Wir haben genug, ich hole schnell etwas!«

»Warte«, hielt Lancelot ihn zurück. »Der Braune da drüben …« Er deutete mit einem Nicken in diese Richtung. »Gehört er auch zu den Besuchern aus dem Norden?«

Der Junge sah verwirrt dorthin, hob dann aber unwissend die Schultern. »Ich glaube nicht. Der Braune ist schon länger da, aber ich weiß nicht, zu wem er gehört.«

Crixus war bald versorgt und Lancelot ging zur Box, in der sein treuer Gannicus stand. Man hatte ihm ein dickes Ponymädchen dazugestellt und der Junge schien mächtig zufrieden. Er bemerkte seinen Herrn kaum, bedachte ihn nur mit einem Schmatzen, während er eine Möhre aus dem Trog nahm.

»Dann geht es dir wohl gut«, meinte er schmunzelnd und griff über die Box, um dem Pony kräftig auf die Seite zu klopfen.

Er ging zurück zu dem Braunen. »Wie kommst du nur hierher?«, flüsterte Lancelot. »Und noch wichtiger, wer ist mit dir hier?«

Er lehnte sich an den Holzbalken, der die Box absperrte, und beobachtete das stolze Ross. Die Jahre waren gut zu dem Tier gewesen, es war gut gepflegt worden. Doch die Hufe bereiteten ihm Sorgen. Auch bei guter Pflege konnten alte Hufe einen so langen Weg wie den von Corbenic nach Camelot nicht unbeschadet überstehen.

Er wandte sich um, da sich Schritte näherten. Ein hochgewachsener junger Mann, die Schultern breiter, als er sie in Erinnerung hatte, und die Kieferknochen kantiger, näherte sich, in beiden Händen je einen Eimer tragend.

Die Jahre waren also auch gut zu seinem jungen Freund Liam gewesen, sehr gut sogar. Er war zu einem stattlichen Mann geworden.

»Ich hatte also recht«, sprach Lancelot teils amüsiert, teils entsetzt. »Sei gegrüßt, Liam.«

Der Mann starrte ihn mit offenem Mund an und Lancelot nahm ihm einen der Eimer ab, bevor er ihm auf den Zeh fiel.

»Himmel, das ist schwer.«

Kein Wunder, dass Liam mittlerweile so breite Schultern hatte.

Entsetzt starrte Liam Lancelot und dann Centenarius an, dann wieder Lancelot. »Galahad, ich wusste nicht, dass du wieder da bist«, stammelte der junge Mann. Sogar seine Stimme war tiefer geworden.

»Lancelot«, berichtigte er ihn. »Hier kennen mich alle nur als Lancelot. Und ich bin eben erst angekommen.«

»Ja, ja natürlich«, beeilte sich Liam, zu sagen, und stellte den zweiten Eimer ab. Seine Hände wischte er an dem braunen Stoff seiner Arbeitshose ab und hielt ihm sodann die Rechte hin. »Lancelot.«

»Liam.« Lancelot ergriff die Hand und schluckte kurz vor Schmerz, da der Druck kräftiger war als gedacht. Dann stemmte er die Hände in die Hüfte und sah sich um. »Also, dass Pelles den weiten Weg noch einmal reisen würde, hätte ich nicht gedacht. Doch es ist gut für Corbenic, wenn sich der König wieder um seine Belange kümmert. Wie geht es allen? Sind sie wohlauf?«

Der junge Mann starrte ihn an, als hätte er in einer anderen Sprache gesprochen.

»Liam?« Er verschränkte die Arme vor der Brust. »Du hast das Pferd doch nicht etwa gestohlen, um selbst nach Camelot zu kommen?«

»Was?!« Liam schüttelte verwirrt den Kopf. »Wir haben nicht … Nein, ich meine, ich habe es nicht gestohlen.«

Der junge Mann war kein guter Lügner. War er noch nie gewesen, erinnerte sich Lancelot an gemeinsame Tage. »Liam?«

»Also, wir haben Centenarius nicht gestohlen. Wir haben ihn …«

»Ausgeliehen?«, kam Lancelot ihm zu Hilfe.

»Ja, ja! Ausgeliehen. Ein königliches Ross gehört bekanntlich nicht nur dem König.«

Das war eine seltsame Argumentation.

»Wem gehört das königliche Ross denn sonst?«

»Der Königstochter.« Liam räusperte sich und wandte den Blick auf seine Stiefelspitzen.

Lancelot atmete tief ein. Er hätte damit rechnen sollen, dass sie eines Tages nach Camelot kommen würde. Doch warum so bald? Was war nach seiner Abreise in Corbenic geschehen? Hatte sie geheiratet? Hatten sie und ihr Gemahl die Herrschaft über Corbenic übernommen? Der Gedanke schmerzte ihn, wenn es auch die einzig gute Begründung war.

Er würde die Wahrheit erfahren, sobald er die königliche Halle betrat.

»Centenarius sieht erstaunlich gut aus«, lenkte er von diesem Gedanken ab. »Aber seine Hufe machen mir Sorgen.«

Liams junge Stirn legte sich in besorgte Falten. »Ja, mir auch. Ich schmiere jeden Abend Fett darauf, doch sie werden nicht besser. Er ist nicht mehr der Jüngste.«

Viel länger konnte er nicht in den Stallungen bleiben. Man erwartete ihn gewiss schon, nachdem Hector direkt zur königlichen Halle gelaufen war.

Seine Freunde empfingen ihn auf dem Platz vor der Halle, allen voran Gawain und Gaheris.

»Lance!«, rief Gawain aus und stürmte auf ihn zu, um ihn fest zu umarmen.

Lancelot verzog schmerzhaft das Gesicht. »Autsch.«

»Oh, verdammt. So schlimm also?«

»Es *war* schlimm. Jetzt geht es wieder.« Er löste sich von Gawain und legte seinen unverletzten Arm um Gaheris. »Na, mein Junge, was machen deine Tanzkünste?«

Der junge Krieger lachte erfreut auf. »Geh mit mir auf den Platz und ich zeige dir, wie gut sie geworden sind, alter Mann.«

»Das wird noch eine Weile warten müssen«, bedauerte Lancelot. Er hatte keine Ahnung, wann er die rechte Hand wieder so nutzen konnte wie früher. Notfalls würde er lernen müssen, das Schwert mit der Linken zu führen.

Percival hielt sich ein wenig im Hintergrund. »Willkommen zurück, Lancelot.«

Er schritt auf den Burschen zu und umarmte ihn, so wie er es bei Gawain getan hatte. »Danke, mein Freund.«

Sie waren alle Waffenbrüder. Auch wenn Percy noch nicht lange dabei war, hatte Lancelot den ernsten jungen Mann bereits in sein Herz geschlossen.

Und wo ein ernster Mann war, war der andere nicht weit.

»Cai«, nickte er Artus' Ziehbruder zu und klopfte ihm auf die Schulter.

Er umarmte Agravaine, Constantinus, Osrin, Caradoc und Lucan. Seine Waffenbrüder scharten sich um ihn und lachten, klopften ihm auf die Schulter, holten sich ihre Umarmungen ab. Selbst Lamorak, der ihn nicht leiden konnte, schien erleichtert, ihn wiederzusehen.

Grinsend wie ein Maultier sah sich Lancelot um. Es tat so gut, wieder unter diesem verrückten Haufen zu sein. Doch wo war Bors, sein älterer Halbbruder?

Suchend blickte er sich um und erkannte dafür die große Gestalt von Artus auf den Stufen zur Halle. Er grinste nicht minder dämlich als er selbst.

»*Salve,* mein Bruder«, rief Artus und kam im Laufschritt die Stufen hinab.

Lancelot machte sich von seinen Brüdern frei und lief auf seinen König zu. Zunächst beugte er respektvoll das Haupt, dann aber fielen sie sich lachend in die Arme.

»Ich dachte schon, ich müsste deine Gebeine mit einem Karren aus Astolat abholen«, gestand Artus.

Lancelot klopfte ihm auf die Schulter. »Nun, du hast Glück. Ich darf dir noch ein paar Mal den Hintern retten, bevor es so weit ist.«

Artus schob ihn von sich und sein kantiges Kinn zeugte von Anspannung, seine blauen Augen trübten sich. »Ich habe leider keine guten Neuigkeiten für dich, mein Bruder.«

Lancelot wandte sich an seine Waffenbrüder. »Wir trinken heute Abend alle gemeinsam«, versprach er ihnen. Dann legte er Artus einen Arm um die Schultern. »Erzähl mir, was passiert ist, aber zunächst brauche ich einen ordentlichen Schluck Met.«

Aus dem einen Schluck waren mehrere geworden. Sein Freund musste ihm berichten, dass sein Bruder Bors vor zwei Tagen nach Benwick geritten war. Sie hatten Nachricht von ihrem Vater erhalten, dass er im Sterben lag. Lancelot und Hector würden ihm morgen folgen. Er respektierte seinen Vater, wenn er auch nie eine große Zuneigung zu ihm verspürt hatte. Dazu hatten sie zu wenig Zeit miteinander verbracht.

Dann hatte er sich zurückgezogen, um sich zu waschen und umzukleiden. Artus holte ihn ab und begleitete ihn zur königlichen Kammer.

Lancelots Herz lag nun wegen eines anderen lieben Menschen schwer in der Brust.

»Sie kommt nur langsam wieder zu Kräften«, sprach Artus leise. Er schluckte und ließ die Schultern hängen. »Und sie möchte mich nicht sehen. Sie denkt vielleicht, ich könnte ihren Schmerz nicht nachvollziehen, aber ich würde am liebsten schreien vor Trauer.«

Lancelot klopfte ihm auf die Schulter und ließ seine Hand dort, als könnte er seinem Freund ein wenig seiner Kraft abgeben. »Es ist wohl eher, dass sie nicht will, dass du sie so schwach siehst. Sie möchte deine wunderschöne Königin bleiben.«

»Aber das ist sie doch«, rief Artus verzweifelt aus. »Für alle Ewigkeit.«

»Ich weiß«, antwortete Lancelot traurig.

Er klopfte an die Tür und wartete, bis sie ihm geöffnet wurde. Sein Herz sprang auf, als er die zarten Linien ihres Gesichts erkannte.

Elayne senkte rasch den Blick und trat zur Seite. »Die Königin erwartet dich«, murmelte sie.

Welch Kontrast bot sie zu jenem Tag, an dem sie sich zuerst begegnet waren. Er erinnerte sich so gut an das Mädchen, das in Hosen halb im Fluss gestanden und nach Flusskrebsen geangelt hatte, durchnässt, unbekümmert, frei.

Vor ihm aber stand eine junge Frau, deren schwarzes Haar zu kunstvollen Zöpfen verflochten war. Die blaue Tunika betonte die Farbe ihrer Augen und saß enger an ihren Rundungen als alle anderen Gewänder, die er je an ihr gesehen hatte.

Das Mädchen war zur Frau geworden und in ihren Augen lag ein Kummer, den nur ein Mensch verspüren konnte, der die Schmerzen des Lebens kennengelernt hatte, all die Enttäuschungen, die das Schicksal bereithielt.

Elaynes Antlitz war keine Überraschung anzumerken. Also hatte sie sich auf dieses Wiedersehen vorbereiten können. Er jedoch nicht. Er musste sie ansehen, musste begreifen, dass wirklich sie es war, die vor ihm stand. Dass sie wirklich nach Camelot gekommen war.

Er wollte die Hand nach ihr ausstrecken, die glatte Strähne ihres schwarzen Haares aus dem Gesicht streichen, die sich aus ihrer Frisur gelöst hatte. Er wollte sie in die Arme ziehen. Sie festhalten und nicht mehr loslassen. Stattdessen ballte er die Hände zu Fäusten, um die Kontrolle wiederzuerlangen.

»Lancelot, das ist Elayne von Corbenic«, stellte Artus sie einander vor. »Sie ist seit einigen Wochen unser Gast. Sie kümmert sich um Gwen.«

Lancelot nickte, zu keiner anderen Reaktion fähig, und ging an Elayne vorüber, ohne sie noch einmal anzusehen. Sonst hätte er sich nicht mehr beherrschen können.

Elayne hielt den Blick weiter gesenkt und verließ die Kammer, die Tür hinter sich schließend.

Lancelot schloss kurz die Augen und atmete tief durch, bevor er an das Bett schreiten konnte.

Wolf lag bei ihr, den Kopf auf ihrem Leib, und sah nur kurz winselnd auf, als er Lancelot bemerkte. Gwenhwyfar sah so zerbrechlich aus, wie er sie selten gesehen hatte. Ihre Haut war fahl, ihre Wangen eingefallen, tiefe Ränder lagen unter ihren Augen. Und ihre sonst so lebhaften braunen Augen waren voller Trauer. Sie füllten sich mit Tränen, als sie ihn erblickte.

»Lance«, schluchzte sie.

Ohne weiteres Zögern war er bei ihr und schloss sie in die Arme. »Sag nichts, meine liebste Gwen. Artus hat mir erzählt, was passiert ist. Lass dich einfach halten.«

»Er … Er hasst mich!«, schluchzte sie weiter. »Ich kann ihn nicht mehr ansehen. Ich will nicht, dass er zu mir kommt. Ich will den Hass und die Trauer nicht in seinen Augen sehen.«

»Bei Gott, Artus liebt dich!«, versicherte er ihr. »Das weißt du doch.«

»Aber ich kann ihm keinen Erben schenken. Ich bin unnütz. Er sollte mich verstoßen.«

»Eher geht im Westen die Sonne auf, als dass Artus dich fortschicken würde«, flüsterte er und begann, ihr zärtlich über das goldene Haar zu streicheln.

»Und ich kann dieses Mitleid nicht mehr ertragen«, brachte sie hervor. »Alle sehen mich an … und sie denken ›Ach, die Königin, die arme Frau, die niemals Kinder haben wird‹.«

Sie schluchzte an seiner Schulter und er hielt sie fest und wünschte, er könnte ihr mehr geben als diesen Halt.

Er hatte sie bereits einmal so gehalten. Als es das erste Mal geschah, als Artus und Gwen ihr erstes Kind verloren hatten. Da war sie gerade einmal sechzehn Sommer jung gewesen, fast selbst noch ein Kind. Und er war ein junger Krieger von gerade einmal zwanzig oder einundzwanzig Sommern. Sie waren gemeinsam auf dem Weg zu der kleinen Kirche von Ynis Witrin gewesen, weil sie dort für sich und Artus und ihr gemeinsames Kind hatte beten wollen. Artus hatte Lancelot mitgeschickt, weil er keinem anderen so sehr vertraute wie ihm.

In jener Nacht, als es passierte, hatte er Gwen in einen verlassenen Stall gebracht und war bei ihr geblieben, hatte sie versorgt, wie er es von den Frauen Avalons kannte. Diese Nacht hatte sie miteinander verbunden, für immer.

Vor ihm brauchte Gwenhwyfar niemals die stolze Königin sein. Sie durfte sein, wer sie war, sie durfte jedes Gefühl zeigen und wusste, dass er sie niemals dafür verachten würde.

Er schmiegte sich noch enger an sie, legte die Füße hoch, sodass auch er auf dem Bett ruhen konnte, und bettete ihren Kopf an seiner Schulter. »Was auch immer ich dir sagen könnte, es würde deinen Schmerz nicht lindern.«

»Dann sing für mich«, flüsterte sie. »Eines deiner neuen Lieder. Das Lied von dem Einhorn.«

Er musste sich räuspern. »Nein, nicht dieses. Ein anderes.«

Er sang für sie das Lied eines alten Helden, der noch einmal ausziehen wollte, um Abenteuer zu erleben, genau das Lied, das er für Centenarius geschrieben hatte. Nur musste er es wohl jetzt umschreiben, denn der alternde Held hatte tatsächlich noch einmal ein Abenteuer erlebt.

Als Gwen eingeschlafen war, verließ er leise die Kammer. Im Gang traf er niemanden an, sodass er sich zur königlichen Halle begab, wo man sich gewiss zum gemeinsamen Abendessen einfand.

Er hoffte, er würde Elayne dort antreffen. Er musste mit ihr reden, noch bevor er nach Benwick aufbrach.

17

CANEUON NEWYDD

Neue Lieder

Ihr Herz raste noch immer, als sie zurück in ihre Kammer ging.

Er hatte sein Haar noch länger wachsen lassen und trug es nun zum Zopf, und auch sein Bart war dichter. Seine Augen waren so dunkel wie die Tiefen der Seen im Norden.

Ihn wiederzusehen hätte sie fast niedergeschlagen. Er war so stattlich, wie sie ihn in Erinnerung hatte. Doch sein Blick, als er sie erkannte, hatte ihr ein Stich ins Herz gegeben. Die Kälte, mit der er sie nur kurz betrachtet hatte, hatte ihr beinahe Tränen in die Augen getrieben.

Was glaubte er wohl, warum sie nach Camelot gekommen war? Und wie würde er erst reagieren, wenn er die Wahrheit erfuhr?

Elayne erschien nicht beim Abendessen in der Halle, sie holte für sich und Gal etwas aus der Küche. Da die Königin noch unpässlich war, hielten sich die Damen des Abends zurück. Selbst Morgause blieb der Halle fern.

In der Nacht fand sie keinen Schlaf. Immer wieder sah sie seine entsetzte Miene vor sich, den angespannten Kiefer, die zu Fäusten geballten Hände. Sie war ohne Vorwarnung in sein Leben getreten. Sie hatte plötzlich vor ihm gestanden, als er sich um eine andere sorgte. Eine Frau, die ihm immer nahegestanden hatte, über die er Lieder gesungen hatte und ihre Schönheit pries.

Hatte er es geschafft, Elayne in der Zeit, die vergangen war, zu vergessen? War sie nur eine weitere Geschichte, die er des Abends am Feuer seinen Freunden erzählte? Oder hatte er sie ganz aus seinen Erinnerungen gebannt?

Elayne hatte ihn nie vergessen, so sehr sie es auch versucht hatte. Er hatte sie belogen, sie benutzt, um den Gral zu finden, ihre Freundschaft und ihre Gefühle ausgenutzt. Sie wünschte, sie hätte ihn einfach hassen können.

Der Schmerz aber saß deswegen so tief, weil sie ihn wirklich gemocht hatte. Ihre Gefühle waren echt und tief gewesen. Und sie waren immer noch da, verschlossen in einer Ecke ihres Herzens.

Sie hatte sich unter dem Apfelbaum geschworen, ihm zu verzeihen. Sie hatte jedoch nicht damit gerechnet, wie tief der Schmerz noch immer in ihr saß.

Sie hatte nach wie vor nicht in den Schlaf gefunden, als der Morgen graute und Gal wach wurde. Er schmiegte sich fest an sie. »Mama, Hunger.«

Der kleine Krieger war immer hungrig, sobald er wach wurde. Sie kleidete sich rasch an, zog dem Kleinen ein frisches Hemd und seine kleinen Bundschuhe an und ging mit ihm an der Hand in die Küche.

Dort traf sie zum ersten Mal seit Langem auf Artus. Sein Gesicht war von Müdigkeit gezeichnet, die Ellbogen schwer auf die Tischplatte gestützt. Vor ihm standen eine Schale Haferbrei und ein Becher Milch, die er noch nicht angerührt hatte.

Artus hatte sich nicht rasiert und rötliche Stoppeln lagen auf seinen Wangen. Er fuhr sich durch das kupferne Haar und lächelte, als er sie sah. »Elayne, guten Morgen. Und einen guten Morgen auch dir, kleiner Gal.«

Wie so oft verbarg Gal zunächst sein Gesicht an Elaynes Schulter.

»Guten Morgen, mein König.« Sie beugte respektvoll das Haupt. »Wie es scheint, haben wir beide wenig geschlafen.«

»Es würde mich wundern, wenn irgendjemand in Camelot noch gut schlafen kann.« Artus seufzte und nippte an seiner Milch.

Philippa hatte bei Elaynes Eintreten rasch weitere Schüsseln mit Haferbrei gefüllt und stellte sie vor Elayne und Gal ab. »Lasst es euch schmecken«, sagte sie mit einem warmen Lächeln.

Sie hatte sogar einen Extraklecks Honig auf Gals Portion gegeben, weil sie wusste, wie sehr der Kleine Honig liebte. Auf Elaynes Brei ruhte eine kleine rote Beere und Elayne schmunzelte. »Die Küchenmädchen haben also wirklich Beeren gefunden?«

»Am Waldrand östlich von hier.« Die Köchin zwinkerte ihr verschwörerisch zu. »Aber erzähle der verwöhnten Göre nichts davon, sonst wird sie alle für sich beanspruchen.« Entschuldigend sah sie zu Artus.

Er winkte ab. »Lass nur. Wir alle kennen Gwyneths Launen.« Er wartete, bis Elayne fertig gegessen hatte, dann holte er tief Luft. »Ich bin dir unendlich dankbar, Elayne.«

Überrascht sah sie auf.

Er nickte bedächtig. »Du kümmerst dich mit solcher Hingabe um die Königin. Natürlich tut auch die Hebamme ihr Bestes und auch Gwyneth so viel, wie es ihr möglich ist. Aber du bist stets bei ihr und das ist nicht selbstverständlich.«

Sie faltete verlegen die Hände im Schoß. »Doch, ist es, mein König. Es ist nur wenig, was ich tun kann. Ich wünschte, ich hätte das Heilen erlernt und könnte ihr wirklich helfen. So kann ich nur dafür sorgen, dass sie ihre Ruhe bekommt und frische Laken und jene Speisen, die ihr guttun.«

»Genau dafür danke ich dir.« Er richtete sich auf und schnaufte durch. »Heute wird ein weiterer schwieriger Tag für Gwen. Lancelot, du hast ihn gestern gesehen. Er muss heute wieder abreisen.«

Elayne bemühte sich darum, ihre Fassung zu bewahren. Sie hob den Löffel auf, den Gal auf den Boden hatte fallen lassen, und wischte ihn an der Schürze ab, die sie morgens vorsichtshalber trug. »Wohin wird er gehen?«

»Nach Benwick. Das liegt westlich von hier, in Dumnonia.« Er schloss kurz die Augen, denn ihn schien die Situation selbst mitzunehmen. »Sein Vater liegt im Sterben.«

Sie nickte. »Dann ist verständlich, dass er ihn noch einmal sehen möchte.«

»Richtig. Doch die Königin wird es traurig stimmen.« Sein Blick suchte den ihren. »Lancelot und Gwen haben eine besondere Bindung. Ich fürchte, sie wird einen Rückschlag in ihrer Heilung erleben, wenn er nun geht. Würdest du dich daher heute besonders um sie kümmern und mir berichten, sofern es ihr schlechter geht?«

»Natürlich, mein König. Jederzeit.«

Die Frage aber, die zwischen ihnen stand, war: Wie genau sah dieses Band zwischen den beiden aus? Elayne biss sich auf die Unterlippe. Nein, sie konnte die Frage nicht stellen. So vertraut der Umgang zwischen ihnen bereits geworden war, er war noch immer ihr König. Er vertraute ihr, aber es stand ihr nicht zu, weitere Fragen zu stellen.

Er nickte und richtete dann seine Aufmerksamkeit auf die Köchin. »Philippa, könntest du ein Frühstück für Lancelot und Hector bereitstellen und ihnen etwas Proviant für den Weg zusammenpacken?«

»Aber sicher, mein König.«

»Ich kann ihnen das Frühstück bringen«, bot Elayne an, bevor sie noch weiter darüber nachdachte.

»Wirklich?« Artus runzelte die Stirn.

»Ja, ich würde Philippa gern helfen.« Und es war die einzige Möglichkeit, mit Lancelot zu sprechen, bevor er wieder fortmusste. Nur … Ihr Blick fiel auf Gal. Sie sollte ihn nicht sofort vor vollendete Tatsachen stellen. »Ich werde den Kleinen zu Teagan bringen.«

»Das ist nicht notwendig«, wandte Artus ein. »Lass ihn einfach bei mir in der Küche, ich passe auf ihn auf. Ich werde noch etwas hier sitzen und die Ruhe genießen, bevor der Alltag wieder auf mich einstürmt.« Er stand bereits auf und nahm Gal auf den Schoß. »Na, mein Held, wollen wir noch etwas Brei essen?«

Elayne sah verwundert, dass Gal breit lächelte. Mit seinen verschmierten Händen fasste er König Artus an den stoppeligen Wangen.

Artus lachte auf. »Siehst du, er teilt sogar seinen Brei mit mir.«

Sie hatte Brot, Schinken und gekochte Eier in eine Schale gepackt. Artus sagte ihr, wo Lancelots Kammer zu finden war. Hector teilte sich seine Kammer mit den jüngeren Kriegern Percy, Gaheris und Lucan. Elayne eilte zuerst zu diesen und es war glücklicherweise Percy, der ihr die Tür öffnete und das Frühstück für seinen Freund entgegennahm. So waren keine weiteren Erklärungen notwendig.

Vor der Kammer Lancelots verharrte sie einen Moment. Ihr Herz galoppierte wie ein Fohlen über eine Frühlingswiese.

Was genau wollte sie ihm eigentlich sagen? Als sie dachte, er würde vielleicht sterben, hatte sie ihm verziehen. Aber wäre das nicht ein merkwürdiger erster Satz? Sie konnte ihm auch nichts von Gal erzählen, noch nicht. Wenn seine Sorge seinem Vater galt und im Hinterkopf auch noch die Sorge um Gwenhwyfar schwebte, wollte sie ihm nicht noch mehr Ballast mit auf den Weg geben. Das Beste wäre wohl, sie würde ihn reden lassen.

Zaghaft klopfte sie an. Es dauerte eine Weile, bis ihr geöffnet wurde. Groß und finster stand er vor ihr, das schulterlange Haar wirr und zerzaust. Die Pupillen seiner dunklen Augen weiteten sich, als er sie sah.

»Ich bringe dir Frühstück«, sprach sie mit einer Stimme, die ihr selbst fremd war, viel zu hell und kindlich.

Er musste sie für ein dummes kleines Ding halten. Nicht einen Tag älter als damals, als er sie verlassen hatte.

Er nickte und öffnete die Tür weiter, damit sie eintreten konnte. Sie zögerte und er schnaufte. »Willst du im Gang stehen bleiben, damit alle sich das Maul zerreißen?«

Sie schüttelte verwirrt den Kopf und trat ein. Seine Kammer war anders, als sie es sich vorgestellt hatte. Sie war größer, ein breites Bett stand an der rechten Wand. Ein Arbeitstisch, belegt mit Karten, Schriftrollen und Kerzen, stand an der linken. Gegenüber der Tür befanden sich zwei Fenster, darunter Truhen, auf denen Schwert und Schild lagen. Der Boden war mit Teppichen bedeckt, auf dem Bett lagen bunt gewebte Tücher unordentlich verschlungen. Beschämt wandte sie den Blick ab.

»Stell deine Schale auf den Tisch«, bat er, schenkte dem Essen aber keine weitere Beachtung, sondern beobachtete jede ihrer Bewegungen.

Sie faltete die Hände und hielt seinem Blick stand. »Du fragst dich sicher, warum ich nach Camelot gekommen bin.«

Er hob beide Augenbrauen. »Wie schön, dass du keine Umwege gehst. Ja genau, das frage ich mich.« Ein dunkler Schleier lag über seinen Augen. »Aber eigentlich kenne ich die Antwort bereits.«

Sie fasste an ihr Herz. »Ja?«

Er nickte, fuhr sich durch das Haar, das so ungewöhnlich lang war und ihn älter aussehen ließ. Tatsächlich machte sie eine feine silberne Strähne an seiner Schläfe aus. »Es war dein Traum, nach Camelot zu kommen. Und den hast du dir nun erfüllt.«

Erleichtert atmete sie aus. »Es war nicht wegen eines kindischen Traumes, glaube mir.«

Sein Blick haftete an ihr wie eine Klette an einem Wollmantel. Sie traute sich kaum, sich zu bewegen.

»Nein, ein Kind bist du wahrlich nicht mehr«, stellte er mit rauer Stimme fest.

Etwas in ihr wurde leicht. Ein zartes Flattern eines einzelnen Schmetterlings.

»Du bist nicht verheiratet?«, wunderte er sich.

Sie schüttelte den Kopf, unfähig, in seiner Gegenwart zu sprechen.

Langsam kam er näher. »Also bist du ganz allein von Corbenic nach Camelot gekommen?«

»Mit Liam«, brachte sie krächzend hervor. Sie räusperte sich. »Und Teagan. Die beiden haben geheiratet.«

»Wie schön für die beiden.« Er kam einen weiteren Schritt näher.

Seine Nähe fühlte sich bedrohlich an, nicht vertraut. Sie wich einen Schritt zurück. »Es tut mir leid, dass dein Vater im Sterben liegt«, brachte sie nun hervor und brachte ihn dazu, stehen zu bleiben.

Er kratzte sich am Bart, noch so ein ungewohntes neues Detail an ihm. »Ja, mir auch. Er ist ein guter Mann, wenn wir uns auch nie wirklich nahestanden.«

»Wirst du in Benwick bleiben?«

Er runzelte die Stirn. »Wohl kaum. Es wird Bors' Aufgabe sein, sich um Benwick zu kümmern, so wie es schon lange feststand. Die Menschen lieben Bors und er ist ohnehin ein besserer Mann, als ich es je war.«

»Sag so etwas nicht.«

»Es ist aber die Wahrheit.«

Diese Unterhaltung lief ganz anders, als sie es sich vorgestellt hatte. Seine Nähe verwirrte sie. Und sie konnte diese unterschwellige Bedrohung nicht zuordnen.

Sie zuckte zusammen, als es an der Tür klopfte.

»Lance, wir müssen los, wenn wir den Ritt heute noch schaffen wollen.«

Verstimmt ging er zur Tür und öffnete sie. Ein junger Mann trat ein, nicht ganz so groß wie Lancelot und sein Haar lockiger, aber von der gleichen Farbe wie seines.

»Oh.« Er blieb überrascht stehen, als er Elayne erblickte. »Verzeih, ich wusste nicht, dass du Besuch hast.«

»Elayne hat mir nur Frühstück gebracht«, erklärte Lancelot und machte sich daran, seine Tunika am Hals zu schnüren. »Elayne, das ist mein Bruder Hector von Aremorica.«

Der junge Mann lächelte. »Das ist also Elayne von Corbenic?«

»Hast du von ihr gehört?«, wunderte sich Lancelot und hielt in der Schnürung der Tunika inne.

»Percy und Gaheris sprechen von niemand anderem«, sagte der junge Mann gutmütig, der mit einem leichten Akzent sprach, wie Elayne nun bemerkte.

»Percy und Gaheris sind meine Verwandten«, fügte sie rasch hinzu, nicht, dass jemand noch auf falsche Gedanken käme.

Lancelot ging zu seinen Waffen und schnallte sich einen Gurt um. »Elayne, ich hoffe sehr, dass du noch in Camelot verweilst, wenn ich zurückkehre. Unser Gespräch ist noch nicht zu Ende.«

»Ich wünsche euch beiden viel Kraft auf der Reise«, sprach sie ehrlich und von Herzen.

Sie beeilte sich, die Kammer zu verlassen, und wandte sich nicht noch einmal um. Dieses Wiedersehen war wirklich komplett schiefgegangen.

Sie war noch immer in Gedanken bei Lancelot, als sie später Teagan bei der Königin ablöste. Ihre Freundin übernahm im Gegenzug den kleinen Gal.

Gwenhwyfar saß aufrecht in ihrem Bett und hatte gefrühstückt. Ihre Wangen waren zart gefärbt. Es ging ihr besser, endlich. Am Nachmittag schaffte sie es sogar, aufzustehen und ein wenig in ihrer Kammer umherzugehen.

»Elayne«, sprach die Königin sanft lächelnd. »Würdest du bitte meinem Gemahl Bescheid geben? Ich möchte ihn sehen.«

An diesem Abend blieb auch Artus der Tafelrunde fern. Sein Ziehbruder Cai übernahm die Rolle des Gastgebers, was Lot ein wenig verstimmte. Doch Morgause ließ verkünden, dass es wohl auch für die Damen wieder angemessen sei, an der Tafel zu speisen.

Und so konnte Lot seine Weben weiterspinnen.

»Elayne, mein Kind, setz dich doch für einen Moment zu uns«, bat er mit erstaunlicher Freundlichkeit, nachdem ein erster Gang mit Eintopf herumgereicht worden war.

Zögernd sah sie Gawain an, der jedoch zustimmend nickte. »Er wird dich nicht auffressen«, raunte er ihr zu. »Und wenn doch, bin ich in der Nähe, um ihm den Kopf abzuschlagen.«

Also nahm sie einen Platz neben Lot ein, den Mordred für sie hatte frei machen müssen. Der Junge setzte sich dafür zu Gwyneth, die recht pikiert wirkte und ihm sofort zu verstehen gab, dass sie nicht an einer Unterhaltung mit ihm interessiert war.

Lot griff nach ihrer Hand, die sie ihm am liebsten sofort wieder entzogen hätte, um des Friedens willen aber beließ sie sie ihm. »Hör mir zu, Kleine.«

»Rede nicht so mit ihr«, bat Morgause. »Sie ist eine erwachsene Frau und sollte so behandelt werden.« Sie streichelte sich über den gewölbten Bauch und lächelte Elayne gönnerhaft an.

Ihr Gatte hob eine Braue, fuhr sich mit der linken Hand über die Wange und besann sich eines angemesseneren Tonfalls.

»Nun gut, Elayne, ich möchte mich bei dir für mein Verhalten entschuldigen. Du kannst jedoch sicherlich verstehen, wie überraschend es für mich war, meine eigene Enkelin als Dienstmagd in der Halle unseres Großkönigs zu entdecken.«

»Unsere erste Begegnung war tatsächlich etwas holprig«, stimmte sie zu.

»Schön«, tätschelte er ihre Hand. »Wollen wir uns darauf einigen, dass unsere gemeinsame Zeit etwas glänzender ablaufen darf?«

»Glänzender?« Elayne zog die Brauen zusammen.

Er lächelte, ein ungewohnter Anblick. »Ja, in jeder Hinsicht. Du solltest dir bewusst sein, welche Möglichkeiten dir offenstehen. Und ich werde dir helfen, diese Möglichkeiten zu ergründen.«

Missmutig entzog sie ihm ihre Hand. »Welche Möglichkeiten meinst du damit im Einzelnen?«

»Nun, du wirst doch sicher ebenfalls danach streben, einen eigenen Haushalt zu gründen.«

Wunderbar, er zielte also auf das leidige Thema Hochzeit ab.

»Damit habe ich es nicht so eilig wie die wichtigen Männer um mich herum.«

»Du hast ein lockeres Mundwerk.«

»Ganz die Mutter«, erlaubte sich Morgause zu sagen und nippte an ihrem Met.

Elayne hatte vergessen, dass auch Morgause Cundrie gekannt hatte. »Wie ist es wohl gewesen, mit dem Vater der Freundin verheiratet zu werden?«, überlegte Elayne laut.

Morgause stellte ihren Becher geräuschvoll ab. »Die Hexe ist nie meine Freundin gewesen.«

»Morgause!«, ermahnte Lot sie.

Die Königin von Lothian rang sich ein selbstgefälliges Lächeln ab und streichelte erneut über ihren Bauch. »Durch die Ehe mit Lot wurden mir vier wunderbare Söhne geschenkt, ein fünfter ist auf dem Weg. Und ich herrsche über ein ganzes Land, dessen Bewohner mir ergeben sind. Ich habe einen König an meiner Seite, den man wohl als zweitmächtigsten Mann von ganz Britannien bezeichnen kann. Welche Frau kann mehr erwarten?« Sie musterte sie abfällig. »Du wohl nicht. Mein Sohn mag dir zugetan sein und ich erkenne, warum. Du bist jung, hübsch und vorlaut. Doch es steckt mehr von deiner Mutter in dir, als jeder ahnt. Und wenn du glaubst, hier Freunde zu finden, solltest du genauer hinsehen.«

»Wie meinst du das?«

»Weißt du eigentlich, was Cundrie in jener ersten Nacht der Eheschließung zu Gwenhwyfar sagte, als wir Frauen sie gemeinsam für das Ehebett vorbereiteten? Nein, du siehst nicht so aus und die heilige Gwen wird es wohl nicht gesagt haben.« Die grünen Augen von Morgause leuchteten voller Schadenfreude. »Cundrie sagte ihr, sie würde niemals ein lebendes Kind mit Artus haben.«

»Das kann nicht sein«, widersprach Elayne. Ihre Mutter wäre niemals so rücksichtslos gewesen.

»Oh doch, genau das tat sie. Ich erinnere mich genau an diesen Moment. Ihr irrer Blick war in das Feuer gerichtet, das wir in der Kammer entzündet hatten, damit es wärmer wurde. Die Flammen bescherten ihr eine Vision und statt den Mund zu halten, hat das Weib die Worte laut herausposaunt, sodass jede im Raum sie hören konnte: Morgaine, ich selbst und Gwenhwyfar.« Morgause beugte sich vor und zeigte mit dem Finger auf Elayne. »Und du glaubst wirklich, dass Gwenhwyfar nun in der Stunde, in der sie erkennen muss, dass Cundrie die Wahrheit sprach, deine Freundin sein will?« Sie lachte höhnisch. »Wohl kaum.«

Der Groll, der in Elayne brodelte, mischte sich mit dem furchtbaren Gefühl, dass Morgause recht haben könnte. Sie erhob sich langsam. »Nun sehe ich, warum dich niemand leiden kann, Morgause. Ich wünsche noch einen angenehmen Abend.«

Ohne zurückzublicken, begab sich Elayne zurück an Gawains Seite, der ihr rasch einen Becher Met entgegenhielt.

»Nein danke«, lehnte sie ab. Das warme Getränk konnte sie nun auch nicht mehr beruhigen. »Du dachtest, Lot sei eine Gefahr für mich? Dann hast du wohl deine Mutter unterschätzt.«

Gawain schüttelte traurig den Kopf und kippte den Inhalt des Bechers selbst hinunter. »Wer Morgause von Lothian unterschätzt, führt ein gefährliches Leben. Aber es ist lediglich der Schmerz, der aus ihr spricht.« Er erhob sich und legte Elayne sanft einen Arm um die Schultern. »Sie wurde als junges Mädchen mit Lot verheiratet, der genauso gut ihr Vater hätte sein können. Sie war das Pfand für einen Friedensvertrag zwischen Lot und Uther. Ich glaube nicht, dass sie mit meinem Vater jemals glücklich war.«

Dann hatten Morgause und Gwenhwyfar mehr gemeinsam, als sie beide wahrhaben wollten, denn sie waren beide als junge Frauen gegen ihren Willen verheiratet worden.

Gwenhwyfar erholte sich nun jeden Tag mehr, auch wenn sie die Tafelrunde noch nicht aufsuchen konnte. Deswegen verbrachte Artus jeden Abend in der königlichen Kammer und ließ seine Sachen dorthin zurückbringen.

Nach einer Woche kehrte Lancelot zurück, ohne seine Brüder Bors und Hector.

Artus wies an, dass in der königlichen Kammer ein Abendessen für Gwenhwyfars engste Vertraute ausgerichtet werden sollte. Neben ihm, Gwenhwyfar, Gwyneth, Lamorak und Lancelot sollten auch Gawain und Elayne daran teilnehmen. Die Speisenauswahl überließ Artus ihr.

Sie wollte etwas Besonderes für die Königin zubereiten. Liam erzählte ihr, dass es am Fluss bei einem Fischer Krebse zu kaufen gab, und Elayne schickte ihn los, diese zu besorgen.

Pilze wuchsen noch nicht so früh im Jahr. Aber in der Küche war nun Bärlauch vorrätig und damit konnte sie eine wunderbare Butter herstellen.

Da Philippa sich nicht zutraute, die Krebse zuzubereiten, machte sich Elayne in der Küche selbst ans Werk und sie war froh, dass sie hier bereits früher gearbeitet hatte und sich gut auskannte.

Teagan half ihr, die Speisen in die königliche Kammer zu tragen, es gab reichlich frisches Fladenbrot dazu und Daria hatte einige Krüge Wein bringen lassen. Der Raum war in warmes Licht kostbarer Kerzen getaucht, die zudem einen angenehmen Duft verbreiteten.

»Ich weiß nicht, wie ich diesen Abend überstehen soll«, gestand Elayne leise, bevor ihre Freundin ging.

»Ich freue mich schon auf deinen Bericht«, zwinkerte diese und verabschiedete sich.

Gal würde in dieser Nacht bei ihr und Liam bleiben. Elayne aber hoffte, der Abend würde nicht zu lange dauern.

Wie sollte sie einen Abend in Lancelots Gesellschaft ertragen, ohne ihm ständig verstohlene Blicke zuzuwerfen? Er musste wütend auf sie sein. Sehr wütend. Sie war nach Camelot gekommen, ohne ihn vorzuwarnen. Sie war in sein Leben gekommen wie ein Frühlingssturm. Das war nicht recht. Und wie wütend würde er erst werden, wenn er die ganze Wahrheit erfuhr?

Stets wanderten Elaynes Gedanken auch zurück zu den Worten von Morgause. Wie konnte Gwenhwyfar Elaynes Anwesenheit ertragen, wenn Elaynes Mutter doch jene Prophezeiung ausgesprochen hatte, die nun so schwer auf dem Herzen der Königin lastete?

Doch sollte sie sich noch an diese Prophezeiung erinnern, ließ sie es sich nicht anmerken. Sie hatte Elayne kein böses Wort entgegengebracht, seit sie die Wahrheit über sie wusste. Nun, sie mochte streng gewesen sein. Streng, wie die Vorsteherin einer Festung zu sein hatte, wenn der Alltag in geregelten Wegen verlaufen sollte. Streng, wie es einer Frau in Rang und Alter über ihr nun einmal zustand.

»Das sieht wirklich wunderbar aus«, rief Gwenhwyfar begeistert aus, als sie es sich an dem kleinen Tisch auf einem der Kissen gemütlich machte. Ihre Bewegungen waren noch vorsichtig. Sie hatte Angst vor dem Schmerz, der ihren Leib durchzucken konnte, wenn sie sich zu rasch bewegte.

»Und das hast wirklich du selbst zubereitet?«, wunderte sich Artus.

Elayne nickte. »Mit Philippas Hilfe natürlich. Auf Corbenic habe ich oft für uns alle gekocht. Mein Vater liebte die Krebse und es war mir ein Anliegen, ihm eine Freude zu bereiten.«

Gwyneth schürzte die Lippen. »Ist es nicht ekelhaft, das Fleisch aus dem Panzer zu puhlen?«

»Ich kann dir zeigen, wie das geht«, bot Elayne an.

»Lieber nicht.«

Artus lachte, ging aber auf Gwyneths Reaktion nicht weiter ein, da es an der Tür klopfte. Er öffnete sie und Gawain trat grinsend ein, gefolgt von Lamorak und Lancelot.

»Da kommen wir wohl genau im rechten Moment«, meinte Elaynes junger Onkel grinsend und seine Grübchen kamen zum Vorschein.

Artus breitete den Arm aus. »Setzt euch, meine Freunde. Lasst uns essen, bevor kalt wird, was Elayne so liebevoll zubereitet hat.«

»Flusskrebse«, erkannte Lancelot heiser.

Elayne wich seinem Blick aus, spürte aber, dass er sie lange ansah, während er sich neben Gwenhwyfar niederließ.

Gawain hatte sich neben Elayne gesetzt und schenkte allen in der Runde Wein ein.

»Bevor wir mit dem Essen beginnen«, sprach Artus, »lasst mich beteuern, wie sehr ich genieße, in dieser Runde zu sein. Meine geliebte Gwenhwyfar ist auf dem Weg der Besserung und mein liebster Freund Lancelot weilt endlich wieder unter uns.« Er prostete seiner Ehefrau und seinem besten Freund zu. »Ich bin heute der glücklichste Mann von ganz Britannien. Ohne euch beide wäre ich nichts.«

Lancelot und Gwenhwyfar warfen sich einen kurzen Blick zu und hoben ebenfalls die Becher.

»Auf dich, mein Bruder«, entgegnete Lancelot den Gruß. »Und auf die schönste Königin, die Britannien je gesehen hat.«

Sie alle hoben ihre Becher und stimmten auf den Trinkspruch ein. »Auf Artus und Gwenhwyfar.«

Artus setzte sich auf den freien Platz neben Gwenhwyfar und Gwyneth beeilte sich, neben Gawain Platz zu nehmen. Lamorak musste sich deshalb auf das letzte freie Kissen zwischen Elayne und Artus setzen, doch er lächelte ihr höflich zu und als er den ersten Bissen getan hatte, sah er überrascht auf. »Elayne, wer hätte gedacht, dass eine Königstochter so gut kochen kann.«

Der schlanke blonde Mann, dessen feine Züge so sehr denen seiner Schwestern ähnelten, hatte sie bisher nie groß beachtet und sich in ihrer Gegenwart in höflichen Floskeln geübt.

»Bitte iss weiter, sonst wird es kalt«, forderte sie ihn auf, obwohl es sie freute, zu sehen, dass unter der höflichen Schale auch Begeisterung steckte.

»Wenn ich nicht dein Onkel wäre, würde ich dir sofort einen Heiratsantrag machen«, meinte Gawain kauend.

»Als würde ich jemanden mit deinen Manieren heiraten«, scherzte Elayne leise.

Sie war überrascht, in welch lockerer Weise der Abend verlief.

Gelöst vom Wein, erzählte Gawain einige zotige Geschichten von Köchinnen, die den Damen die Röte in die Wangen steigen ließen. Gwyneth brach in haltloses Gekicher aus und selbst Lamorak hielt sich den Bauch vor Lachen.

Jeder in der Runde hatte eine lustige Geschichte zu erzählen, die mit Essen zu tun hatte. Nur Lancelot blieb ruhiger als die anderen. Das war nicht der Mann, den Elayne gekannt hatte, der das Essen und das Trinken genoss und selbst genug Geschichten zu erzählen hatte. Wann immer sie in seine Richtung aufblickte, sah er sie an. Dabei war sein Blick so ruhig, als wären seine Gedanken in die Anderswelt entschwunden.

Oder in ein anderes Leben, in eine andere Zeit.

Artus kam zu ihr, als er seinen Teller geleert hatte, und legte seine Hände auf ihre Schultern. »Kleine Blume aus dem Norden … ich danke dir für dieses herzhafte Mahl. Das war das Beste, was ich … wir alle … seit Langem gegessen haben, so sehr ich Philippas Kochkünste auch zu schätzen weiß.«

Elayne beugte höflich das Haupt. »Es war mir eine Ehre und freut mich, dass es geschmeckt hat. Ich werde Philippa das Rezept aufschreiben, damit sie dir jederzeit Flusskrebse zubereiten kann, mein König.«

»Schreiben kann sie auch noch«, merkte Lamorak an, was Gawain zum Kichern brachte.

»Du hast einen Verehrer«, raunte er ihr zu. »Soll ich ihn köpfen? Oder genießt du seine Aufmerksamkeit?«

Elayne sah ihn streng an. »Warum willst du immer alle köpfen?«

Er verzog jungenhaft den Mund. »Ich köpfe auch Drachen, wenn es sein muss. Gefällt das jungen Damen nicht?«

»Solltest du je einen Drachen köpfen«, gluckste Gwyneth, »wirst du König von Britannien sein.«

Artus lachte sein leises, tiefes Lachen. »Das stimmt allerdings. Gegen einen Drachentöter hätte ich keine Chance. Selbst mit Excalibur nicht.«

»Gawain wird nie einen Drachen töten«, prostete Lamorak seinem König zu. »Die Röcke schöner Weiber lenken ihn jedes Mal von seiner Aufgabe ab.«

Gawain wollte sich erheben und drohte mit der Faust.

»Keine Streitereien an diesem Abend«, warf Artus ein. »Wir wollen heute fröhlich sein. Lance, warum hast du deine Harfe nicht mitgebracht? Musik fehlt uns noch zu unserer kleinen privaten Feier.« Er kehrte an Gwenhwyfars Seite zurück.

»Ich bin froh, dass ich meinen Becher halten kann. Eine Harfe wäre in diesem Moment nicht sicher in meinen Händen.« Seine Stimme war rau. Er hatte ebenfalls zu viel getrunken.

Elayne kannte seine Stimme. Sie hatte sie niemals vergessen.

»Dann sing uns etwas vor, bitte, mein Lieber.« Die Königin sah ihn mit leuchtenden Augen an. Doch ihre Körperhaltung war ganz ihrem Gemahl zugeneigt. Sie griff nach seiner Hand und Artus hielt sie sofort fest. Er sah sie mit einer Wärme an, die Elayne selbst das Herz erwärmte.

»Mein Becher ist leer«, widersprach Lancelot. »Meine Stimme ist zu rau.«

Gawain hob den Kelch, der vor ihm stand. »Hier ist noch etwas Wein.«

Der Kelch wurde weitergereicht. Lancelot hatte keine Ausrede mehr und sah die Königin mit nicht geringerer Wärme an, als es der König getan hatte. »Wenn meine Herrin es befiehlt …«

»Ich befehle es nicht, ich wünsche es.«

»Und welches Lied wünschst du dir?«

»Ich weiß nicht … etwas von den neuen Liedern. Sie sind so anders als das, was du früher gedichtet hast.«

Sein Blick huschte kurz an Elayne vorüber, als er sich aufrichtete. Doch dann konzentrierte er sich ganz auf die Feuerschale inmitten des Raumes.

Kennst du das Einhorn in den Tiefen des Waldes?
Hoch im Norden, oh ja, so fern.
In der Nacht, da leuchtet es hell wie ein Stern.
Oh ja, dort wäre ich jetzt gern.

Reich ihm die Hand und du wirst schon seh'n,
Wohin die Reise wird wohl geh'n.
Fern zum Monde oder tief ins Meer.
Oh, wo hat es den Mut wohl her?

Es zieht dich in seinen Bann und du lässt es gescheh'n,
Zeigt dir Wunder, die du noch nie geseh'n,
Die Welt in einer neuen Gestalt,
Du wünschtest dir, du wärest dort bald.

Sein Geist so rein wie die klarste Quell',
Sein Herz so groß wie die Tiefen der See,
Und seine Augen leuchten so hell,
Seine Gestalt wie verzaubert von einer Fee.

Doch dann erkennt es mein wahres Sein,
Meine Seele so finster wie die tiefste Nacht,
Es erweckt in mir eine tiefe Pein,
Bis heut' mein Herz in seiner Macht.

»Das Lied ist wunderschön«, fand Gwen »Ich hätte das Einhorn zu gern mit eigenen Augen gesehen.«

»Das hätten wir bestimmt alle gern«, bestätigte Artus.

Lamorak sah in seinen leeren Becher. »Einhörner offenbaren sich nur Jungfrauen. Das dürfte den Großteil der Anwesenden ausschließen.«

»Sei doch nicht so ein Spielverderber«, widersprach Gawain. »Wer ein reines Herz hat, der kann ein Einhorn sehen.«

Lamorak blinzelte mehrfach. »Du verwechselst das mit dem Gral.«

»Wir brauchen mehr Wein«, stellte der König fest.

Sofort erhob sich Elayne. Jede Gelegenheit war ihr recht, der Situation zu entfliehen. »Ich kann gehen. Ich kenne den Weg zum Weinkeller.«

»Gut, ich begleite dich. Allein kannst du nicht gehen«, bot Gawain an.

»Oh nein, nicht du«, widersprach Artus. »Nicht zu meinen Weinfässern. Lance, du gehst mit ihr.«

Elayne sah auf den Boden zu ihren Füßen. Wie schlimm konnte die Situation noch werden? Es fehlte noch, dass der Angesprochene sich weigerte, mit ihr irgendwohin zu gehen.

»Natürlich, mein König«, sagte er stattdessen und erhob sich.

Sie nahmen so viele Krüge mit sich, wie sie tragen konnten. Elayne überließ ihm den Vortritt.

Wieder beschleunigte sich ihr Herzschlag. Sie wagte es nicht, aufzusehen.

Zunächst schwiegen sie, nur der Schritt seiner Stiefel hallte durch die Gänge. Die Fackeln beleuchteten in regelmäßigen Abständen ihren Weg.

Erst als sie das Gitter zum Weinkeller erreicht hatten, blieb er stehen und wandte sich zu ihr um. »Hast du einen Schlüssel?«

Die Hitze stieg ihr ins Gesicht. »Nein.«

Er seufzte. »Ohne Wein sollten wir nicht zurückkehren.«

»Wir könnten Met aus der Küche holen.«

Er sah sie ernst an. Sie konnte im Lichtschein der letzten Fackel seine kantigen Kieferknochen ausmachen. »Das sollten wir nicht wagen. Gawain wird uns die Köpfe abschlagen, wenn wir mit Met ankommen.«

»Nein, so ist er nicht«, widersprach sie leise.

Er hob beide Brauen. »Ach? Du kennst ihn wohl ganz gut, wie mir scheint?«

Den Unterton in seiner Stimme konnte sie nicht ganz deuten. Was sollte dieser Vorwurf?

»Gawain ist mein Onkel. Daran muss ich dich bestimmt nicht erinnern.«

»Was weiß er noch?«

»Nichts. Verdammt, was ist los? Sollen wir hier die ganze Nacht stehen und uns Vorwürfe machen?«

Er wartete, sah sie einfach nur an.

Die Krüge wurden schwer in ihren Armen. Wie sollte sie diese zurück zur königlichen Kammer bringen, wenn sie gefüllt waren?

Er stellte die Krüge am Boden ab und verschränkte die Arme vor der Brust. »Ich verstehe nicht, warum du hier bist. Du hättest überall hingehen können.«

Elayne schloss die Augen. »Gal… Lancelot, bitte lass uns nicht darüber reden. Die Vergangenheit kann nicht geändert werden. Wir sind hier, um Wein zu besorgen. Nicht mehr.«

»Du hast dich verändert, Rabenkind.«

Sie hielt die Augen fest zusammengepresst. »Ich will nicht, dass du mich so nennst.«

»Warum nicht?«

»Der Barde durfte es. Er hat mich so genannt. Aber den Barden gibt es nicht mehr.«

»Ach nein? Und wer hat das Lied geschrieben? Das Lied vom Einhorn?«

Sie sah ihn an und wünschte sich, das Licht der Fackel wäre heller. Sie hätte so gern sein Gesicht gesehen und den Ausdruck in seinen Augen.

»Wer hat einen Schlüssel für dieses verdammte Gitter?«, knurrte er.

Sie schüttelte den Kopf und stellte ihrerseits die Krüge auf dem Boden ab. »Daria. Aber ich weiß nicht, wo sie ist. Vielleicht hat Philippa einen Schlüssel. Teagan wohl nicht, sonst hätte sie ihn mir mitgegeben.«

»Ach *stercus*!« Er sah sich nach etwas Handlichem um, schritt zur nächsten Fackel, warf sie zu Boden und trat die Flammen aus. Nur noch seicht wurden sie von Licht umfangen. Mit dem Holz schlug er nun auf das Schloss ein. »Verdammtes Teil, gib endlich nach!«

»Warte.« Sie griff nach der Kupfernadel, mit der Teagan ihr Haar zusammengesteckt hatte, und reichte sie ihm. Ihr schwarzes Haar fiel über ihre Schultern.

Einen Moment sah er sie an, dann nahm er die Nadel und stocherte damit im Schloss herum. Als es knackte, lachte er triumphierend auf. »Das war einfach. Komm.«

Die Berührung seiner kräftigen Hand war so vertraut, dass Elayne die Wärme und Aufregung vergangener Tage spürte.

Das war nicht gut. Sie musste sich von ihm fernhalten. Sie entzog ihm ihre Hand.

Er blieb stehen und wandte sich zu ihr um. »Hasst du mich so sehr?«

»Nein. Es ist nur besser, wenn wir Abstand halten«, sprach sie leise.

»Du hasst mich nicht?«, flüsterte er.

»Nein«, seufzte sie.

Genau das Gegenteil war der Fall. Und das war das Problem. Er hatte ihr nicht die Wahrheit gesagt. Und das schmerzte mehr, als wenn er ihr gleichgültig gewesen wäre.

Er lachte leise.

»Was ist so komisch daran?«, wollte sie wissen und verschränkte die Arme vor der Brust.

»Nichts. Ich dachte tatsächlich, du hasst mich.«

»Du bist wirklich betrunken«, stellte sie fest.

»Ja, ich weiß.« Er verharrte. Sie konnte an seinen Umrissen sehen, dass er sich umsah.

»Was ist?«

»Wir brauchen eine Fackel. Sonst kommen wir keine zehn Schritte weit.«

»Ich hole sie«, bot sie rasch an.

»Warte.«

»Warum?«

»Ich will etwas versuchen.«

Er trat auf sie zu. Sie nahm seine Wärme und Stärke wahr. Ihr Atem setzte aus.

Wieso fühlte sie so? Es wäre besser für sie gewesen, ihn zu hassen.

Er legte eine Hand in ihren Nacken und zog sie sacht an sich heran. Sie ließ es geschehen. Dann legte er seine Wange auf ihr Haar.

»Du duftest noch immer nach Honig und Wald.«

Sie wich zurück. Nein, sie durfte es nicht zulassen. Ihr Herz war doch gerade erst geheilt. Und sie musste ihm sagen, dass er einen Sohn hatte. Jetzt.

Seine Stimme klang leise, beinahe sehnsüchtig. »Ich wünschte, ich könnte wieder mit dir durch die Wälder streifen. Einhörner suchen. Abenteuer finden. Ich wünschte, ich könnte wieder der Barde sein, den du so mochtest.«

Bitterkeit stieg in ihr auf. »Ich mochte ihn nur, weil er mir Lieder von der großen, weiten Welt sang. Jetzt kann ich diese Welt selbst erfahren.«

»Ach ja?« Der Ton in seiner Stimme gefiel ihr nicht.

»Ich bin nicht mehr das kleine Mädchen.«

»Das stimmt. Du fühlst dich anders an. Weicher.«

Ihr wurde heiß.

»Du denkst also, du bist bereit für diese Welt?«, hakte er nach.

»Natürlich bin ich das«, krächzte sie.

»Gut.«

Er beugte sich zu ihr hinab und küsste sie. Es war kein zärtlicher Kuss. Seine Lippen waren fordernd. Er schmeckte nach Wein und dem Salz, das sie in die Buttersoße getan hatte. Sein Körper, der sich fest an sie schmiegte, fühlte sich noch genauso an wie damals.

Sie legte ihre Hände auf seinen Rücken, spürte die Muskeln unter dem Stoff seines Hemdes. Sein Kuss war Honig und Salz zugleich. Sie hatte ihn vermisst, wollte seine Nähe spüren. Und gleichzeitig wusste sie, dass es falsch war.

Sie zog sich zurück.

Er bemerkte ihr Zögern und ließ sie los, brachte zwei Schritte Sicherheitsabstand zwischen sie beide.

Seine Stimme klang plötzlich kalt. »Du willst die Welt? Das ist sie. Das passiert, wenn eine junge Frau mit einem Mann in die Katakomben geht.«

Ihre Lippen brannten von seinem Kuss. »Danke für die lehrreiche Unterweisung. Aber es wird dich überraschen, dass ich einen Dolch unter meinen Röcken trage und mich zu wehren weiß.«

Er grummelte etwas und wandte sich ab.

Ihr Herz galoppierte mit ihren Gedanken um die Wette. All das, was gerade passierte, war falsch. Sie durfte sich nicht auf ihn einlassen. Er hatte sie belogen. Vielleicht würde er es wieder tun? Er wollte sie vor der weiten Welt warnen, doch er war es selbst, der mit ihrem Herzen spielte. Und zuletzt war doch sie es, die ihm nicht die Wahrheit sagte.

Ohne weitere Worte holte er selbst die Fackel und sie füllten die Krüge mit dem Wein aus Griechenland. Wenn das so weiterging, hatte Artus nicht lange Freude an dem Fass und es wäre noch vor Beltaine geleert.

Elayne achtete darauf, drei Schritte vor Lancelot zu gehen. Mochte er auch die Fackel tragen, sie wollte seine Nähe lieber meiden. Zu ihrem eigenen Schutz.

Und schon bevor sie die königlichen Gemächer betraten, musste sie sich an ihren eigenen Vorsatz erinnern.

Lancelot fügte die Fackel in die nächste Halterung und sah Elayne forschend an. In ihrer Brust tanzten die Schmetterlinge.

Sie wandte sich rasch ab und pochte mit dem Knie gegen die Tür, da ihre Arme voller Weinkrüge waren.

Gawain öffnete ihnen. »Da seid ihr ja. Warum hat das so lange gedauert?«

»Die Tür war verschlossen«, erklärte Lancelot. »Lass uns rein, bevor die Krüge zu Boden fallen.«

Gawain trat zur Seite. Seine Stirn war gerunzelt, als er Elaynes aufgelöste Frisur bemerkte.

Die Stimmung in der Kammer hatte sich gelegt. Lamorak lag wie ein Welpe zusammengerollt auf zwei Kissen und schnarchte. Artus und Gwyneth unterhielten sich leise. Gwenhwyfar war nicht zu sehen.

»Die Königin hat sich zurückgezogen«, erklärte Gawain. »Der Abend findet wohl bald sein Ende.«

Tatsächlich schien der Wein nun niemanden mehr zu interessieren, außer Lancelot. Er schenkte sich einen Becher ein und trank ihn in wenigen Schlucken leer, ohne Elayne aus den Augen zu lassen.

»Ihr habt den Einfall unseres Königs verpasst«, tadelte Gawain.

Artus nickte. »Wir hatten den Einfall gemeinsam, um es genau zu sagen.« Er streckte sich, um die Glieder zu lockern, und erklärte den Plan mit leuchtenden Augen. »Wir werden zu Mittsommer ein großes Fest in Camelot veranstalten, ein Fest, wie wir es schon lange nicht mehr gefeiert haben.«

»Aber … welchen Grund haben wir für ein solches Fest?« Lancelot war noch immer bei Elayne stehen geblieben, als überlegte er noch, ob er bleiben wollte. Sicher dachte er an die Schwäche und den Verlust der Königin.

»Wir werden uns selbst feiern.« Der König grinste. »Wir feiern Camelot, unser Volk und die Tafelrunde. Wir feiern, dass wir seit Jahren gegen alle Angriffe bestehen, mögen sie noch so heimtückisch sein. Somit demonstrieren wir unsere Stärke, unseren Mut und dass wir noch immer das Zentrum Britanniens sind. Die Gelage in Din Eidyn mögen legendär sein, die Feste von Camelot überstrahlen alle anderen.«

»Du wirst auch Lot und Morgause einladen?«, erkannte Lancelot.

Artus nickte. »Richtig. Und alle anderen meiner Unterkönige. Wir bereiten ihnen ein Fest und zeigen ihnen, dass wir weiterhin frohen Mutes in die Zukunft sehen und nichts uns schwächen kann.«

Nicht einmal der erneute Verlust eines Kindes, dachte Elayne.

»Artus möchte einen Gladiatorenkampf veranstalten«, merkte Gawain belustigt an.

Lancelot verschränkte die Arme vor der Brust. »Nun wird es interessant.«

»Die Einzelheiten müssen noch geplant werden.« Artus lehnte sich nach vorn, die Hände ausgebreitet, ganz Feuer und Flamme für seine Idee. »Doch ich stelle mir vor, dass wir verschiedene Wettkämpfe veranstalten und der Gewinner einen besonderen Preis erhält.«

»So lange ich nicht gegen die wilden Bestien aus Roms Arenen kämpfen muss, habe ich nichts dagegen.« Lancelot hob seinen leeren Becher und machte nun einen etwas gemilderten Eindruck.

»Zu diesem Fest werde ich Bors den Treueeid als neuem König von Benwick abnehmen«, entschied Artus. »Und wir werden den jungen Gaheris in unsere Tafelrunde aufnehmen.«

»Das ist ein guter Plan«, stimmte Gawain zu und sah sich nach der nächsten Weinkaraffe um.

Elayne überließ die Planung der Festivitäten den angetrunkenen Helden. Die Kammer versank in Unordnung. Benutztes Geschirr und Essensreste lagen überall herum. Sie begann, das Geschirr einzusammeln, wurde jedoch von jemandem aufgehalten.

Lancelot ergriff ihre Hand. »Das musst du nicht tun«, sagte er sanft.

»Ich möchte es aber.«

Gawain streckte sich müde. »Elayne, es ist wohl Zeit, sich zurückzuziehen. Und nimm Gwyneth mit dir.« Er warf Lancelot erneut einen skeptischen Blick zu.

»Ich trage keine Teller«, protestierte das junge Ding.

Elayne rollte mit den Augen. »Bitte, Gwyneth, dann geh allein in dein Zimmer.«

»Gawain soll mich begleiten«, antwortete die Jüngere trotzig.

»Das wird Gawain nicht tun«, sprach Gawain selbst.

»Du benimmst dich kindisch, Gwyneth«, merkte Artus an. »Kaum erwachsener als Elaynes Sohn.«

Es war keiner von ihren Tellern, der zu Boden fiel.

Es war Lancelots Becher.

»Elayne hat einen Sohn?«, vergewisserte er sich mit belegter Stimme.

»Oh ja, einen hübschen kleinen Sohn mit blonden Locken. Sein Name ist Gal«, erklärte Artus bedenkenlos.

Elayne wagte es nicht, aufzublicken.

»Es ist wirklich Zeit, zu gehen. Komm, Elayne«, sprang Gawain ein und griff nach ihrer Hand, um sie mit sich zu ziehen. Er hätte wohl alles getan, um Gwyneths lüsternem Augenaufschlag zu entkommen.

Nur ein einziges Mal sah sie auf. Lancelots Blick war voller Wut. Und Elayne eilte mit Gawain hinaus, so schnell sie konnte.

18

INSOMNIS

Schlaflos

Unruhig schritt sie in ihrer Kammer auf und ab. Wie konnte sie schlafen?

Er wusste es, er musste es wissen.

In dem Moment, als Artus sagte, dass sie einen Sohn hatte, musste er doch begriffen haben, dass es auch der seine war.

Sie war erleichtert, dass Gal bei Teagan und Liam war, sonst hätte sie ihn mit ihrem Auf- und Ablaufen nur geweckt. Stunden quälten sie die Gedanken, was Lancelot nun tun würde. Würde er zu Gal und ihr stehen?

Und war das nicht der Moment, den sie seit Wochen herbeigesehnt oder gefürchtet hatte, seit sie in Camelot eingetroffen war? Diesen Moment musste sie überstehen, so viel Kraft es sie auch kosten mochte. Ihre Zukunft und die ihres kleinen Sohnes hingen davon ab, was Lancelot als Nächstes tun würde.

Und es wäre das Beste, genau diese Frage jetzt anzugehen.

Camelot schlief, sie kannte den Weg zu Lancelots Kammer.

Sie war bereits draußen im Gang, als ihre Knie schwach wurden und sie sich an der Mauer abstützen musste.

Befand sie sich wirklich auf dem Weg zu Lancelots Kammer?

Ihre Füße trugen sie weiter. Ihr Herz schlug so fest, dass sie meinte, es würde fast aus ihrer Brust springen.

Sie hob dennoch langsam die Hand, um an die Tür zu klopfen.

Es dauerte eine gefühlte Ewigkeit, bis geöffnet wurde.

Er war barfuß und sein helles Hemd steckte nur halb in seiner schwarzen Bundhose. Sein dunkles Haar fiel in Wellen auf seine Schultern. Sein Blick war finster, der Mund fest zusammengepresst.

»Rabenkind.«

Seine Stimme war rau und das Wort klang plötzlich wie eine Beleidigung.

Elayne schnappte nach Luft und drehte sich um. Es war ein Fehler gewesen, zu ihm zu gehen. Ein schrecklicher Fehler.

Sie war bereits drei Schritte gerannt, da hatte er sie eingeholt und packte sie an den Schultern. »Nein, lauf nicht weg.«

»Es tut mir leid. Ich … Ich wollte mit dir reden, schon zweimal, aber du … du …« Sie wusste nicht, was sie sagen sollte.

Er schob sie zurück und in seine Kammer. »Reden ist eine ausgezeichnete Idee. Leider nur … sagen wir mal, eineinhalb Jahre zu spät?«

»Wie bitte?« Sie befreite sich aus seinem Griff, nahm sich nicht die Zeit, seine Kammer anzusehen, sondern sah ihn zornig an. »Hätte ich dir einen Boten schicken sollen? Werter Lancelot, du hast mich belogen und ausgenutzt. Du hast einen Sohn, herzliche Grüße, Elayne von Corbenic.«

Es zuckte in seinem Mundwinkel. Dann wandte er sich ab, um die Tür fest zu schließen. Mit wenigen Schritten war er bei seinem Arbeitstisch, auf dem ein weiterer Krug stand. »Möchtest du Wein?«

Sie schüttelte den Kopf. »Ich fürchte, ich habe bereits genug getrunken.«

Er trank selbst und konzentrierte sich auf einen Punkt an der Wand. »Dein Sohn heißt Gal?«, versicherte er sich leise.

»Wir nennen ihn Gal.« Sie atmete tief durch. »Sein richtiger Name ist Galahad.«

Sein Blick kehrte zurück zu ihr, tief und unergründlich. Erneut vernahm sie dieses Drohen in seiner Haltung und sie wich zurück.

»Und er ist wirklich mein Sohn?«

»Ja, er wird zwei, zur Tagundnachtgleiche im Herbst.«

»Was ist nur mit uns geschehen?«, raunte er.

»Ich … Ich weiß es nicht. Ich musste erwachsen werden.« Sie starrte auf ihre Fußspitzen. »Und der Weg nach Camelot war nicht einfach.«

»Was ist passiert?«

Sie schüttelte den Kopf. Tränen schnürten ihr die Kehle zu. Wenn sie anfing zu sprechen, würde sie weinen und nie wieder aufhören.

Er kam auf sie zu, doch sie wich erneut zurück. »Warum hast du Angst vor mir?«

Sie atmete tief durch, bevor sie den Blick heben und ihm antworten konnte. »Ich habe Angst, dass du mein Herz zerbrichst, und nun habe ich auch Angst davor, dass du mir Gal wegnimmst.«

Er hob die Schultern, so jungenhaft wie früher. »Das würde ich niemals tun. Kennst du mich denn gar nicht?«

»Ich weiß es nicht.«

Er nahm einen weiteren Schluck aus seinem Becher. »Weißt du eigentlich, wie viel Selbstbeherrschung ich mir gerade abverlange?«

»Was … Was würdest du sonst tun?«

»Dich festhalten und nie wieder loslassen.«

Er konnte es nicht so meinen. Sie hatte selbst gesehen, wie sehr er der Königin zugetan war.

»Das geht nicht«, antwortete sie zurückweichend.

»Warum?«, fragte er sanft.

»Weil ich dir nicht vertrauen kann.«

Sie atmete tief ein. Das wäre die Stelle gewesen, an dem sie ihm sagen sollte, dass sie ihm verziehen hatte. Und dass sie unendlich froh war, ihn lebendig vor sich zu sehen.

Ihre Knie wurden weich. Sie sollte standhafter sein. Sie war eine erwachsene Frau, kein junges Ding mehr.

Er stellte seinen Becher ab und trat auf sie zu. Er war genauso groß, wie sie ihn in Erinnerung hatte. Und er war ihr so nahe, dass sie ihn riechen konnte. Er roch nach Wein und noch immer nach jenem Duft, den sie nicht deuten konnte. In ihrem Magen pulsierte es.

»Was willst du tun? Sag es mir.« Er fuhr sich durch das Haar und runzelte die Stirn. »Sag mir, wie deine Pläne sind, und ich werde mich danach richten. Aber bitte lass mich unseren Sohn sehen. Lass mich ein Teil seines Lebens sein.«

Ihr blutete das Herz. Seine Stimme klang rau und doch verletzlich. Er stand vor ihr, ein Mann, ein Krieger, der beste Britanniens, und bat sie darum, seinen Sohn sehen zu dürfen.

Sie nahm seine Hände in die ihren. Sie waren warm und stark. Der Teil ihrer Begegnung war der, der ihr die meiste Freude bereitete. Sie durfte dabei sein, wenn Lancelot seinen Sohn das erste Mal sah.

»Natürlich darfst du ihn sehen. Er ist dein Sohn, genauso wie er meiner ist.« Sie atmete tief ein, bevor sie gestand: »Und genau das ist der Grund, warum ich mich schließlich dazu entschied, nach Camelot zu gehen und zu keinem anderen Ort. Ihr sollt einander kennenlernen. Gal soll wissen, wer sein Vater ist. Gleich morgen früh kannst du ihn sehen, im Moment schläft er bei Liam und Teagan.«

Er lächelte erleichtert und deutete auf das Bett. »Würdest du dich setzen?«

»Wieso sollte ich das?«

»Ich werde heute Nacht nicht schlafen können und ich vermute, du ebenfalls nicht. Dann könnten wir uns doch ein wenig unterhalten.«

»Über was möchtest du reden?«, hakte sie vorsichtig nach und betrachtete das Bett misstrauisch.

Er holte den Stuhl von seinem Arbeitstisch herbei und stellte ihn gegenüber der Bettkante ab. »Keine Sorge, ich werde dir nicht zu nahe kommen. Ich werde mich hierher setzen.«

Zögerlich ließ sie sich auf der Bettkante nieder. »Die Sache in den Katakomben, die war also nur ein Versehen?«

»Du meinst den Kuss?«

»Ja, den meinte ich«, nickte sie verlegen.

»Nein, war er nicht.« Er blieb ernst, er wollte sie nicht necken.

Das verwirrte sie noch mehr. »Warum hast du es getan?«

Er hob beide Brauen und sah sie so lange an, bis sie seinem Blick auswich. »Beginnen wir doch mit einem leichteren Thema.« Er holte den Krug und seinen Becher. »Möchtest du vielleicht doch einen Schluck Wein?«

Diesmal nickte sie. »Ja, bitte.«

»Wir müssen uns den Becher teilen, ich habe hier keinen anderen.«

»Das macht mir nichts aus.« Sie nahm den Becher entgegen und kostete davon. »Das ist der griechische«, stellte sie fest. »Artus wird dich hassen.«

Er lachte leise und ihr wurde etwas leichter ums Herz. »Artus wird mich niemals hassen, nicht wegen des Weines zumindest.«

»Du klingst wie Gawain.«

Erneut hob er die Brauen. »Ihr beide versteht euch gut.«

Sie trank einen weiteren Schluck und reichte ihm den Becher. »Ja, er ist ein lieber Kerl.«

»Sag ihm das nicht, er ist schon eingebildet genug«, meinte er schief grinsend.

»Ihr seid euch manchmal ähnlich«, stellte sie leise fest. »Er bringt mich zum Lachen, so wie du es früher getan hast.«

Er schmunzelte vor sich hin. »Er ist immerhin mein Vetter, irgendetwas müssen wir wohl gemeinsam haben.«

»Den Humor hat er jedenfalls nicht von seinen Eltern«, bemerkte Elayne und hob vielsagend die Brauen.

»Nein, der Humor hat vermutlich in diesem Familienzweig eine Generation übersprungen.« Lancelot grinste und trank von dem Wein.

Sie musste ihm noch etwas sagen. »Er weiß nicht, dass du Gals Vater bist. Niemand weiß es außer Liam, Teagan und Morgaine.«

»Morgaine?« Er füllte den Becher nach, da sie ihn bereits ausgetrunken hatten. »Wie kam es dazu?«

»Ich war zunächst in Caer Luel.« Elayne spürte die Wärme des Weines und die Leichtigkeit, die er schenkte. »Kein besonders erfreulicher Beginn meiner Reise.«

Er fuhr sich mit der Linken nachdenklich über den vollen Bart. »Was ist passiert?«

»Ich hatte das Vergnügen, Uryens Sohn kennenzulernen.« Sie schauderte bei der Erinnerung und zog die Schultern hoch. »Nun bin ich wirklich dankbar, dass mein Vater das Abkommen ablehnte, mich mit dem Bengel zu verheiraten.«

»Dann danke ich dir umso mehr, dass du nach Camelot gekommen bist«, sprach er aufrichtig und griff nach ihren Händen, die sie im Schoß gefaltet hatte.

»Ich habe es für Gal getan, nicht für dich«, entgegnete sie ebenso aufrichtig.

Dennoch umfasste sie seine Hand. Sie bemerkte die tiefe Narbe, die sich entlang seines Ringfingers gen Handfläche zeichnete, und betrachtete sie im Schein der Feuerschale.

»Nun ist es an dir, mir zu erzählen, was passiert ist.« Mit dem Zeigefinger fuhr sie die Linie entlang. Nur ein wenig tiefer und er hätte seinen Finger verloren, wenn nicht sogar die ganze Hand durch Wundbrand.

Er entzog ihr die Hand nicht, betrachtete ebenfalls die Narbe. »Wir kämpften gegen die Sachsen, die König Bernhard von Astolat bedrohten. Eigentlich war es ein verlorener Kampf, denn wir waren in der Unterzahl. Aber der Haufen Männer, der uns angriff, war nicht sehr gut in der Taktik ausgebildet. Sie liefen uns in die Falle.« Er atmete tief durch. »Wir haben in dieser Schlacht gute Männer verloren. Die Sachsen kämpfen ohne Furcht, werfen sich mit ihren Leibern und ihrem blanken Willen in jeden Kampf, wenn es sein muss.« Er richtete sich auf und entzog ihr seine Hand. »Ich verdanke es der guten Pflege durch Bernhards Tochter, dass ich wieder unter den Lebenden weile.«

»Ist sie eine Heilerin?«

Er lächelte sachte. »Nein, nur eine sehr treue und gute Seele.«

Gänsehaut überkam Elayne. Sie hatte es also dieser Frau zu verdanken, dass ihr Sohn seinen Vater kennenlernen durfte. Sie hoffte, sie würde ihr eines Tages begegnen und sie konnte ihr sagen, wie dankbar sie war.

Lancelot rieb sich über die Narbe. »Ich wünschte, ich hätte noch etwas von Brisens Salbe. Sie hat die schmerzende Narbe an meiner Schulter gelindert, sicher würde sie auch bei dieser helfen.«

Elayne hob die Schultern. »Ich kenne die Zutaten, die Brisen verwendet hat. Ich kann dir diese Salbe herstellen, sofern ich alles zusammenbekomme.«

Er nickte zögernd. »Ich möchte nicht deine kostbare Zeit in Anspruch nehmen. Dennoch wäre die Salbe eine Wohltat.« Er richtete sich auf und fuhr sich erneut durch den Bart. »Aber wenn du nun schon hier bist ...« Er sah sich in seiner Kammer um und fand neben einer Schüssel mit Wasser das, was er suchte. Er stellte beides auf seinem Arbeitstisch ab. Er lächelte jungenhaft. »Könntest du mich rasieren? Ich schaffe es noch nicht und mit der linken Hand würde ich mir wahrscheinlich versehentlich die Kehle durchschneiden.«

Sie stand auf, obwohl sie nicht genau wusste, warum ausgerechnet sie das tun sollte. »Warum hast du nicht eine Dienerin darum gebeten?«

Er hob die Schultern. »Dazu müsste ich zunächst mal eine finden, die das kann.«

»Kann das nicht bis morgen warten?« Sie sah zur Tür, die verlockend nahe war.

Lancelot grinste schief. »Ich würde unserem Sohn lieber wie ein Mann und nicht wie ein Bär gegenübertreten.«

Sie sah ihn zweifelnd an.

»Du kannst das doch, oder?«, versicherte er sich.

Elayne seufzte. »Ich habe meinen Vater rasiert und manchmal auch Großvater.«

»Siehst du. Ich vertraue mich deinen geschickten Händen an.«

Er stellte den Stuhl an den Tisch, außerdem sammelte er sämtliche Kerzen und die Feuerschalen ein, um sie um Tisch und Stuhl aufzustellen, damit sie genug Licht hatten.

»Ich habe zu viel Wein getrunken«, wandte Elayne ein. »Meine Hände sind im Moment nicht sehr geschickt.«

»Sie sehen nicht sehr zittrig aus.«

Sie war es leid, mit ihm zu diskutieren. Wenn er mitten in der Nacht eine Rasur haben wollte, konnte sie ihm diese geben. »Also schön«, gab sie nach. »Ich hoffe, das Messer ist scharf genug.«

Etwas blitzte in seinen Augen auf und er grinste. »Scharf genug für eine Rasur.«

Sie wartete, bis er sich gesetzt hatte, und griff nach der Klinge auf dem Tisch. Er hatte außerdem seine Waschschüssel, Seife und ein Leinentuch dazugelegt. »Einseifen kannst du dich bestimmt selbst.«

Er tat wie geheißen und nachdem der volle Bart nass war, begann Elayne mit der Rasur. Sehr vorsichtig legte sie die Klinge an seinen Wangenknochen und schabte Stückchen für Stückchen Teile seines Bartes ab. Ihre Hände waren ruhig, aber ihr Herz pochte so heftig, dass Lancelot es hören musste, so nah wie sie bei ihm stand.

Er hatte die Augen geschlossen und das war auch gut so, denn sie wollte nicht von ihm dabei beobachtet werden. So konnte sie sich besser darauf konzentrieren, was sie tat. Er ließ sie gewähren und bewegte sich nicht.

Nur einmal zuckte er zusammen, als sie die Seite wechselte und ihr Knie seinen Oberschenkel berührte. Sie hatte bereits die Klinge angesetzt und durch seine plötzliche Bewegung schnitt die scharfe Kante in seine Wange.

»Oh Gott, es tut mir leid«, rief sie entsetzt aus und griff rasch nach dem Tuch, um das Blut abzutupfen.

»Es …«, er räusperte sich, »es ist nicht schlimm.«

»Es blutet ein wenig.«

Er sagte weiter nichts, doch als sie die Blutung gestillt hatte, nahm er ihr das Tuch ab und legte es in seinen Schoß. »Mach einfach weiter«, bat er knapp.

Sie atmete tief ein und wollte die Klinge gerade wieder ansetzen, da fügte er hinzu: »Und vergiss nicht, zu atmen.«

Sie hielt die Klinge über seine Nase. »Überlass meine Atmung mir und sprich nicht mehr, es sei denn, du legst keinen Wert auf dein hübsches Gesicht. Dann hättest du den Bart aber auch stehen lassen können.«

Er gab ein belustigtes Grummeln von sich, schloss dann aber die Augen und hielt ihr die Wange hin, ohne jede weitere Regung.

Es dauerte noch ein wenig, da sein Bart voll und gleichmäßig wuchs. Nach getaner Arbeit seufzte sie. »So, ich glaube, das ist gut so.«

»Danke.« Er öffnete die Augen, die finsterer waren als zuvor. »Es ist gut zu wissen, dass du mich nicht genug hasst, um mir die Kehle durchzuschneiden.«

»Neckst du mich?«

»Nein, du hast eine scharfe Klinge in der Hand, das würde ich nicht wagen.« Dennoch zuckte es in seinem Mundwinkel.

Sie schnaufte entrüstet und wollte nach dem Tuch in seinem Schoß greifen, um ihm die restliche Seife abzuwischen.

Er packte ihre Hand und hielt sie davon ab. »Wenn ich es mir recht überlege, möchte ich doch noch ein wenig schlafen. Würdest du bitte gehen?«

Stirnrunzelnd sah sie ihn an. Er war also doch wütend, dass sie ihn geschnitten hatte. »Ich wollte dir nur die Seife aus dem Gesicht wischen«, verteidigte sie sich.

»Ist nicht notwendig, ich kann mich selbst waschen.«

»Nun gut.« Sie wandte sich von ihm ab und schritt zur Tür. Die Reaktionen dieses Mannes verwirrten sie mehr, als ihr Verstand vertragen konnte, und schon gar nicht ihr Herz. »Komme morgen zur Mittagsstunde in die Stallungen. Dort verbringen Gal und ich manchmal Zeit mit Liam.«

Er wandte den Blick ab, hielt es nicht einmal für nötig, aufzustehen, um sie zu verabschieden. »Bis morgen.«

Sie musste tatsächlich eingenickt sein.

Nachdem sie Lancelots Kammer verlassen hatte, hatte sie sich rasch frisch gemacht und ihr Oberkleid ausgezogen, um sich sodann auf ihr Bett zu werfen.

Lancelot hatte noch immer die Macht, mit ihren Gefühlen zu spielen, und das ärgerte sie ungemein. Trotzdem war sie in einen tiefen, traumlosen Schlaf gefallen, vermutlich wegen des vielen Weins, den sie im Verlauf des Abends und der Nacht getrunken hatte.

Sie wurde erst wach, als Teagan an ihre Tür pochte und fragte, ob alles in Ordnung sei.

»Ja«, rief sie krächzend. Ihr Mund war furchtbar trocken. »Komm herein.«

»Oh liebe Elayne, du siehst schrecklich aus.« Teagan stemmte die Hände in die Hüften und sah sie tadelnd an. »Die Königin hat sich bereits nach dir erkundigt.«

»Himmel!« Elayne versuchte sich aufzurichten, aber alles drehte sich. »Das war zu viel Wein gestern. Der griechische ist viel zu stark.«

»Brauchst du etwas Wasser?«, erkundigte sich ihre Freundin gutmütig.

Sie verzog flehentlich das Gesicht. »Ja, bitte, und etwas zu essen. Wo ist Gal?«

Teagan begann damit, in der Kammer aufzuräumen, und schob eine Haarbürste sowie die Waschschüssel zurecht. »Ich habe ihn bei Liam gelassen, aber ich hole ihn gleich wieder ab. Meine Arbeit bei der Königin ist bis zum Mittag erledigt.«

Elayne schloss kurz die Augen und versuchte, sich auf ihre eigenen Aufgaben zu konzentrieren. »Ist die Königin aufgestanden?«

Teagan hielt inne und musterte sie skeptisch, urteilte jedoch nicht weiter über den desolaten Zustand ihrer Freundin. »Ist sie. Sie sitzt am Fenster und hat mit einer neuen Stickarbeit begonnen.«

Elaynes Mund fühlte sich ganz trocken an. Sie musste schlucken, bevor sie fragen konnte: »Ist Gwyneth bei ihr?«

Teagan schüttelte den Kopf. »Sie hat sie zur Tuchfrau geschickt, weil sie neues Garn braucht.«

Hervorragend, beide Damen waren beschäftigt und Elayne konnte sich erst einmal herrichten. Die Kombination aus Wein und zu wenig Schlaf machte ihr arg zu schaffen.

Teagan holte ihr aus der Küche einen Krug Wasser, dünnes Kräuterbier und eine Schale mit Brot, Schinken und gekochtem Ei. Außerdem half sie ihr, das Haar zu entwirren, das sie in der Nacht vor Müdigkeit nicht zum Zopf gebunden hatte. Dies bezahlte sie nun mit zahllosen Knoten, die ordentlich ziepten, als Teagan sie entwirrte.

Erst als ihr Kopf einigermaßen klar war und sie ihr zweites Alltagskleid trug, denn das erste roch unangenehm und wies einen kleinen Blutfleck auf, fühlte sie sich gut genug, ihre Pflichten bei der Königin zu erfüllen. Teagan hatte ihr zwei feste Zöpfe geflochten und diese miteinander im Nacken verknotet. Die Frisur spannte schon jetzt über der Stirn.

Gwenhwyfar gab ihr auf, eine Liste mit dem geplanten Abendessen zu Philippa zu bringen, später kümmerte sie sich darum, dass die Dienerschaft sämtliche Decken und die zuletzt getragenen Kleidungsstücke der Königin zu den Waschfrauen im Dorf brachten. Erst danach hatte sie Zeit, Gal bei Teagan abzuholen.

Sie fanden Liam bei einer der hinteren Boxen, lässig auf eine Mistgabel gestützt. Er ließ diese stehen, als er Elayne und Gal erblickte, und nahm eine angespannte Körperhaltung ein. Bang glitt sein Blick zu dem schwarzen Ross in der Box und dem Mann, der den Trog des Hengstes mit frischem Heu füllte.

Elayne begrüßte Liam gut gelaunt. »Hallo, Liam, ist das nicht ein wunderschöner Tag?«

»Meine Herrin, wir sollten uns später unterhalten«, wandte er rasch ein und deutet auf die Box.

»Guten Tag, Elayne«, merkte Lancelot an und richtete sich auf. Er lächelte und sein Blick ruhte auf ihrem Sohn. »Guten Tag auch dir, kleiner Galahad.«

Niemand war in ihrer Nähe, der sie hätte hören können, demnach war es ungefährlich, Liam aufzuklären. »Er weiß es.«

»Oh!« Er atmete erleichtert aus. »Gott sei Dank. Ich hätte dieses Spiel keine zwei Tage mehr durchgehalten.«

»Trotzdem sollte es außer uns niemand erfahren«, sagte sie leise. »Dieses Geheimnis müssen wir noch eine Weile wahren. Ist das in Ordnung für dich?«

Er deutete eine Verbeugung an. »Natürlich, meine Herrin.«

Sie legte ihm eine Hand auf die Schulter. »Ich bin dir sehr dankbar. Das weißt du, nicht wahr?«

Er lächelte und nickte. Dann warf er einen weiteren Blick auf Lancelot und verabschiedete sich, weil er noch weitere Aufgaben zu erledigen hatte.

»Liam ist zum Mann geworden«, stellte Lancelot fest. »Ein Mann, der dir treu ergeben ist.«

»Er hat mich sogar vor meinem Vater beschützt, als wir Corbenic verließen.« Elayne sah warm lächelnd in die Richtung, in die ihr Freund gegangen war. »Sein Herz ist groß und seine Ehre unfehlbar.«

Lancelot nickte anerkennend. »Er würde gut zur Tafelrunde passen.«

Überrascht sah Elayne auf. »Wäre das denn möglich? Ein Mann, der nicht von höherer Geburt ist?«

Er hob die Schultern und erklärte: »Artus beurteilt die Menschen nach ihren Taten, nicht nach ihrer Geburt.« Sein Blick ruhte noch immer auf Galahad. »Darf ich ihn halten?«, fragte er schließlich.

»Natürlich.« Sie wartete, bis er aus der Box gekommen war. »Gal, mein Schatz, das ist … Lancelot. Er ist unser Freund.«

Ihr Sohn betrachtete den ihm fremden Mann mit großen Augen und schmiegte sich fester an Elayne.

Sein Vater nahm ihm die Zurückhaltung nicht übel. »Hast du Lust, Crixus zu streicheln? Sein Fell ist ganz weich.«

Neugierig sah Gal zu dem großen Ross, das zur Begrüßung schnaubte. Gal schnaubte ebenfalls und streckte die kleinen Händchen nach dem Hengst aus.

»Sie sprechen die gleiche Sprache«, lachte Elayne.

Nun ließ Gal sich bereitwillig von Lancelot auf den Arm nehmen, damit er ihn näher an das Tier halten konnte.

»Lass ihn erst deine Hand beschnuppern«, riet Lancelot sanft. »Ja, sehr gut machst du das.«

Gal kicherte, als die Nüstern seine Haut berührten.

»Wenn du größer bist, darfst du auf ihm reiten«, versprach Lancelot. »Er ist ein Schlachtross. Nur ein wahrer Krieger kann auf ihm reiten.«

Galahad hörte aufmerksam zu und hielt mutig seine kleine Hand auf den Nüstern des Pferdes.

»Aber wenn deine Mutter es erlaubt, können wir zu Gannicus gehen. Er ist ein kräftiges und sehr gutmütiges Pony.«

Elayne nickte, als sie Lancelots fragenden Blick bemerkte, und freute sich über sein warmes Lächeln.

Der Krieger trug seinen Sohn hinüber zu einer weiteren Box und Elayne blieb stehen, um die beiden zu beobachten.

Lancelot, der große Krieger, geküsst von den Farben der Nacht, und Galahad, der kleine goldhaarige Junge, dem nach den Worten ihrer Mutter eine große Zukunft bevorstand.

Ihr fröstelte und sie schlang die Arme um ihren Oberkörper.

19

POLÝTROPON

Der Vielgewanderte

Der Weg nach oben war eng, die steinernen Stufen rutschig von der Feuchtigkeit. Die Luft roch nach hundert Jahren Stille.

Lancelot ging voran. Sein Schritt war sicher, als könne ihn selbst der rutschigste Stein nicht beeindrucken. Elayne achtete darauf, wohin sie welchen Schritt tat, und stützte sich sicherheitshalber an der feuchten Wand ab. Sie hätte hier oben mit Staub und Fledermausdreck gerechnet, nicht mit der Feuchtigkeit eines Kellers.

»Ist das Dach undicht?«, erkundigte sie sich. Sie mussten doch bald auf der höchsten Ebene angekommen sein.

»An manchen Stellen, ja. Artus hat niemandem erlaubt, die Kammer zu betreten. Nicht einmal, um sauber zu machen, geschweige denn, Instandhaltungsmaßnahmen durchzuführen.«

»Du meinst, niemandem außer dir.«

»Ich habe ihn nicht um Erlaubnis gebeten. Doch ihm ist bekannt, dass ich manchmal hierherkomme.«

Er hielt inne. Vor ihm befand sich eine schwere Holztür. Er öffnete sie mit einem kräftigen Stoß. Sie war nicht verschlossen. Das Metall der Scharniere ächzte und quietschte. Er wandte sich um und reichte ihr seine freie Hand.

»Dies ist Camelots geheimste Kammer. Bist zu bereit?«

Sie ergriff seine Hand und ließ sich die letzten Schritte hineinziehen.

Risse zogen sich durch die Ziegel, einige fehlten. Kein Wunder, dass die Feuchtigkeit hier Einzug gehalten hatte. Sonnenstrahlen fielen wie Goldstaub in die geräumige Kammer und spendeten ausreichend Licht, obwohl die Fenster verhangen waren. Der Boden war bedeckt von einer Mischung aus Staub und verschimmeltem Heu.

An der äußeren Wand standen mehrere Truhen aus dunklem Holz. Eine Bettstatt befand sich an der linken Wand, jedoch ohne Kissen oder Decken. Auf einem großen Tisch in der Mitte des Raumes lagen verschiedene Geräte, deren Zwecke Elayne nur erahnen konnte.

Staunend drehte sie sich einmal im Kreis, um den Raum vollkommen wahrzunehmen. »Was ist das für ein Ort?«

Lancelot ging zu den Truhen, öffnete sie und brachte Schriftrollen sowie halb zerfallene Bücher hervor.

Des Großvaters Herz hätte geblutet bei diesem Anblick.

»Das, meine liebe Elayne, war einst Merlins Kammer.«

Sie sog scharf die Luft ein, weil sie es kaum glauben konnte. Noch einmal drehte sie sich um, ganz langsam. In dieser Kammer, hoch über allen anderen hatte also Merlin gewohnt. Mehr noch, er hatte hier studiert, Forschungen betrieben, Messungen notiert, wenn sie jene Zeichnungen richtig deutete, die Lancelot nun auf dem Tisch ausbreitete.

»Die Verwahrlosung ist weiter vorangeschritten«, seufzte er. »Merlin hätte einen Zauber weben sollen, der die Zeit anhält, bevor er uns verließ.«

Elayne trat zu dem Tisch in der Mitte der Kammer und drehte sich langsam um. Niemand, der Schriften und das Wissen, das sie beherbergten, liebte, hätte sie je freiwillig so zurückgelassen.

»Wie lange ist Merlin fort?«

Lancelot fuhr sich mit der Hand über den Nacken, als er darüber nachdachte. »Mehr als zehn Sommer.«

Sie schüttelte verwundert den Kopf. »Er muss tot sein. Sonst wäre er wiedergekommen und hätte seine Schätze geholt.«

Eine Bronzescheibe lag zwischen einem verstaubten Mörser und einem alten Federkiel auf dem Tisch. Elayne hob sie vorsichtig hoch und bewunderte die mit Gold eingeprägten Sterne und den Mond. Und dort, an der Ecke des Tisches, erkannte sie ein Instrument, dessen Ebenbild in Großvaters Skriptorium zu finden war: eine Sonnenuhr.

Lancelot beobachtete, wie sie sich umsah und das Ausmaß dieses Schatzes einzuordnen versuchte.

»Wie hat Artus das alles so verkommen lassen können?«, fragte sie sich laut und legte die Scheibe behutsam zurück.

»Seit Merlin fort ist, hat er keinen Fuß hier rein gesetzt. Er wollte mit niemandem darüber sprechen.« Er hob die Schultern, als er sich daran erinnerte. »Nicht einmal mit mir. Er war sein engster Vertrauter, sein Lehrmeister, mehr als ein Vater, mehr, als Ectorius je zu sein vermocht hatte. Merlins Verschwinden hat einen Teil von Artus fortgerissen. Und niemand war in der Lage, diese Wunde zu heilen.«

Sie verschränkte die Arme vor der Brust. »Wir können diese Schriften doch nicht einfach so liegen lassen. Die Instrumente … Weißt du, wie wertvoll sie sind?«

Er schmunzelte und hob die Brauen. »Nur in den Augen jener, die sie zu schätzen wissen.«

Sie schüttelte verständnislos den Kopf. »Also weiß Artus nicht zu schätzen, was hier oben liegt und langsam verrottet? All das Wissen … all die Worte längst verstorbener Menschen. Sie werden verschwinden in der Verwesung der Zeit und für die Zukunft verloren sein.«

»Merlin war für Artus wertvoller als jeder Schatz dieser Welt,« erklärte er eindringlich. »Er war es, der die Worte der Philosophen, Dichter, Historiker, Ärzte, Astronomen und Politiker verstehen und deuten konnte. Merlin vereinte die Bildung Roms mit dem Wissen, das die Druiden über Generationen hinweg angesammelt hatten. Ich kenne niemanden, der je über solches Wissen verfügt hat. Niemanden, bis auf deinen Großvater womöglich.«

Es erwärmte ihr Herz, dass auch er in diesem Moment an Großvater dachte. »Du hast Corbenic nicht vergessen.«

»Wie könnte ich? Es war eine der besten Zeiten seit meiner Jugend.« Seine dunklen Augen glänzten wie Obsidian.

Eine zarte Welle überkam ihr Inneres und erwärmte ihre Wangen. Er hatte ihr Merlins Kammer gezeigt, weil er wusste, wie viel es ihr bedeuten würde. Weil er wusste, dass sie diese Art der Schätze mehr liebte als jedes Gold, jedes Silber, jeden Edelstein. Weil er sie kannte.

Ihre Hände zitterten ein wenig. Sie ballte sie zu Fäusten. »Es kann niemals so sein wie früher.«

Er kam zwei Schritte auf sie zu, verharrte dann. Sein Blick war traurig, er sah zu Boden. Dann fiel ihm etwas ein und er ging zu einer weiteren Truhe am anderen Ende der Dachkammer. Die Scharniere des Deckels protestierten ähnlich wie die der Tür zuvor.

Er nahm mit beiden Händen vorsichtig eine große Schriftrolle hervor und brachte sie zu Elayne. »Hier, kannst du das lesen?«

Ihre Hände zitterten nun wirklich. Vorsichtig entrollte sie den dünnen Papyrus. »Das ist Griechisch.« Konzentriert entzifferte sie die Buchstaben und Wörter, bis sie einen Sinn ergaben.

»Muse, erzähl mir von den Taten des vielgewanderten Mannes, der so weit geirrt ist nach der Zerstörung Trojas, der so viele Menschen gesehen und ihre Sitten gelernt hat und der auf dem Meer so viele Leiden erdulden musste, um seine Seele zu erretten und seine Freunde in die Heimat zurückzuführen.«

Sie konnte es selbst kaum glauben. Überrascht sah sie Lancelot an. »Das ist ein Auszug aus der *Odyssee*.«

Er lächelte und nickte. »Was ist hiermit?« Er griff nach einem noch dünneren Papyrus und rollte ihn langsam auf.

Sie schüttelte den Kopf. Solche Zeichen hatte sie noch nie gesehen. Verblasste Figuren schienen über das Blatt zu laufen, merkwürdige Gestalten, halb Mensch, halb Tier.

»Die Schriftrolle stammt aus Ägypten«, erklärte er wie ein Kind, das sein wunderbarstes Spielzeug zeigte. »Merlin meinte, sie erzähle die Geschichte eines Gottes der Unterwelt. Und diese hier …« Er entfaltete eine kleine Rolle, die wiederum mit römischen Buchstaben und dem ihnen bekannten Latein beschrieben war. »… enthält medizinische Rezepte.«

Elayne nahm sie staunend entgegen und las. Mittel gegen simples Fieber waren ebenso beschrieben wie ein äußerst komplizierter Vorgang zur Behandlung und Isolierung von Pockenpatienten.

Lancelot ließ sie in Ruhe lesen, reichte ihr weitere Schriftrollen und Bücher, ließ sie den Schatz, der sich hier verbarg, erspüren.

»Wir … Wir können das alles doch nicht so liegen lassen«, seufzte sie. »Wenn Artus sich nicht darum kümmert, müssen wir das tun.«

Er nickte lächelnd.

»Hast du mich deshalb hierhergebracht?« Sie hätte Brisens Salbe auch in der Küche zubereiten können, doch er hatte ihr unbedingt diese Kammer zeigen wollen.

»Ja, ich wusste, du bist die Einzige, die zu schätzen weiß, was hier oben liegt. Und du kannst die Schriften besser verstehen als ich selbst, besonders Griechisch.« Er rollte die Schriften vorsichtig auf.

Elayne sah sich noch einmal um. Das Sonnenlicht, das sich durch die einzelnen Risse und Spalten gestohlen hatte, wechselte allmählich zu einem späten Rot. Es war ein Wunder, dass so viele Schriftrollen noch lesbar waren. Sie erkannte einzelne Heubündel, die man in die größeren Ritze gesteckt und mit Lehm fixiert hatte.

Sie warf ihm einen kurzen Blick zu. »Hast du versucht, das Dach zu reparieren?«

Er nickte erneut. Sie wunderte sich, weshalb er auf einmal so wortkarg war, und bemerkte dann, dass er sie die ganze Zeit nicht aus den Augen gelassen hatte.

Schmetterlinge flatterten zart in ihrer Brust. Sie waren also noch immer dort, hatten sich nur verborgen gehalten, geschlafen, geträumt … was auch immer. Aber nun waren sie wieder zum Leben erwacht.

»Wirst du mir helfen, Merlins Schätze zu sortieren und zu bewahren?«, fragte er leise.

Er stand nur einen Schritt von ihr entfernt. Was, wenn sie diesen Schritt tat und die Schmetterlinge freiließ?

Sie erwiderte sein Lächeln. »Natürlich werde ich das.« Bevor sie ihrem eigenen Herzen nicht mehr trauen konnte, wich sie einen Schritt zurück. »Wir sollten aber zunächst das erledigen, wozu wir hier sind.«

Sie räumte den Tisch frei und wischte mit einem Tuch über die Platte. Bei ihrem nächsten Besuch musste sie daran denken, Wasser mitzubringen. Nun benutzte sie ein weiteres Tuch aus dem Bündel, das sie mitgebracht hatte, als Unterlage, bevor sie die weiteren in gewachsten Stoff eingeschlagenen Päckchen hervorholte.

»Wärest du so nett, das Kohlebecken zu entzünden?«, bat sie nebenbei.

»Sehr wohl, meine kleine Heilerin.«

Elayne unterdrückte das Schmunzeln, das ihr auf den Lippen lag, und konzentrierte sich auf ihre Arbeit, während Lancelot aus einer Truhe Zunder, Flint und Stahl holte. Das niedrige Kohlebecken, das in einer Ecke des Raumes gestanden hatte, trug er direkt zum Tisch.

Sie breitete ihre Zutaten auf dem Tuch aus. Die Beinwellwurzel hatte sie selbst am Flussufer gesammelt und zerkleinert in der Sonne trocknen lassen. In einem Tiegel hatte sie Schweineschmalz, in einem weiteren kostbares Bienenwachs und in einer kleinen Amphore Leindotteröl mitgebracht. Das Bienenwachs hatte sie Philippa mit dem Versprechen abschwatzen müssen, ihr dafür gewebte Borten zu besorgen. Sie würde also wohl doch noch das Weben erlernen müssen.

Nachdem Lancelot das Kohlebecken zum Glühen gebracht hatte, stellte Elayne einen Kupfertopf darauf und gab das Schmalz in diesen, um es unter Rühren zum Schmelzen zu bringen.

»Du hast wirklich gut aufgepasst, als Brisen die Salbe zubereitet hat«, merkte er an.

»Medizin herzustellen, ist nicht viel schwieriger, als zu kochen. Man muss nur die richtigen Zutaten in den richtigen Mengen verwenden.« Sie rührte das Öl und sodann die Wurzelstücke hinein und hörte nicht mehr auf zu rühren, bis die Mischung flüssig geworden war. Dann nahm sie ein weiteres Tuch zur Hand und das nächste Gefäß, um die Mischung abzuseihen. »Halt das Tuch, damit es mir nicht in die Schüssel fällt.«

Ihr Patient tat gehorsam, was sie sagte. Sodann konnte sie das Bienenwachs zum Schmelzen bringen und unter den Sud rühren.

»Riecht … interessant«, stellte er fest.

»Du sollst es ja nicht trinken.«

»Schade um das Bienenwachs.«

»Ohne das Wachs würde der Sud nicht fest werden. Außerdem ist auch der Honig von Nutzen. Er besitzt ebenso viel Heilkraft wie die Beinwellwurzel.«

»An dir ist eine Heilerin verloren gegangen.«

»Wohl kaum, ich bin zu ungeduldig mit meinen Patienten.« Nun musste sie doch schmunzeln.

Die Mischung reichte für zwei Tiegel. Sie hoffte, in den nächsten Wochen noch einen größeren Vorrat anlegen zu können, wenn sie erst einmal Merlins Kammer aufgeräumt und gesäubert hatten.

Nachdem sie die Salbe abgefüllt hatte und diese weiter abgekühlt war, sah Elayne ihren Patienten auffordernd an. »Nun, wagst du es, dich von mir behandeln zu lassen?«

»Was kann schon passieren?«, lächelte er guten Mutes.

»Nun, falls ich mich vertan habe, könntest du einen furchtbaren Hautausschlag nebst Juckreiz und Pusteln bekommen. Womöglich auch Schweißausbrüche und Übelkeit.« Mit Genugtuung bemerkte sie, dass er etwas blasser in seinem ansehnlichen Gesicht wurde, und sie lachte. »Nein, das war ein Scherz. Nun zeig mir deine Hand.«

Er krempelte einen Ärmel hoch, sodass sie seine Rechte besser untersuchen konnte. Elayne nahm sie in ihre Linke und betastete sie vorsichtig mit der freien Hand.

Die Gelenke waren noch immer geschwollen und wenn Elayne sachte darauf drückte, zuckte Lancelot leicht zusammen. Der Mittelfinger war dicker als alle anderen Finger und leicht gekrümmt.

Sie hob fragend die Brauen. »Kannst du den Finger strecken?«

»Kaum«, schüttelte er den Kopf.

Sie nahm etwas von der Salbe, die noch angenehm warm und noch nicht ganz fest war, und massierte sie behutsam in die Haut. »Schmerzt es oder ist es auszuhalten?«

»Es fühlt sich angenehm an.«

Sie wagte es nicht, aufzublicken, und betrachtete mit gerunzelter Stirn die Glieder seiner Hand. »Brisens Salbe kann keine Wunder vollbringen, doch vielleicht wirst du eines Tages wieder ein Schwert halten können.«

Er gab ein zustimmendes Grummeln von sich und nun sah sie doch auf. Er hatte die Lippen fest aufeinandergepresst, wie Gal, wenn er kurz vor dem Weinen war. »Lancelot …«

Er entzog ihr seine Hand. »Danke, Elayne. Es ist sehr freundlich von dir, dass du dich so um mich kümmerst.«

Seine Worte klangen aufrichtig, doch sie hatte das Gefühl, dass er davon ablenken wollte, wie sehr es ihn bekümmerte, seine Hand nicht richtig nutzen zu können.

»Du kannst allzeit zu mir kommen, Lancelot«, versprach sie und wischte ihre Hände an einem Tuch ab. Auch wenn seine Nähe beunruhigend war, schaffte sie es nicht, ihn in seinem Kummer allein zu lassen.

Er räusperte sich, bevor er weitersprach. »Darf ich dich um zwei weitere Gefallen bitten?«

Sie legte den Kopf schief und verschränkte die Arme vor der Brust. »Ist das wieder ein Handel unter Erwachsenen?«

Er grinste und sie war erleichtert, dass sie ihn aufmuntern konnte. »Nein, ich möchte dich lediglich bitten, mich Lance zu nennen. So nennen mich meine Freunde. Und womöglich sind wir ja nun doch wieder Freunde.«

»Womöglich«, bestätigte sie nickend. »Und die zweite Bitte?«

»Es gibt eine weitere Verletzung. Die schlimmere der beiden.«

»Ja, natürlich. Wo ist sie?« Sie ließ bereits ihren Blick über seine hochgewachsene Gestalt wandern, als er sein Hemd aus der Hose zog und es nach oben schob.

Auf seiner linken Seite zog sich eine gerade Linie von seinem unteren Rippenbogen bis zur Wirbelsäule.

Elayne stockte bei dem Anblick der Atem. »Bei Gott.«

»So kann man es wohl sagen. Ich hatte ziemlich großes Glück, dass dem Sachsen die Klinge abrutschte. Sonst würde ich wohl nicht mehr hier stehen.«

»Kannst du …« Nun war es an ihr, sich zu räuspern. »Kannst du das Hemd ganz ausziehen, damit ich mir das ansehen kann?«

Sie hatte nicht vergessen, wie er ohne Hemd aussah. Doch ihn nun in diesem Moment wieder so zu sehen, brachte sie in eine eigenartige Stimmung.

Zu gern hätte sie ihm die Arme um die Hüfte geschlungen und ihn einfach nur gehalten, seine Wärme für sich beansprucht und seine Stärke. Doch das hätte sie schwach aussehen lassen. Er musste nur sein Hemd ausziehen und sie wollte sich an ihn schmiegen. Das war weder klug noch damenhaft. Die Hitze stieg ihr in die Wangen.

Jetzt, in diesem Moment, war er ihr Patient. Und sie war sich ziemlich sicher, dass außer ihr keiner von dieser Verletzung wusste. Er zeigte ihr seine schwächste Stelle und bewies damit, dass er ihr vertraute.

»Darf ich?« Sie hob eine Hand und er nickte.

Sie betastete die Rippen, wobei er scharf die Luft einsog. Die Haut um die Narbe herum war braun, teilweise gelb verfärbt. Die Narbe selbst sah schwulstig und noch immer sehr rot aus. Aber das Gewebe darum herum war nicht rot. Brisen hatte ihr erklärt, dass es sehr schlecht sei, wenn das Fleisch um eine Wunde rot wurde und stark roch. Vorsichtshalber schnupperte sie an der Narbe. Nein, Lancelot … Lance … roch einfach nur nach frischem Schweiß und dem Duft, den sie schon immer an ihm wahrgenommen hatte.

»Ich habe keine guten Nachrichten«, seufzte sie.

»Du kannst es mir direkt sagen«, bat er ernst.

»Du musst baden. Wirklich ganz dringend.«

Kichernd wich sie seinen Armen aus, die nach ihr greifen wollten, wozu auch immer.

Fortan kam Elayne jeden Mittag mit Gal in Merlins Kammer. Sie richtete die Bettstatt für ihn her, damit er darauf schlafen konnte, und sie begann damit, die Schriften zu sortieren, während Lancelot sich um das Dach kümmerte.

»Schläft er immer so tief?«, wunderte er sich, als ihm ein Tonziegel herunterfiel, mit lautem Klirren zerbrach und Gal lediglich ein kleines Schnaufen im Schlaf von sich gab.

»Mittags schläft er besonders gut«, erklärte Elayne schmunzelnd und deckte ihren kleinen Sohn zu. »Dafür ist er abends lange wach.«

Lancelot kam zu ihr und setzte sich auf die Bettkante. »Und schläft er bei dir oder hat er seine eigene Schlafstatt?«

»Er schläft bei mir.« Sie lächelte liebevoll, denn ihr schlafendes Kind war stets ein Anblick, der ihr das Herz erwärmte. »Das erspart es mir, aufzustehen, und wir genießen die Wärme, die wir uns gegenseitig spenden.«

Lancelot betrachtete seinen Sohn, als sei er ein großes, wunderbares Rätsel. »Was isst er am liebsten?«

Sie kicherte, da er so viele Fragen stellte. »Brot mit Bratensoße. Und er mag Äpfel. Aber davon gibt es ja zu dieser Jahreszeit nicht so viele.«

»Mag er Beeren?«

»Ja, die auch.«

Lancelot seufzte. »Ich habe so viel verpasst.«

Sie griff rasch nach seiner unverletzten Hand. »Du wirst ihn kennenlernen, jede kleine Eigenart. Und du wirst in der Zukunft nichts mehr verpassen.«

Diese wenigen Stunden, die sie nun täglich miteinander verbrachten, waren für Elayne unendlich kostbar. Sie boten nicht nur Gelegenheit, damit Lancelot seinen Sohn kennenlernte, sie boten ihnen auch die Möglichkeit, einander neu zu begegnen.

20

AETERNUM

Auf ewig

Die Wolkendecke hatte sich zugezogen. Es würde heute noch regnen, dessen war er sich sicher. Gut für die Bauern und ihre Ernte. Schlecht für die Männer, die sich gerade erst auf dem Übungsplatz eingefunden hatten.

Lancelot hatte sich nicht in sein gepolstertes Wams geworfen, sein Übungsschwert lag auf der Truhe in seiner Kammer. Das erinnerte ihn daran, dass er einen neuen Waffenständer benötigte. Er hatte ihn immer noch nicht in Auftrag gegeben. Der alte hatte zuletzt als Feuerholz gedient, nachdem er ihn selbst zerstört hatte. Keine seiner Heldentaten, doch es war besser gewesen, seine Wut an dem Holzmöbel auszulassen statt auf dem Übungsplatz. Es war an jenem Tag geschehen, als er aus Corbenic zurückgekehrt war …

Er hoffte sehnlichst, Gawain würde seine Wut ebenfalls andernorts auslassen, sobald er ihm erzählt hatte, was er vorhatte.

Lancelot krempelte die Ärmel seines schwarzen Hemdes auf und stützte die Ellbogen auf dem Geländer ab, das den Übungsplatz umgab. Sein Vetter und dessen Brüder hatten sich gemeinsam mit Percival hier eingefunden und Gawain erklärte gerade, auf welche Bewegungen man bei einem Ausfallschritt achten musste. Lancelot war überrascht, den jungen Mordred bei ihnen zu sehen.

Wie alt war der Bursche jetzt? Vierzehn oder fünfzehn? Sein kupfernes Haar war nicht so auffällig wie das flammenrote Haar seines Ziehbruders Agravaine. Seine Statur aber war kräftig. Er würde ein breitschultriger, kräftiger Krieger werden.

Lancelot wusste, dass Mordred Morgaines Sohn war, doch sie hatte ihm nie verraten, wer der Vater des Jungen war. Er vermutete, dass man ihr Gewalt angetan hatte. Warum sonst sprach sie nie von dem Mann und warum sonst hatte sie ihren Sohn nicht nach Avalon gebracht, um ihn dort großzuziehen, und stattdessen bei ihrer Schwester gelassen?

Wärme durchflutete sein Herz, denn er war sich sehr sicher, dass Morgaine Elayne zugesprochen hatte, den kleinen Gal nach Camelot zu bringen. Mochten sich Morgaine und Morgause vom Äußeren ähneln wie Zwillinge, so konnten sie nicht unterschiedlicher sein. Morgaine war warm, zuversichtlich, freundlich. Sie spendete Trost, wenn man ihn brauchte, konnte tief in die Seele blicken, ohne dass man viel reden musste. Morgause war kalt, stets auf den eigenen Vorteil bedacht und äußerst gehässig. Lancelot konnte nur eine gute Eigenschaft an ihr finden und das war die Liebe zu ihren Söhnen.

Gawain und Gaheris waren vom Wesen ihrem Vater sehr unähnlich. Und Gareth, dessen Seele im letzten Sommer weitergezogen war, war ein herzensguter Mensch gewesen. Agravaine zeigte hin und wieder einen gewissen Groll, eine Art unterdrückter Wut. Dennoch war er Artus treu ergeben und Lancelot konnte sich stolz schätzen, den fähigen Krieger als seinen Waffenbruder zu bezeichnen.

Mordred aber war nicht wie die Brüder. Er war fast genauso groß wie Gaheris, der zwei Sommer mehr zählte als er. Sein Blick war selten freundlich, stets vergrämt. Lancelot bedauerte, dass er noch nie mehr als fünf Worte mit ihm gewechselt hatte. Es interessierte ihn, was in Morgaines Sohn vor sich ging.

Er nahm sich vor, das alsbald nachzuholen. Vielleicht brauchte Mordred nur einen väterlichen Freund, der ihn mit Herzlichkeit, aber Bestimmtheit erzog? Lot mit seinen Schikanen konnte diese Rolle wohl kaum erfüllen.

Lancelot seufzte. Bevor er Urteile über seine Vettern fällte, sollte er sich um sein eigenes Fehlverhalten kümmern.

»Hey, mein Freund«, rief Gawain ihm zu. »Willst du nicht zu uns kommen und den Jungs zeigen, wie man einen Ausfallschritt pariert?«

Lancelot lachte auf. »Oh nein, danke, ich habe heute kein Interesse an Tanzunterricht.« Er räusperte sich und stieß sich an der Brüstung ab. »Aber es wäre schön, wenn du einen Moment für mich hättest. Es gibt etwas, das wir zu besprechen haben.«

»Oha, Lance hat sein feines Hemd angezogen«, bemerkte Gaheris. »Er macht dir eine Liebeserklärung.«

Gawain wuschelte seinem Bruder durch das wirre braune Haar. »Hüte deine Zunge, mein Welpe.« Sein Blick huschte zu Lancelot und er runzelte die Stirn. »Scheint aber wichtig zu sein.« Er warf Agravaine sein Übungsschwert zu und warnte die Jungen: »Wenn ich Klagen von ihm höre, geht ihr heute ohne Abendessen schlafen.«

Mordred öffnete den Mund und wollte etwas erwidern, doch da schubste Gaheris ihn bereits spielerisch. »Komm schon, lass uns weitermachen.«

Gaheris war von der Statur schmaler als sein jüngerer Vetter, dennoch schienen seine Worte einen gewissen Einfluss auf Mordred zu haben, denn er nickte lediglich verstimmt.

Lancelot bemerkte, dass Percy sorgenvoll die Brauen hob. Wenn jemand wie ein hilfloser Welpe aussah, dann Elaynes Vetter.

»Was gibt es?« Gawain grinste, er musterte Lancelot jedoch achtsam.

»Lass uns in meine Kammer gehen.«

»Du willst mir doch nicht etwa wirklich eine Liebeserklärung machen«, prustete Gawain, schwang sich dennoch geschickt über die Brüstung.

»Nein, natürlich nicht.« Lancelot hob die Brauen und Gawain wurde ernst.

»Gut, ich komme mit dir.«

Für gewöhnlich hätte Gawain nun einen Arm um die Schultern seines Vetters gelegt und ihn weiter geneckt. Er hatte den Ernst der Lage wohl aber erspürt. »Geht es um deine Verletzungen?«, hakte er nach. »Wirst du überhaupt noch ein Schwert halten können?«

»Es wird täglich besser.« Dank Elaynes Zutun. Sie massierte seine Hand morgens und abends mit der Salbe, die sie für ihn zubereitet hatte. »Es geht um etwas anderes.«

»Jetzt bin ich in der Tat gespannt.« Gawain grinste. »Wärest du nicht Lancelot, würde ich behaupten, es ginge um eine Frau.«

Lancelot räusperte sich nochmals.

Sein Vetter keuchte auf. »Es geht um eine Frau?!«

»Klappe, es muss nicht jeder mitbekommen«, zischte er.

Nun legte der Jüngere ihm doch den Arm um die Schultern. »Nun, lass dir gesagt sein, du bittest den Besten um Rat.«

»Da bin ich mir ganz sicher«, murmelte Lancelot.

In seiner Kammer bot er Gawain einen Becher Wein an. Diesmal hatte er einen gallischen ausgesucht und sein Vetter erkannte sofort, dass es der war, den sie vor wenigen Abenden zu den Flusskrebsen genossen hatten.

»Nun heraus mit der Sprache.« Gawain deutete mit dem Becher auf ihn. Sie standen inmitten der Kammer an Lancelots Tisch.

»Setz dich doch erst einmal.«

Sein Waffenbruder ließ sich auf den Stuhl plumpsen. »Wer ist sie? Ich kenne sie doch gewiss.«

»Ähm, ja, du kennst sie.«

Bei Gott, er hatte sich auf diesen Moment lange vorbereitet. Wieso fiel es ihm so schwer, die geprobten Worte laut auszusprechen?

Gawain schenkte sich ungefragt und sehr reichlich nach. »Du bist wirklich nicht du selbst, Lance. Ich erkenne dich kaum wieder, so wie du stotterst und Meilen um den heißen Brei herumirrst. Sie muss etwas ganz Besonderes sein und jetzt bin ich umso neugieriger. Also los, wer ist sie? Wenn ich dir Tipps geben soll, wie du sie in deine Bettstatt locken kannst, musst du mir schon einige weitere Informationen zur Verfügung stellen.«

Lancelots Kehle schnürte sich zu. »Ich will sie nicht«, er krächzte und räusperte sich, »in mein Bett locken.« Nun, er hatte es schon vor. Nur nicht als ersten Schritt. »Ich möchte sie heiraten.«

Gawain stand überrascht auf und kippte sich fast den Wein über. »Oh Gott, Lance, bist du krank? Hat das Weib dich verzaubert?«

»Nein. Es ist mein freier Wille.« Wenigstens dessen war er sich sicher.

Sein Vetter runzelte die Stirn. »Es ist doch nicht diese kleine Prinzessin aus Astolat? Lass dir gesagt sein, ihr passt in keinster Weise zueinander.«

»Nein, nicht Elayne von Astolat.«

Erleichtert trank Gawain von dem Wein.

»Elayne von Corbenic.«

Lothians ältester Königssohn prustete ihm den Wein mitten ins Gesicht. Und als Lancelot gerade mit dem Ärmel den Großteil fortgewischt hatte, bekam er einen derart festen Kinnhaken verpasst, dass er nach hinten taumelte.

»Gawain!« Abwehrend hob er die Hände. »Lass mich doch erklären!«

Sein Vetter warf den Becher in die Ecke, der Rest des Weins verteilte sich auf dem Boden. »Du willst meine kleine Elayne heiraten?!«

»Ja!«, rief Lancelot, die Hände noch immer ausgestreckt. »Weil es mein Herz und meine Ehre gebieten.«

Um Fassung bemüht fuhr sich Gawain durch das wirre Haar. »Aber … warum denn? Hat Artus dich darum gebeten? Es ist keine Eile geboten, ich kann für meine Nichte sehr gut sorgen.«

Lancelot wich einen Schritt zurück. »Weil der kleine Galahad mein Sohn ist und ich sie schon längst hätte heiraten müssen.«

Der nächste Angriff kam weniger überraschend, dafür umso überwältigender. Brüllend vor Wut stürmte Gawain auf ihn zu und warf ihn mit dem Gewicht seines ganzen Körpers gegen die Wand.

Lancelots Hinterkopf knallte schmerzhaft gegen Stein. »Gawain«, ächzte er. »Lass es uns in Ruhe klären.«

»Was gibt es da zu klären?!«, brüllte der jüngere Mann und Speichel flog ihm ins Gesicht. »Du hast meine Nichte geschwängert und sie im Stich gelassen.«

»Ja. Nein. Nicht ganz.«

Gawain packte mit der Hand nach Lancelots Kehle. »Jetzt bin ich sehr gespannt, wie du aus der Misere wieder herauskommen möchtest.«

»Lass mich los«, krächzte Lancelot.

»Niemals.«

»Wir wurden getäuscht, Elayne und ich.«

Gawain ließ nicht locker.

»Ich wusste nicht, dass ich Vater bin.«

Himmel, über seinen Augen tanzten Sterne. Wenn sein Vetter nicht bald lockerließ, würde er ohnmächtig werden.

Ruckartig ließ Gawain von ihm ab. Lancelot stürzte zu Boden und japste nach Luft. Dann aber packte Gawain ihn am Hemd und zog ihn hoch. Mit einem weiteren wütenden Grollen verpasste er ihm einen Schlag gegen die Schläfe. Die Sterne tanzten einen wirren Reigen und alles wurde schwarz um Lancelot.

Als er das Bewusstsein wiedererlangte, schmerzte sein Kopf, als hätte ihn ein Hengst gegen die Stirn getreten. Aber es war nur Gawain, der süffisant grinsend an seiner Bettstatt saß.

»Oh, da bist du ja wieder.« Er kippte den Becher an die Lippen. »Danke für den Wein. Ich glaube, ich kann dir nun zuhören.« Seine Worte klangen beißend, doch es waren keine Anzeichen vorhanden, dass er noch einmal auf Lancelot losstürmen wollte.

Immerhin hatte sein Vetter ihn in die Bettstelle getragen.

Er rieb sich über die schmerzenden Schläfen. »Wo war ich stehen geblieben?«

»Du hast meiner Nichte ein Kind und dich dann aus dem Staub gemacht.« Gawain prostete ihm mit dem Becher zu. »Hervorragende Leistung.«

»Wieso bist du so um Elayne besorgt?«, wunderte sich Lancelot. »Du hattest bisher doch kaum Kontakt zu ihr.«

Gawain hob jungenhaft die Schultern, eine Geste, die er von sich selbst kannte. »Cundrie war meine einzige Schwester. Es mag sein, dass ich sie ebenfalls nicht gut kannte. Aber die wenigen Male, die wir uns begegneten, waren sehr eindrucksvoll.«

Es war erstaunlich, wie klar Gawain sich noch äußern konnte, trotz des Kruges Wein, den er sicherlich bereits vollständig geleert hatte.

»Willst du mir einen Bären aufbinden?« Lancelot setzte sich auf und lehnte sich an die Wand.

»Ich fühle mich für Elayne verantwortlich«, bekannte sein Vetter. »Und um ehrlich zu sein, fühlt sich das verdammt gut an.«

»Gawain übernimmt Verantwortung? Welch wohltuende Wendung.«

»Wer von uns beiden möchte heiraten?«

Lancelot rieb sich den Nacken. »Nun gut. Also, warum fühlt sich das gut an?«

»Niemand glaubt, dass ich dazu fähig bin. Jeder sieht in mir nur den Spaßvogel oder einen Trunkenbold.« Er prostete ihm sarkastisch zu.

»Du bist mehr als das«, fügte Lancelot hinzu. »Du gehörst zu den besten Kriegern Britanniens und Artus engstem Kreis.«

»Und doch bin ich in den Augen meines Vaters nur der Versager, der Sohn, der sich weigert, seinen Befehlen zu gehorchen. Der Sohn, der lieber seinem besten Freund in den Kampf folgt, als das Königreich seines Vaters zu expandieren.«

»Das haben wir wohl alle gemein.«

»Seit Elayne in Camelot ist, habe ich das Gefühl, dass ich noch ganz andere Seiten an mir erfahre. Etwas, das mir bisher gefehlt hat. Etwas, wozu es längst Zeit war, es zu erfahren.«

»Verantwortung?«

Gawain nickte. »Etwas, das jeder Mann übernehmen sollte.«

»Und genau deswegen werde ich Elayne heiraten«, erklärte Lancelot. »Ich habe einen riesengroßen Fehler begangen. Ich hätte Corbenic nie verlassen dürfen, nicht ohne sie.« Er hob die Handflächen nach oben und beugte sich in Gawains Richtung. »In meinen Händen liegt die Zukunft Elaynes und unseres kleinen Galahads.«

Sein Vetter stellte den Becher ab, stützte die Ellbogen auf die Knie und sah Lancelot fest an. »Welches Leben kannst du Elayne bieten?«

»Du weißt, ich besitze nicht viel. Vermutlich erhalte ich ein kleines Erbe aus dem Vermögen meines Vaters, ich werde mit Bors darüber sprechen.« Eigentlich hatte er nichts davon annehmen wollen. Da er nun für eine Familie zu sorgen hatte, musste er wohl über seinen Stolz hinwegsehen. »Alles Weitere muss ich zusammen mit Elayne besprechen.«

»Sie hat keine Ahnung, dass du das vorhast.« Gawain wuschelte sich mit beiden Händen durchs Haar.

»Nein, ich wollte zunächst mit dir reden, denn du bist ihr Vormund.« Er grinste. »Diesmal möchte ich mich an die gegebenen Traditionen halten.«

»Und was ist, wenn Elayne zurück nach Corbenic möchte?«

»Hat sie es dir gegenüber erwähnt?«

Gawain richtete sich auf und streckte die Glieder. »Nein, aber sie spricht mit solcher Wärme von Corbenic, dass es mich wundert, dass sie fortgegangen ist.«

»Hat sie dir erzählt, was ihr Vater getan hat?«

»Sie hat es angedeutet.« Gawain sah ihn streng an. »Ich möchte nicht jedes Detail wissen, aber eines Tages würde ich gern erfahren, wie das alles passiert ist.«

»Ich mag sie wirklich sehr«, beteuerte Lancelot. »Und ich werde alles dafür tun, dass es ihr und unserem Sohn gut geht.«

»Ich glaube dir«, sagte Gawain ernst und nickte. »Tatsächlich. Ich glaube dir.« Er reichte Lancelot eine Hand, um ihm beim Aufstehen behilflich zu sein. »Bei dem Eberkopf Lothians! Mir wird gerade klar, was das bedeutet.«

»Und das wäre?«

»Der erste Bruder der Tafelrunde hat einen Sohn.« Er klopfte ihm beifällig auf die Schulter. »Und einen prächtigen noch dazu.«

»Die nächste Generation«, grinste Lancelot.

Gawain stemmte die Hände in die Hüften. »So, nun lass uns mal sehen, dass wir dich ein wenig herrichten. So wie du aussiehst, kannst du meiner Nichte keinen Heiratsantrag machen.«

Lancelot wusste genau, wo er Elayne und Galahad finden konnte. Er führte Gawain zu Merlins Kammer und sein Freund wunderte sich, dass Artus das erlaubte.

»Ich kann mich nicht einmal erinnern, je dort gewesen zu sein«, überlegte Gawain.

»Du warst gerade erst nach Camelot gekommen, als Merlin uns verließ.« Lancelot klopfte an die Tür, obwohl es nicht nötig gewesen wäre.

»Stimmt, ich erinnere mich kaum an ihn.«

Lancelot atmete tief ein und öffnete die Tür. Gawain zu überzeugen, war die leichtere Aufgabe gewesen.

Sie stand da mit einem Besen, kehrte das alte Stroh fort und hatte ihr Haar unter einem Tuch verborgen, damit es sie bei der Arbeit nicht störte. Der kleine Gal saß auf dem Bett, spielte mit Holzstücken und brabbelte zufrieden vor sich hin.

»Was ist mit deinen Haaren passiert?«, begrüßte sie Lancelot und dann fiel ihr Blick erst auf Gawain. »Und wieso hast du Gawain mitgebracht?«

Lancelot fuhr sich verlegen durch die kurzen Wellen. »Gawain hat mir die Haare geschnitten.«

Elayne lachte amüsiert auf. »Du lässt ausgerechnet Gawain deine Haare schneiden? Den Mann, der nicht einmal einen Kamm besitzt?«

»Ich besitze sehr wohl einen Kamm«, verteidigte sich ihr Onkel. »Und ich schneide meinen Brüdern die Haare. Sie waren bisher sehr zufrieden damit.«

Lancelot fuhr sich etwas unsicher durch die kurzen Strähnen. Gawain hatte sie nicht ganz kurz geschnitten, denn er wollte nicht wie ein Römer aussehen.

Er wollte so aussehen wie damals, als er nach Corbenic gekommen war. Elayne sollte sehen, dass er immer noch Galahad war. Er war der Barde, er hatte ihr nichts vorgemacht. Er hatte lediglich verschwiegen, dass er noch mehr als das war.

»Lancelot möchte dich etwas fragen.« Gawain legte seinem Freund aufmunternd die Hand auf die Schulter und schob ihn nach vorn. »Und du sollst wissen, dass er meine Zustimmung hat.«

Elayne verschränkte die Arme vor der Brust. »Bitte was habt ihr beiden ausgesponnen?«

Gawain grinste und begab sich zu Gal. »Komm, kleiner Krieger, wir lassen deine Eltern in Ruhe miteinander reden.« Er zwinkerte seinem Vetter aufmunternd zu und nahm den glucksenden kleinen Kerl mit nach draußen.

»Du hast es ihm gesagt!«, fauchte Elayne entsetzt.

»Ja, das habe ich.« Lancelot schritt auf sie zu, bewahrte jedoch einen respektvollen Abstand, da er sie nicht bedrängen wollte. »Ich musste es tun, wenn ich seine Zustimmung haben wollte.«

»Zustimmung zu was?«, wollte sie skeptisch wissen.

Er breitete die Arme aus. »Für das hier.« Dann hielt er seine Rechte an sein Herz. »Elayne von Corbenic, erweist du mir die Ehre, mein Eheweib zu werden?«

Sie starrte ihn an und so wie sie aussah, konnte er nicht erkennen, ob sie als Nächstes den Besen nach ihm werfen oder die Besinnung verlieren würde.

»Warum hast du das gesagt?«, wollte sie mit zitternder Stimme wissen.

»Weil ich es mir wünsche.«

»Weil ich dir gesagt habe, dass du Gals Vater bist.« Elayne seufzte und wandte sich ab. »Ich wusste, dass es so weit kommen würde, wenn ich es dir erzählte.«

»Du hast das Richtige getan, Elayne. Und jetzt ist es an mir, das Richtige zu tun.«

»Das Richtige«, wiederholte sie gekränkt.

Er ging einen weiteren Schritt auf sie zu. »Lass mich dir zeigen, dass ich es kann.«

»Ich weiß nicht, Lance.« Es war das erste Mal, dass sie ihn so nannte. »Ich wünschte, ich könnte Ja sagen.«

Er lächelte zaghaft. »Dann tu es doch einfach. Für mich und den kleinen Gal und für dich.«

»So einfach ist es nicht mehr. Lance, ich kenne dich nicht einmal.«

»Du kennst mich sehr gut«, sprach er sanft.

Doch sie schüttelte den Kopf. »Ich kenne dich nicht, Lancelot vom See. Und du kennst nicht die Frau, die aus mir geworden ist.«

»Dann sollten wir uns kennenlernen.«

Sie nickte nachdenklich. »Das sollten wir. Denn ob ich dich heirate oder nicht, Gal verbindet uns und wir werden noch einige Jahre miteinander zu tun haben.«

Er hätte gelacht, wenn die Situation für ihn nicht so traurig gewesen wäre.

»Du hast einen blauen Fleck am Kinn«, bemerkte sie trocken.

Und nun musste er wirklich lachen. »Ja, dein Onkel hat mich verprügelt. Na ja, fast zumindest.«

»Hm, sehr gut«, schmunzelte sie. »Das hast du dir verdient.«

»Vielen Dank.« Er hätte nicht übel Lust, sie für ihren anmaßenden Kommentar übers Knie zu legen. Doch die Bilder, die in seinem Kopf erschienen, waren in dieser Situation nicht angebracht. Er hüstelte die Vorstellungen fort und konzentrierte sich auf sein Dilemma. »Du möchtest mich nicht heiraten?«

»Im Moment nicht.« Sie seufzte tief. »Es ist nicht nur das, was zwischen uns vorgefallen ist. Mir ist deutlich geworden, dass von der kleinen Entscheidung, wer mein zukünftiger Ehemann wird, das Schicksal Corbenics abhängt.« Sie ging zu Merlins Arbeitstisch, der nun vorübergehend der ihre war, und griff nach den Kräutern, die sie darüber an einer Kordel zum Trocknen aufgehängt hatte. »Artus hat mir das ziemlich ausführlich erklärt. Du solltest ihn danach fragen.«

Dazu brauchte er nicht Artus zu fragen, er konnte es sich selbst denken. Und König Lot hatte wohl auch noch ein Wörtchen beizusteuern.

Sie hielt in ihrer Arbeit inne und hob den Blick. Er erkannte, dass sie mit sich haderte, dass es ihr nicht leichtfiel. »Lässt du mir Zeit zum Nachdenken und damit wir uns kennenlernen können?«

»*Aeternum*«, antwortete er, ohne zu zögern. »Auf ewig, wenn es sein muss. Darf ich dich umarmen?«

Sie nickte zögerlich und er kam zu ihr um den Tisch herum, schlang seine Arme um ihren schlanken Oberkörper und schmiegte seine Wange an ihr Haar. Sie fühlte sich weicher an, als er sie in Erinnerung hatte, doch ihr Duft erinnerte ihn an die gemeinsamen Tage in den Wäldern Corbenics.

21

Y SALWCH

Die Krankheit

Elayne versuchte, sich auf ihren Alltag zu konzentrieren, der mittlerweile mit Aufgaben gut gefüllt war. Nach dem Frühstück, das sie nicht in der königlichen Halle, sondern meistens in ihrer Kammer mit Gal einnahm, übergab sie ihren kleinen Sohn an Teagan, nachdem diese ihre Pflichten bei der Königin erfüllt hatte.

Seitdem Artus wieder in der königlichen Kammer nächtigte, traf sie ihn häufig dort an, wenn sie und Gwyneth ihre täglichen Aufgaben von Gwenhwyfar empfingen.

Artus brachte, wie er es früher getan hatte, seiner Gemahlin jeden Morgen das Frühstück. Gwenhwyfar war noch zu schwach, um ihre Kammer für längere Zeit zu verlassen, sie musste noch oft ruhen.

»Ich komme mir vor wie eine Sklavin«, beschwerte sich Gwyneth abermals. »Ich sollte singen, sticken und von Verehrern umschwärmt werden. Stattdessen prüfe ich Vorratslisten und ob die Diener auch bloß jeden Morgen die Nachttöpfe leeren.«

Artus hob eine Braue. »Eine bessere Vorbereitung für deine zukünftigen Aufgaben wirst du wohl nie erhalten. Oder denkst du, dein zukünftiger Gemahl wird dich bloß die schönen Seiten des Lebens kosten lassen?«

»Ich werde einen sehr reichen Mann heiraten«, antwortete Gwyneth überzeugt. »Und er wird mir alle Wünsche von den Lippen ablesen. Also werde ich sehr viele Diener haben, die mir jede Aufgabe abnehmen.«

Elayne sagte dazu lieber nichts. Sie hatte die Erfahrung gemacht, dass Gwyneth sich schnell provozieren ließ. Es war besser, ihr ihren jugendlichen Glauben zu lassen.

»Nun, liebe Schwester«, seufzte Gwenhwyfar indes und ließ sich von Artus einen Becher Kräutersud reichen, »umso dankbarer bin ich für deine kostbare Zeit und deine Unterstützung.«

Das Mädchen zog eine verächtliche Schnute. »Was sollen wir heute tun? Mehl mahlen? Schaben aus den Linsen sortieren?«

Elayne presste fest die Lippen aufeinander, um nicht laut loszulachen, das hätte dem Mädchen noch weiteren Zunder für das Feuer geboten, das in ihr loderte.

Die Königin ging auf diese Provokation nicht weiter ein. »Mir ist zu Ohren gekommen, dass einige der Bediensteten schwer erkrankt sind.«

»Auch weitere Küchenmädchen?« Elayne machte sich Sorgen um Philippa.

Artus nickte bedauernd. »Leider, ja. Vor allem sind aber Menschen aus dem unteren Teil unserer Festung betroffen.«

»Ich möchte, dass ihr nach unten geht und herausfindet, wie viele Bewohner Camelots erkrankt sind.« Gwenhwyfar sah von Gwyneth zu Elayne und wieder zurück. »Vor allem aber möchte ich wissen, um welche Krankheit es sich handelt und wie man den armen Menschen helfen kann.«

»Gwen! Ich will nicht weiter solche Arbeiten erledigen!«, protestierte Gwyneth lautstark, die Arme vor der Brust verschränkt.

»Ich kann nicht selbst gehen und es ist die oberste Pflicht einer Herrin, dafür zu sorgen, dass es ihren Untergebenen gut geht.«

»Mal abgesehen davon«, fügte Artus hinzu, »könnte sich die Krankheit rasch ausbreiten und dann hätten wir ein echtes Problem. Oder möchtest du selbst deine Kleider waschen, dein Essen zubereiten und unseren königlichen Besuchern die Nachttöpfe leeren?«

Gwyneth gab ein ungesittetes Brummen von sich, sodass Elayne sie aufmunternd anlächelte. »Es wird schon nicht so schlimm werden.«

Es wurde schlimm, sehr schlimm sogar.

Auf der Wachstafel, die Elayne mitgenommen hatte, hatte sie dreißig Striche vermerkt. Schon bei ihrem zweiten Besuch hatten sie einen Eindruck davon erhalten, welches Ausmaß die Krankheit annehmen konnte.

Es war das Haus eines älteren Mannes, der schon seit zwei Tagen nicht zu seiner Arbeit in der Wäscherei erschienen war. Es hatte sich aber auch niemand darum bemüht, ihn zu besuchen, um zu sehen, was nicht stimmte.

Das kleine Häuschen, das lediglich aus einem Raum bestand, stank nach Erbrochenem und Fäkalien. Elayne hielt sich ihren Ärmel vor Nase und Mund und Gwyneth stolperte rückwärts wieder hinaus.

»Gwyneth?«

»Ich komm da nicht wieder rein«, hustete und würgte die junge Frau. »Niemand kann mich dazu zwingen.«

So schritt Elayne allein zur Schlafstätte des kranken Mannes. Seine Haut war fahl und eingefallen, sein Blick trübe. Er schien nicht einmal die Kraft zu haben, seinen Nachttopf aufzusuchen. Elayne raffte die Röcke und gab sich Mühe, nicht in eine der Pfützen zu treten, die sein Bett umgaben.

»Hilfe«, war alles, was der arme Mann krächzen konnte, als er ihre Anwesenheit bemerkte.

Elayne sah sich um. Weder Krüge noch Fässer waren mit irgendetwas Brauchbarem gefüllt. Ein Becher alte Milch stand auf dem Tisch, die furchtbar stank, und ein Kanten Brot, das trocken und hart wie ein Stein war.

Der Mann brauchte dringend etwas zu trinken und zu essen.

Sie kämpfte sich ihren Weg durch eine Horde Fliegen zurück ins Freie, wo sie die Augen schloss und tief einatmete.

»Gwenhwyfar verlangt zu viel von uns«, japste Gwyneth, die sich selbst neben der Tür übergeben hatte.

Elayne schüttelte den Kopf. »Lass mich die restlichen Kranken allein aufsuchen. Lauf du zurück zur Königin. Wir müssen Hilfe organisieren. Die Kranken, die sich nicht selbst helfen können, brauchen Wasser, Suppe und jemanden, der ihnen beim Waschen hilft. Schaffst du das? Kannst du das Gwen sagen?«

Die Jüngere nickte, zum ersten Mal lag ihr kein giftiger Kommentar auf der Zunge. Sie raffte die Röcke und eilte davon.

Elayne atmete noch einmal tief durch. Sie hatte sich von Philippa sagen lassen, welche Arbeitsstellen besonders betroffen waren, und von den dortigen Leitern erfahren, wo sie die Kranken finden konnte. Teilweise halfen ihr Nachbarn oder Verwandte dabei.

Jene, die noch bei Kräften waren und von ihren Angehörigen gut gepflegt wurden, konnten ihr sagen, wie die Krankheit begann: Sie fühlten sich schlapp, konnten ihre Betten kaum verlassen. Sie bekamen Fieber und ihre Köpfe und Glieder schmerzten. Manche hatten auch unter Übelkeit zu leiden und bekamen Durchfall.

Zur Hälfte waren Kinder betroffen, die sich aber schneller wieder davon erholten. Elayne sah ein Mädchen von acht Jahren, das vor zwei Wochen noch krank gewesen war und nun mit Gleichaltrigen in der Nähe der Stallungen mit Kätzchen spielte. Und noch etwas fiel ihr auf. Etwas, das sie sehr beunruhigte, da sie in den Schriften ihres Großvaters davon gelesen hatte.

Nachdem Elayne die Anzahl der Erkrankten erfasst hatte, eilte sie zurück in die königliche Halle. Gawain, Gaheris und Percy saßen an der Tafelrunde und stärkten sich mit Suppe.

Sie hatte die Zeit vergessen. Sie hätte längst Gal bei Teagan abholen sollen. Doch das, was sie Artus zu berichten hatte, erlaubte ihr keinen Aufschub.

Der Vorhang zu seinem Arbeitszimmer war geöffnet, er saß an seinem Arbeitstisch und lachte gerade über einen Scherz, den wohl sein Ziehbruder Cai ihm erzählt hatte.

Elayne machte sich durch ein Räuspern bemerkbar.

»Was gibt es, meine Liebe?«, sprach Artus sie freundlich an.

Elayne zögerte mit einem Blick auf Cai, doch Artus bat sie, zu sagen, was ihr auf dem Herzen lag. »Es geht um die Kranken. Es ist schlimmer als befürchtet.«

Artus nickte. »Bitte schließe den Vorhang.«

Elayne tat wie geheißen und trat näher an den Tisch, um die Wachstafel vor dem König abzulegen.

»Dreißig?!«, rief Artus ungläubig aus.

Sie deutete auf die entsprechende Zahl, die sie notiert hatte. »Ja, und ich bin mir sicher, dass noch mehr Menschen die Krankheit in sich tragen. Ich konnte erfahren, dass oft mehr Mitglieder einer Familie betroffen sind. Vermutlich werden wir bald die doppelte Anzahl beklagen müssen.«

Sein Blick verfinsterte sich. »Erzähl mir alles.«

Sie berichtete von den Kranken und wie es ihnen erging, welche Symptome sie aufwiesen und wie es jenen ging, welche die Krankheit bereits überstanden hatten.

»Ich sah einen Mann«, erzählte sie schweren Herzens, »der diese Krankheit wohl nicht überleben wird. Er hat niemanden, der sich um ihn kümmert, und so wie er aussah, als ich in sein Haus kam, wird man ihm nicht mehr helfen können.«

»Das darf nicht passieren«, wandte Cai ein.

»Ja, wir dürfen die Kranken nicht allein lassen«, stimmte Artus zu.

Elayne biss sich auf die Unterlippe. »Es gibt noch etwas. Ein Symptom, das ich bei einigen von ihnen sah.« Sie faltete nervös die Hände und traute sich kaum, die beiden Männer anzusehen.

»Sprich, Mädchen, dein Gestammel ist nicht auszuhalten«, bat Cai ungeduldig.

»Ich sah Pusteln, kleine braune Pusteln. Ich las in den Schriften meines Großvaters von solchen Hauterscheinungen.«

»Pusteln«, wiederholte Artus. »Wie Pocken?«

Sie nickte.

Artus ließ sich in seinen Sessel sinken und sah Cai mit hochgezogenen Brauen an. »Erinnerst du dich an Vaters Ausführungen über die Antoninische Pest?«

»Wir sollten zunächst keine Panik verbreiten«, fand sein älterer Ziehbruder. »Die Menschen werden sonst Camelot verlassen und Chaos bricht aus.«

»Wir müssen einen Plan aufstellen. Die Kranken sollten isoliert werden, damit sich die Krankheit nicht weiter ausbreitet und jeder die Hilfe bekommt, die er benötigt.«

Cai nickte. »Wir müssen aber noch weiter denken. Wir brauchen mehr Vorräte. Wenn sich herumspricht, dass in Camelot eine gefährliche Krankheit umgeht, werden die Bauern uns meiden.«

»Dann überlasse ich dir die Sorge um unsere Vorräte«, bestimmte Artus und richtete sich auf.

»Wirst du Camelots Tore schließen?«

Der König schüttelte bedächtig den Kopf. »Nein, im Moment nicht. Ich möchte niemanden einsperren. Camelots Tore müssen für jedermann offen stehen, so wie ich es immer kundgetan habe.«

Sein Bruder hob kritisch die Brauen. »Aber dann können wir nicht verhindern, dass die Krankheit sich auf die Umlande ausbreitet.«

»Das werden wir ohnehin nicht können. Die Krankheit kommt aus den Umlanden.« Artus fuhr sich mit der Hand über das Gesicht und schüttelte nochmals den Kopf. Er schien nicht fassen zu können, welche Gefahr Camelot drohte.

»Ich möchte mir die Kranken noch einmal ansehen«, wandte Elayne ein. »Vielleicht kann ich herausfinden, ob es wirklich das ist, was wir befürchten. Und man sollte die Hebamme informieren. Ihr Kräuterwissen ist viel größer als das meine.«

Artus nickte zustimmend. »Bitte berichte der Königin davon.«

In der königlichen Kammer wurde sie von großer Unsicherheit begrüßt. Gwyneth hatte ihrer Schwester berichtet, was sie gesehen hatte. Gwenhwyfar stand an ihrem Fenster, tätschelte Wolf gedankenversunken den Kopf und beobachtete das Geschehen im Burghof.

Teagan hielt sich im Hintergrund, wo sie einige Laken faltete. »Gal ist bei Liam«, flüsterte sie Elayne zu, als diese an ihr vorüberging.

»Danke«, hauchte sie und trat an Gwenhwyfars Seite.

Die Königin bemerkte ihre Anwesenheit, ohne sich umzusehen. »Wie friedlich alle ihrer Arbeit nachgehen. Sie ahnen nicht, was ihnen droht.«

»Ganz ahnungslos werden sie nicht sein«, widersprach Elayne. »Wir haben dreißig Kranke. Einige haben die Krankheit bereits überstanden. Jeder Bewohner Camelots kennt zwischenzeitlich jemanden, der davon betroffen ist oder war.«

»Na also«, warf Gwyneth ein, die sich auf einem Kissen niedergelassen hatte und sich an Brot und Käse satt aß. Die Übelkeit war demnach bereits überwunden. »Wenn sie doch von allein wieder gesund werden, müssen wir uns nicht um sie kümmern.«

Gwenhwyfar warf ihrer Schwester über die Schulter einen strengen Blick zu. »Du irrst. Wir müssen uns um sie kümmern, besonders um jene, die niemanden haben, die ganz allein sind. Als Herrin von Camelot stehen die Menschen unter meinem Schutz. Sie verlassen sich auf mich und ich werde sie nicht enttäuschen.« Sie wandte sich vom Fenster ab und begab sich ebenfalls zu den Kissen.

»Du solltest etwas essen, Herrin«, sprach Teagan sanft. »Deine Kräfte kehren nur langsam zurück.«

»Ich fühle mich besser«, antwortete Gwen. Sie setzte sich dennoch und begann, an einem Stück Käse zu knabbern.

In Elaynes Augen sah sie noch immer blass aus. Und sie war so schmal geworden, dass die Ärmel ihres Kleides locker an ihren Armen hingen.

»Ich lasse die Hebamme kommen«, schlug Elayne vor, wie es mit Artus abgesprochen war. »Sie kann uns mit ihrem Kräuterwissen unterstützen.«

»Das ist eine sehr gute Idee. Hast du eine Ahnung, um welche Erkrankung es sich handeln könnte?« Gwenhwyfar ließ den Käse auf den Teller sinken und sah Elayne forschend an.

Diese wich ihrem Blick aus. »Nein, meine Königin. Ich bin mir nicht sicher.«

»Aber du ahnst etwas?«, hakte sie nach.

Elayne faltete die Hände. »Ich möchte niemanden beunruhigen. Es wäre besser, ich sehe mir die Leidenden noch einmal an. In Ruhe. Und all jene, die keine Familienangehörigen haben, sollten in einer gemeinsamen Unterkunft untergebracht werden, damit wir uns um sie kümmern können.«

»Was denn, sollen wir sie in der königlichen Halle einquartieren?« Gwyneth gluckste empört und strich sich ein paar Krümel von ihrem schönen grünen Kleid. »Es gibt keinen Raum, der groß genug für alle ist.«

»Was ist mit den Unterkünften der Soldaten?«, überlegte Elayne. »Könnte man eines der Häuser für die Kranken einrichten?«

»Sind bisher Soldaten oder Wachen von der Krankheit betroffen?«, wollte die Königin wissen.

»Nein, nicht soweit ich feststellen konnte.«

»Dann sollten wir die Krankheit von ihnen fernhalten.« Gwenhwyfar nahm einen Schluck Kräuterbier. »Ich lasse mir etwas einfallen. Komm, möchtest du nichts essen?«

»Vielen Dank, nein, ich glaube, ich möchte lieber zunächst meinen Sohn sehen.«

Gwenhwyfar übertrug Teagan die Aufgabe, die Hebamme aus dem Dorf zu holen, und so verließen Elayne und ihre Freundin gemeinsam die königliche Kammer.

»Du machst dir Sorgen«, stellte Teagan fest und legte ihr eine Hand auf den Unterarm. »Mehr, als du der Königin gezeigt hast.«

Es war überraschend, wie gut Teagan Elayne bereits kannte.

»Ja, ich habe kein gutes Gefühl.«

Sie hakte sich bei Elayne unter und beschleunigte ihre Schritte. »Komm, lass uns Liam suchen. Vielleicht kommt er mit mir ins Dorf und wir nehmen Pferde mit, dann sind wir schneller zurück.«

Liam und Gal aber waren weder in den Stallungen noch in Teagans und Liams Haus zu finden.

Es dauerte eine Weile, bis sie Gawain fanden. Er hatte den kleinen Galahad auf die Brüstung des Übungsplatzes gesetzt, hielt ihn mit einem seiner starken Arme fest umschlungen und deutete mit der freien Hand auf den Platz. »Siehst du, Gal, eines Tages wirst du dort den Umgang mit dem Schwert üben. Es dauert gar nicht mehr so lange.«

»Nach meinem Dafürhalten kann es noch eine Weile dauern, bis er ein Schwert halten kann«, wandte Elayne ein, die erleichtert war, ihren Sohn bei ihrem Onkel vorzufinden. »Weißt du, wo wir Liam finden können?«

»Guten Tag, meine liebe Nichte.« Er deutete mit einem Kopfneigen in die Mitte des Übungsplatzes. »Öffne deine Augen und du wirst sehen.«

Sie hatte die Männer, die dort trainierten, zunächst nicht weiter beachtet. Wie hätte sie auch ahnen können, dass dort Liam, mit einem Wams und einem schweren Schwert versehen, gegen Gaheris antrat. Bei ihnen stand Lancelot mit verschränkten Armen und gab Anweisungen.

»Liam«, rief Teagan erstaunt aus und stützte sich an dem Gatter ab, um ihren Mann zu beobachten.

Anhand ihres Lächelns konnte Elayne erkennen, wie sehr sie ihn bewunderte, und sie schmunzelte. Liam stellte sich nicht schlecht an. Er war älter und erfahrener als Gaheris.

Lancelot nickte ebenfalls beifällig. »Das ist nicht übel, mein Freund. Du hast geübt.«

»Ich hatte zwei Jahre Zeit, deine letzte Lektion umzusetzen«, meinte Liam grinsend und wich einem Angriff seines Kontrahenten aus.

»Der Kampf erscheint mir nicht ausgeglichen«, murmelte Elayne. »Liam ist viel größer und stärker.«

»Warte nur ab.« Gawains Grübchen waren zu sehen.

Es dauerte nur zwei Wimpernschläge, da hatte Gaheris einen Ausfallschritt angetäuscht, den Liam parieren wollte. Der Jüngere drehte sich um die eigene Achse und schlug die flache Seite seines Schwertes gegen Liams Rücken.

»Himmel«, rief dieser schmerzerfüllt aus und ließ seine Waffe sinken.

»Gut gemacht, kleiner Bruder!«, johlte Gawain und lenkte somit die Aufmerksamkeit auf sich und die weiteren Zuschauer.

Teagan winkte Liam zu und er kam etwas verlegen lächelnd zu ihnen. »Du hast gesehen, wie ich von dem jungen Burschen verdroschen wurde?«

Sie kicherte, stieg auf den untersten Balken, griff über die Brüstung nach Liams Ohren und zog ihn zu sich heran. »Du bist mein Held, ob du nun ein Schwert oder eine Mistgabel schwingst.« Sie drückte ihm einen Kuss auf die Wange, was ihn erröten ließ.

Unwillkürlich sah Elayne zu Lancelot und begegnete sofort dem Blick seiner dunklen Augen. Rasch wandte sie sich ihrem treuen Freund zu. »Das sah wirklich gut aus.«

Lancelot legte seine unverletzte Hand auf Gaheris' Schulter. »Lektion vier: Es ist nicht unbedingt der Gewinner, der die Herzen der Damen erringt.«

Der junge Mann machte dennoch keinen unglücklichen Eindruck und ließ sich zur Brüstung führen. Gaheris kitzelte Gal am Fuß. »Na wenn schon, unsere Zeit wird noch kommen, nicht wahr, kleiner Galahad?«

Der Kleine gluckste belustigt und streckte die Arme nach seinem jüngsten Onkel aus, der ihn freudig lachend entgegennahm. »Schaut mal, er versteht mich.«

»Und er mag dich«, fuhr Elayne fort, die für einen Moment die finstere Wolke über Camelots Türmen vergessen hatte.

»Du siehst betrübt aus«, stellte Lancelot dennoch fest.

Sie hatte nicht bemerkt, dass er sich zu ihr begeben hatte. Nun lehnte er sich mit seinem Rücken locker gegen die Brüstung. Sie hätte nur ihre Hand ausstrecken müssen, um durch die sich in seinem Nacken kringelnden Locken zu fahren.

Sie musste sich räuspern, bevor sie sprechen konnte. »Ja, es gibt etwas, das mir Sorge bereitet. Nicht nur mir, auch der Königin und Artus.«

»Dürfen wir davon erfahren?«, mochte nun auch Gawain wissen.

»Wir sollten keine großen Worte darüber verlieren, bevor wir nicht Gewissheit haben«, erklärte Elayne rasch. »Vermutlich ist es nur übertriebene Sorge.« Sie hoffte es innigst. Und es wäre zu früh gewesen, bereits ihren Freunden davon zu erzählen. Sie stieß sich von der Brüstung ab und überwand sich zu einem Lächeln. »Liam, wenn du einen Moment für mich hättest, möchte ich dich um einen Gefallen bitten.«

Er ahnte, dass etwas nicht stimmte, und nickte. »Natürlich, meine Herrin.« Er kletterte geschickt über die Brüstung, drückte Teagan einen Kuss auf die Stirn und kam zu Elayne.

Sie nahm ihn am Ellbogen und führte ihn außer Hörweite der anderen. »Könntest du mit Teagan ins Dorf reiten und die Hebamme holen?«

»Geht es dir gut, Herrin?«

Sie lächelte ob seiner Fürsorglichkeit. »Mir und Teagan geht es gut und der Königin ebenfalls.« Sie sah sich um; es war wirklich niemand in Hörweite. »Es geht nur um einige Kranke, denen das Kräuterwissen der Hebamme weiterhelfen könnte.«

Er nickte. »Sollen wir sofort aufbrechen?«

Es reichte, dass sie ihn ansah, und er verstand.

»Wir brechen sofort auf.«

Elayne ging zurück zu Lancelot und ihrem Onkel. »Lance, könntest du mir in der Kammer helfen?«

Gawain hob tadelnd die Brauen. »Habt ihr Artus endlich davon erzählt?«

Gaheris war verwirrt. »Von was erzählt?«

Gawain wuschelte ihm durch das wirre Haar. »Du musst nicht immer alles wissen, kleiner Bruder. Komm, wir besorgen uns in der Küche was zu essen und dann suchen wir Percy. Dein Training ist noch nicht beendet.«

»Ich bin aber müde.«

Gawain prustete belustigt. »Netter Versuch, Kleiner.«

Er reichte Gal zurück an Elayne und diese stellte den kleinen Mann vorsichtig am Boden auf, seine Hand fest in der ihren, damit ihn seine Neugierde nicht von ihrer Seite lockte.

»Du hast deine Freundschaft mit Liam aufgefrischt«, stellte sie fest, während sie mit Lancelot gemeinsam zum Wohnturm hinaufging.

»Sein Vertrauen wiederzugewinnen, ist nicht gerade einfach«, meinte ihr Begleiter schmunzelnd. »Er hat mir zu verstehen gegeben, dass ich dir nicht zu nahe kommen soll, sofern du es nicht selbst wünschst.«

Überrascht blieb Elayne stehen. »Wirklich?«

Er sah grinsend auf sie hinab. »Ja, er hat sich sehr diplomatisch ausgedrückt. Er meinte, es sei seine Aufgabe, dich zu beschützen. Und wenn es sein müsste, würde er dafür eine Waffe benutzen.«

Elayne unterdrückte ein Lächeln. Auf ihren treuen Liam war doch immer Verlass. »Nun, dann solltest du wohl jeden Schritt gut überlegen. Aber wieso unterweist du ihn dann weiter im Kampf mit der Waffe?«

Er hob jungenhaft die Schultern. »Liam hat Talent als Kämpfer.« Er ging weiter in Richtung des Turms. »Und ich finde, dein Leibwächter sollte die beste Ausbildung erhalten, die es gibt.«

Lancelot sorgte vor. Für den Fall, dass sie seinen Heiratsantrag ablehnte, hätte sie immer noch Liam an ihrer Seite.

In Merlins Kammer gab Elayne Gal ein paar Holzgefäße, mit denen er sich beschäftigen konnte, und begann, in den Truhen nach Schriftrollen zu suchen.

»Wonach suchst du?« Lancelot setzte sich zu seinem Sohn auf den Boden und half ihm, einen Turm aus Bechern zu bauen.

Elayne atmete tief durch. Tatsächlich war er der Einzige, dem sie im Moment ihre Vermutung mitteilen wollte. »Hast du von dieser Krankheit gehört, die einige Menschen in Camelot befallen hat? Ich habe mir heute Vormittag im Auftrag der Königin einen Überblick verschafft.«

Sie berichtete ihm von dem, was sie gesehen hatte, so wie sie es Artus und Cai erzählt hatte.

Stirnrunzelnd kam er zu ihr und kniete sich vor die Truhe, die sie eben geöffnet hatte. »Suchen wir nach einem Heilmittel?«

»Um das zu finden, müsste ich zunächst wissen, um welche Krankheit es sich handelt.« Elayne fasste ihre Röcke zusammen und kniete sich ebenfalls auf den Boden. »Ich suche nach lateinischen Schriften über die Antoninische Krankheit. Ich muss wissen, ob das, was ich sah, sich mit den Schilderungen von damals deckt.«

Er legte einige Schriftrollen aus Ägypten zur Seite und betrachtete sich eine weitere mit lateinischen Buchstaben. »Ist das jene Erkrankung, die zu Marc Aurels Zeiten ganze Ortschaften des römischen Reiches seiner Bewohnerschaft beraubte?«

»Ich befürchte, ja. Und man sagt, der Kaiser erlag ihr sogar selbst.«

Lancelot ließ die Schriftrolle sinken und sah zurück zu ihrem gemeinsamen Sohn, der nun einen Becher nach dem anderen mit fröhlichem Quieken durch den Raum warf. »Dann ist ganz Camelot in Gefahr«, flüsterte er.

Elayne griff nach seiner Hand und drückte sie. »Lass uns die Schriften durchsuchen und beten, dass ich mich irre.«

Sie durchsuchten die Truhen nach Hinweisen, bis das Tageslicht allmählich schwand. Elayne schalt sich selbst, weil sie noch nicht daran gedacht hatte, die Schriften zu katalogisieren. Und sie musste Kerzen organisieren. Sie würde erklären müssen, wozu sie sie brauchte. Auch in einem Haushalt wie dem von Camelot waren Kerzen kostbar.

»Elayne, lies diesen Bericht aus Londinium.« Lancelot hielt ihr eine Schriftrolle entgegen, deren gebrochenes Siegel von einem Statthalter stammen musste.

Die Schrift war datiert in die Regierungszeit des Kaisers Theodosius, also über zweihundert Jahre alt. Sie beschrieb eine Krankheit, die viele der Bewohner der Stadt plagte und zahlreiche Todesopfer forderte. Es war die Rede von einem Fieber, von Schmerzen, die den Kranken von Kopf bis Fuß plagten, von Durchfällen und von Blattern, welche auf der Haut erschienen.

Elayne strich sich eine Haarsträhne aus dem Gesicht. »Gott hilf uns, ich befürchte, es ist eine ähnliche Krankheit wie jene, die ich heute sah.«

»Hast du die Anmerkungen gelesen?« Lancelot deutete auf den Rand der Schriftrolle, auf der eine kleinere Schrift aus einer anderen Tinte zu erkennen war.

Elayne schritt an die Dachluke, um die Worte im schwindenden Licht besser lesen zu können. *Roms Pest?*, war an einer Stelle zu lesen. Und *Marc Aurel* an einer anderen.

Es waren nicht die Worte selbst, die Elayne die Stirn runzeln ließen, es war die Handschrift. Sie hielt den Papyrus noch dichter an die Augen. »Unmöglich«, murmelte sie.

Lancelot kam zu ihr und schaute über ihre Schulter. »Denkst du, es könnte die Antoninische Krankheit gewesen sein?«

Er war ihr so nahe, dass sie seinen Atem in ihrem Nacken spürte, und ein wohliger Schauer überkam sie. Sie musste sich räuspern, bevor sie klar sprechen konnte. »Womöglich. Aber …

Aber diese Handschrift …« Sie schüttelte den Kopf über ihre eigenen Gedanken. Es konnte nicht sein. Das Schreiben war über zweihundert Jahre alt. »Die Linienführung erinnert mich an die Schrift meines Großvaters.«

Lancelot nahm den Papyrus entgegen und studierte die Schriftzeichen. »Die Anmerkungen können aus einer späteren Zeit stammen. Sie müssen nicht eine umgehende Antwort an den Absender gewesen sein.«

»Mag sein.« Sie hatte dennoch ein merkwürdiges Gefühl, das wie ein Klumpen Eis in ihrem Magen lag. Um ihn loszuwerden, wandte sie sich um und sah in Lancelots dunkle Augen. »Wir … Wir sollten nachsehen, ob Liam und Teagan mit der Hebamme zurück sind.«

Er nahm sich einen Moment Zeit, bevor er ihr die widerspenstige Haarsträhne hinter das Ohr strich. Sein Blick ruhte auf ihren Lippen und für einen Moment dachte sie, er würde sie küssen. Doch dann wich er einen Schritt zurück. »Ja, das sollten wir.«

Teagan befand sich bei der Königin, die unruhig in ihrer Kammer auf und ab lief.

»Die Hebamme kommt nicht«, erklärte Gwyneth, die Arme vor der Brust verschränkt und mit einem Ausdruck im Gesicht, als sei ihre Schwester daran schuld.

Elayne wartete, bis Lancelot die Tür hinter ihnen geschlossen hatte. »Wieso nicht?«

»Sie möchte ihr Dorf schützen.« Man sah Teagan an, dass sie kurz vor dem Weinen stand. Gewiss hatte sie ihr Möglichstes versucht und musste doch erfolglos zurückkehren und der Königin Bericht erstatten. »Sie sagte, wir sollten die Tore Camelots verriegeln, damit die Krankheit nicht auch nach draußen dringt.«

Gwenhwyfar blieb stehen und stemmte die Hände in den Rücken, als habe sie Schmerzen. »Wer kann es der Frau verdenken? Ich würde genauso handeln.«

»Nein, würdest du nicht«, widersprach Lancelot. »Du würdest alles dafür tun, um Menschen in Not zu helfen.«

Die Königin lachte müde auf. »Und was sollen wir nun tun? Keine von uns wurde in der Heilkunst gelehrt. Wie sollen wir den Menschen helfen?«

Lancelot trat nach vorn und legte seine Hände auf Gwenhwyfars Schultern. »Uns fällt gewiss etwas ein.« Dann fiel sein Blick zurück auf Elayne. »Elaynes Amme ist eine Heilerin.«

»Woher weißt du das?«

»Sie hat es mir gerade erst erzählt. Und Elayne ist geübt sowohl in den lateinischen als auch in den griechischen Schriften. Ich habe ihr Merlins Kammer gezeigt. Wir können dort nach einem Heilmittel suchen. Etwas muss dort zu finden sein.«

Gwyneth gab einen verächtlichen Laut von sich. »Die heilige Elayne mal wieder. Was kann sie noch? Über das Wasser laufen? Wasser in Wein verwandeln?«

»Halt den Mund, Gwyneth«, schalt Gwenhwyfar ihre Schwester. »Wir können es uns nicht leisten, gegeneinander zu sein, wenn wir vereint viel stärker sind.« Sie richtete ihre Aufmerksamkeit auf Elayne. »Stimmt es, was Lance sagt? Kannst du die Schriften lesen?«

Elayne neigte respektvoll das Haupt. »Ja, das kann ich, meine Königin. Mein Großvater brachte es mir bei.«

»Sehr gut, das könnte ein Lichtblick sein.« Gwenhwyfar lächelte müde. »Ich habe mit Artus besprochen, dass wir alle Erkrankten in der Kapelle unterbringen werden. So können wir uns besser um sie kümmern und beschützen die Gesunden davor, sich anzustecken. Teagan, könntest du bei der Pflege der Kranken behilflich sein? Traust du dir das zu? Ich entbinde dich natürlich von deinen Pflichten bei mir. Ich komme auch ohne Dienerin zurecht.«

Liams Ehefrau beugte ergeben das Haupt. »Natürlich, meine Herrin. Ich helfe, wo ich kann.«

»Gwyneth.«

»Nein.«

»Ich habe dir noch nicht gesagt, was deine Aufgabe sein wird.«

»Ich pflege keine stinkenden Menschen. Warum darf Elayne in Büchern lesen und ich muss Kotze wegwischen?«

»Hättest du deinem Lehrer in der Kindheit gehorcht, wäre dein Latein nun besser und du könntest mit Elayne die Schriften studieren. So aber muss ich dich bitten, die Aufsicht über die Versorgung der Kranken zu übernehmen. Das heißt, du wirst in der Küche mitteilen, was gebraucht wird. Und du wirst es zu den Kranken bringen lassen. Nimm dir ein paar Küchenmädchen, die dir bei dieser Aufgabe helfen.«

»Und was tust du in der Zeit? Beten?«

Lancelot gab einen grollenden Laut von sich. »Gwyneth!«

Das Mädchen warf verzweifelt die Arme in die Luft. »Ich bin es leid, immer zu tun, was man mir befiehlt!«

»Deine Schwester ist immer noch geschwächt«, erinnerte er sie, wobei er sich sehr um einen ruhigen Ton bemühen musste. »Sie kann sich nicht um die Kranken kümmern!«

»Aber du hast recht, Gwyneth. Ich werde ebenfalls meinen Teil dazu beitragen. Elayne«, ihr Lächeln wurde beinahe schüchtern, »erlaubst du mir, dass ich dir bei den Studien helfe? Mein Latein ist ganz passabel, wenn ich auch leider kein Griechisch lesen kann. Gemeinsam finden wir womöglich schneller ein Heilmittel.«

Elayne erwiderte das Lächeln. »Gewiss, meine Königin.«

Gwenhwyfar seufzte zufrieden. »Lance, kannst du ein paar Männer organisieren, welche die Kranken in die Kapelle transportieren? Artus hat bereits die Bänke räumen lassen, damit wir genügend Lager bereitstellen können.«

In der Nacht schlief Elayne kaum. Zu sehr sorgte sie sich um die Menschen, die sie umgaben. Der kleine Gal lag friedlich an ihrer Seite, die kleinen Füße an ihre Oberschenkel gedrückt, um sie dort zu wärmen.

Elayne zog eines der Felle über seine Schultern, damit er nicht fror. Sie wünschte, sie könnte ihn vor dieser Krankheit bewahren. War es ausreichend, ihn von den Kranken fernzuhalten? Doch was, wenn sie selbst krank wurde und ihren Sohn ansteckte? Sie wollte ihn vor all dem Leid dieser Welt bewahren. Hier in Camelot sollte der sicherste Ort für sie beide sein. Stattdessen lag nun eine große Gefahr wie eine finstere Wolke über ihren Köpfen.

Noch vor dem Morgengrauen stand sie auf und richtete alles für den Tag. Sie wickelte den noch schlafenden Gal in Decken und begab sich zu Lancelots Kammer.

Seine Haare waren zerzaust, der Schatten seines Bartes noch dichter, als Lancelot auf ihr Klopfen hin die Tür öffnete.

»Elayne, ist alles in Ordnung?« Er war sofort hellwach und schaute nach dem kleinen Gal. »Geht es ihm gut?«

Rasch nickte sie. »Ja, ja, es geht ihm gut. Noch. Genau deswegen bin ich hier.«

Er fuhr sich durch das wirre Haar und öffnete die Tür ganz. »Komm herein.«

Erst als sie eintrat, wurde ihr bewusst, dass er nur eine Bundhose trug und den Oberkörper frei hatte. Im Morgenlicht konnte sie lediglich die Umrisse seiner Muskeln ausmachen.

Lancelot streifte sich ein Hemd über, bevor er sich zu ihr umdrehte. »Was bereitet dir Sorge, Rabe… Elayne?«

»Ich möchte Gal in Sicherheit bringen. Nur … ich weiß nicht, wohin. Du kennst die Gegend besser, du bist hier zu Hause. An welchen Ort kann ich Gal bringen lassen, bis wir die Krankheit in Camelot besiegt haben?«

»Wirst du mit ihm gehen?« Er streichelte liebevoll über die goldenen Locken seines schlafenden Sohnes.

»Nein, ich kann nicht. Ich muss hierbleiben und nach einem Heilmittel suchen. Aber ich will verhindern, dass Gal krank wird. Ich könnte es nicht ertragen …« Ihr Hals war wie zugeschnürt.

»Ich habe auch daran gedacht, ihn in Sicherheit zu bringen«, flüsterte Lancelot. »Ich wusste nur nicht, ob du dich von ihm trennen kannst. Eure Bindung ist so … fest.«

Weil es allein dem kleinen Gal zu verdanken war, dass sie die letzten zwei Jahre überstanden hatte. Es tat bereits jetzt weh, nur daran zu denken, ihren kleinen Schatz fortzuschicken. Es wäre aber noch schlimmer, ihn krank zu sehen.

»Liam wird sich um ihn kümmern«, erklärte sie leise. *So wie er es die letzten Jahre ebenfalls getan hat,* fügte sie innerlich hinzu.

Lancelot nickte. »Es gibt eine Scheune, etwa in der Mitte des Weges von hier nach Ynis Witrin. Ich nächtige dort oft, wenn ich auf der Jagd bin. Wenn Liam Proviant mitnimmt, könnte er es einige Tage dort aushalten.«

Elayne lächelte dankbar. Gal würde in Sicherheit sein und sie konnte sich auf die Suche nach dem Heilmittel konzentrieren.

Gal freute sich auf den Ausflug mit seinem Freund Liam. Fröhlich streckte er die Arme aus, als Centenarius gesattelt und die Vorräte verstaut waren.

Der Morgen war noch früh und im unteren Bereich Camelots waren kaum Menschen zu sehen. Bevor Liam aber den kleinen Gal entgegennahm, schloss er Teagan in eine feste Umarmung.

»Ich werde bald zurück sein«, versprach er leise.

»Das weiß ich.« Und doch standen ihr Tränen in den Augen.

Teagans Aufgabe würde nicht leichter werden als Elaynes. Nein, sie war sogar schwieriger. Denn sie half bei der Pflege der Kranken, gab ihnen Brühe, wischte sie sauber und tröstete sie.

»Du bist mein Held«, hauchte sie.

»Und du meine Königin.«

Elayne hatte einen dicken Kloß im Hals und wandte sich ab, um die beiden in ihrem Moment des Abschieds nicht zu stören.

Lancelot war an ihrer Seite und gab Gal einen Kuss auf das Haar. »Kleiner Mann, wenn du zurück bist, reiten wir auf Ganicus.«

»Ganni.«

»Ja, er wird dein Freund werden.«

»Narius reiten.«

»Und jetzt reitest du auf Centenarius, das stimmt.« Lancelot lachte leise. »Du bist schon ein sehr großer Junge.«

Gal streckte die Arme nach Lancelot aus, der ihn erfreut entgegennahm.

Elayne aber spürte einen tiefen Riss. Die beiden hatten sich gerade erst kennengelernt und mussten einander nun wieder gehen lassen. Für sie war die Trennung von Gal schlimm, für Lancelot konnte sie aber nicht minder schlimm sein.

Als Liam und Gal auf Centenarius Camelot verließen, vernahm Elayne das leise Schluchzen ihrer Freundin. Sanft legte sie Teagan den Arm um die Schultern. »Die beiden sind in Sicherheit«, sprach sie ihr Mut zu. »Und sobald wir die Krankheit besiegt haben, lassen wir sie zurückkehren.«

Über Camelots Mauern kreiste ein Rabe. Elayne bemerkte ihn erst, als er ein laut protestierendes Krächzen von sich gab. Genervt hob sie den Kopf. Sie wollte nicht schon wieder dem Ruf des Raben folgen. Diesmal nicht.

»Lass uns in die Küche gehen«, schlug sie Teagan vor. »Wir können eine Stärkung gebrauchen, bevor wir in den Krieg gegen diese Krankheit ziehen.« Sie hatte die Hoffnung, dass etwas warme Milch die Traurigkeit legte.

Sie war bereits zehn Schritte gegangen, als ihr auffiel, dass Lancelot zurückgeblieben war. Er stand noch immer dort und beobachtete den Raben.

22

Y GELYN ANWELEDIG

Der unsichtbare Feind

Es ist verwunderlich, dass Lancelot dir die Kammer gezeigt hat.« Gwenhwyfar drehte sich einmal im Kreis, um sich umzusehen. Sie nahm einen Mörser in die Hand und betrachtete ihn mit gerunzelter Stirn. Ausnahmsweise war Wolf nicht an ihrer Seite, denn sie hatte ihn bei Artus gelassen. »Ich kann mich selbst kaum erinnern, je hier gewesen zu sein. Erst recht nicht, seit Merlin fort ist und Artus …« Sie seufzte tief. »Nun, Artus wollte nicht, dass jemand herkommt. Lance hat es offensichtlich doch getan und sich darum gekümmert, dass hier alles in Ordnung bleibt.«

Elayne entschied, dass es besser war, ihrerseits nicht über Lancelot zu sprechen. Etwas interessierte sie aber doch. »Kanntest du Merlin?«

Die Königin gab einen abschätzigen Laut von sich. »Ihn kennen? Nicht wirklich. Er betrachtete mich wohl eher als lästiges Übel, das in der Gesellschaft von Artus hinzunehmen war. Und ich … nun, ich hatte zu viel Respekt vor ihm, um mich je wirklich mit ihm zu unterhalten.« Sie deutete auf die Schriftrollen und Gerätschaften auf dem Arbeitstisch. »Dennoch war er wohl der gelehrteste Mann unserer Zeit. Er sammelte jede nützliche Schrift, die er in die Hände bekommen konnte, und wusste mehr über die Welt als jeder andere, dem ich je begegnete.« Gwenhwyfar schritt andachtsvoll um den Tisch herum. »Ich kann nicht sagen, dass ich traurig war, an jenem Tag, als er Camelot verließ. Doch mit den Jahren hoffte auch ich, er würde wiederkehren. Sein Wissen hätte uns oft weiterhelfen können. Und Artus … vermisst ihn noch heute.« Dann sah sie auf und sie lächelte traurig, als sie sich erinnerte. »Weißt du, Camelot und, ja, auch die Tafelrunde sind das Werk einer Gemeinschaft, der ich nie angehörte. Artus, Merlin, Morgaine und Lancelot waren durch einen engen Kreis der Freundschaft und der gemeinsamen Erlebnisse verbunden. Gemeinsam hatten sie es geschafft, Britannien zu einen und die Sachsen am Berg Badon unter Artus' Führerschaft zu schlagen. Gemeinsam erdachten sie sich ein Königreich, das von Frieden und Güte, nicht von Herrschsucht und Hass geleitet werden sollte. Sie haben Großes erreicht.« Sie hob die goldenen Brauen und deutete auf all das um sie herum, wobei sie auch ganz Camelot meinen mochte. »Als ich in Artus' Leben trat, war ich jung und … sehr eingeschüchtert. Ich wusste nichts vom Leben. Artus, Merlin und Morgaine kamen mir so viel wichtiger, so viel besser vor. Ich war nie Teil dieser Gemeinschaft. Ich kam mir vor wie ein störendes Kind.« Sie stemmte die Hände in die Hüften und wandte den Blick ab. »Nur Lancelot schenkte mir Beachtung. Er behandelte mich anders, als sei es wirklich wichtig, was ich zu sagen hatte. Er nahm mich auf und akzeptierte mich, noch bevor es Artus selbst tat.«

Elayne erkannte, dass die Königin mehr zu sich selbst als zu ihr gesprochen hatte. Denn als sie aufblickte, musste sie tief einatmen, um ihre königliche Haltung zurückzuerlangen.

»Nun, wir haben wohl genug geredet. Zeig mir die medizinischen Schriften, die wir durcharbeiten wollen.«

Stunden verbrachten sie Seite an Seite auf dem Boden bei den Truhen sitzend. Jede Schriftrolle, jede Notiz, die einen Hinweis auf die Antoninische Krankheit enthielt, legten sie auf einen gesonderten Fleck.

Die Sonne stand hoch am Himmel, als Elayne sich streckte und versuchte, die Anspannung in ihrem Körper zu lösen.

»Wir sollten eine Pause machen«, schlug Gwenhwyfar vor. »Ich lasse uns etwas zu essen kommen.«

»Ich bin nicht sehr hungrig.« Elayne stand auf und klopfte ihren Rock glatt. Sie wollte so schnell wie möglich herausfinden, ob es sich wirklich um diese furchtbare Krankheit handelte und wie man sie heilen konnte. »Aber ich werde in die Kapelle gehen und nach den Kranken sehen, um die Beschreibungen der Schriften mit den tatsächlichen Krankheitszeichen zu vergleichen.«

Sie nahm eine Wachstafel mit, um sich Notizen machen zu können.

Der Zustand in der Kapelle war schlimmer als geahnt. Manch Erkrankter gab Laute des Schmerzes und des Leidens von sich, während andere vor Erschöpfung schliefen. Es roch nach Erbrochenem und Exkrementen.

Teagan kam ihr entgegen, das Haar mit einem Tuch hochgebunden, und wischte sich den Schweiß mit dem Ärmel aus der Stirn. »Elayne, du solltest nicht hier sein.«

»Hast du genügend Mädchen finden können, die dir bei der Pflege helfen?«

Teagan nickte erschöpft. »Ja, wir tun, was wir können. Und die Schwester der Königin sorgt dafür, dass wir stets frisches Wasser dahaben, um … nun, um alles aufzuwischen und die Kranken zu waschen.«

Elayne schritt von einem Lager zum nächsten. »Kannst du mir sagen, welche Leiden die Kranken haben? Ich habe gestern Fieber, Durchfall und Erbrechen gesehen und natürlich diese Blattern auf ihrer Haut.«

Teagan deckte einen der Kranken zu, dessen Wolltuch verrutscht war. »Es ist sehr unterschiedlich. Manchen plagt mehr die Übelkeit, andere mehr das Jucken dieser Blattern. Sie kratzen so stark, dass diese aufplatzen und bluten.«

»Was gebt ihr den Kranken, um das Jucken zu lindern?« Elayne blieb stehen und musterte eine Frau, die sich gerade im Gesicht gekratzt hatte.

Teagan seufzte. »Wir legen ihnen angefeuchtete Tücher auf die Haut. Gegen das Fieber hat Philippa uns einen Sud aus Weidenrinde bringen lassen, aber nicht alle können die Flüssigkeit bei sich behalten.«

Elayne nickte und schritt weiter. Einige der Erkrankten konnten aufrecht sitzen und waren in der Lage, ihr zu beschreiben, wie die Krankheit begann. Zunächst hatten sie sich schwach gefühlt, schnell jedoch waren Kopfschmerzen und Übelkeit hinzugekommen. Das Jucken auf der Haut kam als letztes Anzeichen hinzu.

Als sie ihren Rundgang beendet hatte, nahm sie Teagan zur Seite. »Sorge dafür, dass alle Mädchen, die hier arbeiten, sich sorgfältig die Hände mit Wein … oder, noch besser, mit Met waschen. Ich habe in den Schriften gelesen, dass Priester in den Tempeln Roms das so machten, um sich vor Ansteckungen aller Art zu schützen.«

Teagan nickte. »Ja, ich werde es ihnen sagen. Konntest du denn schon etwas Nützliches in den Schriften finden?«

Elayne seufzte. »Ich fürchte, nein.«

Nahende Laufschritte ließen sie aufblicken.

»Elayne!« Percy kam außer Atem auf sie zugelaufen. »Ich habe dich bereits überall gesucht.«

»Was ist passiert?« Elayne sah in die Richtung, aus der er gekommen war, und dann wieder auf ihren Vetter.

»Gaheris geht es nicht gut. Er liegt in unserer Kammer und ist von Schweiß und Fieber gepackt.«

Elayne raffte ihre Röcke. »Teagan, komm mit mir.«

Vor der Kammer trafen sie auf Morgause, die Hände in den Rücken gestemmt und mit böse gerunzelter Stirn. »Bei den Göttern, wo hast du nur gesteckt, Elayne?«

»Ich bin ja nun hier.« Elayne sah auf die Tür, die fest verschlossen war. »Hat Gaheris dieselbe Krankheit?«

Morgause warf entnervt die Arme in die Luft. »Woher soll ich das wissen? Man lässt mich nicht zu ihm!«

Elayne legte der Älteren beschwichtigend eine Hand auf die Schulter. »Das ist auch recht so. Du musst an dein Kind denken.«

Percy öffnete die Tür und Elayne trat mit Teagan hinein.

Der Raum war abgedunkelt, doch sie erkannte drei Betten, zwei an der einen, das dritte an der anderen Wand. In der Mitte stand ein Tisch mit Hockern.

An dem einzelnen Bett kniete Gawain und hielt seinem Bruder die Hand. »Elayne, kannst du ihm helfen?«

Sie hatte ihren Onkel noch nie so hilflos gesehen. Sie trat an das Bett und erkannte, dass der junge Gaheris bereits alle Laken durchgeschwitzt hatte. Er hielt die Augen fest zusammengepresst und wand sich vor Schmerzen.

»Hat er sich erbrochen?«, fragte sie leise.

»Bisher noch nicht.«

»Durchfall?«

Gawain schüttelte den Kopf.

»Er klagte vor einer Woche über Unwohlsein«, fügte Percy hinzu, der etwas abseits stand. »Aber es war nicht besonders schlimm.«

»Also gut.« Elayne setzte sich auf die Kante der Holzliege und schlug die Laken zurück.

Gaheris wurde vom Fieber geschüttelt und wimmerte, als der kühle Lufthauch über ihn kam. Elayne fasste nach dem Saum seines Hemdes und schlug es langsam nach oben.

»Was tust du? Er friert doch«, wandte Gawain ein.

»Ich suche etwas«, erklärte Elayne. »Percy, schlag die Fensterlaken zurück. Ich muss mehr sehen.«

Die Haut ihres jüngsten Onkels war glatt und außer einer Prellung an der Seite, die von einem Schwerthieb zu stammen schien, unversehrt.

»Gawain, dreh ihn auf den Bauch.«

Sodann untersuchte sie auch den Rücken. Sechs kleine Flecken fand sie dort. Drei davon vernarbt, eine aufgekratzt und rötlich umringt, die anderen beiden verblassten bereits.

Langsam zog sie ihm das Hemd wieder über und nickte Gawain zu. »Du kannst ihn wieder umdrehen.«

»Ist es die Krankheit, die auch alle anderen haben?«, wollte er bekümmert wissen.

Sie deckte ihren jüngsten Onkel mit den Laken zu, bevor sie antwortete. »Es muss so sein … und doch ist es anders.«

Er runzelte verständnislos die Stirn. »Du sprichst in Rätseln.«

»Weil ich es nicht mit Gewissheit sagen kann«, bekannte sie etwas lauter. »Ich bin keine Heilerin! Es ist bei Gaheris anders als bei denen, die in der Kapelle liegen. Und doch zeigen sich auf seiner Haut diese Pusteln.« Abrupt erhob sie sich. »Jemand muss bei ihm bleiben und sich um ihn kümmern. Er braucht frische Laken und Weidenrinde gegen das Fieber.«

»Ich kümmere mich um ihn«, antwortete Gawain sofort. »Man muss mir nur sagen, was ich zu tun habe.«

Teagan trat vor. »Ich kann es dir zeigen und erklären, worauf zu achten ist.«

Elaynes Schläfen pochten, als sie die Kammer verließ, und sie schloss für einen Moment die Augen.

»Hat sich mein Sohn angesteckt?«, wollte nun auch Morgause wissen.

»Es sieht so aus«, flüsterte Elayne kraftlos. »Und doch gibt mir diese Krankheit Rätsel auf.«

Die Königin von Lothian strich sich über die Stirn und atmete tief durch. »Wie kann ich helfen?«

Elayne konnte ihr unmöglich erlauben, die Kranken zu pflegen. Und soweit sie wusste, war in der Küche alles geregelt. Es wäre das Beste, die Königin würde sich einfach zurückhalten.

Morgause musste an ihrem Gesichtsausdruck erkannt haben, was sie dachte. »Dort drinnen liegt mein Sohn, mein jüngster. Er lag in meinen Armen, als er ein Säugling war. Ich stillte ihn selbst, wie alle meine Söhne. Ihm gehört ein großer Teil meines Herzens. Ich werde nicht zurück in meine Kammer gehen und sticken, während er womöglich im Sterben liegt.«

Gwenhwyfar war nicht begeistert, als Elayne ihre Schwägerin mit in Merlins Kammer brachte. Doch als Elayne erklärte, dass Gaheris erkrankt war und sie Morgause' Hilfe bei der Studie der Schriften gebrauchen konnten, stimmte sie zu, dass diese bleiben konnte.

»Ich verstehe nicht, warum du keine Heilerin aus Avalon in Camelot hast.« Morgause nahm eine der Schriftrollen und legte sie kopfschüttelnd fort. »Die Herrin vom See hätte dir gewiss eine Priesterin gesendet, hätten du oder Artus darum gebeten.«

»Wir sind ein christlicher Haushalt«, antwortete Gwenhwyfar kühl. »Und bisher kamen wir auch gut ohne Hilfe aus Avalon zurecht.«

»Ja, solange meine Schwester in Camelot verweilte, mag es stimmen. Morgaine ist eine geschickte Kräuterhexe.«

Gwenhwyfar ging auf den Vorwurf nicht weiter ein, als eine Augenbraue zu heben und sich wieder einer der Schriftrollen zu widmen.

Elayne nahm jenen Brief, der von dem Ausbruch der Krankheit in Londinium berichtete, und studierte alle Symptome, die darin beschrieben wurden. Fieber, Schmerzen im ganzen Leib, besonders im Rücken, Blattern, die sich vor allem auf den Beinen, dem Gesicht und den Armen sammelten. Besonders war auch eine

Entzündung des Rachens erwähnt worden. Über die Hälfte aller Menschen starben an der Krankheit.

Sie wagte kaum, ihre Hoffnung in diesem Moment laut auszusprechen.

Morgause ließ jenes Buch, das sie gerade las, genervt sinken. »Das hat doch keinen Sinn. Seid ihr euch sicher, dass sich irgendwo in diesen Buchstaben ein Heilmittel versteckt?«

»Wir suchen nicht nur nach einem Heilmittel«, wandte Gwenhwyfar ein. »Wir suchen nach Mitteln, mit denen wir die Leiden mildern können.«

»Habt ihr eine Liste aufgestellt, welche Kräuter hilfreich sein könnten?«

Die Königin griff nach der Wachstafel, die neben ihr gelegen hatte. »Außer Weidenrinde gegen das Fieber, die wir ohnehin schon einsetzen? Ich habe mir Blutwurz gegen Durchfall aufgeschrieben und Kamille zur Linderung des Juckreizes.«

»Kamille, ja, ich erinnere mich«, stimmte Morgause zu. »Zwar habe ich auf Avalon nie das Heilen gelernt, einiges habe ich dennoch mitbekommen. Wenn wir Kamillenblüten mit Leinöl mischen, könnten wir diese auf die juckenden Stellen auftragen.«

»Oder wir fertigen Umschläge aus Kamillensud«, schlug Gwenhwyfar vor.

Elayne lächelte. Wenn die beiden Königinnen ihre ewige Konkurrenz einmal überwanden, konnten sie doch gut zurechtkommen.

»Ich gebe in der Küche Bescheid«, sagte sie daher. »Die Küchenmädchen und Philippa werden die Kräuter finden, die wir brauchen. Dann können wir die Umschläge und den Sud hier oben fertigstellen.«

Nachdem sie mit Philippa gesprochen hatte und glücklicherweise eines der Küchenmädchen Blutwurz kannte und wo es zu finden war, begab sich Elayne zu Artus' Arbeitszimmer.

Der Tag neigte sich dem Ende zu. Die Zeit verging zu schnell. Kerzen erhellten bereits den Tisch mit seinen Plänen und Artus war nicht allein. Lancelot und er teilten sich einen Krug Wein.

»Elayne, wie geht es voran?«, erkundigte sich der König bei ihrem Eintreten.

Sie ließ sich dankbar einen Becher Wein reichen und merkte erst jetzt, dass sie seit dem Frühstück nichts gegessen hatte. »Ich denke, es gibt eine gute Nachricht«, sagte sie zögerlich. »Vielleicht sogar mehrere.«

Artus lächelte sofort. »Und die wären?«

Sie atmete tief ein. »Ich glaube nicht, dass es die Antoninische Krankheit ist.«

Artus ließ sich erleichtert in seinen Sessel sinken. »Das ist wirklich eine gute Neuigkeit.«

»Es sei denn, Elayne hat auch eine schlechte Nachricht«, wandte Lancelot ein und beobachtete sie aufmerksam.

»Es ist nicht die Antoninische Krankheit, aber ich weiß nicht, welche es sonst ist. Die Anzeichen sind ähnlich: Fieber, juckende Pusteln, Schmerzen. Aber die Erkrankten, die ich sah, unterscheiden sich doch von den Beschreibungen, die ich las. Sie klagen über Kopfschmerzen – nicht über Rückenschmerzen. Sie haben diese Pusteln, doch die verteilen sich hauptsächlich am Rumpf, nur wenige an den Schenkeln und den Armen. Und das Allerwichtigste«, sie seufzte tief und strich sich eine Strähne aus ihrem Gesicht, »die meisten scheinen sich von der Krankheit zu erholen. Wir haben bisher nur zwei Todesfälle. Der alte Mann, den ich gestern in seinem Haus vorfand, hatte niemanden, der sich um ihn kümmerte. Er hätte vermutlich überlebt, wenn es denn jemand getan hätte. Und der zweite Fall war ein kleiner Säugling, der ebenfalls schon schwach war.« Sie schluckte kurz, als sie sich an die Tränen der Mutter erinnerte und den Schmerz, den sie so gut nachvollziehen konnte. »Die Antoninische Pest fordert über die Hälfte an Todesopfern. Das ist bei unserer Krankheit nicht der Fall. Sofern wir uns gut um alle kümmern, besonders um jene, die ohnehin schwach sind, könnten wir dafür sorgen, dass die Krankheit nicht tödlich verläuft. Aber um alle zu schützen, müssen wir verhindern, dass sie sich noch weiter ausbreitet.«

Artus nickte und beugte sich vor, die Unterarme auf seinem Tisch abgestützt. »Was schlägst du vor, Elayne?«

»Wir müssen die Tore Camelots schließen.«

Artus ließ sich zurücksinken. »Die Tore Camelots waren noch nie verschlossen. Nein, ich habe versprochen, dass die Tore meiner Festung jederzeit offen stehen werden, für jeden.«

Elayne sah Hilfe suchend zu Lancelot, der neben seinem Freund stand. Er verstand sie wie so oft auch ohne Worte.

»Artus, wir sollten tun, was Elayne sagt.« Er nickte ihr ernst zu. »Es geht nicht darum, jemanden einzusperren oder gar auszuschließen. Es geht darum, die Menschen zu schützen. Jene, die innerhalb der Mauern leben, und jene, die außerhalb leben.«

Artus griff nach einem Federkiel und ließ die Spitze nervös auf den Tisch klopfen.

»Der Feind mag keinen Namen haben«, verdeutlichte Elayne ihm die Situation. »Doch er ist hier. Und wir bekämpfen ihn am besten, wenn wir ihn einkreisen und isolieren.«

Artus nahm den Federkiel und warf ihn über die Tischplatte. »Also gut. Ich werde befehlen, die Tore zu schließen. Aber bei Gott, ich werde niemanden dazu zwingen, in Camelot zu bleiben, wenn er um sein Leben bangt.«

Elayne nickte zufrieden. »Es gibt noch etwas«, fügte sie hinzu. »Gaheris ist erkrankt, das wisst ihr sicher. Doch er muss bereits seit einigen Tagen krank gewesen sein, ohne es zur Kenntnis genommen zu haben. Erst jetzt, da die Pusteln auf seinem Körper – und selbst davon hatte er nicht viele – verheilt sind, leidet er unter Fieber und Kopfschmerzen. Es kann also sein, dass Menschen bereits krank sind, ohne es zu wissen. Wir müssen die Bewohner Camelots über die Krankheit informieren und ihnen mitteilen, wie sie diese bekämpfen und ihre Lieben pflegen können. Ich glaube nicht, dass wir es schaffen, alle zu isolieren, aber wenn wir sie aufklären, werden sie vielleicht von selbst zu uns kommen.«

Artus übertrug Lancelot die Aufgabe, mit Elayne gemeinsam zu jedem Haus in Camelot zu gehen und die Bewohner entsprechend zu instruieren.

»Du hast gut gesprochen«, fand Lancelot, als sie gemeinsam Artus' Arbeitszimmer verließen.

Sie blieb stehen und drohte mit dem Zeigefinger. »Wenn du jetzt auch noch behauptest, ich hätte als Mann geboren werden sollen, werde ich dich schlagen.«

Amüsiert verschränkte er die Arme vor der Brust und es zuckte in seinem Mundwinkel. »Ich würde niemals wünschen, dich als Mann zu sehen.«

Sie runzelte die Stirn. Er wollte sie ärgern und es gefiel ihr viel zu gut.

Am nächsten Morgen machte sich Elayne mit Lancelot auf den Weg von Haus zu Haus. Sie hatten Körbe mit kleinen Beuteln dabei, in denen bereits einige Kräuter eingewickelt waren. Bei jedem Haus blieben sie stehen und Elayne erklärte, wie der Sud aus Weidenrinde gegen Fieber helfen konnte und wie man die Umschläge gegen die juckenden Pusteln anfertigte. Viele der Bewohner kannten Elayne bereits, weil sie wenige Tage zuvor nach den Kranken gefragt hatte. Alle von ihnen kannten Lancelot und oft genug sah man erfreutes Strahlen, weil der beste Krieger Camelots sich selbst darum kümmerte, dass es den Kranken bald besser ging.

»Sie glauben wohl, du seist ein Druide«, schnaufte Elayne belustigt, als sie ein weiteres Haus hinter sich gelassen hatten, in denen sie mit freudestrahlenden Augen empfangen worden waren.

»Dabei bin ich doch nur ein Barde«, gab er zurück und zwinkerte ihr zu.

Elayne grummelte vor sich hin, konnte sich aber ein Grinsen nicht verkneifen.

Bei dem nächsten Haus stellte die Bewohnerin ihre vier Kinder im Alter von drei bis zehn Sommern vor. Sie alle hatten die Krankheit gerade hinter sich gebracht und waren putzmunter. Nur ihr Mann lag noch immer krank zu Lager. Er wollte sich einfach nicht erholen und sie konnte sich mit vier Kindern und der Arbeit in der Wäscherei nicht genügend um ihn kümmern. Elayne versprach ihr, jemanden zu schicken, der ihren Ehemann in die Kapelle brachte, damit man sich dort um ihn kümmerte.

»Nicht alle stecken sich an«, stellte Lancelot nach diesem Besuch fest. Denn der Mutter schien es gut zu gehen.

»Und die meisten, besonders die Kinder, erholen sich wieder«, bemerkte Elayne erleichtert.

Es dauerte den ganzen Tag, die Bewohner Camelots zu besuchen. Lancelot sorgte dafür, dass sie gegen Mittag in der Küche zu essen bekamen. Philippa freute sich über den Besuch und teilte ihnen bei dieser Gelegenheit mit, dass eines der Küchenmädchen, das erkrankt gewesen war, wieder wohlauf war.

Am Ende des Tages hatte Elayne das Gefühl, dass die finsteren Wolken über Camelots Himmel nicht mehr ganz so dunkel waren.

Es dauerte zehn Tage, bis sie ein erstes Abflauen der Krankheitswelle bemerkten.

Gaheris hatte sich von seinem Fieber erholt. Dafür hatten sich Gawain und Percy angesteckt. Gawain hielt das Ganze für einen Scherz und ließ sich fürstlich bewirten. Er erholte sich rasch, sobald die Flecken verkrustet waren. Percy dagegen litt etwas mehr. Durchfall schwächte ihn und er weigerte sich, von einem der Mädchen gepflegt zu werden, weshalb Elayne es selbst übernahm, sich um ihn zu kümmern.

Sie hatte die letzten Tage in der Kapelle verbracht, weil sich viele der Mädchen ebenfalls ansteckten. Teagan und sie hielten die Stellung und diejenigen, die die Krankheit bereits hinter sich hatten, konnten ihnen helfen, während Gwenhwyfar und Morgause dafür sorgten, dass stets genügend Kräuter vorrätig waren.

Elayne hatte Percy in die Kapelle bringen lassen. Sein Lager war direkt neben dem Altar und er betete oft andächtig, sofern er nicht von Krämpfen geschüttelt wurde oder sich mit grüner Galle übergeben musste.

»Elayne, ich möchte, dass du weißt, dass von allen Menschen dieser Welt du mir am nächsten stehst«, gestand er einmal zwischen zwei Übelkeitsattacken.

Sie reichte ihm ein feuchtes Tuch, damit er sich den Mund abwischen konnte. Seine Worte ließen sie schmunzeln. »Du hast ebenfalls einen Platz in meinem Herzen, lieber Vetter.«

»Ich hätte dich heiraten sollen«, stammelte er, beugte sich über den Rand seiner Bettstätte und übergab sich erneut.

Elayne presste fest die Lippen aufeinander, um nicht laut aufzulachen. Er hatte seit dem Vortag kein Fieber mehr und sämtliche seiner Pusteln waren bereits mit Krusten belegt, was ein gutes Zeichen war, wie sie mittlerweile wusste. Wenn sein Magen und seine Gedärme sich nun noch erholten, würde es ihm schnell besser gehen.

Teagan brachte eine Schale mit frischem Wasser und Elayne nahm sie dankend entgegen. Doch als sie aufblickte, sah sie, wie Teagan kurz die Augen schloss und leicht wankte.

Elayne ließ die Schale fallen und sprang auf, um Teagan abzustützen. »Himmel, was ist mit dir?«

»Mir … Mir ist so heiß«, stammelte ihre Freundin.

Elayne hielt sie fest in den Armen und spürte das Glühen ihres Körpers durch alle Kleidungsschichten hindurch. Sie rief nach einer der anderen Frauen und gemeinsam schafften sie es, Teagan auf ein freies Lager zu legen.

»Teagan, hast du Schmerzen?«

Sie schüttelte den Kopf, wurde jedoch sofort von einem Krampf erfasst, der ihren Körper aufbäumen ließ.

»Wir müssen sie ausziehen«, entschied Elayne. »Und wir brauchen Tücher, um das Fieber zu senken.«

Mit zittrigen Fingern und der Hilfe der anderen schafften sie es, Teagan ihrer Oberkleidung zu entledigen, bis sie nur noch das dünne Untergewand trug. Elayne schob den Ausschnitt des Kleides zur Seite. Ihre Befürchtung bewahrheitete sich. Teagans Brüste waren von roten Pusteln überdeckt.

Es hatte beinahe so ausgesehen, als wären Elayne und Teagan die Einzigen in der Kapelle, die sich nicht ansteckten. Aber nun hatte es ihre Freundin doch getroffen. Und sie hatte kein Wort gesagt, sondern Stunde um Stunde hier mit ihr gearbeitet, sich verausgabt, um die anderen zu pflegen, und sich selbst dabei vergessen.

Elayne schob ihrer Freundin eine feuchte Haarsträhne aus der Stirn. »Wieso hast du nichts gesagt?«, flüsterte sie.

»Ich wollte dich nicht allein lassen«, antwortete Teagan schwach.

Elayne schluckte schwer. »Ich sorge dafür, dass es dir schnell besser geht«, versprach sie.

»Ja, ich weiß«, murmelte Teagan.

Sie kühlte Teagans Körper mit den nassen Tüchern, flößte ihr Sud aus Weidenrinde ein und wich nicht von ihrer Seite. Und dennoch musste sie mit ansehen, wie das Fieber den zarten Körper ihrer Freundin immer wieder krampfen ließ.

Einmal schüttelte das Fieber sie derart, dass sie zu husten begann und nach Luft rang. Elayne hielt sie fest, sprach beruhigende Worte, streichelte ihr über den Kopf und wiegte sie, wie sie es bei ihrem Sohn getan hätte. Als der Hustenkrampf nachließ, war Teagan nicht mehr bei Bewusstsein.

Elayne schüttelte sie sanft. »Teagan?« Doch es war, als sei sie tief und fest eingeschlafen. Sie atmete noch, doch sie reagierte nicht. »Bitte bleib bei ihr«, sprach sie zu einem anderen Mädchen. »Kühle ihren Körper, wenn das Fieber wieder steigt.«

Elaynes Blick fiel auf Percy, der sich in seinem Bett aufgerichtet hatte und voller Sorge war. »Ich werde für Teagan beten.«

»Ja, bitte.«

Der Priester hatte Bienenwachskerzen auf dem Altar entzündet, die nun die Kapelle mit fast heimeligem Licht erfüllten. Er kniete bereits dort und betete leise.

Elayne raffte die Röcke und eilte hinaus, hielt nicht an, bis sie Lancelots Kammer erreichte. Heftig pochte sie an die Tür, doch niemand öffnete ihr.

Also lief sie weiter in die königliche Halle. Hier saßen nur wenige, denn die Zeit der Krankheit war für niemanden eine freudvolle gewesen. Die meisten aßen in ihren eigenen Kammern.

Lancelot war auch nicht in Artus' Arbeitszimmer, niemand war hier.

Verzweifelt lief sie weiter zur königlichen Kammer. Auf dem Weg wurde sie von Cai abgefangen. »Was ist mit dir? Bitte reiß dich zusammen, bevor du so vor die Königin trittst.«

»Ich suche nicht die Königin, ich suche Lancelot«, brach es schluchzend aus Elayne heraus.

Cai runzelte die Stirn. »Dann sieh bei Gawain nach. Er wollte ihm einen Humpen Met zur Stärkung bringen.«

Sie hörte das Lachen, noch bevor sie an die Tür pochte.

Lancelot öffnete ihr, doch sein Lachen erstarb, als er sie erblickte. »Elayne! Was ist los?!«

»Ist etwas mit Percy?«, rief nun Gawain von seinem eigenen Krankenlager.

Elayne schüttelte den Kopf und erst jetzt fiel ihr auf, dass sie weinte. Sie wischte sich die Tränen aus dem Gesicht. »Es ist Teagan. Lancelot, du musst Liam holen. Ich glaube, sie stirbt.«

»Was?!« Er packte Elayne an den Schultern. »Bist du sicher?«

»Hol Liam!«

Lancelot nickte. »Ich mache mich auf den Weg.« Er drückte sie fest und küsste sie auf den Scheitel. »Wir sind zurück, so schnell es geht.«

Elayne nickte schluchzend und blieb zunächst stehen wie ein Baum, der einen Sturm abwartete. Erst als Gawain vor ihr stand, konnte sie wieder denken.

»Komm, gehen wir zu ihr«, sprach er sanft. Er trug lediglich eine Hose, eine Decke über den Schultern und seine Stiefel.

»Aber … du musst dich noch ausruhen.«

»Es geht schon, ich habe lange genug geruht.«

Er legte ihr einen Arm um die Schultern und führte sie durch den Wohnturm hinaus über den Hof zur Kapelle. Hier kniete Percy an Teagans Lager und betete.

Elayne ließ sich in die Knie sinken und griff nach Teagans schlaffer Hand. Unregelmäßig hob sich der Oberkörper, sie atmete nur noch schwach.

»Teagan«, flüsterte Gawain. »Teagan, komm zurück zu uns.«

Ihre Freundin hörte auf zu atmen, bevor die Sonne aufging.
Bevor Liam zurück war.

23

Y TANAU CAMELOT

Die Feuer von Camelot

Mit der Bestattung einer Königin schickt man den Geist ins Feuer und reinigt ihn, bevor der Kreislauf des Lebens ihn neu in der Hierwelt wandeln lässt.

So hatte Brisen es Elayne erklärt, als der Leib ihrer Mutter dem Feuer übergeben wurde.

Elayne hatte Teagans Körper gewaschen, ihn mit kostbarem Öl aus Gwenhwyfars Eigentum eingerieben, ihn eingewickelt in Leinen und sodann in eine weitere Lage des Stoffes, den Teagan zu ihrer Hochzeit getragen hatte, von Elayne unter Tränen in lange Streifen zerrissen, damit ihre Freundin ihn in die nächste Welt mitnahm.

Außerhalb der Tore Camelots nahe dem Flussufer hatte man eine hohe Bahre aus Holz errichtet, auf den nun der Leib gelegt wurde.

Gawain und Percival flankierten die Bahre, jeder mit einer brennenden Fackel in der Hand. Die Bewohner Camelots hatten sich eingefunden. Jene, die von Teagan gesund gepflegt worden waren ebenso wie jene, die sie schmerzlich vermissen würden.

Artus und der Priester standen vor der Bahre und nachdem dieser mit ihnen allen das christliche Gebet gesprochen hatte, rief Artus: »Camelot hat eine Heldin verloren.« Er wartete einen kurzen Moment, bevor er weitersprach. »Teagan war unsere Heldin, denn sie hat sich selbst für Camelot geopfert. Sie hat die Kranken gepflegt, ohne sich zu beschweren. Ihr Leben für das vieler.«

Die Wolken hingen tief über Camelot und das Umland.

Elayne konnte Gal nicht festhalten, ihre Hände zitterten. Und so hatte sie ihren kleinen Sohn an Lancelot übergeben, der an ihrer Seite stand.

Liam verharrte abseits. Er hatte kein Wort mit ihr gesprochen, seit er zurück war. Er ließ niemanden an sich heran. Nicht einmal den kleinen Gal.

»Gute Reise, Teagan«, sprach Artus und nickte den beiden Kriegern zu.

Gleichzeitig richteten sie ihre Fackeln an das trangetränkte Holz, das sofort in Flammen aufging.

Mit den Flammen fielen die ersten Tropfen vom Himmel. Als wolle er verhindern, dass Teagan die Hierwelt verlassen musste.

Elayne drehte sich um, sie konnte den Anblick nicht mehr ertragen. Sie lief, noch ehe sie selbst begriff, wohin. Nun, da die Pforten geöffnet waren, frischte der Wind auf und blies den Regen in ihr Gesicht, wo er sich mit den Tränen vermischte.

Sie rannte, bis die Luft in ihrer Brust brannte und den Schmerz in ihrem Herzen überdeckte. Sie verlangsamte ihre Schritte, lief aber mit gerafften Röcken weiter. Ihre Oberkleidung war durchnässt, ihre Schuhe voller Schlamm, als sie in einen Wald hineinlief. Blätter wurden durch den Wind gelöst und vom Regen in den Schlamm gespült.

Schluchzend sank Elayne an den Stamm des nächsten Baumes. Ihre Wange wurde an der Rinde aufgerieben, sie roch das lebendige Holz und schloss die Augen.

Sie wusste nicht, wie lange sie dort kauerte. Erst das herannahende Traben eines Pferdes ließ sie aufhorchen. Der Hufschlag auf den Blättern klang gedämpft. Einzelne Tropfen fielen von den grünen Blättern auf den Reiter.

Vor ihr zügelte er seinen Hengst und sah sie ausdruckslos an. »Elayne«, sprach er streng.

Sie drückte sich fest an den Baumstamm, als könnte das unbewegliche Wesen sie vor jedem Harm bewahren. »Geh fort, Lancelot. Ich muss allein sein.«

Crixus stampfte nervös auf den Boden auf, ihm gefiel das Wetter nicht und seinem Reiter ebenso wenig.

»Ein Gewitter naht und der Wald ist nicht der sicherste Ort, einen Sturm auszuharren.«

»Lass mich bitte hier«, schluchzte sie. Sie konnte nicht verhindern, dass die Tränen sie erneut übermannten.

»Elayne«, ermahnte er sie. »Es ist nicht die rechte Zeit, in Selbstmitleid zu versinken.«

»Selbstmitleid?!« Sie lachte schluchzend auf. »Glaubst du, ich trauere um mich selbst?« Sie rieb sich über das nasse Gesicht. »Hast du Liam nur einen Moment deiner Aufmerksamkeit geschenkt? Liams Herz wurde ihm bei lebendigem Leib herausgerissen! Und wer ist daran schuld?«

Er stieg unwirsch von seinem Ross hinab, behielt aber die Zügel in der Hand. »Du bist nicht schuld, dass Teagan gestorben ist.«

»Doch, das bin ich! Wer sonst?!« Ihre Stimme überschlug sich. Konnte er ihre Schuld denn nicht sehen? »Es war meine Idee, nach Camelot zu kommen. Liam und Teagan hätten ein wunderbares Leben führen können, wenn ich sie nicht dazu gebracht hätte, mir zu folgen.«

Er hob skeptisch eine seiner dunklen Augenbrauen. »Ich glaube nicht, dass sie dir willenlos folgten. Liam ist dir treu ergeben, das weißt du doch.«

»Und genau das ist das Problem!«, fuhr sie auf. »Ich war für ihn verantwortlich! Er hat mir sein Leben anvertraut, all seine Fähigkeiten in meinen Dienst gestellt. Im Gegenzug hätte ich dafür sorgen müssen, dass es ihm an nichts fehlt. Stattdessen hat er nun seine geliebte Teagan verloren. Sie war meine Freundin und ich hätte sie ebenfalls beschützen müssen! Wären wir nicht nach Camelot gekommen, wäre sie noch am Leben! Wir standen bereits an Avalons Ufern. Wir hätten nur in diese verdammte Barke steigen müssen! Ich habe Liam enttäuscht und er wird mir das nie verzeihen. *Ich* werde mir nie verzeihen! »

Lancelot fuhr sich durch die feuchten Haarkringel. »Du kannst nicht jeden, der dir nahesteht, vor Unheil bewahren.«

»Ich hätte nur etwas mehr auf sie achten müssen.« Sie schüttelte den Kopf und schloss die Augen. »Ich war zu sehr versessen darauf, ein Heilmittel zu finden und den Kranken beizustehen. Hätte ich nur einmal auf Teagan geachtet, hätte ich bemerkt, wie blass und schwach die Arbeit sie machte. Ich hätte ihr geraten, sich zu schonen, und sie hätte diese verfluchte Krankheit überlebt.«

»Du konntest nicht ahnen, dass sie sich angesteckt hatte. Sie ließ sich nichts anmerken. Und ihr wart beide müde und blass.« Er atmete tief durch. »Genauso gut hätte die Krankheit dich treffen können.«

Sie öffnete die Augen und neue Tränen verschleierten ihr den Blick. »Hat sie nicht, doch Gott straft mich seit dem Tag, an dem ich Corbenic verließ.«

Er stemmte die Hände in die Hüften und sah sie zweifelnd an. »Für was sollte er dich bestrafen?«

»Ich habe meinem Vater nicht gehorcht. Ich bin fortgelaufen, statt dem Willen Gottes zu folgen.«

»Der Wille deines Vaters ist nicht gleichzusetzen mit dem Willen Gottes«, gab er leise zu bedenken.

Sie presste fest die Lippen aufeinander, bevor sie entgegnen konnte: »Nein … aber dass sich die Prophezeiung meiner Mutter erfüllt hat, war ein Zeichen.«

Erneut fuhr er sich durch das feuchte Haar, da ihm die Strähnen in die Stirn fielen. »Bitte, Elayne«, fuhr etwas sanfter fort. »Lass uns das in Camelot besprechen, bei einem Becher warmen Mets und in trockenen Räumen.«

Sie schüttelte den Kopf. »Ich kann nicht. Ich kann nicht mit ansehen, wie Liam leidet.«

»Verdammt noch mal!«, fuhr er auf, sodass Crixus schrill wieherte und versuchte, sich von den Zügeln zu befreien. Lancelot wandte sich um und es dauerte eine Weile, bis er seinen Hengst beruhigt hatte. Als er es schließlich geschafft hatte, wandte er sich seufzend an Elayne. »Es ist tragisch, was mit Teagan passiert ist. Und ja, vielleicht wäre sie noch am Leben, wenn ihr nicht nach Camelot gekommen wäret. Wer weiß das schon. Dennoch kannst du bei den Entscheidungen, die du in deinem Leben triffst, nicht jede Konsequenz voraussehen. Das ist es, was das Leben ausmacht. Wir treffen Entscheidungen und müssen damit leben, was daraus entsteht. Glaube mir«, er schüttelte bedauernd den Kopf, »ich hätte in meinem Leben einige Entscheidungen anders getroffen, wenn ich damals das gewusst hätte, was ich heute weiß.« Sein Blick wurde sanfter. »Sehr viele sogar.«

Sie rappelte sich langsam auf, noch immer am Stamm des Baumes abgestützt. »Wie soll ich jemals mit der Last dieser Entscheidung leben? Mein treuester Freund hat durch mich alles verloren.«

Lancelot schüttelte den Kopf. »Er hat immer noch dich. Und deswegen solltest du zu ihm gehen. Liam sitzt in einem finsteren, kalten Loch der Trauer. Er braucht jemanden, der ihm etwas Wärme schenkt. Und das kannst nur du sein, Elayne. Niemand anderem würde er erlauben, in seine Nähe zu kommen, nicht einmal mir.«

»Und … wenn er es doch nicht zulässt? Wenn er mir die Schuld gibt? So wie ich selbst?«

»Dann musst du Geduld haben und darfst ihn nicht aufgeben.« Fernes Donnergrollen ließ ihn aufhorchen, bevor er sie nachdrücklich ansah. »Wir müssen jetzt gehen. Es hilft niemandem, wenn wir hier draußen von einem Baum oder dem Blitz selbst erschlagen werden.«

Zögerlich machte sie einen Schritt auf ihn zu, bis er ihre Hand nehmen und sie an sich ziehen konnte.

Er zog sie in seine Arme und hielt sie fest. »Du bist nicht allein auf dieser Welt, weißt du?«

Sie konnte nicht darauf antworten, sonst hätte sie noch weiter geweint.

Sie erreichten Camelot, kurz bevor der Sturm losbrach. Lancelot bemerkte sogleich, dass etwas anders war. Er ließ sich von Crixus' Rücken gleiten und sah sich stirnrunzelnd um, bevor er Elayne an der Hüfte festhielt und ihr half, ebenfalls vom Pferderücken zu gleiten.

»Was ist los?«

»Besucher«, antwortete er knapp und deutete auf die Ponys, die noch beladen vor den Stallungen angebunden waren. Die Pferdedecken und Abzeichen waren durchnässt und schlammbespritzt und somit nicht zu erkennen. »Geh schon hinein«, bat er. »Ich bringe Crixus unter und helfe beim Abladen der Ponys, bevor die ganze Ladung durchnässt wird und als Fraß für die Schweine endet.«

Sie nickte, raffte ihre Röcke und lief durch den steten Regen, den der Sturm senkrecht peitschte.

Die Bewohner Camelots hatten sich in ihre Behausungen zurückgezogen und all ihr Hab und Gut nach drinnen geholt.

Elayne lief nicht zum Wohnturm, wo Gal bei Gawain auf sie wartete. Sie lief zu Liams Haus und pochte dort an die Tür. »Liam, ich bin es. Bitte lass mich ein.«

Es dauerte nicht lange, bis der groß gewachsene Mann ihr öffnete. Doch groß wirkte er in diesem Moment nicht. Finster betrachtete er sie, als müsse er noch überlegen, ob er sie besser wieder hinaus in den Regen scheuchte oder doch lieber hineinließ.

»Liam.« Ihr brach vor Kummer die Stimme. Sie wartete auf seine Antwort und ihr Herz hätte nicht schwerer wiegen können.

Schließlich schnappte er nach Luft, als habe er seit Tagen nicht geatmet. »Ich konnte mich nicht einmal von ihr verabschieden.« Seine Stimme war kaum mehr als ein Wimmern.

»Es tut mir so leid. So unendlich leid.« Sie faltete die Hände vor ihrer Brust. »Ich hätte auf sie aufpassen müssen.«

Er schüttelte den Kopf.

Elayne trat ein, ohne seine Entscheidung abzuwarten, stellte sich auf die Zehenspitzen und schlang die Arme um seinen Hals. Zögerlich legte er seine Arme um ihren Körper und schmiegte seine Wange an ihr nasses Haar.

Eine Weile standen sie so da, bis Liam sich dazu durchrang, die Tür zu schließen und Elayne anzusehen. Nun war auch sein Gesicht feucht, nicht vom Regen, sondern von stillen Tränen, das verrieten seine geröteten Augen. »Erzähl mir … wie es war. Musste sie sehr leiden?«

Elayne schnappte nach Luft, da ihr die Trauer einmal mehr die Kehle zuschnürte. »Es ging auf einmal alles sehr schnell«, erklärte sie leise.

Liam nickte und deutete auf den Tisch, damit sie sich gemeinsam daran setzten. Er hatte einen Kessel Met über dem kleinen Feuer und schenkte ihnen beiden ein. Die warme Flüssigkeit wärmte ihre Glieder, die während des Rittes durch den Regen ausgekühlt waren.

Elayne erzählte Liam, wie Teagan in den letzten Tagen geschuftet hatte, um die Kranken zu versorgen, und sich dabei selbst vergaß. Sie erzählte ihm alles, was er wissen wollte.

Lange Zeit später fasste Liam nach Elaynes Hand und drückte sie fest. »Ich danke dir. Danke, dass du in den letzten Stunden bei ihr warst.«

Sie erwiderte seinen Händedruck. »Ich wünsche mir so sehr, dass ich sie hätte retten können.«

Rasch schüttelte er den Kopf und senkte den Blick, um seine Tränen zu verbergen. »Sie hat Camelot geliebt«, flüsterte er. »Es war ihr Traum, wieder hier zu leben.«

»Ja … Ja, das stimmt«, erinnerte sich Elayne.

Traurig lächelnd sah er auf. »Ich bin sehr dankbar, dass uns unser Weg nach Camelot geführt hat. Es hat mich meiner Teagan so viel näher gebracht.«

Elayne schluckte. »Wirst du … Wirst du Camelot nun verlassen?«

Verwirrt schüttelte er den Kopf. »Werden *wir* Camelot verlassen?«

Nun schüttelte sie selbst den Kopf. »Nein, nicht in der nächsten Zeit, glaube ich.«

Er hob die Brauen, bis sich seine Stirn in Falten legte. »Meine Treue gilt noch immer dir, meine Herrin. Ich bitte dich nur, mir ein paar Tage Zeit zu geben, damit ich … damit ich den Verlust ertragen kann.«

»Alle Zeit der Welt, mein Liam.« Sie musste nun selbst lächeln, gleichwohl sie traurig war. »Alle Zeit der Welt«, wiederholte sie. »Und vergiss nicht, dass meine Treue auch dir gilt. Wenn du mich brauchst, scheue dich nicht, zu mir zu kommen. Ich bin für dich da, so wie du für mich.«

Als sie Liams Haus hinter sich ließ, war ihr Kummer ein wenig erträglicher geworden.

Der Regen ging unablässig nieder, wenn auch der Wind etwas nachgelassen hatte. Bis sie den Wohnturm auf dem Hügel Camelots erreicht hatte, war sie bereits wieder durchnässt. Sie konnte sich nicht erinnern, ob sie in ihrer Kammer noch saubere Kleidung hatte. Aber in den nassen Kleidungsschichten konnte sie nicht bleiben.

Die Tür zu ihrem Gemach war nicht verschlossen, lediglich angelehnt, und von innen vernahm sie Stimmen. Man schien auf sie zu warten. Verwundert schob sie die Tür auf und erblickte

Gwenhwyfar in ein Gespräch mit einer dunkelhaarigen Frau vertieft. Zunächst dachte Elayne, es wäre Morgause, doch als sich die hohe Dame zu ihr umdrehte, erkannte sie, wer es war.

»Morgaine!«, rief sie erfreut aus und eilte auf ihre Freundin zu.

Diese breitete die Arme aus und schloss sie in eine feste Umarmung. »Meine liebe Elayne, wie schön, dich wohlauf zu sehen. Wenn auch durchnässt.«

Rasch löste sich Elayne aus den Armen der Königin von Rheged, um deren Kleidung mit ihrem nassen Haar nicht auch zu durchnässen. »Aber … Wann bist du angekommen? Ich wusste nicht, dass du erwartet wirst.«

»Oh!« Morgaine lachte warm auf. »Mein Bruder scheint vergessen zu haben, dass ich versprochen hatte, zu Mittsommer zu Besuch zu kommen.« Ihre Miene wurde ernster. »Aber wer kann es ihm verdenken, bei all dem Kummer, den Camelot in den letzten Wochen zu ertragen hatte?«

Die Tage waren so rasch vergangen. Elayne hatte selbst vergessen, auf den Wechsel der Jahreszeit zu achten. Fragend sah sie zu Gwenhwyfar.

Ihre Königin atmete tief ein. »Nun, Elayne. Wie du weißt, war dies zuvor Morgaines Gemach …«

»Oh!« Elayne sah sich verlegen um. »Ich werde meine Sachen zusammenräumen, gebt mir nur etwas Zeit.«

Morgaine lachte erneut herzlich. »Nein, nein, so war das nicht gemeint.« Sie warf einen leicht tadelnden Blick zu ihrer Schwägerin. »Wir können uns diese Kammer teilen, meine Liebe. Ich habe nichts dagegen. Der Platz in Camelot wird ohnehin bald eng und dann müssen alle ein wenig zusammenrücken.«

Stirnrunzelnd dachte Elayne darüber nach, was Morgaine damit meinen könnte. Erst dann fiel ihr das Fest ein, das Artus veranstalten wollte und wozu er die Unterkönige Britanniens eingeladen hatte. Sie schüttelte verwirrt den Kopf. »Aber ... wird es denn wirklich stattfinden?«

»Ja, das wird es«, bestätigte Gwenhwyfar und lächelte traurig. »Wir haben noch zwei Wochen Zeit. Wir werden unsere Verluste betrauern. Wir werden all jenen gedenken, die nicht mehr unter uns weilen.« Sie atmete tief durch. »Und sodann werden wir das Leben feiern. Camelot soll in neuem Glanze erstrahlen.«

»Warum so schnell?«, wandte Elayne ein. Sie war noch nicht bereit dazu, ihren Verlust zu verkraften. Sie hatten Teagan soeben erst bestattet und sie wollte sich um Liam kümmern und nicht um die Vorbereitungen für ein Fest.

Die Königin winkte ab. »Lass uns später darüber sprechen, wenn du dich umgekleidet hast und deine Freundschaft mit Morgaine auffrischen konntest.« Ihre Haltung wirkte ein wenig resignierend. Doch noch bevor sie die Kammer verließ, setzte sie ein Lächeln auf. »Ich lasse euch beide nun allein. Richtet euch ein und wir sehen uns dann beim Abendessen.«

Morgaine half Elayne, die feuchte Kleidung gegen trockene zu tauschen und einigermaßen das Haar zu frisieren, während die Jüngere ihr erklärte, was sich in den letzten Wochen zugetragen hatte.

»Ich bedauere, nicht früher gekommen zu sein«, seufzte Morgaine. »Ich hätte Teagan gern die letzte Ehre erwiesen. Sie war so ein gutes Mädchen.«

Elayne lächelte bekümmert. »Ja, das war sie. Und wir werden sie alle sehr vermissen.«

Morgaine hörte auf, Elaynes Haar zu kämmen. »Ich ebenfalls. Hätte Artus mich doch nur von der Krankheit unterrichtet. Ich hätte kommen können, um bei der Versorgung der Kranken zu helfen.«

Elayne wandte sich zu ihr um und umfasste ihre Hände. »Deine Heilkräfte wären von großer Hilfe gewesen. Dennoch fürchte ich, du wärest nicht viel früher hier gewesen. Die Reise aus dem Norden ist zu weit. Du warst womöglich sogar schon auf dem Weg, als wir die Krankheit entdeckten.«

Sie sprachen noch eine Weile über Teagan und ihr gutes Herz sowie den Verlust, den Liam und sie alle durch ihren Tod erlitten hatten. Nachdem sie auch Morgaines Gepäck ausgepackt hatten, begaben sie sich gemeinsam zu Gawains Kammer, um den kleinen Gal abzuholen.

Es tat gut, Morgaine bei sich zu haben. Sie strahlte eine Wärme und Ruhe aus, die Elayne noch bei keiner Person in dieser Tiefe erlebt hatte. Dies wussten auch die anderen Bewohner Camelots zu schätzen.

Als sie gemeinsam mit Gawain die königliche Halle betraten, wurde Morgaine von den meisten voller Herzlichkeit begrüßt. Lediglich König Lot hatte nur ein als höflich zu bezeichnendes Nicken für seine Schwägerin übrig, während Morgause ihre Schwester liebevoll umarmte.

Niemandes Reaktion jedoch war so übergreifend wie die von Lancelot, als er mit Artus aus dessen Arbeitszimmer kam und seine Tante erblickte. »Morgaine!«, rief er überrascht aus und stürmte auf sie zu, um sie fest zu umarmen. »Meine liebe, liebe, herzliche und gute Morgaine!«

»Es ist viel zu lange her«, lachte seine junge Tante.

»Ja, viel zu lange!« Vorwurfsvoll wandte er sich an seinen Freund Artus. »Wieso hast du mir nicht gesagt, dass sie hier ist?«

Artus lachte ebenso herzlich wie seine Schwester und klopfte Lancelot auf die Schulter. »Du warst nicht zugegen und ich wollte die Überraschung nicht verderben.«

Noch als das Essen bereits aufgetischt wurde, waren die drei in ein intensives Gespräch miteinander vertieft, als hätten sie die Welt und die Tafelrunde um sich herum vergessen.

»Siehst du, wir sind nur Zuschauer.«

Elayne hatte nicht bemerkt, dass Gwen neben sie getreten war und ihr einen Becher Wein hinhielt. Sie dankte ihr und nippte daran. Ein intensiver Geschmack von Kirschen und Honig entfaltete sich in ihrem Mund. »Oh Himmel, das ist kein Wein«, stellte sie prustend fest.

»Kirschmet«, prostete Gwen ihr zu. »Wir haben eine Lieferung Kirschen entgegengenommen und Philippa hat sie auspressen lassen und in den Met gemischt, zur Probe, ob wir den Met für die bevorstehenden Feierlichkeiten strecken können.«

Gal hatte sich dazu entschieden, dass es an Elaynes Seite zu langweilig war, und trapselte mit Freude auf seinen Onkel Gawain zu, der ihn mit offenen Armen empfing.

»Komm, kleiner Held, lass dir von deinem Onkel erklären, von welchen Fleischstücken man groß und stark wird.«

Gwen hakte sich indes bei ihr ein. »Setz dich zu mir, sonst komme ich noch in Verlegenheit, mich mit Morgause unterhalten zu müssen.«

Man hatte der Königin bereits aufgetischt und sie teilte ihre Portion bereitwillig mit Elayne.

»Wir werden dieses Fest feiern müssen«, raunte die Königin ihr zu. »Die Einladungen an die Könige waren bereits ausgesandt, bevor wir der Krankheit gewahr wurden. Wir hätten es verschoben, wenn wir die Krankheit nicht in den Griff bekommen hätten.« Sie sah Elayne intensiv an. »Aber wir brauchen dieses Fest. Wir feiern es nicht nur für die Könige Britanniens, das solltest du wissen. Natürlich möchte Artus Camelot in neuem Glanz präsentieren. Doch genauso feiern wir es für uns selbst. Weil wir und die Bewohner Camelots es verdient haben. Jeder Diener, jeder Krieger, jede Magd, jede Prinzessin …« Sie schmunzelte und hielt Elayne ihren Becher entgegen. »Wir haben es uns verdient, das Leben zu feiern, denn wir meistern jeden Tag jede Herausforderung, die es mit sich bringt, mag diese klein oder überwältigend erscheinen.«

Zögerlich hielt Elayne ihr eigenes Trinkgefäß an das von Gwen. »Ich weiß nicht, ob ich dazu bereit bin.«

Gwenhwyfar beugte sich in ihre Richtung und sah sie eindringlich an. »Das wirst du sein, wenn es so weit ist. Und ich werde deine Hilfe benötigen. Bist du bereit dazu?«

Elayne konnte ihrem Blick nicht standhalten. »Gib mir noch ein paar Tage Zeit.«

Gwenhwyfar nickte. »Gewiss, nimm dir diese Zeit, um in den Alltag zurückzukommen und deine Kräfte zu sammeln.«

»Danke, meine Königin.«

Als Elayne an ihrem Kirschmet nippte, sah sie zurück zu Morgaine und den beiden Männern, mit denen sie sich unterhielt. Beide wirkten in ihrer Gegenwart so viel jünger und gelöster.

»Erwarte Morgaine nicht zu früh zurück in eurem Gemach«, raunte Gwen ihr zu. »Das Wiedersehen wird oft lange zelebriert.« Sie lehnte sich in ihrem Sessel zurück und das Schmunzeln verging ihr. »Ich habe mir das Warten auf Artus irgendwann abgewöhnt, wenn seine Schwester unter unserem Dach verweilt.«

Und doch klangen ihre Worte so, als sehnte sie nichts mehr, als zu diesem Wiedersehen dazuzugehören.

Elayne teilte diese Sehnsucht nicht. Ihr Herz blutete noch immer für Teagan.

Sie verbrachte die nächsten Tage oft gemeinsam mit Gal bei Liam. Ihr guter und lieber Freund versuchte, sich mit Arbeit abzulenken. Wenn die Arbeit in den Stallungen getan war, fragte er den Stallmeister um weitere Arbeit. Oft brachte ihn dies hinaus zu den Koppeln, auf denen die Pferde tobten, die derzeit nicht gebraucht wurden. Gal liebte es, den Tieren zuzusehen, und versuchte, sie auf seine kindliche Art zu sich zu locken.

»Welches ist dir das Liebste von allen?«, fragte Elayne ihn lachend, als er sich einmal mehr über das Gatter beugte und seine kleine Hand nach einem Ross ausstreckte, das an ihnen vorbeiging.

»Narius!«

Elayne lachte noch mehr. »Centenarius ist gar nicht hier.«

»Vielleicht sollten wir das ändern«, schlug Liam vor. Er kam von seinem Rundgang um die Koppel zurück und lehnte sich an das Gatter, um sich mit einem Ärmel über die schweißbedeckte Stirn zu wischen.

Der Sommer hatte längst Einzug gehalten und Elayne hatte ihn bisher kaum beachtet. Dabei war es so herrlich, mit weniger Kleidungsschichten und völlig unbesorgt in den warmen Sonnenstrahlen umherzulaufen.

Liam krempelte seine Ärmel auf und betrachtete die Weide. »Centenarius könnte seine alten Tage hier in Freiheit genießen, statt in der Finsternis der Stallungen eingesperrt zu sein.«

Überrascht hob Elayne den Blick, denn so hatte sie ihn noch nie sprechen gehört.

Liams Kieferknochen wirkten angespannt. Dachte er so über sich selbst? Fühlte er sich eingesperrt?

»Narius hopp«, freute sich indessen ihr kleiner Sohn. »Hopp, hopp.« Er wackelte mit den Knien und das Gatter wackelte mit ihm.

»Hoppla, nicht so wild«, schmunzelte Liam und die Anspannung in seinem Gesicht wurde weicher. »Sonst fällst du mit dem ganzen Gatter um.« Er nahm den Kleinen auf den Arm und Gal hatte so noch eine viel bessere Aussicht auf die Herde.

»Ganni!«, rief er entzückt aus. »Ganni, hopp!«

Liam hatte Mühe, ihn festzuhalten, da er plötzlich so aufgeregt war. »Ganni? Aber Gannicus ist nicht auf der Weide.«

Elayne folgte dem verzückten Blick ihres Sohnes und entdeckte auf dem Weg, der von Camelot zu den Feldern und Koppeln führte, die dunkle Gestalt Lancelots, der sein Pony zu ihnen führte.

Liam setzte den zappelnden Helden vorsichtig auf der Erde ab und sofort rannte der Kleine los in Richtung seines Vaters. Es war unglaublich, wie schnell er bereits mit seinen kleinen Beinchen laufen konnte. Überhaupt hatte er sich während ihrer Zeit in Camelot erstaunlich entwickelt. Er war kein Säugling mehr, sondern ein großer Junge, wie es Elayne schien.

Lancelot nahm ihn lachend entgegen und drehte sich einmal mit ihm im Kreis. Gals eindeutige Bitte, »Ganni hopp« machen zu dürfen, kam er umgehend nach, indem er das Kind auf dem breiten Rücken des Ponys platzierte und im Rücken mit einer Hand abstützte, während die andere das Seil führte.

»Hoffentlich fällt er nicht runter«, überlegte Elayne laut.

»Er fällt ja nicht tief. Und dann wird er hoffentlich etwas genügsamer in seinem Wunsch nach Reiten.« Liam lächelte müde.

Sie konnte sich vorstellen, dass er in den Nächten nicht gut schlief, wenn er denn überhaupt ein Auge zutat. Bereitwillig hätte sie ihm einen Teil seines Kummers abgenommen.

»Noch Schild und Schwert und wir können Gal am Wettkampf teilnehmen lassen«, verkündete Lancelot, als er bei ihnen angekommen war.

Der Wettkampf sollte ein großes Ereignis der Festivitäten werden und mindestens einen ganzen Tag in Anspruch nehmen. Elayne hatte nur nebenbei davon gehört.

»Nimmst du daran teil?«, fragte sie stirnrunzelnd.

Lancelots Narben waren gut verheilt. Doch sie wusste, dass ihm noch die Kraft fehlte, ein Schwert lange zu halten oder den Bogen ganz zu spannen.

Er hob die Schultern. »Mir bleibt nichts anderes übrig. Gawain hat mit mir gewettet, dass ich in keiner der Disziplinen gewinnen werde, und ich habe dagegen gehalten, dass ich in mindestens dreien gewinne.«

»Männer«, prustete Elayne belustigt und warf einen Blick auf Liam.

Er hatte ihnen nicht zugehört. Sein Blick war abgeglitten und er schien einen Punkt in der Ferne zu betrachten.

Sie hob die Brauen und presste fest die Lippen aufeinander. Verdammt, wieso war sie so unachtsam gewesen? Natürlich hatte Liam kein Interesse an diesem unsinnigen Wettkampf.

Lancelot bemerkte ihr Zaudern und wurde ernster. Er nickte ihr zu und überreichte ihr den protestierenden Gal. »Die ersten Gäste sind übrigens eingetroffen.«

Sie nahm ihren Sohn auf die Hüfte und er ließ sich davon ablenken, an ihrem Zopf zu spielen. »Braucht Gwenhwyfar meine Hilfe?«

»Nein, ich denke nicht. Es ist keine Dame unter den Gästen. Es ist Marc, der Regent von Dumnonia, mit seinem kleinen Neffen Tristan.« Er streichelte seinem Sohn zärtlich über die blonden Locken. »Der Junge ist etwa in Gals Alter.«

Ein Spielkamerad für Gal war keine schlechte Idee. Seit sie Corbenic verlassen hatten, hatte ihr Sohn kaum mit anderen Kindern gespielt.

»Und ein weiterer Gast ist eingetroffen, über den sich insbesondere Gwyneth wenig freut.« Er hob vielsagend die Brauen. »Leodegrance von Cameliard.«

Sie schob Gal auf die andere Hüfte und sah zurück zur Festung, die sich stolz auf ihrem Hügel erhob. »Nun, dann sollte ich vielleicht doch nachsehen, ob die Königin meine Unterstützung benötigt.«

Lancelot berührte sie sanft am Arm. »Sehen wir uns morgen bei den Feuern?«

»Die Mittsommerfeuer? Ich weiß nicht.« Sie schüttelte bedauernd den Kopf. »Wirklich, lass es mich überdenken.«

»Gewiss.« Er nickte und sah sie lange an, bevor er sich etwas abrupt abwandte. »Liam, öffnest du das Gatter, damit ich Gannicus auf die Koppel lassen kann? Und dann gibt es noch einen Gefallen, um den ich dich bitten möchte ...«

Er schritt bereits auf das Gatter zu, bevor Elayne nachfragen konnte, was er sich nun wieder ausgedacht hatte.

Die Feuer zur Sommersonnenwende waren ein sehr alter Brauch. In Glannoventa waren sie in jedem Sommer entzündet worden, um besonders den Fischern zu gedenken, die auf hoher See umgekommen waren. Jedes Jahr sprangen die Dorfbewohner über die Feuer und ließen dann die Vergangenheit und all das Böse hinter sich, das passiert war, damit der Rest des Jahres im Guten verlief.

Die Feuer von Camelot wurden weit vor den Toren entzündet, bis hin zum alten Apfelbaum breiteten sie sich aus. Und alle Bewohner Camelots hatten sich draußen versammelt.

Der christliche Priester segnete diesen alten Brauch mit dem Hinweis, dass das Licht für Jesus Christus stehe und mit ihm das Leben gefeiert würde.

Artus und Gwenhwyfar ließen es sich nicht nehmen, das erste Feuer mit einer Fackel gemeinsam zu entzünden. Als die ersten Flammen aufstoben, jubelten die Menschen, während Trommeln und Flöten zum Tanze aufspielten.

Elayne hatte eine Decke mit nach draußen genommen. Von einem kleinen Hügel konnte sie das Treiben betrachten. Gal kuschelte sich auf ihren Schoß und bestaunte mit großen Augen die Feuer, die eines nach dem anderen erleuchteten. Die Menschen fassten sich an den Händen, bildeten Reigen und tanzten um die Flammen herum.

Der längste Tag des Jahres hatte ihnen herrliche Wärme geschenkt und auch die Nacht würde nicht viel kühler werden.

In dem Korb, den sie mitgenommen hatte, waren Schinken, Beeren, Kuchen und ein kleiner Krug Apfelsaft zu finden, den Gal besonders gern trank.

Gemeinsam verspeisten sie das Mitgebrachte und bewunderten die Feuer und die feiernden Menschen. Elayne haderte noch immer mit sich, weil sie Liam nicht davon hatte überzeugen können, mitzukommen, als sich von einem der Feuer zwei Gestalten lösten und auf den kleinen Hügel zubewegten.

Gal stopfte sich eine Handvoll Beeren in den Mund und schmatzte, während er seine Hände an Elaynes Oberkleid abwischte. Es war das blaue Kleid und der rote Saft hinterließ violette Flecken.

»Herrlich, kleiner Mann. An deinen Manieren arbeiten wir noch.«

Ihr Sohn grinste breit und eine Sabberspur lief über sein Kinn. Lachend griff sie nach dem Tuch, mit dem der Korb abgedeckt war, und wischte ihm über das Kinn.

Als sie wieder aufblickte, waren die beiden Gestalten so nah gekommen, dass man sie erkennen konnte.

»Lance hopp!«

»Du möchtest auf Lancelot reiten?«

»Ja, ja, ja!«

Es war unglaublich, wie schnell Gal sich an ihn gewöhnt hatte. Er schloss die Menschen schnell in sein großes Herz, was absolut auf Gegenseitigkeit beruhte.

Lancelot strahlte, als er gemeinsam mit Morgaine den Hügel hinaufschritt. »Ihr habt euch ein hübsches Plätzchen ausgesucht.« Er nahm den kleinen Gal auf den Arm und drückte ihn fest an sich.

»Dürfen wir uns zu euch setzen?« Morgaine lächelte warm wie eh und je.

»Natürlich, es ist Platz für uns alle.« Elayne rutschte zur Seite und beobachtete, wie Lancelot Gal auf den Rücken nahm und spielerisch mit ihm um den Hügel trabte.

Morgaines rotes Kleid leuchtete tief im Schein der abendlichen Sonne. Sie hatte ebenfalls einen Krug und Becher dabei. »Hier, das ist Kirschmet.«

Elayne nahm dankend an. »Oh, sie haben die Rezeptur verändert.«

Morgaine raffte ihre Röcke und ließ sich neben ihr nieder. »Ja, etwas verdünnt. Nun schmeckt er nicht mehr ganz so süß.«

»Genießt du die Feuer, Morgaine?« Elayne interessierte sich sehr dafür, ob sie noch an ihrem alten Glauben hing.

»Nun … es ist nicht mehr so wie früher.« Die Ältere nippte an ihrem Met und ließ den Blick über die Feuer schweifen. »Vor zwanzig Jahren hätten hier doppelt so viele Menschen gefeiert. Und noch einmal fünfmal so viele wären zu den alten Steinkreisen gezogen.« Ihre Stimme klang bedauernd. »Die alten Kräfte der Steine sind längst versiegt. Die Kreise taugen höchstens dazu, den Stand der Sonne zu bestimmen. Einst waren sie die Zentren unserer Macht. Wir empfingen die Gunst der Götter und zollten ihnen Tribut. Heute erinnern sich die Menschen kaum noch an das, was war. Die Römer haben einen großen Teil unserer Zentren zerstört, unsere Priesterinnen und Druiden verfolgt. Dennoch ist es schön, zu sehen, dass man sich wenigstens an die großen Feste erinnert. Und es ist wirklich interessant, dass ein Teil mit dem Christentum verschmilzt. Der Priester weihte unsere alten Feuer und sprach von Jesus Christus als Licht in dieser Welt. Nun, das ist doch ganz dem ähnlich, was ich auf Avalon über Maponos lernte.«

»Werden die Feuer auf Avalon noch entzündet?«

»Gewiss. So lange Priesterinnen des alten Glaubens dort leben, werden sie die Traditionen hochhalten.« Morgaine wandte sich ihr zu. »Es gibt jedoch einen großen Unterschied zwischen dem Glauben der Christen und dem unseren.« Sie hob die Augenbrauen und ihr Blick wurde intensiver. »Und das ist der Tod. In meinem Glauben und dem, dem deine Mutter folgte, ist der Tod nicht das Ende des Lebens, denn es gibt kein Ende. Die Natur lehrt uns, dass wir uns in einem steten Kreislauf befinden. Geburt, Leben, Tod – sie sind eins und eines gibt es nicht ohne das andere. Doch sie laufen nicht in einer Linie ab, sondern wiederholen sich. So wie der Apfelbaum, der dort drüben auf der Ebene steht, im Frühling voller Blüten schwebt, im Sommer die Früchte reifen und im Herbst Frucht und Blätter abwirft, um dann im Winter zu sterben. Jedes Jahr wiederholt sich der Kreis. Selbst wenn der Apfelbaum gefällt würde … sein Holz würde als Möbel verbaut werden oder Wärme in einer Kate spenden, seine Asche würde der Erde neue Lebenskraft verleihen.«

Ein kalter Schauder überkam Elayne und sie rieb sich über die Arme. »Du glaubst, dass nur die Hülle eines Menschen stirbt und seine Seele fortlebt.«

Morgaine nickte. »Warum sollten die Götter mit dem Menschen anders verfahren als mit all den anderen Kreaturen?«

Elayne bedauerte, dass sie ihren Großvater in diesem Moment nicht danach befragen konnte. Sie hätte sehr gern seine Meinung dazu gehört. »Doch wie kann die Seele der Menschen fortleben?«

»In jedem Moment, in dem ein Lebewesen stirbt, wird an anderer Stelle ein neues Leben geboren. Und jedes Leben braucht eine Seele.«

Elayne wurde es noch kälter und sie schlang die Arme um ihren Körper. Wenn das stimmte, wäre Teagans Seele nicht verschwunden, nicht fern von ihnen. Sie wäre noch immer unter ihnen …

Ob Liam dieser Gedanke trösten würde?

Und auch Elaynes Mutter wäre noch immer hier.

»War Avalon nicht der rechte Platz für dich?«, unterbrach Morgaine ihre Gedanken.

Elayne schüttelte den Kopf. »Nein. Es fühlte sich ganz plötzlich falsch an, dorthin zu gehen.«

Die Freundin ihrer Mutter nickte verstehend. »Manchmal sind es diese plötzlichen Eingebungen, die uns von den Göttern geschenkt werden.«

»Hattest du nie den Wunsch, selbst nach Avalon zurückzukehren?«

Sie nickte bedauernd. »Doch, das hatte ich.« Morgaine setzte den Becher vorsichtig an ihrer Seite ab, zog die Knie an und schlang wie ein junges Mädchen die Arme um ihre Beine. »Vivienne lässt mich nicht zurückkehren.«

»Wirklich? Wieso nicht?«

Ihr Lächeln wurde geheimnisvoll. »Weil ich etwas von Avalon mitgenommen habe, was ich bisher nicht wiedergebracht habe.«

Das klang sehr verwirrend. »Möchtest du es ihr nicht zurückgeben?«

»Das kann ich nicht.« Morgaine legte ihre Schläfe auf die Knie und sah sie seitlich an. »Ich gab es in die Hände eines anderen. Und er braucht es. Ich kann es ihm nicht wieder wegnehmen, nur um nach Avalon zurückkehren zu können.«

Elayne hob die Augenbrauen, als sie zu verstehen versuchte, was Morgaine ihr erzählte. »Also bestraft dich die Herrin vom See für deine Tat?«

»Eine milde Strafe für Diebstahl.« Morgaine griff nach ihrem Becher und verbarg ihr Lächeln hinter einem Schluck Met. Abrupt wechselte sie das Thema. »Du hast genau die richtige Entscheidung getroffen, als du Gal zu seinem Vater gebracht hast.«

Elaynes Herz wurde ganz warm, als sie zu ihrem Sohn sah. »Ja, ich glaube tatsächlich, dass es die richtige Entscheidung war.«

Morgaine hob eine Augenbraue und sah sie forschend an. »Und du möchtest Lance nicht heiraten?«

»Er hat dir davon erzählt?«, wunderte sich Elayne.

»Nein, das tat Gawain.« Morgaine griff mit der freien Hand nach der ihren und drückte sie fest. »Lass nur, du musst mir nicht antworten. Nicht bevor du die Antwort selbst weißt.«

Lancelot kehrte mit Gal zu ihnen zurück und setzte sich an Elaynes freie Seite. »Worüber redet ihr?«

»Über die Feuer von Camelot«, erklärte Morgaine weiterhin mit diesem geheimnisvollen Lächeln.

Lancelot hob eine Augenbraue. »Und was sagen euch die Feuer?«

Morgaine legte den Kopf in den Nacken und schloss kurz die Augen. »Dass viel Leid in diesem Jahr über Camelot gekommen ist, doch dass es Zeit ist, das Alte hinter sich zu lassen, das Dunkle zu vertreiben, die Dämonen zu verbrennen und sich selbst zu reinigen. Nur so kann man offen der Zukunft entgegensehen.«

Lancelot nickte zustimmend. »Weise Worte, meine liebe Morgaine.«

»Dann hör auf deine alte Tante, nimm Elayne bei der Hand und spring mit ihr über die Sommerfeuer.« Morgaine zwinkerte ihnen beiden zu.

Elayne aber nippte rasch an ihrem Met, um ihre Verlegenheit zu überdecken, während Lancelot Gal ein Stück vom Schinken abschnitt.

Noch Stunden saßen sie so dort, bis Gal sich in Elaynes Armen zusammenrollte und friedlich einschlief. Sie wiegte ihn liebevoll und küsste ihn fest auf das goldene Haar.

Morgaine beschloss, dass es Zeit war für sie, sich ebenfalls zur Ruhe zu begeben. »Wenn du mir Gal anvertraust, trage ich ihn zurück in meine Kammer, dann kannst du noch etwas bleiben, Elayne.«

»Er ist ziemlich schwer geworden, ich glaube nicht, dass du ihn tragen kannst«, wandte Elayne ein.

»Oh, ich werde Accolon bitten, ihn für mich zu tragen. Mein Leibwächter wartet bei den Toren auf mich.« Sie deutete mit einem Kopfnicken in jene Richtung.

Elayne lächelte dankbar. »Nur wenn es keine Umstände bereitet. Ich würde den Abend gern noch etwas ausklingen lassen.«

»Das ist verständlich«, schmunzelte Morgaine und nahm das schlafende Kind entgegen.

Lancelot wartete, bis Morgaine außer Hörweite war. »Es würde mich sehr interessieren, in welcher Art du den Abend ausklingen lassen möchtest.«

Elaynes Magen wurde etwas flau, da sie nun allein waren und er so nah bei ihr saß. »Es wäre schade um den Kirschmet«, murmelte sie verlegen. »Es ist noch so viel übrig.«

»Nun, dann schenk mir doch etwas ein.«

Als sie ihm einen Becher reichte, berührten sich kurz ihre Finger.

Lancelot grinste und kostete davon. »Wer lässt sich nur solch süßes Zeug einfallen?«

Sie schwenkte die Flüssigkeit in ihrem eigenen Becher umher. »Philippa und Gwenhwyfar vermutlich.«

Er zuckte mit einer Schulter. »Hmm, nun, den Kindern wird es wohl schmecken.«

Sie schmunzelte keck. »Dann lass mir doch den Rest, alter Mann.«

Er lachte leise auf. »Wohl kaum, sonst muss ich dich nach Hause tragen, wie Morgaine eben Gal trug.« Seine dunklen Augen blitzten, als sei diese Vorstellung gar nicht so abwegig.

Elayne wandte den Blick ab. »Ich bin kein Kind mehr. Du solltest mich nicht so necken.«

Sein Blick wurde ernst. »Ich weiß. Es tut mir leid.«

Eine Weile saßen sie dort und betrachteten die Feuer und die Tanzenden. Die ersten Paare hatten sich gefunden und sprangen Hand in Hand durch die Flammen.

»Ist es nicht merkwürdig«, meinte er plötzlich leise. »Es kommt mir so vor, als wäre die Nacht im Steinkreis gar nicht so lange her. Und doch hat sich unser ganzes Leben seitdem verändert.«

Sie trank von ihrem Met und starrte vor sich hin, während der Alkohol ihre Glieder bereits angenehm entspannt hatte. Sie wandte den Kopf und lächelte Lancelot an. »Ich war noch ein Kind, ich wusste nichts von dieser Welt. Heutzutage hätte ich anders reagiert.« Sie meinte jenen Moment, als sie die Wahrheit über ihn erfuhr.

Und er wusste ganz genau, dass sie diesen Moment meinte.

»Was … Was hättest du anders gemacht?«, wollte er leise wissen.

Sie hob eine Schulter, leicht beschwingt von dem Met. »Nun, ich hätte dich angeschrien, ganz gewiss. Und dann hätte ich dich von Liam verprügeln lassen.«

»Oh.« Er verkniff sich ein Lachen, sie erkannte es an seinen angespannten Kieferknochen.

Sie schenkte sich selbst und ihm den Rest Met aus dem Krug ein. »Nun, wir tragen alle unsere Narben mit uns, nicht wahr? Du trägst sie auf deinem Körper, ich in meiner Seele. Sie machen uns zu den Menschen, die wir heute sind.«

Er nickte bedächtig und sah auf ihre Lippen.

Sie wich ein wenig zurück, denn sie hatte nicht vor, sich von ihm küssen zu lassen. Nicht unter dem Einfluss von Met und Sommerfeuern. Und doch musste sie ihm hoch anrechnen, dass er sie seit dem Heiratsantrag zu nichts gedrängt hatte. Er war ihr weder zu nahe gekommen, noch hatte er sie weiter bedrängt, seine Frau zu werden. Er ließ ihr die Zeit, die sie brauchte.

Das hätten die wenigsten Männer in seiner Situation getan, wie Elayne mittlerweile ahnte. Sie hätten sich einfach genommen, worauf sie glaubten, einen Anspruch zu besitzen.

»Ich hätte dich niemals allein lassen sollen«, sprach er nun und seine Stimme war so heiser, als habe er zehn Lieder hintereinander vorgetragen.

»Ich habe dich fortgeschickt.«

»Ich ließ mich fortschicken«, widersprach er und räusperte sich, den Blick in seinen Becher vertieft. »Weil ich dachte, es wäre das Beste für uns beide. Ich wollte dich beschützen.«

»Beschützen?«, hakte sie ungläubig nach.

»Vor der Welt. Vor mir.«

»Wieso hättest du mich vor dir selbst beschützen sollen?«

»Weil … ich deiner nicht würdig war.«

»Du redest wirr, Lance. Der Met bekommt dir nicht.«

Er hob den Blick voller Ernst. »Du warst mein Einhorn, das Wesen, das ich vor der Welt beschützen wollte. Du solltest frei sein und fern all der Sorgen leben. Stattdessen habe ich Kummer in dein Leben gebracht. Mein Leben ist verdorben, Elayne. Es ist voller Kampf, voller Krieg. Ich verteidige Britannien und habe dafür meine Seele dem Kriegsgott geopfert.«

Sie prustete belustigt. »Du bist wirklich betrunken.«

Er schüttelte den Kopf. »Und noch viel mehr. Ich bin umgeben von Intrigen und Neid. Jeden Tag könnte Lot oder einer der anderen Könige Artus in den Rücken fallen. Nur meine Waffenbrüder und ich bewahren Britanniens Krone davor, in skrupellose Hände zu fallen.«

»Und du glaubst, das könnte ich nicht ertragen?«, hakte Elayne nach. »Du denkst, ich sei zu schwach, um all die Grausamkeiten dieser Welt ertragen zu können? Dann hör mir zu, Lancelot vom See. Ich bin den Weg von Corbenic nach Camelot allein gegangen, allein mit meinem treuen Liam, Teagan und dem kleinen Galahad. Wir haben einen Überfall überlebt, wir haben Menschen sterben sehen, Freund und Feind. Wir haben Kälte, Hunger und Tod ertragen. Verdammt, ich wurde beinahe von einem Kerl vergewaltigt, der meinte, sein Hass auf diese Welt würde dies rechtfertigen. Und von einem Dieb, der meinte, ich könnte mich nicht wehren.« Sie packte seinen Oberarm, damit er ihr auch wirklich zuhörte. »Ich habe all das ertragen und Gott weiß, welche Prüfungen mir noch auferlegt werden. Ich weiß nur, dass ich niemals aufgeben werde. Niemals, hörst du? Kein Mann, keine Krankheit und kein Krieg wird mich davon abhalten, mit Galahad ein Leben zu führen, das uns glücklich macht. Wir sind noch nicht angekommen, aber wir sind auf einem guten Weg dorthin. Du musst uns nicht begleiten, wenn du das nicht möchtest. Aber glaube mir, ich brauche dich nicht dazu. Ich brauche niemanden, der mich vor Gefahren bewahrt, denn ich habe der Gefahr bereits ins Auge geblickt und dem Tod selbst.«

Er schluckte, streckte eine Hand nach ihr aus und legte sie ihr zart auf die Wange. »Aus dem Rabenkind ist eine Kriegerin geworden.«

»So kann man es wohl sagen«, schnaufte sie. »Eine sehr wütende.«

Sie ließ zu, dass er sich ihr näherte. Doch er küsste sie nicht auf den Mund. Seine Lippen berührten fest ihre Stirn.

»Und wie kann ich mich deiner würdig erweisen, Rabenkriegerin?«, flüsterte er.

Sie stieß ihn weg, weil sie dachte, er würde sich über sie lustig machen. Sein Blick war aber noch immer ernst.

Drei Stimmen kämpften in ihr, nun, da sie ihm so nah war. Ihr Körper sprach ihr leise zu, nachzugeben. Die Schmetterlinge tanzten einen kleinen Reigen, nun, da Lancelot ihr so nah war. Sie konnte seine Wärme spüren, nahm den Duft wahr, der sie an Stärke und Männlichkeit erinnerte, und daran, in seinen Armen zu liegen, von ihm gestreichelt zu werden und seine Lippen auf den ihren zu spüren.

All das hatte sie bisher noch nie von einem anderen Mann gewollt, nur in seiner Nähe tanzten die Schmetterlinge und eine angenehme Hitze stieg in ihr auf. Sogar ihr Kopf sprach ihr zu, seinem Werben stattzugeben. Es war das Logischste, diesen Mann zu heiraten, der der Vater ihres Sohnes war und sie kannte wie kein anderer.

Doch ihr Herz sprach am lautesten und das riet ihr nach wie vor, vorsichtig zu sein. Es erinnerte sie an den Schmerz der Enttäuschung, an die langen Monate des Kummers. Und besonders laut wurde es, wenn sie Lancelot mit Gwenhwyfar sah. Die beiden waren miteinander verbunden und niemand konnte so blind sein, es zu übersehen.

Lancelot fuhr sich durch das dunkle Haar und seufzte. »Ich befürchte, der Met ist wirklich zu stark.« Just fiel erneut eine Strähne in seine Stirn.

Elayne konnte dem Drang nicht widerstehen, sie ihm aus dem Gesicht zu streichen. Seufzend erhob sie sich und klopfte sich die Erde von ihrem Gewand, bevor ihr Sehnen nach ihm noch größer wurde. »Nun, dann ist es wohl Zeit, zu gehen.«

Er half ihr, den Korb einzupacken, und trug ihn für sie, da sie ohnehin denselben Weg hatten.

»Was wolltest du eigentlich von Liam?«, fiel ihr ein, als sie den Wohnturm bereits erreicht hatten und sie den Korb von ihm entgegennahm.

Nun grinste er wie ein junger Rabauke. »Ich brauche ihn für den Wettkampf.«

»Für die Pferde?« Elayne wusste, dass auch eine Disziplin absolviert wurde, bei denen Pferde zum Einsatz kamen.

»Oh nein, nicht als Stallbursche, als Krieger. Wir haben vier Gruppen gebildet. Artus führt die erste an, Lot eine weitere, Leodegrance die dritte und mein Bruder Bors die vierte, zu der auch ich gehöre. Wir haben die Teilnehmer unter den Königen ausgelost, damit eine gerechte Verteilung der Kräfte gewährleistet ist. Aber wir hatten einen Mann zu wenig, weswegen Bors sich einen weiteren Krieger aussuchen durfte.« Im Schein der Fackeln vor dem Eingang zum Wohnturm grinste er schelmisch. »Liam ist der beste Bogenschütze weit und breit, nur weiß das keiner außer mir. Eine der sechs Disziplinen und ein kleiner Überraschungssieg sind uns also sicher.«

Einmal mehr hatte Lancelot es also geschafft, Liam von seinem Kummer abzulenken. Mochte es auch nur eine kurzweilige Ablenkung für einen Tag sein, es war ein Tag weniger, in dem ihr Freund in den Tiefen der Trauer versank und womöglich ein kleines bisschen Freude empfinden konnte.

Elayne schloss kurz die Augen, da eine Welle der Erleichterung … nein, der Freude über sie kam. Das erste Mal seit Teagans Tod.

Als sie die Augen wieder öffnete, stand Lancelot noch immer vor ihr und wartete auf ihre Reaktion.

»Danke, dass du Liam hilfst.«

Er lachte rau. »Ich helfe mehr mir selbst als ihm, mir liegt nicht viel am Verlieren.«

Sie wusste, dass er seine Tat kleinredete, weil er nicht wollte, dass seine Absichten so offensichtlich zu durchschauen war.

»Du hast mit Gawain gewettet, dass du drei dieser Kämpfe für dich entscheidest?«

Er nickte, ohne etwas zu sagen.

Lächelnd stellte sie sich auf die Zehenspitzen und drückte ihm einen festen Kuss auf die Wange. »Wenn du die Wette gewinnst, sage ich Ja.«

Rasch raffte sie ihre Röcke und eilte hinein. Sie wagte es nicht, sich umzudrehen und seine Reaktion auf ihre Worte zu sehen.

24

LUDI INCIPIANT

Die Spiele mögen beginnen

Bors stand neben ihm, die Hände in die Hüften gestemmt. »Es war ein kluger Zug von dir, ihn in unsere Mannschaft zu holen.«

Sein älterer Bruder überragte ihn nicht an Körpergröße, doch er hatte das dunkle Haar ihres Vaters, genau wie Hector und Lancelot selbst. Dieses trug er ordentlich zu einem kurzen Haarschnitt frisiert, die Wangen glatt rasiert. Eine Kunst, die Hector und Lancelot nie beherrschen würden. Selbst nach zwei Disziplinen sah er in seinem dunkelblauen Wams makellos aus.

Bors von Benwick brauchte sich nicht hinter den anderen Königen zu verstecken, schon gar nicht, was seine Mannschaft in diesem freundschaftlichen Wettkampf anbetraf.

Den ersten Recken hatte jeder der vier Könige auswählen dürfen und Bors hatte Lancelot gewählt. Per Los waren ihnen Percival und Gaheris zugeteilt worden, beide noch jung und insbesondere Gaheris sehr nervös, da er an diesem Morgen erst in der Tafelrunde aufgenommen worden war und nun gegen seine eigenen Brüder und seinen Vater antreten musste. Doch der Junge hatte sich in den ersten drei Wettkämpfen gut geschlagen.

Im Fahnenkampf hatten sie alle anderen Mannschaften geschlagen. Es war Lancelot selbst gewesen, der im Finale gegen Leodegrance die gegnerische Fahne erobert hatte, doch nur, weil Gaheris angetäuscht und somit die Aufmerksamkeit auf sich gezogen hatte.

Den Speerwurf hatte Artus' Gruppe gewonnen. Es wunderte Lancelot nicht, denn niemand hatte einen Wurf wie Artus, dessen breite Schultern und Kraft mit niemandem vergleichbar waren, höchstens mit dem jungen Mordred, doch der war gerade erst zum Mann gereift.

Im Finale des Bogenschießens nun waren noch drei Mann übrig. Liam für Bors, Hector für Leodegrance und Constantinus für Artus.

»Grämt es euch beide nicht, dass ihr nicht für euren Bruder sein könnt?« Percy klang besorgt, als er mit Gaheris zu ihnen kam.

Bors schüttelte den Kopf. »Es ist doch nur ein Spiel.«

»Für meinen Vater nicht«, seufzte Gaheris. Der junge Mann fuhr sich durch das wirre Haar. »Er wünschte sicher, dass alle seine Söhne in seine Mannschaft gekommen wären.«

»Dann hätte er weiser wählen sollen«, gab Bors zu bedenken. »Seine erste Wahl war der junge Mordred. Gewiss zählte er für das Speerwerfen und in den Mannschaftskämpfen auf ihn. Doch im Reiten und Zweikampf mit dem Schwert ist der Junge zu unerfahren. Euer Vater hätte Gawain wählen sollen.«

»Gawain sieht zufrieden aus.« Lancelot hob die Schultern und sah hinüber zu seinem Vetter, der gerade mit Artus, Cai und Marc von Tintagel die Becher hob, um auf ihren Kameraden Constantinus anzustoßen.

Die Heuballen, auf denen rote Stoffkreise als Ziele angebracht waren, wurden zehn Schritte weiter aufgestellt.

»Das schafft keiner«, staunte Gaheris. »Niemand hat so ein gutes Auge.«

Lancelot legte ihm grinsend einen Arm um die Schultern. »Vertraue auf unseren Liam.«

Doch als erster Bogenschütze durfte Hector vortreten. Er nahm sich Zeit beim Zielen, so wie Lancelot es ihm beigebracht hatte, doch seine Haltung war nicht gerade. Bors erkannte es und schüttelte tadelnd den Kopf.

Hectors Pfeil traf den Heuballen, doch er verfehlte die Zielscheibe um eine Handbreite. Dennoch eine gute Leistung auf diese Entfernung und die Zuschauer klatschten respektvoll Beifall.

Nun trat Constantinus vor. Er war älter als Hector, erfahrener, seine Haltung war ruhig und gerade, er nahm sich ebenfalls ausreichend Zeit zum Zielen. Lancelot hielt für einen Moment den Atem an, als der Pfeil des Schützen losschnellte. Die Spitze bohrte sich durch den roten Stoff, hatte jedoch den schwarzen Mittelpunkt verfehlt.

Die Zuschauer jubelten, denn Constantinus war besonders unter den Bewohnern Dumnonias beliebt, seine Ahnentafel reichte bis zu den römischen Feldherren zurück. Siegesgewiss winkte der ältere Held der Menge zu.

Hier unten beim Fluss boten die Wiesen ausreichend Platz für alle Bewohner Camelots, die Dorfbewohner, die Menschen aus nah und fern, die Könige und ihr Gefolge. Die Sonne hatte ihren Höhepunkt bereits überschritten. Nach dem Bogenschießen würde es den zweiten Mannschaftswettkampf geben und die restlichen Disziplinen am nächsten Tag fortgeführt.

Liam trat an die abgesteckte Linie und atmete tief durch. Lancelot erkannte es am Heben und Senken seiner Schultern.

»Komm schon, Liam, du schaffst es«, murmelte Lancelot und verschränkte die Arme vor der Brust.

Er schaute kurz hinüber zu dem Zelt, in dem Morgaine und Elayne die Verletzten der Wettkämpfe versorgten. Die beiden standen vor dem Eingang und Elayne hielt sich eine Hand über die Augen, um besser sehen zu können.

Sie hatte gesagt, sie würde seinen Antrag annehmen, wenn er mindestens drei Wettkämpfe für sich entschied. Hatte sie ihn nur necken wollen? Er konnte es ihr nicht verdenken. Der Met war ihnen beiden zu Kopf gestiegen. Und doch setzte sein Herz für einen kleinen Moment aus, wenn er an den Kuss dachte, den sie ihm auf die Wange gedrückt hatte.

»Lance, du schaust in die falsche Richtung.« Gaheris stieß ihm in die Seite.

Rasch lenkte er seine Aufmerksamkeit zurück auf Liam, der mittlerweile die Sehne gespannt hatte und das Ziel fixierte. Er nahm sich nicht so viel Zeit wie seine Mitstreiter. Der Pfeil schnellte los und schob sich durch das Schwarze des Ziels, so rasch, dass das Publikum einen Moment brauchte, um zu begreifen, was gerade geschehen war.

»Er hat ins Schwarze getroffen«, murmelte Bors verblüfft.

»Liam!«, jubelte Lancelot und riss die Hände in die Luft.

»Liam!«, stimmten Gaheris und Percy mit ein.

Und nun erschollen auch die Rufe aus dem Publikum. »Liam! Liam!«

Verlegen ließ der Schütze seinen Bogen sinken.

Lancelot stürmte auf ihn zu, gefolgt von seinen Kameraden. Stolz klopfte er seinem Freund auf die Schulter. »Das war der beste Schuss, den ich je gesehen habe.«

»Wie hast du das gemacht?«, staunte Gaheris.

Liam runzelte die Stirn. »Ich … Ich weiß nicht. Gezielt und getroffen.«

Lancelot lachte laut auf. »Genau so ist es richtig.«

»Aber das Ziel war doch viel zu weit entfernt.« Percival verschränkte skeptisch die Arme vor der Brust.

»Nun, es ist von Vorteil, wenn man über viele Jahre sein eigenes Essen mit Pfeil und Bogen erlegen muss«, erklärte Lancelot zwinkernd. »Statt es fertig gebraten serviert zu bekommen.«

Bors klopfte dem Gewinner auf die andere Schulter. »Sehr gut gemacht, junger Freund, absolut bewundernswert. Los, nimm deinen Preis entgegen.«

Mit geröteten Wangen ließ sich Liam in Richtung der Herrin über diese Wettkämpfe schubsen.

Gwenhwyfar hatte sich in ein neues goldfarben besticktes Gewand gekleidet und das Haar mit Blumenranken verflochten. Sie sah aus wie eine römische Kaiserin. Dementsprechend demütig ließ sich Liam vor ihr auf die Knie nieder.

Gwen lachte gutmütig und legte einen eigens geflochtenen Blumenkranz auf Liams Haupt. »Herzlichen Glückwunsch, Sieger der Bogenschützen«, rief sie mit geübter Stimme, sodass auch die Zuschauer in den letzten Reihen sie hören konnten.

Gwyneth überreichte ihr mit ausnahmsweise wohlgestimmter Miene einen goldenen Pfeil auf einem Kissen liegend. Die Königin nahm den Pfeil in beide Hände und bot sie Liam an. »Erhebe dich, Sieger, und nimm deinen Preis entgegen.«

Liam erhob sich, wobei er sich kaum traute, der Königin in die Augen zu sehen, und nahm den Pfeil ehrfürchtig entgegen.

»Warte einen Moment«, bat Gwenhwyfar, bevor er sich abwenden konnte, und nahm ihn bei den Schultern. Sie stellte sich auf die Zehenspitzen und küsste den hochgewachsenen jungen Mann rechts und links auf die Wange. »So, nun kannst du zu deinen Kameraden gehen.«

Liams Kopf glühte wie ein Kienspan, als er grinsend zu ihnen zurückkehrte.

»Du darfst dich nie wieder waschen«, raunte Bros ihm zu. »Die Königin hat dich geküsst.«

Gwenhwyfar verkündete, dass es nun eine Pause geben sollte, in der sich die Zuschauer bei Speis und Trank erholen sollten und der letzte Wettkampf des heutigen Tages vorbereitet wurde – das Sattelstoßen.

Percy gab einen missfallenden Laut von sich. »Elayne und Morgaine werden danach alle Hände voll zu tun haben.«

»Nur, wenn du unglücklich fällst«, amüsierte sich Gaheris. »Du musst dich abrollen, wenn du auf dem Boden landest.«

»Oder gar nicht erst aus dem Sattel stoßen lassen«, riet Bors.

Liam bewunderte noch immer den goldenen Pfeil, den er gewonnen hatte. Es war sicher das kostbarste Stück, das er je besessen hatte. Wenn es nach Lancelot ging, war das nur der Anfang seines Ruhmes. Liam hatte so viel ungenutztes Potenzial als Krieger. Er wäre froh darüber, ihn an seiner Seite zu wissen. Oder noch besser, an Elaynes Seite für immerdar.

»Was soll ich damit anstellen?«, fragte sich der junge Krieger.

»Keine Ahnung, leg ihn dir neben das Bett«, schlug Gaheris vor.

»Oder tausch ihn gegen zehn Fässer Wein«, meinte Bors.

Liam schüttelte den Kopf. »Nun, mir wird schon etwas einfallen.« Er sah mit glänzenden Augen auf, den Augen des Kriegers, der den nächsten Kampf roch. »Welche sind unsere ersten Gegner?«

Zwei Mannschaften traten gegeneinander an, die beiden Gewinner trafen im Finale aufeinander. Lancelot erläuterte noch einmal für alle die Regeln. Jeder Krieger war mit einem gepolsterten Knüppel ausgestattet. Der Krieger, der am Ende noch im Sattel saß, holte den Sieg für seine Gruppe.

Gwenhwyfar verkündete die Begegnungen, die sie ausgelost hatte: König Bors gegen König Leodegrance, danach König Artus gegen König Lot.

Liam hatte kein eigenes Ross, doch Elayne hatte darauf bestanden, dass er Centenarius in den Wettkämpfen ritt.

Das Feld war abgesteckt, die Zuschauer in sicherer Entfernung aufgestellt.

Lancelot hielt sich neben Liam. »Centenarius ist ein ausgebildetes Schlachtross«, raunte er seinem jungen Freund zu. »Überlass es ihm, den anderen Pferden auszuweichen. Lass die Zügel locker und vertrau dem alten Gefährten. Konzentriere dich auf deine Gegner, wehre ihre Schläge mit deinem eigenen Knüppel ab. Wenn sich die Möglichkeit ergibt, schlage ihnen gegen die Schlaghand.«

»Ist das regelkonform?«

Lancelot grinste ihn an. »Ja, ist es. Wenn sie ihre Waffen verlieren, fällt es einfacher, sie aus dem Sattel zu schubsen.«

Gwyneth stand in ihrem weißen Gewand inmitten des Schlachtfeldes und hielt ein goldfarbenes Tuch in der nach oben gestreckten Hand. Ihre Wangen leuchteten wie jene der jungen Krieger. Elegant ließ sie das Tuch sinken und lachte. »Möge der Kampf beginnen!«

König Leodegrance wartete kaum, bis sein jüngstes Kind aus der Bahn war, da trieb er seinen gewaltigen Hengst auch schon zum Galopp an. Bors brüllte kampfbereit auf und stob seinem Gegner entgegen.

Leodegrance' Männer, darunter Lancelots und Bors Bruder Hector, preschten los und Lancelot drückte Crixus die Waden in die Flanken. Sein Hengst reagierte sofort, kampfbereit und furchtlos galoppierte er in den Kampf.

Auf der Gegenseite erkannte er den jungen Lucan in seine Richtung galoppieren, doch Lancelot lenkte Crixus aus dem Weg. Lucan war kein besonders guter Reiter und der Kampf wäre nicht ausgeglichen. Lamorak aber ließ seinen Hengst kampfbereit steigen und schwang seinen Knüppel wie Caesar sein Schwert.

Lancelot lenkte Crixus an dessen Seite und schlug Gwenhwyfars Bruder in die Nierengegend. Noch bevor sein Gegner parieren konnte, wich Lancelot aus.

Im Gewühl der wiehernden Pferde und des teilweise unkontrollierten Schlagens verlor Lancelot allmählich den Überblick. Lamorak setzte ihm nach, doch da musste sich Lancelot auch schon seinem alten Freund Osrin gegenübersehen. Der Sachse lachte triumphierend und holte aus. Lancelot konnte noch parieren, da spürte er Lamoraks Knüppel im Rücken.

»Verdammt«, brüllte Lancelot und Crixus stieg, weil er sich zwischen Lamoraks und Osrins Hengsten eingeengt fühlte.

Zähneknirschend hielt er sich im Sattel. Im Augenwinkel sah er Percy, der es mit Osrin aufnahm. Gut. Lamorak hatte längst eine Abreibung verdient. Lancelot und Lamorak tauschten mehrere Schläge aus, bis Lamoraks nervöser Hengst noch einmal stieg, weil Crixus nach ihm kniff.

Der Kontrahent hatte die Reaktion seines Pferdes nicht kommen sehen und stürzte mit fester Wucht zu Boden. Rasch griff Lancelot nach den Zügeln des Pferdes, damit es nicht seinen eigenen Herrn zertrampelte. Dieser aber rappelte sich bereits zähneknirschend auf.

»Glück für dich, Lance«, grummelte Lamorak und nahm die Zügel entgegen, nickte jedoch dankbar.

Lancelot erwiderte das Nicken. Sein nächster Kontrahent hatte es bereits auf ihn abgesehen. Leodegrance hatte Bors abgeworfen und meinte nun auf seine alten Tage, den jungen Reitern noch einmal zu zeigen, was Erfahrung und Alter brachten.

Lancelot wich einem Schlag aus, der seinem Kopf gegolten hatte. Geschickt lenkte er Crixus um das königliche Ross herum und schlug dem alten Herrn gegen die Hand. Wie beabsichtigt, ließ der seine Waffe fallen und fluchte ungehalten.

Gaheris kam herangeprescht und schob den König mit behänder Bewegung aus dem Sattel. Im Publikum wurde ein Jubeln laut und es war leicht zu erkennen, dass die weiblichen Herzen für die Söhne Lots schlugen.

Doch Gaheris ließ sich ablenken und so sah er Osrin zu spät, der ihm lediglich gegen die Seite schlagen musste, sodass er das Gleichgewicht verlor.

Es blieben Lancelot, Liam und Percy gegen Lucan und Hector.

Sein jüngerer Bruder hatte keine Skrupel. Er ließ sein Pferd angaloppieren und hielt direkt auf Lancelot zu. Dieser kannte den jungen Hengst seines Bruders, er war furchtlos und gehorsam. Er wich mit Crixus aus, doch Hector erwischte ihn mit einem wuchtigen Schlag gegen die Brust, sodass ihm die Luft wegblieb.

»Verdammt«, prustete Lancelot nach Luft schnappend.

Zu spät. Hector machte kehrt und schob ihn mit beiden Händen aus dem Sattel. Lancelot landete auf der linken Seite, die Wucht des Aufpralls ließ ihn aufzischen. Crixus, sein treuer Freund, stellte sich über ihn, damit kein Gegner ihn umrannte.

Aus nicht gerade heldenhafter Perspektive musste er so mit ansehen, wie Lucan Liam aus dem Sattel warf und Hector auf Percy zupreschte. Die beiden lieferten sich einen ausgeglichenen Kampf mit den Knüppeln, bis Percys Ross keine Lust mehr auf die Nähe zu dem anderen hatte und einen Schritt zur Seite auswich. Percy verlor das Gleichgewicht und landete mit dem Gesicht im Dreck.

Die Jüngsten aus Leodegrance' Gruppe hatten den Sieg für ihre Mannschaft geholt und wurden bejubelt, als hätten sie bereits den ganzen Wettkampf für sich entschieden.

Lancelot kroch unter Crixus hervor, nahm dessen Zügel und klopfte ihm gutmütig auf den Hals. »Mein alter Freund, diesmal wäre dein Schutz nicht nötig gewesen.«

Er führte seinen Rappen zu Percy, reichte diesem eine Hand und half ihm beim Aufstehen. Percival wischte sich mit dem Ärmel über das Gesicht und verschmierte damit das Blut, das aus seiner Nase lief.

»Ich glaube, meine Nase ist gebrochen«, nuschelte er.

»Ein hübsches Gesicht entstellt nichts«, versprach Lancelot.

Bors kam zu ihnen und klopfte ihnen auf die Schulter. »Gut gemacht. Wenn wir auch verloren haben.«

Liam und Gaheris gesellten sich zu ihnen und gemeinsam verbeugten sie sich vor den Siegern.

Lancelot wartete noch, bis die Siegermannschaft von Gwenhwyfar gekürt worden war, und begab sich dann zu dem Zelt für die Verletzten. Crixus' Zügel band er dort fest und rief einen Stallburschen herbei, damit sein treuer Gefährte versorgt wurde.

Morgaine lachte warm, als sie ihn sah. »Es sah so aus, als wollte dich dein Pferd beschützen.«

»Das wollte es auch«, gestand Lancelot. Er hielt die rechte Hand gegen die linke Seite und Elayne erkannte seinen Schmerz.

»Bist du auf die Wunde gefallen?«

Er verzog ein wenig das Gesicht. »Ich befürchte, ja.«

»Du hättest auf die andere Seite ausweichen sollen«, meinte sie kopfschüttelnd.

»Danke für den Hinweis. Du kannst das nächste Mal für mich in den Sattel steigen, wenn es dir beliebt.«

Morgaine schmunzelte. »Übernimm du, Elayne. Ich gehe zu dem jungen Percival, um mir sein Gesicht anzusehen.«

Elayne führte ihn durch die geöffneten Vorhänge des Zeltes zu einer Pritsche. »Bitte zieh dein Hemd aus.«

»Mit Vergnügen.«

Sie legte den Kopf schief, um ihn amüsiert zu betrachten. »Du hast bisher nur eine Disziplin für dich gewinnen können.«

Er hob die Schultern und grinste. »Morgen finden die letzten beiden Wettkämpfe statt, ich habe noch nicht verloren.«

Seine Narbe war blau verfärbt, das konnte er sogar selbst erkennen. Elayne betastete die Wunde vorsichtig mit den Fingerspitzen.

»Es sieht nicht aus, als ob die Narbe aufgegangen ist. Aber du hast dir eine ordentliche Prellung zugezogen. Das wird morgen kein Spaziergang.«

»Zwei Krüge Wein sollten helfen.«

»Gegen die Schmerzen ... jedoch nicht für deine Treffsicherheit.«

Sie nahm einen Tiegel von dem Tisch, auf dem sie alle möglichen Salben, Tinkturen und allerlei Gegenstände, deren Bezeichnung er nicht kannte, aufgebahrt hatten. Mit sanfter Bewegung verteilte sie etwas von der Salbe auf dem blauen Fleck.

Er erkannte das Zeug an seinem Duft, es war die übliche Mischung von Brisen. Ein Hoch auf ihre Heilkräfte.

An einer Stelle zuckte er zusammen und Elayne hielt inne. »Steht morgen nicht Zweikampf auf dem Plan? Du wirst ziemlich die Zähne zusammenbeißen müssen.«

»Hmm«, stimmte er zu und hoffte, sie hätte bald diese verdammte Salbe verteilt.

Das hatte sie, doch sie betastete eine weitere Narbe. »Lancelot, in wie vielen Kämpfen bist du eigentlich nur knapp dem Tod entkommen?«

Ein weiteres Thema, das er im Moment lieber nicht besprechen wollte. Er griff nach ihrer Hand und hielt sie fest. »Tanzen wir heute Abend miteinander?«

Sie entzog ihm ihre Hand, schmunzelte jedoch und wandte den Blick ab. »Wenn du dann noch am Leben bist.«

Der Lärm von draußen beschied, dass die zweite Runde des Sattelstoßens begonnen hatte. »Komm, das sollten wir uns nicht entgehen lassen.« Rasch zog er sein Hemd über. »Artus gegen Lot.«

»Das dürfte in der Tat interessant werden«, stimmte Elayne zu.

Vor dem Zelt trafen sie auf Morgaine, deren Miene voller Sorge war. »Sie gehen zu erbittert in den Kampf. Das geht nicht gut aus.«

Artus kämpfte gegen Caradoc, während es Gawain mit seinem eigenen Vater aufnahm.

»Wer ist der andere Jüngling? Der mit dem langen braunen Zopf?« Elayne betrachtete den Kampf zwischen besagtem Jungen und dem viel älteren Cai stirnrunzelnd.

»Meleagant«, erklärte Lancelot. »Er ist der Sohn von König Gorres, etwa in Mordreds Alter.«

»Lot hat die beiden Jüngsten in seiner Gruppe«, stellte Elayne fest.

»Unterschätze niemals die Kraft der Jugend«, murmelte er und als habe er es beschrien, stürzte Cai, von einem wuchtigen Schlag getroffen, seitlich von seinem Ross.

Meleagant heulte triumphierend auf und galoppierte auf Marc von Tintagel zu. Gawain saß noch im Sattel. Sein Vater klopfte sich den Dreck von der Tunika und sah seinen ältesten Sohn verbissen an. Lancelot nickte erleichtert. So umgingen sie wenigstens die Konfrontation von Artus und Lot.

Artus hatte Caradoc aus dem Sattel geworfen und kämpfte nun gegen Agravaine. Den Reiter, der sich von der rechten Seite näherte, bemerkte er erst, als der Knüppel ihn ihm Rücken traf. Doch Artus hielt sich tapfer und lenkte sein Ross so, dass er den neuen Angreifer parieren konnte.

»Mordred, verdammt«, knurrte Lancelot. »Sein Temperament wird ihn noch umbringen.«

»Wohl eher wird man ihm den Hintern versohlen«, murmelte Elayne, den Blick nicht von den Kämpfenden nehmend.

Lancelot sah hinüber zu Morgaine. Was dachte sie über ihren Sohn?

Sie sagte nichts, ihr Gesicht war bleich wie Milch.

»Morgaine, geht es dir gut?«, fragte er besorgt.

Sie murmelte etwas, das er nicht verstand, sodass er näher zu ihr herantrat.

»Morgaine?«

»Der Wolf erlegt den Drachen«, flüsterte sie tonlos. Dann wandte sie ihren Blick, doch sie sah nicht ihn, sondern durch ihn hindurch. *»Es darf nicht passieren. Der Wolf darf den Drachen nicht anrühren.«* Ihre Lippen zitterten, ihre Hände zitterten, ihr ganzer Körper zitterte.

Lancelot war gerade noch rechtzeitig bei ihr, um sie davor zu bewahren, zu Boden zu sinken. Sanft hielt er sie in den Armen. Sie war so leicht, kaum schwerer als ein Kind. Seltsam, sie war ihm immer so stark vorgekommen. Und war es nicht erst gestern gewesen, da sie ihn getragen hatte, ihren kleinen Neffen?

»Elayne, hilf mir, sie in das Zelt zu tragen«, bat er gerade so vernehmlich.

Erst jetzt bemerkte sie, was passiert war, so sehr hatte der Kampf zwischen Artus und Mordred sie gefesselt. »Himmel, Morgaine!«

»Nicht so laut«, raunte er ihr zu. »Es muss nicht jeder mitbekommen. Halte mir den Eingang zum Zelt offen.«

Mit einer fließenden Bewegung hatte er Morgaine auf die Arme genommen und trug ihre zarte Gestalt hinein auf die Pritsche, wo er sie sanft ablegte.

Elayne verschloss die Vorhänge des Zeltes und kam besorgt zu ihm. »Was ist mit ihr? Hat sie Fieber?« Mit der Hand fühlte sie Morgaines Stirn. »Sie ist kalt wie Schnee!«

Lancelot kniete neben der Bettstatt nieder, um Morgaines Hand zu halten. »Es ist das zweite Gesicht.«

»Eine Vision?« Ehrfürchtig kniete sie an seiner Seite nieder.

»Ja, wir dürfen sie nicht stören«, erklärte er leise. »Wenn wir ihren Blick stören, wird ihr Geist für immer zwischen der Hier- und der Anderswelt umherirren.«

Elayne nickte und sagte nichts mehr.

»Der Wolf wird kommen«, murmelte Morgaine. Ihr Körper zitterte noch immer, die Augen waren nun geschlossen. *»Er kennt die Schwäche des Drachen. Er weiß, was zu tun ist. Der Drache verliert sein Feuer, der Drache verliert sein Silber. Er ist dem kleinen Wolf schutzlos ausgeliefert.«*

Lancelot versuchte zu verstehen, wovon sie redete. Der Drache, stand der für Artus Pendragon? Aber wer war der Wolf? Lot? Nein, dessen Tier war der starke Eber des Nordens. Lancelot kannte niemanden, der einen Wolf zum Wappentier gewählt hatte.

»Wer ist der Wolf, Morgaine?«, flüsterte Lancelot. Er schloss die Augen, hielt ihre Hand und konzentrierte sich auf seine Stimme. Er hatte sie noch nie bei ihr angewandt. Nicht bewusst. Doch wenn er Artus schützen wollte, musste er es wissen. »Wer ist der Wolf?«

»Der Sohn des Drachen«, hauchte Morgaine und eine einzelne Träne lief ihr über die Schläfe, als er verwirrt die Augen öffnete.

Elayne sah ihn mit großen Augen an und er schüttelte den Kopf, weil er nicht wusste, was dies zu bedeuten hatte.

»Der Wolf wird kommen, um sich zu holen, was ihm vorenthalten wurde. Der Wolf ist der Sohn des Drachen und der Nachtkönigin.« Abwehrend warf sie ihren Kopf hin und her. *»Die Nachtkönigin hat versagt! Sie hat versagt und nun muss der Drache sterben!«*

Lancelot ließ ihre Hand los und versuchte noch immer, zu begreifen, was er gehört hatte. Nein, es konnte nicht sein, nicht das, was er dachte. Er fuhr sich durch das Haar und schüttelte den Kopf. Dann nahm er wieder ihre Hand und hielt sie ganz fest. »Schlaf, Morgaine. Lass die Anderswelt los und schlaf.«

Es dauerte eine Weile, bis sich ihr Körper entspannte und sie in einen tiefen Schlaf fiel. Ihr Gesicht war nass von Tränen, ihr Haar feucht vom Schweiß.

»Elayne, kannst du bei ihr bleiben?«, bat er sanft.

»Natürlich. Ich passe auf sie auf.«

Ihre liebevollen Worte lösten ein wenig den Knoten, der sich um sein Herz gespannt hatte. Doch ein Lächeln konnte er sich nicht abgewinnen, als er das Zelt verließ.

Der Kampf war längst vorüber. Artus und Gawain nahmen gerade die Glückwünsche ihrer Kameraden entgegen. Über dem Platz wehte das grüne Banner mit dem weißen Drachen leicht im Wind.

Niemand durfte je erfahren, was Lancelot befürchtete. Sonst wäre nicht nur der Drache, sondern ganz Britannien in Gefahr.

Erst zum Abend, als die Musiker zum Tanz aufspielten, lichtete sich seine Laune etwas. Unter freiem Himmel waren Bänke und Tische aufgestellt worden, über den Feuern brutzelten Braten und es wurde reichlich Kirschmet ausgeschenkt.

Er hatte noch immer keinen Gefallen an dem süßen Getränk gefunden und nippte lediglich an seinem Becher. Er sah Liam bei Percy, Gaheris und Bors auf einer Bank sitzen, sich angeregt unterhaltend, sicher über die Wettkämpfe des heutigen Tages. Für wenige Stunden hatte Liam es geschafft, seinen Kummer in den Hintergrund zu schieben.

Lancelot bahnte sich seinen Weg weiter durch feiernde und gut gelaunte Menschen. Das Fest war genau so, wie sich Artus erhofft hatte. Nicht nur Liam, sie alle konnten den Kummer der letzten Wochen endlich hinter sich lassen und Camelot erstrahlte in neuem Glanz.

Doch wo steckte der König? Erst Cai konnte ihm sagen, dass Leodegrance Artus um eine persönliche Unterredung gebeten hatte. Also begab sich Lancelot auf den Weg zur Festung.

Schon in der königlichen Halle, die ganz verlassen war, weil sich jeder unten am Fluss eingefunden hatte, um zu feiern, konnte er die erzürnten Stimmen von Gwenhwyfars Vater und Artus hören. Und dann öffnete sich plötzlich der Vorhang und Leodegrance stürmte hervor, gefolgt von seiner jüngsten Tochter, deren Kopf rot glühte vor Scham.

»Britannien wird deinetwegen untergehen!«, brüllte der alte König und preschte an Lancelot vorbei, ohne ihn eines Blickes zu würdigen.

Gwyneth wagte es nicht, aufzusehen, und eilte ihrem Vater hinterher.

Zweifelnd ob der geistigen Gesundheit des alten Königs, schritt Lancelot in das Arbeitszimmer.

Artus sah schrecklich aus. Er hatte sich mehrfach durch das Haar gefahren, sodass sich mehrere Strähnen aus seinem kurzen Zopf gelöst hatten. Sein Gesicht war mindestens genauso rot wie das von der jungen Gwyneth. Die Ellbogen hatte er auf die Tischplatte gestützt und die Stirn in die Hände gelegt.

»Was war das denn eben, bei allen Göttern?« Lancelot wusste nicht, ob er lachen oder wütend sein sollte.

Artus schnaufte tief durch und richtete sich auf. »Das, mein lieber Bruder, war der Wahnsinn in Person.«

»Was hat er mit seiner Tochter vor? Hat er einen Gemahl gefunden?«

»Oh ja, das hatte er sich erhofft.« Artus stand auf und knallte mit der Faust auf den Tisch, dass das Holz erzitterte. »Er wollte mir seine jüngste Tochter anbieten.«

»Gwyneth? Dir?«

»*Ita est.* Und er war sehr nachdrücklich in seinem Angebot. Er betonte, wie sehr er bedaure, dass seine älteste Tochter nicht zufriedenstellend sei. Doch da er sehr an unserer guten Beziehung hänge und sich sehnlichst einen Erben wünsche, trug er mir an, mich zu unterstützen, sollte ich zu dem Schluss kommen, es wäre das Beste, mein Eheweib zu verstoßen. Viel mehr noch, seine jüngste Tochter sei ganz gewiss keine Enttäuschung und würde mir viele gesunde Erben schenken.«

Ihm wurde schlecht. Leodegrance war kalt und berechnend. Er hätte nur nie gedacht, dass er selbst sein eigen Fleisch und Blut für seinen Ehrgeiz opfern würde. »Du hast sein Angebot offensichtlich abgelehnt.«

»Ich hätte ihn aus Camelot verjagen sollen«, knurrte Artus. »Und seine jüngste Brut noch dazu.«

Lancelot verschränkte die Arme vor der Brust. »Vermutlich hatte er Angst, du würdest Gwenhwyfar eines Tages ohnehin verstoßen und dir dann eine andere Königstochter suchen.«

Entgeistert sah Artus auf. »Das würde ich niemals tun.«

»Das wissen wir beide. Aber ein Mann wie Leodegrance weiß nicht, was es bedeutet, zu lieben.«

Artus schnaubte verächtlich. »Gwen darf niemals erfahren, dass ihr Vater sie hintergehen und austauschen wollte.«

»Niemals«, bestätigte Lancelot.

Allmählich schien sich Artus zu beruhigen. »Komm, lass uns einen Humpen trinken, bevor ich es mir anders überlege, Leodegrance verbanne und einen Krieg mit meinen Königen riskiere.«

»Trinken ist in dem Fall die bessere Lösung«, stimmte Lancelot amüsiert zu.

Gemeinsam verließen sie die Festung und als sie die Feuer des Festes sahen und die Musik und die Stimmen der feiernden Menschen vernahmen, hellte sich Artus' Miene auf.

»Wolltest du etwas von mir?«, fiel ihm ein.

Er konnte es ihm nicht sagen. Leodegrance' ruhmloser Auftritt hatte Lancelot davor bewahrt, einen Fehler zu begehen. Es war nicht seine Aufgabe, Artus zu sagen, dass er einen Sohn hatte.

»Ich wollte nur verhindern, dass du das Fest verpasst«, meinte er stattdessen grinsend.

Artus legte ihm einen Arm um die Schultern. »Du bist der Beste, Bruder.«

»Lass das Cai nicht hören.«

»Als ob er das nicht schon wüsste.«

Sie näherten sich dem Platz, der mit Bänken und Tischen umstellt war und somit eine Bühne für die Tanzenden bot. Lancelot erkannte im Schein der Fackeln Elaynes blaues Kleid. Sie wirbelte den kleinen Galahad lachend im Takt der Musik umher und Lancelot wurde von einer Welle der Zuneigung erfasst.

Artus hatte seinen Blick bemerkt. »Die kleine Nordblume hat Camelot mit ihrem großen Herzen erobert.«

»Sie ist nicht klein«, widersprach Lancelot grinsend.

Artus verharrte und brachte ihn so dazu, ebenfalls stehen zu bleiben. »Was ist da zwischen euch? Ihr werdet auffällig oft miteinander gesehen.«

Lancelot hob die Schultern. »Was immer es ist, ich bin nicht gut genug für sie.«

Sein Freund gab einen zustimmenden Laut von sich. Dann jedoch wurde seine Aufmerksamkeit von einem Licht in der Ferne abgelenkt.

Lancelot folgte seinem Blick. Dort auf dem Fluss bewegten sich gemächlich die Lichter eines herannahenden Bootes. »Erwartest du weitere Gäste?«

»Aus dem Osten? Wer würde mit dem Boot kommen?«, wunderte sich Artus. Er schlug ihm auf die Schulter. »Komm, lass uns nachsehen.«

Sie waren nicht die Einzigen, denen das Boot aufgefallen war. Cai und einige seiner Wachen hatten sich bereits an den Bootssteg begeben. Von Fackeln erhellt, erkannte man ein gelbes Banner auf dem Boot.

»Astolat«, erkannte Lancelot verwundert.

»Er war eingeladen«, bestätigte Artus. »Doch er hat nicht geantwortet. Umso erfreulicher, dass Bernhard es sich nun überlegt hat, doch zu erscheinen.«

Die Gesichter, die ihnen aus dem Boot entgegensahen, wirkten nicht besonders feierfreudig. Bernhards Blick war hasserfüllt und sein Sohn Tirre legte die Hand auf seinen Schwertknauf, als er Lancelot erblickte.

»Was hat das zu bedeuten?«, murmelte Artus.

In der Mitte des Bootes war ein Mädchen aufgebahrt, gekleidet in eine lichtblaue Robe, das hellblonde Haar in alle Richtungen ausgebreitet, der schlafende Körper umrahmt von Blumen in allen Farben. Nein, nicht schlafend.

»Artus Pendragon!«, rief Bernhard ihnen entgegen, kaum dass das Boot angetaut worden war. »In der Mitte deiner Runde befindet sich ein Mörder! Ich verlange Gerechtigkeit!«

Cai trat dem wütenden König in den Weg. »So beruhige dich doch, König Bernhard. Lass dich und deine Söhne mit einem Krug Met empfangen.«

Doch Bernhards Blick hatte nun Lancelot ergriffen. Den Zeigefinger auf ihn gerichtet, brüllte er so laut, dass jeder im Umkreis von einer Meile es hörte: »Lancelot vom See hat meine Tochter getötet! Und ich verlange Gerechtigkeit!«

Artus runzelte die Stirn. »Er muss verrückt geworden sein.«

Lancelot sagte nichts. Er konnte den Blick nicht von dem Mädchen abwenden, das leblos aufgebahrt war, und sein Herz füllte sich mit Kummer.

25

CONSILIUM DE DUODECIM

Rat der Zwölf

Vor wenigen Stunden noch hatten sie getanzt, gelacht, sich des Lebens gefreut. Und nun standen sie in der großen Halle Camelots und warteten, dass einer der ihren für schuldig befunden wurde.

Artus saß an einem Tisch, die Hände auf der Platte verschränkt, und wartete wie sie alle auch, dass Lancelot hervortrat.

Elayne stand bei Gawain und hatte die Hände nervös gefaltet. Sie war froh, dass der kleine Gal bei Liam war.

Die Stimmung in der Halle summte wie ein Bienenstock. Die Menschen tuschelten, diskutierten. Jeden Moment konnte einer von ihnen die Fassung verlieren.

König Bernhard stand vor dem Tisch und sah überheblich in die Runde, als genieße er das Chaos, das er angerichtet hatte. An seinen Flanken standen seine Söhne, der eine groß und von breiter Statur, der ein wenig mitgenommen auf seine Fußspitzen starrte, der andere von schmalerer Gestalt, die Lippen jedoch grimmig aufeinandergepresst. Die Familie Astolat sann nach Rache.

Elayne musste einen Laut von sich gegeben haben, denn Gawain legte sanft eine Hand auf die ihre. »Artus wird das Missverständnis gewiss aufklären«, flüsterte er ihr Mut zu. »Er wird nicht zulassen, dass Lancelot zu irgendetwas verurteilt wird.«

Sie lächelte traurig zu ihm auf. Ihr Herz war zerrissen. Welche Geschichte würden sie gleich offenbart bekommen?

Zu Gawains anderer Seite saß seine Mutter in einem bequemen Stuhl und streichelte über ihren Bauch. Zu Elaynes Überraschung lag ein geheimnisvolles Lächeln auf ihren Lippen.

»Siehst du Gwens Gesicht?«, hauchte die Königin von Lothian ihrem Ehegatten zu, der sich zu ihr hinabbeugte, um sie besser hören zu können. Doch ihre Worte waren laut genug, dass Elayne sie ebenfalls vernahm. »Bei allen Göttern, die Reise nach Süden hat sich wahrlich gelohnt.«

Lot lachte tief. »Wie wahr. Und es wird gewiss noch besser.«

Elayne spürte, wie sich Gawain versteifte, als habe er einen Stock im Rücken. »Gehässigkeit steht dir nicht, Mutter«, raunte er. »Du hast keinen Nutzen davon, wenn Lancelot verurteilt würde.«

»Halte deine Zunge im Zaum«, drohte Lot leise.

Gawain funkelte ihn böse an, erwiderte jedoch nichts.

In jenem Moment verstummten die Menschen, denn Lancelot betrat die Halle. Er war unbewaffnet, trug nur ein einfaches helles Hemd und eine Bundhose sowie seine Stiefel. Es hätte nur noch gefehlt, dass man ihm die Hände fesselte, doch dem war nicht so. Er wurde flankiert von Cai und Lamorak, die beide mit

Lederrüstung und Schwertern ausgestattet waren. Zu dritt schritten sie durch die Länge der Halle.

Lancelots Blick war gefasst, bis zu jenem Moment, als er Elayne in der Menge sah. Sie erkannte, wie sich seine Kiefer anspannten und er ihrem Blick auswich.

Ihr Herz wurde schwer, denn sie sah das schlechte Gewissen, das ihn plagte. Bei Gott, was hatte er getan?!

Fünf Schritte vor Artus blieben sie stehen und beugten respektvoll die Häupter. Eine Strähne fiel in Lancelots Stirn und Elayne biss sich auf die Unterlippe.

Artus erhob sich, sah in die Runde und dann auf seinen Freund. »Lancelot vom See«, sprach er mit seiner kräftigen Stimme, die auch bis zu denen reichte, die am entferntesten in der Halle standen. »Dir wird ein Verbrechen durch die Familie Astolat vorgeworfen. Bist du gewillt, die Anschuldigungen anzuhören? Bist du gewillt, jedes Zeugnis anzuhören, das man für oder gegen dich aufführt? Und bist du gewillt, dem anschließenden Richtspruch deines Königs zu folgen?«

»Ja, natürlich, mein König.«

Was blieb ihm auch anderes übrig? Doch Lancelots aufrechte Haltung verriet, dass er gewappnet war für das, was auch immer man nun vortrug.

Artus nickte und machte eine Handbewegung in König Bernhards Richtung. »Trage vor, wessen du diesen Mann bezichtigst.«

Süffisant grinsend wandte sich der ältere Mann an die Runde. »Volk von Camelot, ihr wisst, welchen Verlust ich hinnehmen musste: Meine geliebte Tochter wurde mir genommen.« Er fügte eine Pause ein, um jeden Anwesenden die Tragweite seiner Worte spüren zu lassen. Er sprach mit einem Akzent, den Elayne selten gehört hatte. Schließlich deutete er auf Lancelot. »Von diesem Mann.«

Lot gab ein leises Grunzen von sich. »Hört, hört, der König ist ein wahrer Held der Worte.«

»Ich dachte, du magst ihn«, wunderte sich Morgause. »Habt ihr gestern nicht sehr vertraut bei einer Karaffe Wein beisammengesessen?«

»Das haben wir. Und die Frucht unserer Unterhaltung wirst du hoffentlich gleich erleben.«

Elayne sah fragend zu dem Mann, der ihr Großvater sein sollte und sich doch so fremd anfühlte.

»Das, mein Kind, ist Politik«, erklärte er. »Lerne. Und wenn du es nicht kannst, suche dir einen Mann, der sie beherrscht.«

»Vater«, mahnte Gawain.

»Und orientiere dich nicht an meinem Sohn«, fügte er hinzu. »Er ist so geblendet von seiner Treue, dass ihm seine eigene Familie unwichtig geworden ist.«

Gawain ballte die Hände zu Fäusten, doch seine Mutter erhob beschwichtigend die Stimme. »Still jetzt, ihr Streithähne, sonst schicke ich euch hinaus.«

Zu Elaynes Überraschung gehorchten die beiden Männer, warfen sich jedoch erzürnte Blicke zu.

König Bernhards älterer Sohn trat vor. »Mein Vater klagt diesen Mann an, meine Schwester getötet zu haben. Doch bei allem Respekt vor unserem König Artus verlange ich, dass Lancelot vom See nicht von König Artus gerichtet wird.« Seine Worte klangen, als habe er sie lange einstudiert. »Ich rufe die Tafelrunde an!«, schallte es durch das Gebäude. »Auf dass der Krieger von seiner eigenen Gemeinschaft gerichtet werde.«

Raunen war zu hören, ein aufgeregtes Flüstern. Die Luft war so angespannt wie vor einem Gewitter.

»Was meint er damit?«, fragte Elayne an Gawain gerichtet.

»Er ruft den Rat der Zwölf an, damit sie über Lancelot richten«, erklärte Gawain und wandte sich an seinen Vater. »Hast du ihm diesen Flo ins Ohr gesetzt?«

Lot grinste, äußerte sich aber nicht dazu.

Gawain gab einen grummelnden Laut von sich, bevor er weiter erklärte: »Die Tafelrunde ist eine eingeschworene Gemeinschaft von Gleichberechtigten. Keiner zählt mehr als der andere. Begeht einer von uns ein Vergehen, so liegt es an unserer Gemeinschaft, über Schuld oder Unschuld zu entscheiden. Und auch über die Strafe.« Er legte eine Hand auf den Knauf seines Dolches, den er im Gürtel trug, wohl unbewusst, denn seine Aufmerksamkeit galt noch immer Elayne. »Das heißt, wir werden über seine Schuld abstimmen, nachdem wir die Vorträge der Anklagenden und Lancelots Verteidigung gehört haben.«

»Wieso sollte die Familie Astolat das verlangen?«, wunderte sie sich.

Agravaine kam an ihre Seite und zog seinen eigenen Gürtel zurecht. Der Krieger mit dem flammenroten Haar erklärte düster: »Weil nicht jedes Mitglied der Tafelrunde gut auf Lancelot zu sprechen ist. Jemand hat es ihnen erzählt.« Sein Blick fiel nun ebenfalls auf Lot, der ihm grinsend zunickte. »Hätte Artus allein das Urteil gefällt, hätte die Strafe in seinem Ermessen gelegen. So aber entscheiden wir, Lancelots Waffenbrüder, ob und wie die Strafe ausfallen soll.«

Sie griff nach Gawains Ärmel. »Was ist die höchste Strafe?«

»Verbannung und Verlust all seines Hab und Guts.«

»Der Tod, wenn die Schuld es rechtfertigt«, fügte Agravaine hinzu. Er legte seinem Bruder eine Hand auf die Schulter.

»Niemand wurde je zum Tode verurteilt«, meinte Gawain rasch. »*Das* werden wir niemals zulassen.«

Gaheris hatte sich ebenfalls durch die Menge gekämpft und war an die Seite seiner Brüder gekommen. Er wirkte blass wie eine Küchenmagd, die vergorene Milch probiert hatte. Doch seine Haltung war aufrecht. Er war sich der Verantwortung bewusst und nickte Gawain und Agravaine zu. Gemeinsam schritten die Brüder nach vorn und somit zu jenen Kriegern, die ebenfalls aus den Reihen hervorgetreten waren.

»Die Tafelrunde kann nicht von einem Außenstehenden angerufen werden«, gab Cai nun mit einem verächtlichen Blick auf Bernhard und seine Söhne laut zu bedenken. »Ein Mann aus unseren eigenen Reihen muss die Tafelrunde einberufen, ansonsten gilt das Urteil durch unseren König.«

Stille.

Gawain hatte noch immer die Fäuste geballt, Gaheris blieb blass zwischen ihm und Agravaine stehen. Der rothaarige Krieger warf einen Blick über die Schulter zu seinen Eltern.

»Wag es nicht«, flüsterte Morgause drohend. Sie sah ihren Mann nicht an, doch ihre Worte konnten nur an ihn gerichtet sein. »Setze keinen unserer Söhne für dieses Spiel ein.«

»Was sonst, Weib?«, wollte Lot wissen.

Morgause hatte die Hände schützend um ihren Leib gelegt. »Sonst wirst du dieses Kind nie kennenlernen und meine Anwesenheit auf Din Eidyn wird Geschichte sein.«

Wiederum schwieg Lot. Nicht jedoch, weil er einsichtig war, sondern weil ein gefährlicher Funken in seinen Augen aufblitzte.

Elayne wurde flau im Magen. Sie wollte nicht länger bei diesen beiden stehen, die so viel Groll ausstrahlten, dass es für zwei Kriege gereicht hätte. Suchend sah sie sich um und begegnete Morgaines Blick. Sie stand ebenfalls in der Nähe, hielt sich jedoch im Hintergrund.

Elayne murmelte eine Entschuldigung an Lot und dessen Frau gerichtet und schob sich durch die Umherstehenden zu Morgaine durch. Diese lächelte aufmunternd und reichte Elayne beide Hände, um sie sanft zu drücken.

Die Stimme eines Mannes brachte die Zeit zum Stillstand. »Ich rufe die Tafelrunde an.«

Langsam drehte sich Elayne um. Sie konnte lediglich sein Profil sehen, er hatte die Handflächen nach oben gerichtet und schien bereit, das Schicksal auf sich zu nehmen.

»Ich rufe die Tafelrunde an, um über mich zu richten«, wiederholte Lancelot seine Worte. »Ich gebe mein Leben in eure Hände, so wie ich es geschworen habe, als wir diese Gemeinschaft gründeten.«

Erneutes Raunen erklang in der Halle und teilweise hörte Elayne bewundernde Worte in der Nähe. »Wieso tut er das?«, fragte sie sich.

Morgaine seufzte. »Er nimmt Artus die Last von den Schultern, über ihn richten zu müssen. Und so kann niemand behaupten, Artus habe ihn verschont, weil er Lancelot wie einen Bruder liebt.«

»So sei es denn!«, rief Artus in die Halle. »Ich rufe die Tafelrunde zusammen!«

Die Mitglieder der Tafelrunde zogen sich zurück, um das weitere Vorgehen zu besprechen. Als sie zurückkamen, hatte man zusätzliche Tische und Stühle aufgestellt, damit sie während der Verhandlung sitzen konnten.

Artus verkündete, dass sie Cai zu ihrem Sprecher erwählt hatten, und dieser übernahm das Wort. Er forderte König Bernhard von Astolat auf, seine Anklage gegen Lancelot zu wiederholen.

»Dieser Mann«, rief der König in die Halle, »den ihr euren Bruder nennt, hat meine Tochter verführt, sie glauben lassen, dass er sie liebe und heiraten werde, und sie so in den Tod getrieben.«

Das Tuscheln in Elaynes Nähe wurde unerträglich. Sie stellte sich auf die Zehenspitzen, um besser sehen zu können. Morgaine nahm sie an der Hand und schritt mit ihr weiter nach vorn. Die meisten kannten die Schwester von König Artus und ließen sie passieren, bis sie in der ersten Reihe standen. Dennoch konnte Elayne nur einen Teil von Lancelots Profil sehen. Er hielt den Blick auf Bernhard gerichtet, seine ganze Haltung war aufmerksam und ruhig.

»Könntest du deine Anklage etwas verdeutlichen?«, bat Cai. »Was genau wirfst du unserem Waffenbruder vor?«

»Waren meine Worte nicht deutlich genug?«, fuhr Bernhard auf.

»Du musst uns erläutern, was genau passiert ist«, erklärte Cai seine Bitte.

Der König seufzte genervt. »Es begann schon bei unserem Besuch in Camelot. Lancelot hat auffällig viel Zeit mit meiner Tochter verbracht. Er gewann ihr Vertrauen und ihre Zuneigung mit schönen Worten und Gesten. Jeder, der die beiden sah, konnte spüren, wie er sie umgarnte.« Er sah die Männer der Tafelrunde an und der eine oder andere wich seinem Blick aus. Er nickte, um sich selbst beizupflichten. »Dann kam der Tag unserer Abreise nach Astolat. Ich ersuchte Artus um Verstärkung, um mein Volk vor den Sachsen zu beschützen. Es war Lancelot, der sich als Erster meldete, uns zu begleiten und die Soldaten zu befehligen. Der Mann unterhielt weiterhin einen sehr vertrauten Umgang mit meiner Tochter.«

Bei seiner nächsten Pause fügte Gawain eine Frage ein: »Und bist du in diesen Umgang eingeschritten?«

Bernhard hob verwirrt die Arme. »Wie konnte ich? Auch uns – mich und meine Söhne – behandelte er mit großer Freundlichkeit.« Bitter deutete er auf Lancelot. »Ja, wir dachten alle, wir hätten in diesem Mann einen Freund gefunden.«

Elayne fasste Morgaines Hand fester. Ihr war flau im Magen, sie konnte kaum glauben, was sie da hörte.

»Hat er sich denn nicht als Freund erwiesen?«, hakte Cai nach. »Hat er nicht dein Königreich vor den Sachsen beschützt und dafür einen teuren Preis bezahlt? Er kann bis heute seine rechte Hand kaum benutzen.«

»Teuer? Ich verlor meine Tochter. Das ist nichts im Vergleich zu einer … Hand.«

Cai nickte. »Ich verstehe. Nun fahre fort.«

»Wie ihr alle nun also wisst, wurde Lancelot im Kampf verletzt. Ich wollte ihn zu einem Heiler bringen lassen, doch meine Tochter bestand darauf, den Mann selbst in unserer eigenen Festung zu pflegen. Tag und Nacht verbrachte sie an seiner Seite, benetzte ihm die Stirn, als er fieberte, wechselte Verbände, opferte ihren Schlaf für den Kerl, an den sie längst ihr Herz verloren hatte.« Bernhard presste fest die Lippen aufeinander.

Elayne schnappte nach Luft. Ihr Herz war so schwer, dass sie glaubte, es müsse in den Tiefen der Trauer versinken, die sie nun verspürte.

»Sie pflegte ihn, bis es ihm besser ging. Tatsächlich hat sie ein Wunder vollbracht, denn in mancher Stunde glaubten wir, wir müssten die Nachricht von Lancelots Tod nach Camelot senden.« Der König ballte die Hände zu Fäusten. »Meine Tochter war überglücklich, als das Fieber sank, die Wunden allmählich heilten und es Lancelot von Tag zu Tag besser ging. Und dann, als er tatsächlich wieder genesen war, dankte er uns für unsere Freundlichkeit und verließ uns, ohne einen einzigen Blick zurückzuwerfen. Das Herz meiner Tochter brach, hatte er sie doch glauben lassen, sie hätte mehr von ihm zu erhoffen. Er ließ sie glauben, dass er ihre Gefühle erwiderte. Mehr noch, sie erhoffte sich, in ihm ihren zukünftigen Gemahl gefunden zu haben. Wir alle hatten das gehofft. Jeden Tag nun saß sie am Fenster und hoffte auf seine Rückkehr. Doch mit der Zeit musste auch sie erkennen, dass er sie getäuscht hatte. Ihr Herz war gebrochen und mit ihr ihre junge, unschuldige Seele. Sie starb vor Kummer.« Er hielt eine Faust in Lancelots Richtung. »Und dieser Mann ist schuld daran.«

Cai wartete einen angemessenen Moment, dann sprach er ernst: »Dein Verlust bekümmert uns alle hier in dieser Halle. Ich glaube, du hast eindrücklich geschildert, wie sehr dich der Tod deiner Tochter schmerzt.« Er atmete tief ein. »Meine Waffenbrüder werden dir nun Fragen stellen, damit wir das Geschehene besser nachvollziehen können.« Er sah nach links und nach rechts, um die Mitglieder der Tafelrunde dazu aufzufordern, ihre Fragen vorzutragen.

Elayne legte die Hand auf ihre Brust. Der Schmerz wollte nicht vergehen. Die Worte von König Bernhard hatten alte Erinnerungen wieder lebendig werden lassen. Sie, die gebrochen in der Hütte lag, die krank wurde, die sich schämte, weil Lancelot sie getäuscht hatte. Oh ja, sie konnte sehr gut nachvollziehen, wie sich dieses andere Mädchen gefühlt haben musste, wenn er genauso zu Bernhards Tochter gewesen war wie zu ihr.

Gawain war der Erste, der sprach. »König Bernhard, mein Beileid zu deinem Verlust.« Er musste sich räuspern. »Doch bitte verstehe, dass ich nicht ganz nachvollziehen kann, was sich zugetragen haben soll. Das Bild, das du von Lancelot zeichnest, passt nicht zu dem Mann, den wir kennen. Bist du dir sicher, dass es in seiner Absicht lag, deiner Tochter falsche Hoffnungen zu machen?«

»Falsche Hoffnungen?« Der König schnaubte verächtlich. »Er hat schöne Worte gesäuselt, sie angestrahlt, als gäbe es kein schöneres Wesen auf dieser Welt. Er hat ihr Lieder gesungen von wundersamen Wesen und von großen Gefühlen. All das nur, um sie in dem Glauben zu lassen, er würde sie eines Tages heiraten.«

»Wieso sollte er das tun?«, hakte Gawain nach.

»Warum tut so ein Mann das wohl?!«, polterte Bernhard wütend los. »Er wollte sie verführen! Sie in sein Bett locken! Und dann fallen lassen!«

Gawains Blick wurde nun ebenfalls ernster. Seine Augenbrauen zogen sich zusammen. »Hat er sich deiner Tochter je körperlich genähert? Hast du gesehen, dass er das wollte? Sie in sein Bett locken? Mit eigenen Augen?«

»Du wagst es!« Bernhards Kopf wurde rot wie Agravaines Haar. »Meine Tochter hätte sich nie auf so etwas eingelassen, bevor sie verheiratet wäre!«

»Also hast du nie gesehen, dass sich Lancelot und deine Tochter körperlich näherten?«

Cai unterbrach Gawain mit einer Handbewegung. »Das reicht, Gawain. Er hat es bereits gesagt.«

Gawain verschränkte die Arme vor der Brust. »Wenn sich ein Mann einer Frau nie körperlich näherte, wie kann man dann davon sprechen, dass er sie verführen wollte?«

»Eine Verführung kann auch anders als körperlich stattfinden«, sprang nun Lamorak ein, der Bruder der Königin. »König Bernhard, hast du denn Versprechungen gehört, die Lancelot deiner Tochter gemacht hat? Hat er ihr versprochen, sie zu heiraten?«

Wenn der Kopf des Königs noch mehr Farbe bekam, würde er wohl bald in Flammen aufgehen. »Er hat seine Worte niemals laut in meiner Gegenwart gesprochen. Doch sie unterhielten sich oft und sehr lange. Wer weiß, was er ihr alles versprochen hat, um sie in sein Bett zu holen.«

Elayne versuchte, Lancelots Gesicht zu erkennen. Wieso sagte er nichts? Wie konnte er bei diesen Anschuldigungen so ruhig bleiben?

»Es wird Zeit, Zeugen anzuhören«, entschied Cai. »Welche Zeugen kannst du benennen, König von Astolat?«

Er ließ zunächst seinen älteren Sohn Tirre vorsprechen. Der junge Krieger sprach in einem ähnlich harten Akzent wie sein Vater. Er erzählte davon, dass Lancelot und seine Schwester sehr viel Zeit miteinander verbracht hätten, dass Lancelot ständig die Nähe zu ihr gesucht und ihr Komplimente gemacht habe.

Weitere Zeugen wurden aufgerufen, darunter Diener aus Camelot, aber auch Soldaten, die in Astolat unter Lancelots Befehl gekämpft hatten. Man sah ihnen an, wie sie widerwillig davon berichteten, was sie gesehen oder gehört hatten.

Je mehr Elayne hörte, desto schwerer wurde ihr Herz. Sie wünschte, Lancelot würde sich nur einmal zu ihr umdrehen, damit sie sein Gesicht sehen konnte. Nur einmal wollte sie wissen, ob es ihm nahegïng und ob sein schlechtes Gewissen ihn nun plagte.

Dann trat noch einmal Tirre vor. »Wir alle glaubten, seine Gefühle zu meiner Schwester wären echt. Wir hofften, ihn bald in unserer Familie begrüßen zu dürfen.« Er richtete seinen hasserfüllten Blick auf Lancelot. »Er rief ihren Namen im Fieber. Immer wieder: Elayne.«

Sofort erklang wieder ein Raunen und jemand rief eine Beleidigung in die Halle.

Elayne schnappte nach Luft. Ihre Brust fühlte sich so eng an, als habe man einen Gürtel zu fest darum geschnürt. Lancelot war zusammengezuckt, als Tirre den Namen seiner Schwester aussprach. Größer konnte seine Schmach nicht mehr werden.

Cai unterbrach die Verhandlung, damit sich die Gemüter beruhigen konnten und weil es schon spät geworden war. Am nächsten Tag sollte die Verhandlung nach dem Frühstück fortgesetzt werden und es wurden Zeugen aufgerufen, die weitere Informationen beisteuern konnten.

»Du siehst aus, als könntest du eine Stärkung gebrauchen«, sprach Morgaine milde. »Lass uns in unsere Kammer gehen und ich lasse etwas zu essen und Wein bringen.«

Elayne nickte kraftlos. Sie war zu aufgewühlt und musste unbedingt mit jemandem darüber sprechen, was hier gerade passierte.

Artus' Schwester wartete, bis man ihnen Braten, Brot, Gemüse sowie Wein gebracht hatte und sie dann allein unter sich waren.

»Glaubst du all das, was heute vorgetragen wurde?«, fragte sie und griff nach einer Kante Brot, um daran zu knabbern.

Elayne nahm ihren Weinbecher und trank zunächst einen großen Schluck. Der Wein beruhigte ihren Magen. »König Bernhard sieht nicht so aus, als habe er sich das alles ausgedacht. Und die Zeugen haben sicher auch die Wahrheit gesprochen. Glaubst du es etwa nicht?«

»Elayne, es mag sein, dass Lancelot viel Zeit mit dem Mädchen verbrachte. Aber ich glaube keinesfalls, dass es war, um sie zu verführen.« Morgaine schüttelte sacht ihr Haupt. »So ist er nicht.«

Elaynes Herz wurde erneut schwer. »Doch, so ist er.« Sie atmete tief ein und sah in Morgaines verständnisvolle Augen. »All das, was sie über ihn und das Mädchen gesagt haben … es hat mich so sehr an unsere Zeit in Corbenic erinnert. Er hat mein Vertrauen gewonnen, mich denken lassen, wir wären Freunde. Wir haben so viel Zeit miteinander verbracht, dass ich es mir kaum noch vorstellen konnte, ohne ihn zu sein.«

»Elayne …«

Sie winkte ab. »Und er ist nicht nur bei mir so. Gwenhwyfar hat mir davon erzählt, wie sie nach Camelot kam. Es war Lancelot, der sich um sie kümmerte, nicht Artus. Lancelot schafft es, dass man sich als Mädchen in seiner Gegenwart besonders fühlt, verstanden … geborgen.« Elayne seufzte tief, doch der Schmerz in ihrer Brust wollte nicht vergehen. »So ist er nun einmal. Vielleicht sollte ich es akzeptieren.« Sie trank noch mehr Wein, versuchte, den bekümmerten Blick Morgaines nicht zu nah an sich heranzulassen. »Nun bin ich froh, dass ich seinen Heiratsantrag noch nicht angenommen habe. Nun bleibt mir noch die Möglichkeit, einen anständigen Mann für mich zu suchen.« Ihre Worte klangen so bitter, dass sie selbst überrascht war.

Morgaine stellte ihren Teller auf den Tisch, um sich in Elaynes Richtung zu beugen und nach ihrer freien Hand zu greifen. »Elayne, so ist er nicht.«

Sie wagte es nicht, sie anzusehen. Die Bitterkeit in ihrem Herzen überraschte sie selbst. »Das sagtest du bereits. Und doch sieht es so aus, als würden deine eigenen Gefühle für ihn dich blenden.«

Morgaine schüttelte den Kopf. »Nein, mein Kind. Natürlich liebe ich ihn wie einen kleinen Bruder. Wir sind gemeinsam auf Avalon aufgewachsen ...« Sie rückte näher an Elayne und legte ihr einen Arm um die Schultern. »Avalon hat Lance geprägt, so wie es mich und deine Mutter prägte. Wie ...« Sie suchte nach einem passenden Vergleich. »Wie die eine Seite einer Münze. Ja, so kann man es ausdrücken. Er verbrachte die ersten zwölf Jahre seines Lebens auf Avalon, unter Priesterinnen, Heilerinnen und Schülerinnen. Unter Müttern und Schwestern. Nur wenige Männer leben auf Avalon, weswegen er seit seiner Geburt immer mit Frauen zu tun hatte. Das unterscheidet ihn von allen anderen Männern in Camelot ... von allen anderen Männern in ganz Britannien.« Morgaine lächelte liebevoll. Ja, sie mochte Lancelot sehr. »Außerdem glaube ich nicht, dass er sich seiner Wirkung auf Frauen bewusst ist. Nicht so wie Gawain, der sein Lächeln und seine Grübchen bei jedem Rock einsetzt, den er verführen will.«

Elayne musste unwillkürlich schmunzeln. Sein Ruf als Frauenheld war weit bekannt. Und doch war nicht er es, der sich nun wegen des Todes eines unglücklichen Mädchens rechtfertigen musste.

»Lance hat schon immer leicht Freunde gefunden«, erklärte Morgaine nun einfühlsam. »Er hört zu, er versucht zu verstehen, was in jedem von uns vorgeht. Das ist seine besondere Fähigkeit. Und natürlich auch seine Stimme. Wenn er singt, vergisst man die Sorgen dieser Welt. Welchem Weib kann man es verdenken, wenn es sich in diesem Moment in ihn verliebt?«

Elayne betrachtete den kunstvoll geschnitzten Becher in ihrer Hand. Sie stellte ihn ab, ohne ihn ganz zu leeren. »Wieso verteidigt er sich nicht gegen die Vorwürfe?«

»Das wird er tun. Doch heute war noch nicht der rechte Moment dazu. Wenn er auf jeden einzelnen Punkt Bernhards antwortete, wenn er jedes Wort rechtfertigte, würde er nur noch schuldiger aussehen.« Morgaine griff erneut nach ihren Händen. »Geh zu ihm und rede mit ihm«, bat sie leise. »Hör dir seine Sicht der Dinge an.«

Elayne erhob sich abrupt und machte sich von Morgaines Händen frei. »Nein.« Sie eilte zwei Schritte zur Tür und hielt dann schuldbewusst inne. »Ich danke dir für den Wein und das Essen. Aber ich kann nicht mit ihm reden. Noch nicht.«

Sie wartete keine Antwort ab, sondern verließ die Kammer und lief hinaus über den Flur. Sie fühlte sich noch nicht in der Lage dazu, Gal abzuholen.

Die Sonne war bereits untergegangen. Nur wenige Fackeln erhellten Teile des inneren Hofes, während in der Kapelle gedämmtes Licht schimmerte.

Elayne wusste, dass man die Tochter des Hauses Astolat dort aufgebahrt hatte. Ehrfürchtig betrat sie die Kapelle. Die Bänke waren leer, nur ganz vorn saß der Priester in ein Gebet vertieft. Er ließ sich durch Elaynes Erscheinen nicht ablenken und sie schritt leise an den Altar. Von einem Meer aus Blumen umgeben, lag dort auf einem langen Tisch die Leiche ihrer Namensschwester.

Ihr auffallend helles Haar war in sanften Wellen um sie ausgebreitet worden. Ihre Haut war so bleich, wie es nur der Tod verursachen konnte, doch sie konnte auch im Leben nicht viel dunkler gewesen sein. Ihr Körper wirkte merkwürdig eingefallen, beinahe ausgemergelt, und das wunderschöne hellblaue Kleid saß viel zu locker um ihre Gliedmaßen.

Elayne von Astolat musste im Leben eine außergewöhnliche Erscheinung gewesen sein.

Elayne legte zögerlich eine Hand auf die der Fremden. Wie kalt und unwirklich sich das tote Fleisch anfühlte. Elaynes Hals schnürte sich zu. Das hätte sie sein können, damals, vor zwei Jahren.

Sie wünschte, sie wäre dem Mädchen zu Lebzeiten begegnet. Hätten sie ihren Schmerz teilen können? Hätten sie einander Trost spenden können? Vielleicht wären sie sogar Freundinnen geworden.

Und in diesem Moment hegte sie einen Groll gegen Lancelot, der jedes andere Gefühl für ihn überschattete. All die schönen Momente, die sie mit ihm erlebt hatte … waren das alles nur Lügen gewesen? Die alten Zweifel lebten wieder auf, als sie das tote Mädchen betrachtete. War Lancelot wirklich schuld an dessen Tod?

Elayne atmete tief ein und versuchte, sich zu beherrschen. Sie war hier in einem Gebetshaus. Und genau das sollte sie auch tun: beten.

Lieber Gott, betete sie in Gedanken. *Bitte heiße Elaynes Seele willkommen. Bitte lass all ihre Schmerzen vergangen sein. Lass sie glück-*

lich sein. Elayne schloss die Augen. *Bitte gib mir die Kraft, das alles durchzustehen. Lass mich stark sein für Gal und für Liam, denn alles, was ich tue, trifft auch sie. Bitte schenke mir nur ein kleines Zeichen, wohin mein Weg mich führen soll.*

Schritte näherten sich und Elayne riss erstaunt die Augen auf. Als sie sich umdrehte, erkannte sie eine große Gestalt und für einen Moment setzte ihr Herz aus.

Doch es war natürlich nicht Lancelot, denn der befand sich unter Gewahrsam in seiner Kammer, durfte sie bis zum nächsten Verhandlungstag nicht verlassen.

Der hünenhafte Mann, der nun in den Schein der Kerzen am Altar trat, hatte helles Haar und ein erstaunlich junges Gesicht. Unsicher huschte sein Blick über Elayne, seine vollen Wangen röteten sich und er wandte sich der anderen Elayne zu. Sein Blick wurde liebevoll und traurig zugleich und nun erkannte sie den Hünen, der sich während der Verhandlung jedoch im Hintergrund gehalten hatte.

»Du bist einer ihrer Brüder«, sprach Elayne sanft.

Der Mann nickte, getraute sich aber nicht, sie anzusehen. »Ich bin Lavaine.« Seine Stimme war hell und brüchig zugleich, als habe er sehr lange nicht gesprochen.

»Mein Beileid zu deinem Verlust, Lavaine. Mein Name ist Elayne.«

Verwirrt sah er sie nun doch an.

»Elayne von Corbenic«, erklärte sie rasch.

Der Mann nickte. »Ach so.« Mehr sprach er zunächst nicht, stattdessen faltete er die Hände, schloss die Augen und murmelte ein Gebet.

»Sie muss sehr schön gewesen sein«, sagte sie schließlich ehrfurchtsvoll, als er die Augen wieder geöffnet hatte.

»Ja, das war sie.« Er räusperte sich verlegen. Es war ihm unangenehm, mit ihr zu reden, das erkannte Elayne. »Und sie war ein sehr liebes Mädchen.«

»Das glaube ich gern«, lächelte Elayne.

Sie schwiegen. Lavaine betrachtete liebevoll seine Schwester, warf aber immer wieder einen verschämten Blick auf die noch lebende Elayne.

»Warst du auch bei der Verhandlung?«, traute er sich schließlich, zu fragen.

Sie nickte und strich eine Haarsträhne hinter ihr Ohr, die sich aus ihrem Zopf gelöst hatte. »Ich stand bei König Lot, er ist mein Großvater.«

Nun war es an Lavaine, zu nicken. »Aber du kanntest meine Schwester nicht?«

»Nein, leider nicht.« Sie musterte das tote Mädchen, das hier so liebevoll hergerichtet worden war. Sie verstand den Schmerz, den ihre Familie spüren musste. »Stimmt es, was dein Bruder gesagt hat? Hat Lancelot im Fieber ihren Namen gerufen?«

»Ja, das hat er.« Der junge Mann räusperte sich nochmals. »Aber ich glaube nicht … also, ich meine nicht …« Er seufzte, da er die richtigen Worte nicht fand.

Elayne wartete geduldig. Sprechen war nicht seine Stärke. Aufmunternd lächelte sie ihn an. »Wollen wir uns kurz setzen? Wir haben heute schon sehr lange gestanden.«

Gemeinsam begaben sie sich zur ersten Reihe der Sitzbank. Der Priester hatte die Kapelle verlassen und so waren sie nun allein.

»Mein Vater und mein Bruder lassen mich nichts sagen«, gestand er und starrte auf seine Hände, die mehr riesigen Bärenpranken glichen als menschlichen Händen. »In der Verhandlung, meine ich.«

»Warum nicht?«, wunderte sie sich. »Warst du nicht dabei, als deine Schwester starb?«

»Doch, das war ich. Und auch, als Lancelot krank war und sie ihn pflegte.« Er schob mit einem Fuß etwas Stroh vom Boden. »Sie sagen, ich könnte sowieso nichts sagen. Nichts, was man hören will. Und sie sagen, ich bin dumm, zu dumm, um vor all den wichtigen Menschen zu sprechen.«

Elayne runzelte die Stirn. Zu gern hätte sie tröstend eine Hand auf seine gelegt, so wie Morgaine es oft tat. Doch ihr war der junge Krieger unbekannt und es wäre nicht angebracht gewesen. »Es ist nicht nett, dass sie so etwas zu dir sagen«, meinte sie stattdessen aufrichtig.

Er warf ihr einen kurzen Seitenblick zu und starrte dann wieder auf seine viel zu großen Füße. »Ich weiß. So sind sie immer zu mir. Elayne war nicht so.«

»Was … Was würdest du denn sagen wollen, wenn man dich ließe?«, brachte sie hervor. Ihr fiel das Reden nun selbst schwerer. »Du könntest es mir sagen. Denn ich finde dich in keinster Weise dumm.«

»Wirst du nicht lachen?«

Sie lächelte traurig. »Natürlich nicht.« Himmel, er kam ihr vor wie ein viel zu groß geratenes Kind. Dabei war er gewiss älter als sie.

»Also gut.« Er scharrte mit den Füßen, obwohl dort kein Heu mehr lag. »Weißt du, ich mag Lance. Er ist mein Freund.« Er sah sie vorsichtig an, wartete anscheinend darauf, dass sie etwas dagegen sagte. Doch das tat sie nicht, sie lächelte nur. »Er hat mir das Leben gerettet, in dieser Schlacht, als er selbst verletzt wurde.«

»Er ist ein guter Krieger«, pflichtete sie ihm leise bei.

»Der beste«, beharrte er. »Und er war auch Elaynes Freund.« Wieder wartete er, ob sie etwas sagte. Er war es wohl nicht gewohnt, dass man ihn aussprechen ließ oder ihm gar zuhörte. »Er ist nicht so wie die anderen Krieger. Er hat mich niemals ausgelacht. Nun, er hat mich zum Lachen gebracht, oft sogar. Aber er hat nie *über* mich gelacht.«

Elaynes Lächeln wurde breiter.

»Und bei meiner Schwester war es genauso«, fuhr er fort. »Die Menschen haben sie angestarrt und hinter ihrem Rücken über sie gesprochen, weil sie anders aussah. Aber Lancelot hat mit ihr gesprochen, hat sich für das interessiert, was sie zu sagen hatte.«

Elayne nickte verstehend. Oh ja, sie verstand wirklich.

Er lächelte traurig. »Ich hätte mich wirklich gefreut, wenn er meine Schwester geheiratet hätte. Aber ich glaube, das wollte er nie. Und ich glaube, dass meine Schwester das wusste und dass sie deswegen gestorben ist.«

Elayne hatte einen dicken Kloß im Hals und sie legte eine Hand auf ihre Brust, da ihr Herz plötzlich heftig pochte. »Wie ist sie gestorben? Wurde sie krank?«

Lavaine redete weiter, als habe er seine Stimme wiedergefunden, die er so lange nicht hatte nutzen dürfen. »Nein, sie war nicht krank. Nicht so, dass man sie heilen konnte. Nicht ihr Körper hatte Schmerzen, sondern ihre Seele. Jeden Tag saß sie am Fenster und starrte hinaus. Sie aß nichts, sie wollte nichts trinken. Sie wollte mit niemandem mehr reden. Nur ich durfte manchmal zu ihr kommen. Und jeden Tag sah ich, wie der Schmerz ihrer Seele von ihrem Körper mehr und mehr Besitz ergriff. Sie wurde schwach und starb im Schlaf. Als ich eines Morgens zu ihr kam, wachte sie einfach nicht mehr auf.«

Elayne erkannte im Kerzenlicht, wie sich eine einzelne Träne ihren Weg über die Wange des Mannes bahnte. Doch sie wagte es noch immer nicht, zu sprechen.

»Lance hat ihr nichts versprochen. Er hat Lieder gesungen, für sie, aber nicht von ihr, sondern von einer anderen. Er war nur ihr Freund, genauso, wie er meiner war. Und als er ging, hinterließ er Dunkelheit. Es war die Dunkelheit, die ihr diesen Kummer bereitete.« Er wischte die Träne fort, die nun an seinem Kinn angelangt war.

»Aber er hat doch im Fieber ihren Namen gerufen«, wandte Elayne ein.

»Er hat im Fieber viel gesprochen. Dinge, die keinen Sinn ergaben.« Er fuhr sich mit dem Ärmel über das ganze Gesicht. »Ich war auch an seiner Seite, denn ich konnte ihn nicht sterben lassen. Er hatte mir das Leben gerettet.« Lavaine räusperte sich. »Einmal redete er, als befinde er sich im Kampf mit einem Ungetüm, einem riesigen Monster. Elayne und ich konnten ihn kaum ruhig stellen. Er wand sich im Fieber und schrie vor Schmerzen, als habe sich das Ungetüm durch seine Gedärme gebohrt.« Der junge Mann schüttelte den Kopf, als könne er es immer noch nicht begreifen. »Und ein anderes Mal rief er nach einem Raben.«

»Nach einem Raben?«, vergewisserte sich Elayne tonlos.

»Ja … Nein …« Er runzelte die Stirn, sodass seine buschigen Augenbrauen fast ganz zusammenkamen. »Nicht nach einem Raben, nach einem Rabenkind. Hast du das schon einmal gehört? Weißt du, was das ist?« Er sah sie fragend an und erschrak. »Du weinst ja. Es tut mir leid, ich wollte dich nicht zum Weinen bringen.«

Nun war es an ihr, sich mit dem Ärmel über das Gesicht zu wischen. »Bist du dir ganz sicher, dass er Rabenkind rief?«

»Ja, ganz sicher.«

Sie erhob sich und lächelte. »Ich danke dir, Lavaine. Ich danke dir, dass du mir das alles erzählt hast.« Sie gab ihrem inneren Drang nach und schloss ihn in eine feste Umarmung. Als sie sich von ihm löste, war sein Kopf rot vor Verlegenheit. »Weißt du, Lavaine, in dir steckt eine wundervolle Seele. Lass dir von niemandem etwas anderes sagen.« Sie richtete sich auf und sah ihm fest in die hellen Augen. »Und was Väter betrifft: Nun, sie behandeln ihre Kinder gern, als seien sie kleine Hunde, die von nichts eine Ahnung haben. Aber dann sollte man sich erheben und sich nicht kleinreden lassen. Wir sind keine Welpen, wir sind die Zukunft. Und wir müssen stark genug sein, diese Zukunft zu tragen.«

Der junge Hüne ließ den Mund offen stehen, als er noch über ihre Worte nachdachte, doch Elayne wandte sich bereits mit wehenden Röcken ab.

26

AB IMO PECTORE

Von ganzem Herzen

Wie hätte er in dieser Nacht schlafen können? Immer wieder gingen ihm Bernhards Worte durch den Kopf. Elayne von Astolat war vor Kummer gestorben.

Weil er, Lancelot, sie in dem Glauben gelassen hatte, er werde sie zur Frau nehmen.

Und wie konnte er diesen Vorwurf abstreiten? Das arme Mädchen lag tot aufgebahrt in der Kapelle. Tot wegen ihm. Weil er nicht Manns genug gewesen war, sie zurückzuweisen.

Ja, er hatte ihre Blicke bemerkt. Er hatte gesehen, wie ihre Augen leuchteten, wenn er in ihrer Nähe war. Er hatte gesehen, wie sich ihre Wangen röteten, wie sie an seinen Lippen hing, wenn er ein Lied vortrug.

Wie sollte er sich nun gegen die Vorwürfe verteidigen, die er sich selbst machte?

Nein, er hatte ihr niemals falsche Versprechungen gemacht, und bei allen Göttern, er hatte sich ihr niemals körperlich in unangebrachter Weise genähert. Aber er hatte ihr auch nie gesagt, dass er ihre Gefühle nicht erwidern konnte. Er hatte sie stets mit der gleichen Aufmerksamkeit behandelt wie zuvor. Selbst als ihm schon klar geworden war, dass ihre Gefühle tiefer gingen.

Doch er hatte diese Gefühle nicht ernst genommen. Er hatte sie nicht ernst nehmen *wollen.* Unverheiratete Mädchen schwärmten hin und wieder von Männern, besonders von Kriegern der Tafelrunde. Er kannte die Geschichten von Gawain und von seinen anderen Waffenbrüdern. Das Schwärmen eines Mädchens war etwas, worin man sich sonnen konnte, was einen in finsteren Momenten aufrichtete. Das Lächeln eines Mädchens wärmte die Seele.

Der Anstand gebot es jedoch, das Schwärmen zurückzuweisen, sofern man keine anderen Absichten hegte, als sich darin zu sonnen.

Und genau hier hatte Lancelot versagt. Hierfür gab es keine Entschuldigung. Er würde die Konsequenz seines Versagens tragen müssen. Ganz besonders, da es jemanden gab, den er dadurch schützen konnte.

Seine Elayne.

Er konnte nicht zulassen, dass sie sich an ihn band, wenn dieser Makel an ihm haftete. Sie würde ihn ohnehin nicht mehr wollen. Nur einen kurzen Blick hatte er auf sie geworfen, als er durch die Halle zum Richtertisch schritt. Das, was er gesehen hatte, hatte eine Lanze in sein Herz gebohrt.

Elayne voller Zweifel, ja sogar Abscheu. Er würde seinen Antrag an sie zurückziehen und dann die Konsequenzen seines Handelns tragen.

Doch was, wenn dies den Tod für ihn bedeutete? Bernhard von Astolat würde sein Leben fordern, dessen war er gewiss. Das Leben des Kriegers Lancelot für das Leben der Tochter Astolats.

Wie, verdammt noch mal, konnte er seine Schuld eingestehen und dabei verdeutlichen, dass es nicht seine Absicht gewesen war, Elayne von Astolat in den Tod zu führen?

Ihm fiel keine Antwort ein, die ganze Nacht nicht. Und so musste er übermüdet und mit Kopfschmerzen den Kampf des nächsten Tages antreten.

Die Halle war mit noch mehr Menschen gefüllt als am Vortag. Sie drängten sich dicht aneinander, tuschelten, warfen ihm zweifelnde, mitleidvolle, verabscheuende Blicke zu. Er hielt sich aufrecht, als er weiter nach vorn schritt, ließ nicht zu, dass ihre Gefühle über ihn hereinbrachen wie eine große Welle über ein kleines Fischerboot. Er wagte es nicht, die Menge nach Elayne abzusuchen. Er tat sich schon schwer damit, nicht in Gwens Richtung zu sehen.

Sie wurde von Stunde zu Stunde blasser. Nicht, weil sie ihn für schuldig hielt, ganz gewiss nicht. Es war der Druck der vielen Menschen, die jede ihrer Regungen beobachteten. Jene Vorwürfe der Vertrautheit, über die man schon so oft hinter ihrem Rücken gemurmelt hatte, würden nun wieder aufleben.

Wie am Vortag konzentrierte sich Lancelot auf seine Waffenbrüder.

Hector, der immer wieder eine Hand zur Faust ballte und ihm zunickte. Sein Bruder würde für ihn kämpfen, was auch immer kommen mochte.

Gawain, dessen Mundwinkel zuckte, wenn sich ihre Blicke begegneten. Gawain wollte ihn nicht schuldig sehen.

Gaheris, der nicht wusste, was er von all dem halten sollte. Der Junge war gerade erst zum Mitglied der Tafelrunde geworden und musste schon jetzt eine schwierige Entscheidung treffen.

Percy, der aufmerksam zuhörte und ihn kritisch betrachtete. Der junge Krieger, dessen Moral über die jedes anderen ging.

Artus, die Ruhe selbst. Ihn brachte nichts aus der Fassung.

Lamoraks Miene wurde immer finsterer. Er mochte nicht, was er hörte. Und Lancelot konnte sich vorstellen, dass Gwens Bruder innerlich schon sein Urteil über ihn gefällt hatte.

Lucan, der nervös mit den Fingern auf der Tischplatte klopfte. Er hätte wohl lieber im Kampf gestanden, als diese Verhandlung entscheiden zu müssen.

Constantinus mit angespanntem Kiefer, der sicher darüber nachdachte, welchen Schaden der Vorfall für die Tafelrunde haben könnte.

Osrin, dessen Wurzeln ihm mit Bernhard von Astolat gemeinsam waren. Und doch hatte er nie daran zweifeln lassen, dass seine Treue Artus und Britannien galt.

Cai klopfte mit dem Knauf seines Dolches auf die Tischplatte, bis in der Halle endlich Ruhe einkehrte. Er fasste zusammen, weshalb Lancelot hier vor ihnen zu Gericht stand, und forderte dazu auf, dass sich weitere Zeugen melden sollten, wenn sie etwas zu sagen hatten.

Niemand hatte sich gemeldet. Und so nickte Cai in Lancelots Richtung. »Bruder, du hast gehört, was man dir vorwirft. Es ist Zeit, dass du dich selbst dazu äußerst. Was hast du zu Bernhards Anklage zu sagen?«

Lancelot straffte die Schultern. »Alles, was von den Zeugen in dieser Halle gesprochen wurde, ist wahr.«

Das Raunen in der Halle wurde lauter.

»Ja, ich habe sehr viel Zeit mit König Bernhards Tochter verbracht. Und ja, mir war bewusst, dass sie sich mehr erhoffte.«

Im Augenwinkel sah er, wie Bernhard die Fäuste ballte und sein ältester Sohn nach dem Schwert an seiner Seite griff. Doch da war nichts. Artus hatte angeordnet, dass jeder seine Waffe vor dem Eingang abzugeben hatte.

»Ich habe nicht forciert, dass es so weit kommt«, sprach Lancelot daher ruhig weiter und sah seine Brüder an, einen nach dem anderen. Es waren ihre Stimmen, die er gewinnen musste. »Ich habe ihr niemals die Ehe angetragen und habe ihr keine Versprechungen gemacht.«

»Und doch hat sie wohl geglaubt, du würdest sie heiraten«, hakte Cai nach.

Lancelot nickte. »Ich brachte es nicht übers Herz, sie zu enttäuschen. Ich hoffte, sie würde mich einfach vergessen, nachdem ich Astolat verlassen hatte.«

Lamorak gab einen verstimmten Laut von sich. »Du hättest es besser wissen müssen, ein Mann mit deinen Erfahrungen. Nein, es ist nicht nachvollziehbar, warum du dich nicht einfach von ihr ferngehalten hast.«

»Und genau hier liegt meine Schuld«, bekannte Lancelot.

»Seht ihr!«, warf Bernhard wütend ein und schritt nach vorn. »Er ist geständig! Er weiß genau, dass er schuld ist am Tode meiner Tochter!«

Lancelot schüttelte traurig den Kopf. »Elaynes Tod berührt mich sehr, denn sie war ein wundervoller Mensch. Eine junge Frau, die noch ihr ganzes Leben vor sich hatte. Sie hätte ein glückliches Leben führen können.«

»Wenn du sie nicht verführt hättest!«, schrie Bernhard schrill auf.

»Ich habe sie niemals verführt«, entgegnete Lancelot ruhig.

»Nicht mit Taten, doch mit Worten«, brüllte nun Bernhards älterer Sohn. Er warf die Hände in die Luft und wandte sich an die Gemeinschaft der Tafelrunde. »Ihr müsst doch erkennen, dass er schuldig ist! Er streitet es nicht einmal ab!«

»Deine Beziehung zu ihr kann nicht so harmlos gewesen sein, wie du nun vorgibst«, warf Constantinus ein. »Warum hast du im Fieber ihren Namen gerufen?«

Lancelot senkte den Blick. Zum ersten Mal, seit diese Verhandlung begonnen hatte. »Ich erinnere mich nicht mehr.«

»Was sagst du? Sprich lauter«, forderte Lamorak ihn auf.

Lancelot hob den Blick. »Ich erinnere mich nicht an das, was ich im Fieber sprach.«

Gwens Bruder schnaufte verächtlich. »Wie praktisch für dich.«

Lancelot saß in der Falle. Wie ein Kaninchen, das mit einer Pfote in eine Schlaufenfalle getreten war und nun kopfüber über dem Waldboden baumelte.

Wer würde ihn zuerst erwischen? Der Jäger, der diese Falle ausgelegt hatte? Oder der Fuchs, der ihm schon immer auf den Fersen gewesen war?

Das Murmeln und Raunen links von ihm wurde lauter, so laut, dass die Aufmerksamkeit von ihm abgelenkt wurde.

Elayne trat zwischen den Menschen hervor. Ihr rabenschwarzes Haar lag offen über ihren Schultern und reichte fast bis zur Hüfte. Sie trug das blaue Kleid, das die Farbe ihrer Augen betonte. Lancelot sah, dass Morgaines besorgter Blick ihr folgte. Doch sie schritt mit gestrafften Schultern nach vorn und blieb drei Schritte von ihm entfernt stehen.

»Bitte hört mich an, Gemeinschaft der Tafelrunde.« Ihre Stimme klang so ruhig, nur die gefalteten Hände verrieten, dass sie aufgeregt war. So faltete sie die Hände immer, wenn sie nervös war.

»Wer ist das?!«, verlangte Bernhard zu wissen.

»Das ist Elayne von Corbenic«, erklärte Artus. »König Pelles' Tochter. Sie lebt seit einigen Monaten bei uns in Camelot.«

»Sie kannte meine Tochter doch gar nicht«, warf Bernhard ein.

»Das stimmt, ich kannte Elayne von Astolat nicht.« Sie atmete tief ein und hielt die Luft an, wie sie es oft tat, wenn sie angespannt war.

»Tu es nicht«, bat Lancelot sanft.

Er hatte sie doch vor all dem beschützen wollen. Nichts hiervon sollte auf sie abfärben.

Sie lächelte ihn traurig an und in ihren hellblauen Augen lag so viel Zuneigung, dass es ihm das Herz erwärmte. »Ich kann nicht anders.«

Dann waren sie beide verloren. Lancelot hoffte auf Gawain, doch dieser schüttelte nur verwirrt den Kopf. Er wusste ebenso wenig, was Elayne vorhatte.

»Dann erkläre, was du beizutragen hast«, bat nun Cai geduldig.

Sie nickte und wandte sich halb der Familie Astolat und halb der Gemeinschaft der Tafelrunde zu. »Ich kannte Elayne von Astolat nicht, doch ich kenne Lancelot vom See. Im Winter vor zwei Jahren kam er nach Corbenic. Zunächst wusste ich nicht, wer er ist. Er half uns bei den alltäglichen Arbeiten in der Festung, denn Corbenic ist in den letzten Jahren leider sehr heruntergekommen und es fehlt vor allem an Arbeitskräften. Wir verbrachten viel Zeit miteinander und ich durfte erfahren, dass Lancelot nicht nur ein hervorragender Krieger ist, sondern auch jemand, der die Arbeit nicht scheut und der des Abends am

Lagerfeuer viele Geschichten zu erzählen hat. Auch mir und meiner Familie sang er seine Lieder vor und erwärmte so die kalten Nächte des Nordens.« Sie lächelte und sah ihn kurz an, als sie sich daran erinnerte. »Aber außerdem erkannte er, dass ich einsam war, und unterhielt sich mit mir. Er schaffte es, dass ich mich nicht mehr allein fühlte. Und ich kann ohne Scheu behaupten, dass wir wahre Freunde wurden.« Sie schluckte kurz, besann sich, was sie als Nächstes sagen sollte.

Lancelot machte einen Schritt auf sie zu.

»Nein«, ermahnte Cai ihn. »Lass sie reden.«

»Unsere Freundschaft aber wurde unter abscheulichen Umständen ausgenutzt«, gestand sie nun. »Lancelot musste Corbenic verlassen.«

»Das erklärt noch immer nicht, was du hier beizutragen hast«, merkte Lamorak ungeduldig an. »Oder hast du ebenfalls mit dem Gedanken gespielt, dein Leben enden zu lassen, weil Lancelot dich verließ?«

Elayne erwiderte den Blick des Kriegers ohne Furcht. »Nein, das habe ich nicht. Ich konnte es auch nicht.« Sie atmete erneut tief ein. »Denn ich trug Lancelots Kind unter meinem Herzen.«

Chaos brach aus. Eine Frau in der Halle schrie empört auf. Lancelot war sich sicher, dass es Morgause war.

Bernhard brüllte: »Seht! Das ist Lancelots wahres Gesicht! Er hat das arme Mädchen verführt, wie er auch meine Tochter verführt hat!«

Tirre wollte auf Lancelot losstürmen, doch Gawain sprang über den Tisch und hielt den Mann zurück.

Lancelot sah Elayne flehentlich an. Was ging nur in ihr vor?

»Es war mein Name!«, rief sie in das Chaos. »Er hat nicht nach Elayne von Astolat gerufen, sondern nach mir!« Sie wartete, bis alle etwas ruhiger wurden und die Aufmerksamkeit wieder ihr galt. »Lancelot war niemals unehrlich zu mir. Er hat mir weder falsche Hoffnungen gemacht, noch mich im Glauben gelassen, er würde mir die Ehe antragen.« Sie sah zurück zu ihm. »Er war einfach nur er selbst und deswegen habe ich mein Herz an ihn verloren.«

»Und das Kind?«, hakte Cai nach. »Dein Sohn?«

»Galahad, benannt nach dem Taufnamen seines Vaters. Und hätte Lancelot gewusst, dass ich ein Kind von ihm empfangen hatte, wäre er geblieben. Aber er wusste es nicht. Viel mehr noch – er ging davon aus, dass ich ihn hasste, und deswegen kehrte er nicht nach Corbenic zurück. Erst an dem Tag, als er von Astolat nach Camelot zurückkehrte, erfuhr er, dass er Vater geworden war.«

König Bernhard trat vor, das Gesicht vor Schmerz verzerrt. »Du kannst nicht wissen, dass es dein Name war. Es kann genauso gut der Name meiner Tochter gewesen sein.«

»Doch er rief nicht nur nach Elayne«, entgegnete sie mutig. »Er rief nach dem Rabenkind. Und das bin ich. Das *war* ich, damals, in Corbenic.«

Lancelot verharrte. Woher wusste sie das? Niemand hatte während der Verhandlung davon gesprochen. Warum auch? Für niemanden hätte es einen Sinn ergeben.

»Du willst ihn nur beschützen.« Tirre machte sich von Gawain frei. »Warum sollten wir dir glauben?«

»Sie ist meine Nichte, pass auf, was du sagst«, knurrte Gawain.

Cai betrachtete Elayne sehr genau und versuchte, abzuschätzen, ob sie die Wahrheit sprach. »Gibt es jemanden, der ihre Geschichte bezeugen kann?«, rief er in die Halle.

Es dauerte nicht lange, da trat Morgaine aus der Menge. »Ja, ich kann das.« Sie beugte respektvoll das Haupt vor der versammelten Gemeinschaft der Tafelrunde. »Sie kam zu meinem Gemahl und mir nach Caer Luel, um nach Rat zu fragen. Sie vertraute sich mir an und ich riet ihr, nach Camelot zu gehen.« Morgaine schenkte Lancelot und Elayne ein liebevolles Lächeln, bevor sie sich wieder an die Tafelrunde wandte. »Wenn Lancelot nach einer Elayne rief, dann nach Elayne von Corbenic.«

»Das sind nur Behauptungen!«, brüllte Bernhard, dessen Zorn die Adern an seiner Stirn hervortreten ließ. »Ihr alle versucht doch nur, einen der euren zu schützen! Diese Verhandlung ist ein Theaterspiel!«

»Genug!«

Bernhard sah sich ungläubig um. Etwas weiter hinter ihm stand sein zweiter Sohn, Lavaine. Auch dessen Haut hatte sich rot verfärbt, als er nach vorn kam.

»Lancelot ist nicht schuldig«, sprach Lavaine mit seiner dünnen Stimme.

»Schweig! Du hast hier nichts zu sagen«, wurde er von seinem älteren Bruder angefahren.

Der Jüngere hob mutig das Kinn. »Doch, das habe ich. Und ich hoffe, man hört mich an.«

Cai nickte. »Sprich, Lavaine von Astolat. Wir werden dir zuhören.«

Etwas unsicher kam der junge Mann nach vorn. Sein Blick fand Lancelot und dieser lächelte ihm aufmunternd zu.

»Es ist so, wie Elayne … die andere Elayne … es gesagt hat.« Er räusperte sich. »Lancelot hat im Fieber nicht nur Elaynes Namen gerufen, sondern auch das Rabenkind.«

»Schweig doch, du Dummkopf!«, warnte ihn sein Bruder.

Aber Lavaine ließ sich nun nicht mehr zum Schweigen bringen. »Bis eben wusste ich nicht, was ein Rabenkind sein soll, aber jetzt weiß ich es.« Er deutete mit dem Finger auf Elayne. »Das ist das Rabenkind. Und nach diesem Mädchen hat Lancelot im Fieber gerufen, nicht nach meiner Schwester.«

»Bist du dir ganz sicher, dass das stimmt?«, hakte Cai nach.

Der Hüne nickte. »Ja. Lance war ein Freund für meine Schwester und auch für mich. Aber er war für meine Schwester nie … nie …« Er suchte nach den rechten Worten und man ließ ihm die Zeit, die er brauchte. »Er hat sie genauso behandelt wie mich. Nicht wie ein Mädchen, das er in seinem Bett haben wollte.«

»Hör auf, Sohn!«, befahl Bernhard. »Du weißt nicht, wovon du redest!«

»Wenn Lancelot schuld ist, bist du es ebenso, Vater. Du hast Elayne und mich nicht gut behandelt. Du hast sie eingesperrt und mich zu ihrem Wächter bestimmt. Du hast zugelassen, dass Tirre Elayne quälte und mich wie einen Hund behandelte. Es ist kein Wunder, dass Elayne sterben wollte, als Lancelot ging und wir in unser trostloses Leben zurückkehren mussten. Du und Tirre, ihr habt sie in den Tod getrieben, nicht Lancelot.«

Lancelot hörte das Getuschel in seinem Rücken, doch er ignorierte es. Vor ihm stand ein Mann, der gerade seine eigene Stimme gefunden hatte. Respektvoll beugte er das Haupt in Lavaines Richtung und legte die Faust an seine Brust.

Während der ganzen Zeit hatte sich Artus im Hintergrund gehalten. Nun aber erhob er sich an Cais Seite. »Lancelot vom See, bestätigst du die Worte Elaynes? Du warst in Corbenic und Galahad ist euer gemeinsamer Sohn?«

»Ja, jedes Wort, das sie gesprochen hat, ist wahr.« Lancelot lächelte Elayne liebevoll an. Er hätte sie womöglich retten können, indem er nun behauptete, sie log, um ihn zu schützen. Er brachte es jedoch nicht übers Herz. Sie hatte Mut bewiesen, hier vorzusprechen. Und niemals hätte er es geschafft, den kleinen Galahad zu verleumden. »Galahad ist mein Sohn«, sprach er nun noch lauter in die Runde. »Und ich habe Elayne in Corbenic zurückgelassen.« Dies war seine wahre Schuld.

Cai nickte. »Ich denke, wir haben genug gehört. Falls es keine weiteren Zeugen gibt, werden wir uns nun zurückziehen und besprechen. Wir kommen vor dem Mittag zurück und werden unsere Entscheidung verkünden.«

Es wurden sehr lange Stunden bis zum Mittag. Camelots Wächter, die direkt Cai unterstanden, brachten Lancelot zurück in seine Kammer, sodass ihm keine Gelegenheit blieb, mit Elayne zu sprechen.

Unruhig marschierte er hier auf und ab. Man brachte ihm etwas zu essen, doch er vermochte es nicht anzurühren. Auch der Wein wollte ihm nicht zusprechen. Er wollte einfach nur, dass alles vorbei war, und wünschte andererseits, er könnte die Zeit zurückdrehen. Dann hätte er seine Elayne gebeten, nicht für ihn einzutreten.

Er hatte nicht damit gerechnet, dass sie es tun würde, nicht nach all dem, was in der Verhandlung über ihn gesagt worden war. Trotzdem hatte sie es getan und er bewunderte ihren Mut. Sie hatte es für ihn getan. Er wünschte, er könnte sie in seine Arme nehmen und nie mehr loslassen.

Doch es konnte sein, dass ihr Mut ihn nicht rettete. Im Gegenteil. Jene, die Böses über ihn denken wollten, gingen nun davon aus, dass Elaynes Geschichte ein weiterer Beweis für seine Schuld war, ein weiterer Beweis für seinen schlechten Charakter.

Jene, die in der Tafelrunde so über ihn dachten, würden gegen ihn stimmen.

Wenn er schuldig gesprochen wurde, hatte sich Elayne damit selbst geschadet, dass sie für ihn eingetreten war. Im Falle des Schuldspruchs würde er die Tafelrunde und Camelot verlassen müssen. Artus konnte es sich nicht leisten, dass der Gemeinschaft ein Makel anhaftete.

Bernhard würde verlangen, dass man sein Strafmaß noch erhöhte. Lancelot würde alles verlieren. Und Elayne würde fortan damit leben müssen, dass man sie als gefallene Frau betrachtete. Wer würde sie jetzt noch heiraten und sie und Gal beschützen? Nun, da jeder wusste, dass Lancelot Gals Vater war?

Mit ihrer Aussage hatte sie sich kopfüber in einen Abgrund gestürzt, ohne zu wissen, ob unten die erlösende Oberfläche eines klaren Sees auf sie wartete – oder aber die kantigen Felsen einer Schlucht, auf denen ihr Leben in tausend Scherben zerbrach.

Es war bereits nach Mittag, als man ihn zurück in die große Halle führte. Die nahende Gefahr kribbelte in seinem Nacken. Sein ganzer Körper drängte nach Flucht. Er biss fest die Zähne aufeinander, während er auf den Richtertisch zuschritt.

Seine Waffenbrüder erwarteten ihn dort und Cai erhob sich, um das Urteil einzuleiten.

»Volk von Camelot, ihr habt in den letzten zwei Tagen gehört, was man unserem Bruder Lancelot vom See vorwirft. Es geht um das traurige Schicksal einer jungen Frau und darum, zu entscheiden, ob unser Bruder schuldig ist an ihrem Tod. Nach Anhörung aller Zeugen haben wir uns zurückgezogen und jedes Wort, das vorgebracht wurde, besprochen und überdacht.« Er breitete die Handflächen nach oben aus. »Hört nun, wie wir entschieden haben.«

Lancelots Magen krampfte sich schmerzhaft zusammen.

Die Mitglieder der Tafelrunde erhoben sich und einer nach dem anderen sprach sein Urteil.

»Nicht schuldig«, verkündete Lucan.

»Nicht schuldig«, verkündete auch Caradoc.

»Schuldig.« Constantinus warf Lancelot einen bedauernden Blick zu. »Es tut mir leid, mein Bruder.«

Lancelot nickte. Jeder von ihnen hatte nach seinem eigenen Gewissen zu urteilen. Er hatte gewusst, worauf er sich einließ, als er die Tafelrunde anrief.

»Nicht schuldig«, verkündete Osrin rasch.

»Schuldig«, war Lamoraks Urteil, in dessen Augen kein Bedauern, sondern nur Härte lag. Damit hatte Lancelot bereits gerechnet.

Artus nickte. »Nicht schuldig.«

Zustimmende Worte waren aus der Menge zu hören. Doch sein Urteil zählte nicht mehr als das der anderen. So hatten sie es vor langer Zeit festgelegt, als sie die Tafelrunde ins Leben riefen. Das war ihre Essenz. Eine Gemeinschaft von Gleichen.

»Nicht schuldig«, verkündete Cai mit der ihm gewohnten Ernsthaftigkeit und darüber war Lancelot doch ein wenig überrascht. Denn in vielen Diskussionen und ganz besonders in ihrer einstigen Konkurrenz um Artus' Gunst hatten sie auf unterschiedlichen Seiten gestanden.

»Nicht schuldig!«, rief Hector voller Überzeugung in die Halle.

Agravaine räusperte sich und sein Blick huschte kurz in die Menge. »Schuldig.«

Nun, das überraschte Lancelot noch mehr.

Gawains Blick war finster. »Nicht schuldig.«

Lancelot konnte sich gut vorstellen, wie die Brüder miteinander gestritten hatten, und war nun gespannt auf das Urteil ihres jüngsten Bruders Gaheris.

Dieser biss sich kurz auf die Unterlippe und atmete tief ein. Die Aufregung war ihm anzusehen. »Nicht schuldig.«

Percival verschränkte die Arme vor der Brust. »Schuldig darin, meine Base Elayne von Corbenic verführt zu haben.« Der junge Mann schüttelte den Kopf. »Aber nicht schuldig am Tod der Elayne von Astolat.«

Für einen Moment versuchte Lancelot zu begreifen, was gerade geschehen war, und allen anderen Anwesenden schien es genauso zu gehen, denn es herrschte eine unwirkliche Stille.

Dann aber polterte Bernhard von Astolat los. »Das ist eine Farce! Ihr habt von Anfang an nicht ernst genommen, um was es hier geht!«

»Es war dein Wunsch, die Tafelrunde einzuberufen«, gab Artus zu bedenken.

Cai nahm seine letzte Amtshandlung als Sprecher dieser Verhandlung wahr und fasste das Urteil zusammen: »Drei Stimmen für schuldig, neun für unschuldig. Lancelot vom See wird freigesprochen!«

Tirre stürmte auf seinen Bruder Lavaine los. »Daran bist nur du schuld!«

Bernhard ging zwischen die beiden, versuchte, seinen älteren Sohn zu besänftigen.

Lancelot indes wurde von Freunden umringt, die ihn erleichtert beglückwünschten. Morgaine rang sich zu ihm durch und drückte ihm einen festen Kuss auf die Wange. »Ich bin sehr froh, dass man deine Unschuld erkannt hat.«

Er hob die Schultern. »Danke, liebste Morgaine.« Er umarmte sie fest, genoss den Duft von Wacholderbeeren und Kräutern, den er seit seiner Kindheit an ihr liebte. »Sag, hast du Elayne gesehen?«

»Sie war eben noch bei mir. Aber ich habe sie aus den Augen verloren.« Sie sah sich suchend um.

Auch Gwen war aus der Halle verschwunden, bevor er sie hatte sprechen können, was ihn nicht wunderte. Sie hatte in den letzten Tagen jeden verächtlichen Blick, jede Andeutung, jede geflüsterte Anspielung auf ihre Tugend mit Würde ertragen. Sie brauchte Ruhe und Lancelot würde später mit ihr reden.

Dafür kam nun Artus an seine Seite und umarmte ihn mit seiner Bärenkraft. »Ich habe keinen Moment an deiner Unschuld gezweifelt, Bruder.«

»Ich mag frei sein«, Lancelot deutete mit einem Nicken in Richtung der noch immer zankenden Familie Astolat, »doch Bernhard hat noch immer eine Tochter verloren. Und vielleicht verlierst du so auch seine Treue.«

Artus nickte bedächtig. »Auch wenn Camelot nichts mit dem Tod der jungen Frau zu tun hat, werde ich seinen Verlust respektieren und versuchen, seinen Schmerz zu lindern.«

»Wie willst du das tun?« Lancelot sah in jene Richtung, in der Tirre seinen Bruder anbrüllte.

»Mit Diplomatie.« Artus seufzte. »Selbstverständlich werde ich dafür sorgen, dass König Bernhards Tochter eine Bestattung erhält, die einer Frau ihrer Stellung würdig ist. Camelot wird der Güte der jungen Frau gedenken. Ohne sie wärest du nicht mehr bei uns.« Artus hob eine Augenbraue. »Sodann werde ich alles in meiner Macht Stehende tun, eine passende Partie für einen seiner Söhne zu finden. Der Verlust einer Tochter kann womöglich nicht ersetzt werden, doch durch eine neue Frau im Haushalt vielleicht ein wenig geschmälert.«

Lancelot verschränkte die Arme vor der Brust. »An welche Dame hast du dabei gedacht?«

»Gwyneth.«

Lancelot musste sich beherrschen, nicht laut loszulachen, das wäre absolut unangebracht gewesen. »Du wolltest sein Leid mildern, nicht mehren.«

Auch Artus' Mundwinkel zuckte amüsiert. »Wir werden sehen.« Er strich sich über den kupfernen Bartansatz und sah Lancelot fest an. »Du bist mir eine Erklärung schuldig, und zwar eine sehr gute.«

Der plötzliche Themenwechsel überraschte ihn nicht. »Ich weiß. Und du wirst sie erhalten. Doch zunächst muss ich mich mit Elayne unterhalten.«

Artus klopfte auf seine Schulter. »Tu das. Ich erwarte euch beide jedoch noch vor dem Abendessen in meinem Arbeitszimmer.«

»Natürlich«, beugte er respektvoll das Haupt.

»Gut«, seufzte Artus und grinste. »Herzlichen Glückwunsch übrigens. Der kleine Galahad ist ein Prachtkerl.«

Lancelot konnte nicht anders, er musste ebenfalls grinsen. Die Worte fühlten sich zu gut an. Endlich konnte er zu seinem Sohn stehen. »Ich weiß.«

Er wusste, wo er sie finden würde.

Sie wartete in Merlins Kammer auf ihn. Die Sonne fiel durch ein Dachfenster, das sie geöffnet hatte, und schenkte seiner Elayne ein unwirkliches Strahlen. Ihr glattes schwarzes Haar, das sie selbst verfluchte, da es zu oft aus ihrer Frisur rutschte, lag offen über ihren Schultern. Nervös hatte sie die Hände gefaltet, doch ihr Blick wich dem seinen nicht aus.

Er ließ seine inneren Schilde fallen. All die Beherrschung der vergangenen Wochen und die Anspannung der letzten Stunden fielen in diesem Moment ab, als er sie dort stehen sah.

Mit wenigen Schritten war er bei ihr. »Danke«, hauchte er, schlang einen Arm um ihre Taille und legte die freie Hand in ihren Nacken, um sie fester an sich zu ziehen. Er wartete ihre Reaktion nicht ab, sondern senkte den Kopf und küsste sie fest auf die Lippen.

Einen Moment verharrte sie, überrascht von seiner plötzlichen Nähe. Dann aber schlang sie ihre Arme um seinen Hals, schmiegte ihren Körper an seinen und öffnete die Lippen, um seinen Kuss zu erwidern.

Es tat so gut, sie zu halten und zu küssen. Er wünschte, der Moment würde nie enden.

»Lance«, murmelte sie an seinen Lippen. »Was … Was sollen wir nur tun?«

Er schob sie ein wenig von sich, um sie ansehen zu können. »Erlaube mir, dein Gemahl zu werden. Erlaube mir, dich und Gal zu beschützen und für euch zu sorgen. Lass uns all die Sorgen dieser Welt gemeinsam tragen. Ich möchte dir einen Teil deiner Last abnehmen und gemeinsam mit dir den Herausforderungen entgegentreten.«

Sie blinzelte. »Denkst du, sie lassen es zu?«

»Artus wird es zulassen. Was alle anderen denken, ist nicht von Belang.«

Sie stellte sich auf die Zehenspitzen und küsste ihn zart auf die Wange. »Ja.«

Er schob sie erneut etwas fort und sah sie ernst an. »Ja?«

»Ja, ich möchte deine Gemahlin werden, Lancelot vom See.«

Er legte seine Handflächen an ihre zarten Wangen. »Von nun an kann uns niemand mehr trennen.«

27

PROFFWYDOLIAETHAU

Prophezeiungen

Wisst ihr eigentlich, in welche Lage ihr mich gebracht habt?«

Artus marschierte wütend in dem königlichen Gemach auf und ab, was nicht sehr ergiebig war, denn nach drei Schritten hatte er jeweils ein Ende der Kammer oder ein Möbelstück erreicht.

»Es tut mir leid«, sprach Lancelot im Brustton der Überzeugung.

Artus schüttelte den Kopf. »Das höre ich jetzt zum zehnten Mal.«

»Was soll ich denn anderes sagen?«, seufzte er. »Es blieb uns nichts anderes übrig.«

Sie standen da wie zwei kleine Kinder, die den Milchvorrat geplündert hatten. Seit sie ihm gesagt hatte, dass sie ihn heiraten würde, hatte er ihre Hand nicht mehr losgelassen.

»Jetzt lass die beiden sich doch erst einmal setzen«, wandte Gwenhwyfar bedacht ein und lächelte den kleinen Galahad an, den sie auf den Schoß genommen hatte. »Deine Eltern sollten etwas essen, findest du nicht auch?«

Galahad strahlte die goldene Königin vergnügt an. »Brot!«

»Aber ja, es gibt auch Brot«, schmunzelte Gwenhwyfar, griff nach dem Teller auf dem niedrigen Tisch und reichte dem kleinen Helden ein Stück Brot.

Elayne war überrascht, wie gefasst die Königin die Nachricht aufgenommen hatte, dass Elayne eine Lüge mehr auf dem Gewissen hatte.

»Im Grunde ist es meine Schuld«, gestand Elayne leise. »Ich hätte von Anfang an die Wahrheit sagen sollen.«

Artus funkelte sie erzürnt an. »Allerdings.«

»Vielleicht gibt es keinen Schuldigen«, meinte Lancelot nun. »Wir wurden alle verwickelt in ein Netz aus Verstrickungen, aus Verwirrungen … aus Lügen womöglich, doch viel mehr in den Bemühungen, diejenigen zu schützen, die uns am liebsten sind.«

Der König schüttelte resignierend den Kopf. »Man kann euch beiden nicht einmal richtig böse sein. Ich sollte euch einsperren, mir Strafen ausdenken, ein Exempel statuieren. Stattdessen möchte ich euch umarmen und mich für euch freuen und euch alles Glück dieser Welt wünschen.«

»Wie es dir beliebt, mein König.« Lancelot senkte das Haupt.

Artus kam um den Tisch herum und packte ihn an den Schultern. »Verdammt, Lance!«

»Artus!«, ermahnte ihn seine Gemahlin. »Bedenke doch, dass alles eine gute Wendung gefunden hat. Lancelot ist unschuldig am Tode von Elayne von Astolat. Dafür wissen wir nun, dass dieser kleine Held auf meinem Schoß sein Sohn ist. Ein wunderhübscher, lieber kleiner Junge.«

Galahad gluckste vergnügt, als wisse er genau, dass die Königin über ihn sprach. Im Licht der kostbaren Kerzen schien sein Gesicht wie das eines Wesens aus der Anderswelt. Es musste Lancelots Gabe sein, die in ihm schlummerte, jeden Menschen, den er traf, von sich so dermaßen einzunehmen.

Elayne lächelte bei diesem Gedanken. Ihr war nie aufgefallen, wie ähnlich Gal seinem Vater war. Nein, nicht vom Äußeren. Sein Haar war noch immer goldblond, wie das der Königin, seine Augen so hell wie die von Elayne. Doch es waren sein Lachen, das sie an Lancelot erinnerte, und seine Augen, wenn er einen Menschen zum Lachen bringen wollte.

»Setzt euch«, bat Artus nun etwas ruhiger. »Gwen hat wohl recht, ich kann es euch nicht übel nehmen.«

Sie ließen sich auf den Kissen nieder und warteten, bis auch Artus sich niedergelassen hatte. Der König schenkte in mehrere Becher Wein ein und reichte sie herum.

»Es gibt etwas, worüber wir reden müssen«, erklärte er nach den ersten Schlucken.

Lancelot hatte nun Elaynes Hand losgelassen und griff nach einer Traube auf dem Obstteller. »Unsere Strafe?«

»Ich weiß nicht, ob es eine Strafe ist«, murmelte Artus, sein Blick wanderte zu Gwen.

»Ihr müsst Camelot verlassen«, verkündete sie freiheraus, als würden sie die Essensabfolge für den nächsten Tag besprechen. »Zumindest für eine Weile, bis sich die Wogen geglättet haben.«

Elayne fühlte, wie ein schwerer Stein in ihren Magen plumpste. Artus und Gwenhwyfar hatten also bereits besprochen, was zu tun war. Kein Wunder, dass die Königin so ruhig war.

»Der Gedanke ist einleuchtend«, stimmte Lancelot zu, wenn auch wenig begeistert. »Es ist besser, wenn wir aus dem Weg sind, solange du dein Bündnis mit Bernhard von Astolat erneuerst.«

»Nicht nur wegen Bernhard«, meinte Artus nun. »Du kennst die Stimmen der Brüder gegen dich. Es ist besser, wenn du eine Weile nicht zugegen bist, damit sich ihre Gemüter beruhigen.«

Lancelot warf Elayne einen fragenden Blick zu.

Sie nickte. Sie mussten dem Wunsch von Artus nachkommen, sie hatten schon genug Unheil angerichtet.

»Wohin schickst du uns?«, fragte er daher.

Artus hatte sich sehr gut auf dieses Gespräch vorbereitet. Er rückte die Teller und Schüsseln auf dem Tisch zur Seite und entrollte eine kleinere seiner Karten aus dem Arbeitszimmer. Zu sehen war nur ein Teil Britanniens.

Nordbritanniens.

Elayne beugte sich nach vorn, um besser sehen zu können, und ihr Herz schlug schneller, als sie die wohlbekannte Markierung ihrer Heimat erkannte. Dort war Caer Luel eingezeichnet und weiter südwestlich am Meer Glannoventa. Schickte Artus sie nach Hause, um die Regentschaft über Corbenic zu übernehmen?

Sein Finger aber deutete auf die Ostküste. »Ich brauche euch hier, nördlich von Pons Aelius.«

»Das ist Niemandsland«, bemerkte Lancelot.

»Ist Pons Aelius nicht inzwischen Sachsengebiet?« Elayne runzelte die Stirn, als sie versuchte, das Gebiet besser zu erkennen.

Artus nickte. »Ich habe vor einem Jahrzehnt ein Friedensabkommen mit den Sachsen dort geschlossen. Osrin stammt von dort, er versorgt mich mit diplomatischen Neuigkeiten. Es ist zu befürchten, dass die Sachsen weitere Gebiete in Anspruch nehmen. Der Platz wird eng, sie brauchen Land für die Landwirtschaft und ihre Tiere. Doch … es sind nicht die Sachsen, weshalb ich euch dorthin schicke.« Sein Finger wanderte weiter nördlich der Küste entlang bis nach Din Eidyn. »Ich schicke euch wegen Lot dorthin.«

Tatsächlich lag der Flecken Land, den er für sie ausgesucht hatte, genau zwischen dem Sachsenland und Lothian.

»Ihr werdet für uns die Stellung halten«, erklärte nun Gwenhwyfar. »Ihr seid unsere Absicherung, dass Lot nicht auf den Gedanken kommt, seine Fühler nach Süden auszustrecken und sich mit den Sachsen zu verbünden.«

»Oder seine piktischen Horden nach Süden zu schicken und unsere sächsischen Verbündeten anzugreifen«, ergänzte Artus.

Lancelot deutete nun selbst mit dem Finger auf den Flecken Land, der ihnen zugedacht war. »Hier konnten nicht einmal die Römer Fuß fassen. Das ist Stammesland.«

»Ja, eine der letzten Ecken Britanniens, die von britischen Stämmen dominiert werden«, bestätigte Artus.

»Warum schickst du uns nicht nach Corbenic?«, wandte Elayne ein. Ihr behagte der Gedanke ganz und gar nicht, in fremdes Stammesland einzutauchen. Die Stämme Britanniens waren stolz, und ihr Stolz war durch die Römer verletzt worden. Kein guter Gedanke, wenn man bedachte, dass Elaynes Vorfahren aus der männlichen Linie sehr akkurat auf die römischen Herren des Nordens zurückzuführen waren.

»Corbenic ist sicher.« Artus nahm einen Becher Wein und trank davon, den Blick weiterhin auf die Karte gerichtet. »Dein Vater … Er mag nicht mehr der Mann sein, der er einmal war, doch ich hatte niemals Grund, an seiner Treue zu zweifeln. Jeden Versuch Lots, ihn zu der Idee des vereinigten Nordens … des *Henn Ogledd* zurückzuführen, schmetterte Pelles ab.«

Morgaine hatte Artus also Bericht erstattet. Das verwunderte Elayne nicht, nun, da sie die enge Bindung zwischen Bruder und Schwester kannte. Wie viel davon war Uryen bewusst? Nutzte er den Kontakt seiner Gemahlin, um mit zwei Schwertern zu kämpfen? Mit dem einen unterstützte er seinen Bruder Lot, den mächtigsten Mann des Nordens, mit dem anderen seinen Schwager Artus, den Hochkönig von Britannien, dem er Treue geschworen hatte?

Aber Corbenic … Corbenic war schwach, denn es hatte keinen König wie Uryen. Was, wenn Lot sich einfach nahm, was er wollte? Was, wenn die Piraten Corbenics Schwäche ausnutzten? Elayne musste an all die lieben Menschen denken, die sie dort zurückgelassen hatte.

»Wir können Corbenic nicht ohne Schutz lassen«, sprach sie aus, was sie dachte. »Mit Lance und zwanzig guten Kriegern könnte ich meine Heimat vor den Skoten und den Intrigen Lots beschützen.«

Lancelot lächelte, als er seine eigenen Worte durch sie hörte. »Da hat sie recht. Wir müssen dafür sorgen, dass die Menschen in Corbenic sicher sind, sonst kann ich meine Gemahlin nicht davon überzeugen, ihre Heimat aufzugeben, um ein anderes Land zu beschützen.«

Artus hob eine Augenbraue. »Deine Gemahlin …«

Es hörte sich auch in Elaynes Ohren fremd an und doch glühte ihr Herz bei dem, was Lancelot sagte.

»Nun, Elayne von Corbenic, unter welchen Voraussetzungen wärest du bereit, an die Ostküste zu ziehen statt zur Westküste?«

»Zwanzig Mann«, wiederholte Elayne. »Und Stallburschen, Pferde … Küchenmädchen. Wähle Soldaten, die eine Familie haben, damit Corbenic zum Leben zurückkehrt und aus dem Schlaf der Verlassenen erwacht.«

Artus sah zu Gwenhwyfar und diese stimmte zu. »Wenn sie sonst nicht an die Ostküste zieht …«

»Das werde ich nicht. Ausschließlich, wenn Corbenic sicher ist«, beharrte Elayne.

»Und wenn Pelles meine Männer nicht annimmt? Wenn er sich gegen meine Unterstützung wehrt?«, gab Artus zu bedenken.

Elayne entspannte sich und rückte von der Karte Nordbritanniens ab. »Ich werde dafür sorgen, dass mein Vater die Hilfe seines Hochkönigs annimmt.«

Artus schmunzelte anerkennend und reichte ihr über den Tisch die freie Hand. »Dann haben wir wohl einen Vertrag?«

Sie zögerte kurz. Es fühlte sich neu und doch so richtig an, einen Vertrag abzuschließen. Immerhin war sie die einzige Erbin Corbenics, oder zumindest Regentin, falls ihr Vater starb, bevor Galahad zum Mann geworden war.

Im Bewusstsein dessen schlug sie in Artus' Hand ein. »Ja, mein König, wir haben einen Vertrag. Zwanzig Mann mit Familien für Corbenic und ich gehe für dich in den Osten, um Lots Macht in der Waage zu halten.«

Sie besiegelten den Vertrag mit Wein und Artus verlangte, dass Lancelot all jene Details seines Besuches im Norden nun noch einmal erzählte, ohne jene Geschehnisse, die er ihm bisher vorenthalten hatte.

Besonders die Schilderung ihrer ersten Begegnung im Fluss brachte Artus und Gwenhwyfar zum Lachen.

»Das Einhorn«, fiel der Königin nun mit glühenden Augen ein. »Gab es das wirklich?«

Lancelot nickte. »Für uns war es wirklich. Eine Stute von außergewöhnlicher Schönheit. Ob sie nun ein Horn trug oder nicht … ihr wildes und doch friedliches Wesen verdiente es, beschützt zu werden.«

»Sie ist noch dort«, versicherte Elayne. »Bevor ich nach Süden aufbrach, nahm ich Abschied von ihr. Und ich spüre, dass es ihr gut geht.«

Mochte es der Wein, die fortgeschrittene Stunde oder beides zugleich sein, Gwenhwyfars Wangen glühten vor Begeisterung. »Sing uns eines deiner Lieder«, bat sie.

»Welches möchtest du hören?«

»Wähle selbst«, bat die Königin.

Elayne hatte noch keines seiner neuen Lieder außer jenem gehört, das er über das Einhorn sang. Nun aber hörte sie Lancelots Stimme in einer Verletzlichkeit, die alle anderen Lieder übertraf.

Dein Federkleid gesponnen aus nächtlichem Faden,
Dein Schrei heiser von tausend Rufen,
Dein Blick gespiegelt von zweitausend Pfaden,
Deine Seele gelebt seit dreitausend Jahren.

Die Finsternis ist deine Welt,
Du scheust weder Tag noch Nacht,
Bei deinem Anblick ergreift Wehmut so manchen Held,
Als ob der Schrei des Todes sei deine Macht.

Und doch scheint es mir in jenen Stunden,
Dass kein Freund mir in Einsamkeit näher als du,
Dass dein Geist heilt meine Wunden
Und meine Seele findet endlich Ruh.

Drum ist nichts vergleichbar mit deiner Treue
und in deiner Gesellschaft kein Abenteuer ich scheue.

Gal hatte sich auf dem Schoß von Gwenhwyfar zusammengerollt und seine Wange ruhte an ihrer Brust, während er gleichmäßig atmete, die Augen geschlossen.

»Soll ich ihn nehmen?« Elayne wollte sich bereits erheben, doch Gwen schüttelte lächelnd mit dem Kopf.

»Ich behalte ihn noch etwas bei mir.«

Die Tränen, die in Gwens Augen standen, konnte Elayne nicht übersehen. Ja, die Königin war vernarrt in den kleinen Galahad. Doch viel mehr sehnte sich ihr Herz nach einem eigenen Kind.

Artus streichelte Gals goldene Locken. »Es gibt noch etwas, was wir euch sagen müssen«, sprach er sanft und lächelte Lancelot und Elayne an. »Man setzt uns zunehmend unter Druck, weil wir noch keinen Erben zeugen konnten.«

Gwenhwyfar nahm seine Hand in ihre und drückte sie fest, zustimmend nickend.

Artus richtete sich auf und sah direkt zu Lancelot. »Deine Mutter war meine älteste Schwester. Ich durfte sie niemals kennenlernen, doch von all meinen Neffen stehst du mir, weiß Gott, am nächsten, näher noch als mein Ziehbruder Cai.«

»Ihr seid noch jung«, wandte Lancelot ein. »Ihr könnt noch viele Kinder haben.«

»So Gott will, ja«, nickte Artus. »Aber du weißt, dass mir die anderen Könige im Nacken sitzen. Sie wollen, dass mein Erbe gesichert ist. Sie wollen keinen neuen Bürgerkrieg wie nach dem Tod von Ambrosius, als mein Vater sich blutig die Herrschaft gegen Vortigern sicherte. Sie wollen keinen Kampf unter Königen wie damals, als man behauptete, ich sei nicht der rechte Sohn meines Vaters. Ich muss einen Erben verkünden. Einen Mann, der die Herrschaft über Britannien antritt, sofern ich niemals einen eigenen Sohn haben werde.«

Er sah zögerlich zu Gwenhwyfar, doch sie nickte ihm aufmunternd zu. »Sag es ihnen.«

»Nun, Gwen und ich haben lange darüber gesprochen. Für uns selbst und für Britannien ist es das Beste, wenn wir diesen Erben besser morgen als in einem Jahr bestimmen.« Er atmete tief ein und wirkte ein wenig nervös, bevor er verkündete: »Elayne, Lancelot … wir werden euren Sohn Galahad als unseren Erben bestimmen.«

»Sobald ihr verheiratet seid«, fügte Gwen hinzu.

»Galahad«, murmelte Lancelot ungläubig und betrachtete seinen Sohn auf Gwens Schoß. »Aber er ist noch so klein, so unschuldig.«

»Und fern von Camelot wirst du ihn zu einem klugen, starken Mann erziehen«, versicherte Artus ihm. »Zu einem Mann, der nicht geprägt wird von Machtsucht und Politik, zu einem mutigen Mann mit dem Herzen seiner Mutter und dem Kampfgeschick seines Vaters, zu einem wahren Helden.«

»Ihr müsst euch nicht jetzt entscheiden, ob ihr zustimmt«, versicherte Gwenhwyfar rasch. »Lasst euch ein paar Tage Zeit. Teilt uns eure Entscheidung nach eurer Hochzeit mit.«

Lancelot senkte den Blick. »Ja, wir werden es überlegen.«

Elayne nickte zustimmend, doch sie war unfähig, etwas zu sagen.

Der größte Held Britanniens.

Ihre Hand wanderte zu dem Anhänger, den sie noch immer an einem Lederband um den Hals trug. Der weiße Rabe, geschnitzt aus dem Knochen des Mannes, der ihre Großmutter tötete.

Die Prophezeiung ihrer Mutter sollte sich also doch bewahrheiten.

Wie viel Leid hatte ihr diese Prophezeiung gebracht? Wie viel Kummer, bis sie endlich ihren eigenen Weg gefunden hatte und jetzt kurz vor der Erfüllung ihres Glücks stand? Und nun schwebte die Prophezeiung erneut wie ein finsterer Schatten über ihren Köpfen.

Galahad sollte der Erbe Britanniens werden. Ihr kleiner, unschuldiger Sohn sollte die ganze Last der Zukunft tragen.

Sie nahm das Lederband von ihrem Hals und starrte den Raben in ihrer Handfläche an.

Gwenhwyfar würde niemals einen Sohn von Artus erhalten.

Cundrie, der Rabe … Ihre Worte stammten aus einer engen Verbindung zur Anderswelt, zu Visionen, welche die Götter ihr schenkten.

Beide Prophezeiungen waren miteinander verschlungen wie das Muster eines gewebten Bandes. Und sie alle hier in diesem Raum … Artus, Gwenhwyfar, Lancelot, sie selbst und ihr kleiner Galahad … waren nichts als Fäden in der Borte.

Elayne schüttelte den Kopf. Sie konnte nicht zulassen, dass die Worte ihrer Mutter noch mehr Leben zerstörten. Sie legte den kleinen Raben in das Kohlebecken inmitten des Tisches und sah zu, wie es von der Hitze schwarz ankohlte.

Lancelot griff nach ihrer Hand. »Was ist los?«, flüsterte er.

Sie schüttelte den Kopf und sah hinüber zu Artus und Gwenhwyfar. Die beiden waren in ein inniges Gespräch vertieft und beachteten nicht, was Elayne gerade getan hatte.

»Ich habe es satt, dass Prophezeiungen unser Leben bestimmen«, raunte sie ihm zu. »Für Galahad … für uns alle hier … müssen wir einen Weg finden, aus der Prophezeiung auszubrechen.«

»Was meinst du damit?«

Elayne trank aus ihrem Becher. Ihr Herz raste.

Was, wenn Gwenhwyfar wirklich kein Kind von Artus bekommen konnte? In all den Schriften in Merlins Kammer hatte sie gelesen, dass es manchmal so kam, dass das Blut eines Mannes sich nicht mit dem Blut einer Frau vertrug. Dann konnten sie niemals gesunde Kinder bekommen. Der Mann konnte aber sehr wohl mit einer anderen Frau ein Kind zeugen und die Frau konnte von einem anderen Mann ein Kind empfangen.

Was, wenn die Prophezeiungen ihrer Mutter keine Vorhersehung der Zukunft waren, sondern eine Warnung? Oder ein Hinweis, wie sie den Bann ihres Schicksals brechen konnten?

Wenn Gwenhwyfar ein Kind bekam, würde die Last Britanniens nicht mehr auf den kleinen Schultern von Galahad ruhen. Wenn sie ein Kind bekam, würden die Könige Britanniens Artus nicht mehr unter Druck setzen. Seine Herrschaft wäre noch für viele Jahre gesichert und die Nachfolge würde keinen Grund zu Zwist, Neid und Krieg geben.

Alles hing davon ab, dass Gwenhwyfar ein Kind gebar.

Doch nicht von Artus.

Elayne blickte auf in Lancelots dunkle Augen. Seine Zuneigung zur Königin war die Lösung.

Elayne richtete sich auf und starrte auf den kleinen Raben, der langsam vor sich hin kohlte. »Gwenhwyfar kann ein Kind bekommen«, sprach sie leise.

Artus sah stirnrunzelnd auf und Gwen schüttelte verständnislos den Kopf.

»Sie hat bereits Kinder empfangen, doch sie starben. Sie waren nicht stark genug, vielleicht, weil das Blut von Artus und Gwenhwyfar sich nicht vereinigen lässt.«

»Wovon sprichst du?«, wollte Gwen mit zitternder Stimme wissen.

»Hat sie eine Vision?« Artus richtete sich misstrauisch auf. Er musste die Visionen seiner Schwester kennen und wissen, dass es nicht das zweite Gesicht war, das Elayne nun heimsuchte.

»Nein, hat sie nicht«, bestätigte Lancelot.

»Gwenhwyfar kann ein gesundes Kind zur Welt bringen, wenn es von einem anderen Mann stammt. Einem anderen Mann als Artus.«

Gwen schüttelte den Kopf. »Bist du wahnsinnig geworden, Elayne?«

Doch Elayne sprach weiter, bevor ihr Mut sie verlassen konnte. Sie sah Lancelot an. »Wenn sie in einer geheimen Nacht ein Kind von dir empfängt, wird niemals jemand wissen, dass es nicht Artus' Kind ist. Wir werden stillschweigen und so die Prophezeiungen meiner Mutter brechen.«

DANK

An dieser Stelle möchte ich all jenen Menschen danken, die ganz fest an Elayne glauben und mich immer wieder ermutigen, weiterzuschreiben.

Allen voran meiner Verlegerin Corinne und ihrem Ehemann Andi, die mit so viel Herz und Leidenschaft die Sternensand-Bücher betreuen, dass man als Autorin das Gefühl hat, ein Zuhause gefunden zu haben.

Ich danke den Lesern und ganz besonders den Bloggern für eure lieben Worte, die mich nach Erscheinen des ersten Bandes erreicht haben. Die Geschichte, die ich viele Jahre in meinem Herzen trug, ist durch die Worte, die ich auf das Papier gebracht habe, in euren Herzen angekommen. Das ist genau das, wovon man als Autor träumt. <3

Ganz besonderer Dank gilt meiner Tochter Anina. Sie ist gerade erst fünfzehn Jahr alt und beweist mir jeden Tag, wie erwachsen man in diesem Alter sein kann. Sie begleitet mich auf Conventions, macht jede verrückte Idee mit, und wenn es auch bedeutet, vor einer Gruppe fremder Menschen die Lieblingslieder ihrer Mutter vortragen zu müssen. Sie war die erste Person, die den zweiten Band lesen durfte, und hat mit mir geweint, gelacht und nützliche Ratschläge erteilt, während ich die Handlung entwickelte.

Meinem Sohn Benjamin danke ich genauso, denn er ist es, der oft gelangweilt neben mir steht und warten muss, bis der eine Satz noch fertig geschrieben ist, damit ich Zeit habe, mit ihm Uno zu spielen. ;-) Gal hat ihm die blonden Locken zu verdanken, über die jeder so gern streichelt. <3

Meinen Kindern ist übrigens der Text des ›Einhorn-Liedes‹ in Kapitel 17 zu verdanken. Gemeinsam haben wir die Worte zur Melodie von ›Scarborough Fair‹ erdichtet. Ich glaube, wir haben eine große Zukunft als Songwriter vor uns. ;-)

Dieses Buch ist meinem Ehemann gewidmet. Danke, dass du mir zeigst, was ein treues Rabenherz ist. Liebe bedeutet nicht, dass man sich ständig verliebt in die Augen schaut (obwohl wir das schon recht häufig tun). Liebe bedeutet, dass man auch mal unterschiedlicher Meinung ist und trotzdem weiß, dass man zueinander gehört. Liebe bedeutet, dass man sich ergänzt, dass man sich gegenseitig Mut macht, dass man gemeinsam über Kleinigkeiten lacht, die niemand anderes witzig finden würde. Dass man gemeinsam auf dem Sofa einschläft oder eine Serie in Rekordzeit schaut, weil sie einfach zu spannend ist. Dass man sich mit dem Controller abwechselt, weil der eine einfach besser in ›Skyrim‹ geradeaus laufen kann, während der andere geschickter im Kämpfen ist. Dass man gemeinsam träumt und gemeinsam den Alltag übersteht. Danke, mein Aleks, mein Held.

Über die Autorin

Jessica Bernett wurde an einem sonnigen Herbsttag im Jahr 1978 als Enkelin eines Buchdruckers in Wiesbaden geboren. Am liebsten würde sie die ganze Welt bereisen und an jedem Ort einige Monate verbringen. Aktuell lebt sie mit ihrem Mann, ihren beiden Kindern und zwei Katzen in Mainz. Sie liebt starke Frauenfiguren, die sie in spannende Geschichten verwickelt, und tobt sich in allen Bereichen der Fantasy aus, von historischer Fantasy über Urban Fantasy bis hin zur Science Fantasy. Wenn sie nicht gerade mit ihren Kindern in Abenteuern versinkt, schreibt oder von neuen Geschichten träumt, tummelt sie sich mit Vorliebe auf Conventions, um sich mit Gleichgesinnten über Lieblingsserien, Filme und Bücher auszutauschen.

Kontakt:

Facebook: www.facebook.com/jessbernett

Homepage: https://jessbernett.jimdo.com

Weitere Titel aus unserem Fantasy-Programm

C. M. Spoerri & Jasmin Romana Welsch
Conversion (Band 1): Zwischen Tag und Nacht
28. August 2016, Sternensand Verlag
442 Seiten, broschiert
€ 12,95 [D]

Dystopie
Als Taschenbuch und E-Book

J. K. Bloom
Wächter der Runen (Band 1)
28. September 2018, Sternensand Verlag
528 Seiten, broschiert
€ 16,95 [D]

High Fantasy
Als Taschenbuch und E-Book

Jamie L. Farley
Adular (Band 1): Schutt und Asche
15. März 2019, Sternensand Verlag
372 Seiten, broschiert
€ 12,95 [D]

Dark Fantasy
Als Taschenbuch und E-Book

Stefanie Scheurich
Deceptive City (Band 1): Aussortiert
22. Juni 2018, Sternensand Verlag
440 Seiten, broschiert
€ 12,95 [D]

Dystopie, Jugendroman
Als Taschenbuch und E-Book

Stefanie Scheurich
Streuner: Verflucht liebenswert
16. Februar 2018, Sternensand Verlag
442 Seiten, broschiert
€ 12,95 [D]

Urban Fantasy
Als Taschenbuch und E-Book

Nicole Schuhmacher
Ein Tess-Carlisle-Roman (Band 1): Jägerseele
23. März 2018, Sternensand Verlag
358 Seiten, broschiert
€ 12,95 [D]

Urban Fantasy
Als Taschenbuch und E-Book

STERNENSAND VERLAG

Besucht uns im Netz:

www.sternensand-verlag.ch

www.facebook.com/sternensandverlag